2015中国年度微型小说

作家网　选编　冰峰　陈亚美　主编

漓江出版社

图书在版编目（CIP）数据

2015中国年度微型小说 / 冰峰，陈亚美主编．—桂林：漓江出版社，2016.1

ISBN 978-7-5407-7714-2

Ⅰ．①2… Ⅱ．①冰… ②陈… Ⅲ．①小小说—小说集—中国—当代 Ⅳ．①I247.8

中国版本图书馆CIP数据核字（2015）第295618号

2015中国年度微型小说

编　　者　作家网
主　　编　冰　峰　陈亚美
责任编辑　孙精精　辛丽芳
封面设计　石绍康
责任监印　周　萍

出版发行　漓江出版社
社　　址　广西桂林市南环路22号
邮　　编　541002
发行电话　0773-2583322　010-85893190
传　　真　0773-2582200　010-85890870-614
电子信箱　ljcbs@163.com
网　　址　http://www.lijiangbook.com
印　　制　北京大运河印刷有限责任公司
开　　本　710mm×960mm　1/16
印　　张　21.25
字　　数　322千字
版　　次　2016年1月第1版
印　　次　2016年1月第1次印刷
书　　号　ISBN 978-7-5407-7714-2
定　　价　42.00元

目　　录

关于微小说与微电影的几点思考(代序)

冰 峰

网络的普及，视频的繁盛，让传统文学备受冲击，如何让文学，特别是具有微电影核心能源的微型小说，成为推动微电影繁荣与发展的动力，同时为微型小说在时代的高速公路上找到自己前进的车道与出路，这已经成为摆在我们面前必须研究的课题。今年由作家网与中央新影集团发起成立的中国微小说与微电影创作联盟，已经开始做这样的工作。

2015 年 11 月 13 日至 15 日在泰国首都曼谷举办的世界华文文学论坛上，中国微小说与微电影创作联盟泰国创研中心的挂牌仪式，意外地引发了诗人、散文家、小说家、评论家等文学界人士对微电影的深度思考和关注，有关微电影与微小说的话题几乎成为了论坛的主要对话和研讨内容。这一现象表明，文学界是关注微电影的，也希望微电影能将微型小说或其他文学体裁的作品带入一个新的领域，让其出现奇观或美好的前景。

愿望总是美好的，但客观存在的微电影现状不一定尽如人意。微电影的出现虽然赢得了影视界的广泛认可，但面临的依然是机遇和挑战。这里依然是大面积的荒地，等待更多的人去开荒、耕耘、种植。微电影品质的良莠混杂，依然是一个无法解决的问题。潮流是迅猛的，大浪时刻都在击碎一些人的梦想。微电影的生产、销售还没有形成通畅的渠道，也没有形成规范的、易于操作的盈利模式，这多少令人感到尴尬和困惑。

如何推动微电影的发展，使其形成足够的影响力，形成广阔而有序的消费市场，中央新影集团做了大量的工作，特别是成立中国微小说与微电影创作联盟，举办亚洲微电影艺术节，创办亚洲微电影学院等举措，让微电影积蓄了能量，产生了原子弹爆炸式的效应，这为推动微电影的繁荣与发展开了一个好头，起到了积极有效的作用。

当然，剧本，乃一剧之本，剧本的选择非常重要，微电影剧本源于微型小说、短篇小说，源于对文学作品的感悟、思考和理解，源于情感与艺术的贯通。艺术不是货物，可以简单地买卖，或以重量或形状来进行交易。艺术需要穿越肉体，进行灵魂的对话。就这一点而言，成立微小说与微电影创作联盟是具有战略意义的。

那么，如何让微型小说在微电影生态中有好的成长土壤、呼吸空间，进一步研究微电影的现状和发展脉络十分重要。只有微电影发展了，微型小说才有可能找到微电影领域中适合自己成活的养分和土脉。我认为，就目前而言，微电影的现状具有门槛低、播出渠道多元等特点，需要梳理、研究、探索其独特的商业模式。对此，我总结了几点想法。

一、门槛低是微电影的主要特征之一。一是投资门槛低，投资可多可少。有的微电影，一个人就可以完成。二是技术要求不高，不像电影院线的大电影一样需要有极佳的视觉效果，对视频质量没有严格要求。同时，可以只考虑主题、内容和思想的表现、表达，不考虑视觉冲击力。总而言之，过去只有专业人员、专业设备才能制作完成的电影作品，现在谁都可以参与其中。

二、微电影的主要播出渠道是网络，终端是手机、电脑、网络电视、媒体播放器等产品，传统院线很难进入。为了突破和解决这一难题，可以考虑微电影以多种方式并存。系列剧、组合剧，可以考虑由院线播出，同时考虑制作政府出资的公益片、艺术宣传片，植入广告的企业赞助片等。当然个人投资拍摄也是主要方向之一，就像许多作家、诗人自费出书一样，只要能够充分表达自己的思想、情感、人生感悟即可，无须考虑盈利与否。当然，个人投资拍摄的微电影作品，不是没有“走红”的机会，恰恰相反，这些作品个性突出，人性丰满，更容易成为感动观众、令人难忘的经典之作。

三、微电影具有时尚性，已成为热词。微电影以短小、快速的特点迎合了社会发展的需要，许多突发事件、生活细节被抓拍后快速改编成视频短片在微信、网络传播，其冲击力和影响力远远大于其他媒体形式，现场感、真实性、时效性、碎片化让微电影有了驰骋、飞翔的巨大能量，深受观众的垂青。由于好的微电影都是在微信、网络等新媒体中被热炒，因而具有新颖、时尚的特征，被社会各界广泛接受和认可。

四、微电影易于传播，但也容易被淹没。因为微电影拍摄、制作简单，门槛低，所以产量大，加之网络发布容易、便捷，造成良莠难辨，好的作品很容易被淹没在微电影作品的汪洋大海之中。如何让优秀作品浮出水面，是亟待解决的问题。

五、影视作品大概有百分之三十源于文学作品的改编。文学作品表达、表现自我的较多，而剧本则要考虑观众，考虑票房或收视率。有的作品源于微型小说、短篇小说，也有的源于一首诗、一篇散文的启迪。第三届亚洲微电影艺术节获得一等奖的微电影作品《长大后我们都要嫁给你》，就是由刘志学的同名微型小说改编的。由此可见，微电影之中的文学性、人性是不能缺少的，否则，微电影就成了一个干瘪的面包。

综上所述，微电影作为时代的产物，只有具备良好的商业模式和源于自身的生存能力，才会让微电影这一具有时代特征的文化符号不至于昙花一现。较好的运营模式需要探索、研究。我觉得，就目前而言，良莠不齐、泥沙俱下是阻碍微电影发展、传播的主要原因。因此，创建品牌微电影网站，通过编辑筛选、分类推出精品力作是解决微电影观众无法甄别、选择观看优秀微电影作品的方法之一。只要有了权威的、有信誉的微电影播出平台，微电影就会形成市场，出现良好的商业模式。同时，微型小说作为微电影的母体，微电影作为微型小说未来的延展方向，随着微电影的快速升温，微型小说也一定会被进一步关注和重视，发展潜力和发展空间将获得巨大拉伸与拓展。

最后，让我们一起携手，聆听时代的脚步，共同创建微型小说与微电影美好的未来。

怎一个“情”字了得

凌鼎年

林人豪早年就读于日本东京政法大学，因他一手赵孟頫体写得秀丽飘逸，一手散文写得情真辞美，被称为“才子”。不少日本姑娘折服于其才情，主动向他射出了丘比特之箭。

后来，林人豪娶了奈良的智美代子为妻，小日子倒也过得开开心心。

不料，日本突然出兵中国。中国国内爆发了抗日战争。那日本当地的报纸上，天天是关于战争的报道。面对着报纸上的血腥味、硝烟味，林人豪仿佛看到家乡的父老乡亲在铁蹄下呻吟，在枪口下流血，仿佛看到昔日的同窗好友一个个投笔从戎，奔赴抗日前线，而自己，却在日本，留恋于东洋女子的温柔。就算家乡父老、同窗好友不说自己醉生梦死，自己良心也不安呀。他一天也住不下去，心，早已飞到了自己的国土，飞到了家乡。他要拿起枪，拿起笔，为苦难的祖国尽一份责任。只是，智美代子会放自己走吗？如果智美代子不放自己走，又怎么办呢？他心里明白，如果告诉了智美代子，就很难走得成。权衡再三，他咬咬牙，瞒过了智美代子，只身回到了中国。

临走前，他给智美代子留了一封信，意思是国家国家，先有国后有家，国将不国，何以为家？弃大家不顾而恋小家，于心不安，于心不忍。两国交恶，国难当头，炎黄子孙岂能坐视不理？忍痛割爱，不辞而别，还望谅解……

林人豪回到国内后，投到了国民政府军委政治部第三厅厅长郭沫若手下，协助编《救亡日报》。

武汉沦陷后，林人豪上了战场。在一次战斗中不幸负伤而被日本兵抓获。

岗下纪夫司令知道林人豪毕业于日本东京政法大学，视其为人才，关照手下以礼相待。岗下纪夫熟读中国书籍，他知道中国历代帝王都采用

“以夷制夷”的国策，他觉得攻城为下，攻心为上，城战为下，心战为上。要心战，就得以汉制汉。若推行此策略，林人豪不就是难得的人才吗?!

一定要劝降林人豪！为我大日本帝国效命！岗下纪夫下了死命令。

林人豪已看出了日本人意图，他只当不知不觉，给吃就吃，给睡就睡，只是任你说破嘴皮子，他一百个不理不睬。

有次，正当林人豪在吃饭时，来了一位穿和服的日本女子，为林人豪斟酒。林人豪视而不见，只管闷吃闷喝。正这时，突然闪出个记者模样的人，举起相机就拍照。

“卑鄙!”林人豪气愤地推翻了桌子，开始了绝食，他决心以死抗争。

俗话说，“人是铁，饭是钢，一天不吃饿得慌”。到第四天，林人豪已快支撑不住了。躺在床上，回想起与智美代子在一起的日子，恍如梦中。不知智美代子改嫁了没有？唯一牵挂的就是她了，好在未有孩子，可赤条条来去……

“人豪，人豪，你醒醒!”迷迷糊糊中，他见智美代子来到了身边。

“不，人豪，你还活着，是我，我是智美代子呀。”

也不知智美代子给林人豪喝了什么，林人豪渐渐苏醒过来。

原来智美代子终究放心不下林人豪，她辞国离家，不远万里前来中国寻夫，智美代子的父亲与岗下纪夫有同学之谊，他拜托岗下纪夫照顾智美代子。岗下纪夫得知智美代子要找的人竟是林人豪，他几乎笑出声来，连说：“天助我也天助我!”

知夫莫若妻，智美代子了解林人豪的脾性，知道劝降不会有结果。她悄悄对林人豪说：“看在我们儿子的分上，你要停止绝食，先活下来再说。”

“什么，我们有儿子了?”林人豪十分吃惊。

原来林人豪走时，智美代子已有了身孕。

智美代子劝林人豪跟她回日本，远离这打打杀杀的地方，平平安安过日子去。

林人豪说：“国家在受难，百姓在受难，我能跟你回去吗？若回去，当初我又何必不辞而别呢?”

第二天，智美代子把一份报纸带给林人豪看。报纸上有篇文章说林人豪已答应为岗下纪夫司令长官效力，文章边上还配发了那位穿和服的日本女子为林人豪斟酒的照片。

“无耻，无耻透顶!”林人豪三下两下撕碎了报纸。

“算了，人豪，国人都知道你已投到了岗下纪夫麾下，你却在这里硬挺，有谁知道，有谁理解？……”

“不，第一要紧的是要对得起国家国人，第二要对得起自己的良心。为国而死，死而无憾。别人知道不知道理解不理解是别人的事……”

此后，林人豪再不肯进食。

智美代子知再劝无用。她说我们夫妻能团圆能死在一起也是种缘分。她开始陪林人豪绝食……

葬礼虽然草草，但岗下纪夫亲自到场，向这一对殉国殉情的异国男女遗体深深鞠了一躬……

选自 2015 年第 7 期《雨花》

老憨的自尊

刘　浪

那天，老憨和一群工友正顶着烈日，在工地挥汗如雨地干着活，蒋总来了。他带上工地管事的刘经理四处察看了一番，就说：中午在工地吃饭，体验一下生活。

于是，有些厨艺的曹师傅临时替换了煮饭的阿姨，骑上摩托车出去转了一趟，回来便很快整出几个菜：芋头焖鹅、手撕鸡、红烧鲤鱼、肉末茄子煲、蒜蓉青菜，再加上一锅海带排骨汤，简单又丰盛。

就餐的时候，蒋总、刘经理和几个管理人员就在工地选了个阴凉地方，铺上几张报纸吃了起来。

曹师傅吆喝那些工友也收了工，十来个人或坐或蹲围在另一边开始吃饭。大家旋开各自带来的瓶瓶罐罐，里面都是各种家常咸菜。曹师傅看了看，又站起身，从菜篮子里翻出十几个发烫的西红柿，洗干净了，麻利地切好，放到瓷盆里，然后洒上几勺白糖，便整出一个凉拌西红柿来。

两圈人隔着不过几米，但各吃各的，都吃得很香。

蒋总这边很快结束，看到面前的菜肴还剩下不少，蒋总就说：这些让曹师傅他们端过去吧，不要浪费了。于是刘经理便大声喊：老曹，给你们加点荤！

曹师傅笑着弹起来，屁股的灰尘来不及拍，先奔过去端了那盘吃剩的芋头焖鹅，接着又有几个人跟着弹起来，一股脑儿地将那报纸上的盘盘碟碟全端了过来。

老憨没有动身子。大家争着伸出筷子时，他已经站了起来。曹师傅说：老憨，谁让你吃那么快，没口福了吧！

老憨笑笑，将脸扭向别处。

当然，这是老憨三年前刚进城时的一幕。现在的老憨是蒋总公司的一名保安。

蒋总还保持着好的习惯，总喜欢将在外面吃剩的打个包带回来。到了门口，他先按两下喇叭，于是老憨和保安老宋便打开公司大门，立正行礼。蒋总摇下车窗，将一摞饭盒从里面递出来，老憨他们弯腰去接，嘴里忙不迭地说：谢谢蒋总，谢谢蒋总。

一开始老憨心理上是接受不了这个事情的。打包的东西再怎么好，那毕竟是人家吃剩的。但他却每每被老宋的情绪所感染。老宋将饭盒一一打开时，口水已经咽了几次。有时他还会摸出一瓶早就备好的啤酒，边喝边吃，一副有滋有味、其乐无穷的样子。

老憨就骂：老宋，你有点自尊好不？吃别人剩下的，别这么高调啦！老宋便回他：有种你不吃。有一次，老憨终于忍不住就拿了一枚精致的点心，一咬，满口生津，入口即化。老憨说：这大酒店的东西就是味道好啊！老宋笑：有点自尊好不……

老憨的自尊就像那枚点心一样从此融化。有时，他也禁不住说，遇到蒋总这样的好老板不容易啊！

后来，蒋总的车里多了个年轻的美丽女人。自从那女人来后，蒋总就没有再给老憨他们打过包。一次、两次的期待落空后，老憨就趁蒋总高兴时间：蒋总，这段时间应酬少了啊！蒋总说：没有啊，你没看我早出晚归，一天都睡不到几小时。老憨便呵呵地笑。蒋总一下子明白了，便说：你这家伙，天天就惦记着我给你们打包啊，告诉你们，小丽养了条狼狗，饭量很大，我们打的包都给它做夜宵了。

小丽就是那个美丽女人。老憨听了这话，心里很不是滋味。

好在蒋总喜欢一个女人的时间总不是太长，那个小丽和以前的那些女人一样很快就悄悄地来，又悄悄地消失了。

那天晚上，老憨值夜班时开了个小差，溜到宿舍去洗积了很多天的衣服。回来时，他就发现值班室内的桌子上几个白色的饭盒打开，老宋正抱着瓶啤酒吃得正欢，而地下是一片狼藉。

当老憨明白是怎么回事时，便破口大骂：老宋，我操你妈，老板打的包被你一人独吞了，你太过分了。老宋毫不示弱：谁让你回宿舍的。老憨说：我不在，你可以打电话给我啊。三言两语，两人便动起了手。老宋理亏但气性蛮大，借着酒劲，操起墙上挂着的橡皮棍，就将老憨头打破了……

老憨被诊为严重脑震荡。老憨的老婆匆匆从外地赶过来。在医院里，她知道了事情的前因后果时，便气得骂：没出息的东西，为了争一点别人吃剩的东西，竟闹成这样，你还有没有一点自尊？

脑袋被层层绷带缠住，只露出眼睛的老憨流出了两行清泪。

选自2015年第4期《小说月刊》名家专号

二横的动机

刘正权

姓名？

二横！

年龄？

十七！

性别？

没声音了，小个子警察不耐烦地一点钢笔，性别，没听见吗？

明摆着嘛，还问？有点赌气的口吻。

怎么取这个名？大块头警察点燃一根烟，递过去，对这种毛头小子，他见得多了，有的是手段套话题。

二横接过烟美美地吸了一口，你看我头上的旋涡就明白了！大块头警察就站起来，把身子探出老长，二横很配合地把头低下凑到他眼皮底下。二横头顶中心并排两个旋，很扎眼，像两个乱糟糟的小山雀窝。

大块头警察坐下来，二横也退回位子，得意扬扬地，我爹说了，一个旋的稳，两个旋的横，三个旋的打架不要命！

所以你就叫二横了？大块头警察自己也点燃一根烟，用眼角示意小个子警察可以做笔录了。

是的！二横把烟灰弹了弹，脸上挂着笑。

知道为什么请你来吗？大块头警察也笑。

不知道！二横很不在乎地翻一下白眼，反正从小到大我都被老师家长请习惯了！

哦，大块头警察眉毛一挑，这么说你是屡教不改啊！

往哪儿改啊！二横有点不满了，人家都没犯过什么多大的错！

那多大的错才算错啊！小个子警察忍不住，插了一句嘴。

杀人放火、拦路抢劫那才叫错！二横一瞪眼，告诉你，别看我爱耍个横，但这些事我不拢边的！

那么说，你平时耍个横不算错了，小个子警察气得把个钢笔在纸上戳来戳去。

大块头警察拿脚一碰小个子警察，倒了一杯水递过去，呵呵，讲个耍横的故事我听听，看有没有比我小时候横。

你小时候也耍过横？二横一下子来了劲。

大块头警察取下帽子，看看我头上你就明白了！二横踮起脚一脸狐疑望上去，乖乖，也两个旋呢！

敢不敢比比啊？大块头警察笑吟吟地。

二横不服气，那你先讲！

好啊，大块头警察说，我十五岁时，上初三，你猜怎么着？

能怎么着？二横问。

我把校长家喂的大公鸡偷来吃了，够横的吧！

太小儿科了！二横哧一声冷笑，我十五岁硬逼着校长儿子买肯德基请我吃呢！

大块头警察被比下去了，很没面子，挠着头皮想了又想，对了，我十七岁那年买了一把刀子，准备跟体育老师决斗呢！

为什么找体育老师决斗呢？二横觉得奇怪。

他上体育课拍了班上最漂亮的女生的背，让她站直身子，我跟她同桌三年连手都没碰过，他一下子就摸上背了，不该决斗吗？大块头警察说。

结果呢？你输了？二横问。

没决斗成，大块头警察不好意思低下了头，刀被我爹没收了！

太没面子了你！二横笑，就这还敢跟我比，搁我前天那一小事，就够你学一辈子的！

前天，莫不是你也动刀子了？大块头警察故意露出一脸的钦佩。

就那男人熊样，也配我动刀子？切！二横抽了一下鼻子，很是不屑。

咋回事，讲讲！大块头警察又塞过一根烟，很神往的样子。

二横很受用，是这样的，一个城管的，带了个姑娘，在公园里玩儿着，专拣偏僻位子钻，我就晓得，准是个下三烂！

人家谈恋爱，寻偏僻处很正常啊，怎么叫下三烂了？大块头继续问。

要搁我就光明正大搂着姑娘，二横吐出一口烟来，再说他很不要脸！

他怎么不要脸？大块头警察这回是真的好奇了。

他跟姑娘耍横啊！二横一撇嘴，他说你要不嫁给我，我就让你爹妈摆不成摊子！

就这？大块头警察皱了皱眉头。

就这也就算了，他还吹牛说整条街他说了算，没人敢不给他面子，切！说到这儿二横愤慨了一下，我就敢不给他面子，咋的了？

你怎么不给他面子的？大块头警察很好奇。

我听他跟姑娘说只要同意嫁给他，上刀山下火海都不怕时，我就拎了把刀子出来了！

他怎么着了？小个子警察也按捺不住好奇问了一句。

㞞，还没等我刀出鞘呢，狗日的就跑了！二横轻蔑地吐一口痰。

后来呢，那女的怎么样了？大块头继续问。

那女的？二横抓了抓脑袋，我只听她尖叫了一声就没动静了，可能吓晕了吧！

那你没对女的做点啥？大块头小心翼翼套了一句。

我去是跟那男的耍横的，干吗要对女的做啥？二横不乐意了，当我什么人啊！真是的。

那把刀呢？小个子警察冷不丁吼了一声，说，作案凶器藏哪儿了？

二横不高兴了，凶器？我给侄儿买的一把玩具刀而已，你当我三岁孩子啊，天天带着耍宝？

大块头看了一眼小个子，两人默不作声走出审讯室，外面一穿城管制服的男子站起来，怎么样，小流氓招了没，他把我女朋友怎么整的？大块头摇了摇头，城管制服迷惑了，那他啥动机呢？一不劫财二不劫色的！

小个子突然火了，把手中的笔录恶狠狠往他面前一砸，我还想问问你巴巴跑来报案是个啥动机呢？

选自2015年第4期《啄木鸟》

北极的春天

许　仙

老火炼蛇在热带丛林生活了五百年，早就厌倦了热带丛林的生活；因为是热带，它从出生到现在，从来没有休息过，也不知道冬眠是怎么回事，每天活得很匆忙、很累，它就想好好地休息一下。老火炼蛇听说北方有个很好的休息之地，叫北极，它就狠狠心，走了。

老火炼蛇走出那片生活了五百年的丛林，停在丛林北边的一棵老树下；它回头望望自己一直生活着的地方，这一走可能就永远不回来了。老树是它几百年的老朋友，老火炼蛇总得跟它道个别、辞个行。老树非常吃惊，说你怎么会有如此稀奇古怪的想法呢？在家千日好，出门一日难；谁知道这一路上会遇到什么呢？老树劝它不要走，这里的生活虽说千篇一律，但熟悉得不能再熟悉了，所以才活得省心，你怎么活也不会出问题。老火炼蛇摇头道："唉，什么样的活法我都活过N遍了，没意思。"它绕树一匝，拥抱了一下老朋友，匆匆离去。

老火炼蛇一路向北，来到青山绿水的江南。江南美，它替老树可惜，如果老树生长在江南的青山上，那将是多么高大的树呀，不知令多少人赞叹呢。老火炼蛇逢山过山，遇河过河，旅途生活非常精彩。在山中它遇到一头大野猪。大野猪活了很多年，在野猪中已经是位长者，但它从未见过如此巨大的火炼蛇，吓得拔腿就逃。老火炼蛇奋起直追，它们俩在高山上赛跑，最终老火炼蛇截住了它。野猪苦苦哀求道："别吃我。"老火炼蛇笑道："谁说我要吃你了？"野猪颤抖道："那你追我干什么？"老火炼蛇说："玩玩呗，这多有意思呀。"野猪得知老火炼蛇要去北极，惊诧得铜铃大的眼珠子都丢出来了，它说："你是生活在热带的火炼蛇，去那个冰天雪地的北极做什么？找死呀？"老火炼蛇生气道："你才找死呢。我们蛇是冻不死的，那叫冬眠，等春天来的时候，我们就又苏醒了。"

老火炼蛇告别野猪，执意往北挺进。它一路跋山涉水，来到大草原；大草原芳草萋萋，就像铺了天大地大的绿绒毯，老火炼蛇在绿绒毯上翻滚、畅游，捕捉野兔，那个美劲就别提了；当它飞速地穿游在大草原上，就像一条移动的河流。数十只秃鹫发现这条彩色的河流，纷纷停在河流上。老火炼蛇回过头来，把秃鹫吓坏了，又纷纷逃入空中。老火炼蛇没有理睬它们，独自戏耍着，继续向北。秃鹫中的带头大哥好奇地问它去哪儿。老火炼蛇说去北极。秃鹫们发出古怪的笑声。老火炼蛇问它们笑什么？秃鹫反问道："你知道北极吗？"老火炼蛇摇摇头。秃鹫大哥说："那儿成年雪花飞舞，冰冻千尺，你一条火炼蛇，虽说有五百年的道行，那也不是你该待的地方呀。"老火炼蛇说："知道那儿冷，我才去的。""嗬，为什么？""我活了五百年，太累了，我想找个安静的地方休息，它们告诉我北极是最佳的去处。""你上当了！赶紧回你的热带吧。”老火炼蛇坚定地摇摇头，它说：“即使是最冷的地方，它也应该有春天呀。”秃鹫大哥说：“你会死得很惨的。”老火炼蛇却无所谓地笑道：“那就死得很惨吧。死，其实是最大的休息。”“简直无可救药！”秃鹫们不再理睬它。老火炼蛇就一往无前地向北，再向北。

秃鹫们认准这老家伙会死在去北极的路上，它们尾随着老火炼蛇，准备等它寿终正寝后收拾残局；老火炼蛇越往北，天气就越是寒冷，行动就越缓慢。秃鹫们跟了一天又一天，跟了一程又一程；但老火炼蛇夜以继日地游，加快了前行的节奏，尽管它游得越来越慢。秃鹫们估计它早就该翘了，但它却依旧坚持着。虽说蛇是冷血动物，但在这很北的北方，外界的寒冷早就超过了它的冷血。这儿的低温连秃鹫们都感到绝望，可是这条来自热带的老火炼蛇咋就这么耐寒呢？它咋就还不翘呢？是的，老火炼蛇缓缓地扭动着巨大的身躯，一小弯又一小弯地扭动着身躯，慢慢地向它心中的北极推进。

跟随老火炼蛇已经很久的秃鹫早就不耐烦了，纷纷向带头大哥提议，老火炼蛇行动缓慢，失去反击的能力，现在大家合力攻击，定能将它收拾了。但是，奇了怪了，带头大哥却做出了一个令人啼笑皆非的决定：帮助老火炼蛇完成终生的心愿。秃鹫们傻眼了。带头大哥说：“靠老火炼蛇的力量，是无法抵达北极的；但它的这种精神令我肃然起敬，我想借大家的力量送它一程，你们看怎么样？”秃鹫们也深有同感，齐声道好。

于是，秃鹫们抓住老火炼蛇身体的不同部位，齐心协力，用它们强有力的翅膀，带着老火炼蛇飞上天空，迅速向北极飞去。住在北极地区的因纽特人，突然发现天空上飞过一道彩虹，惊讶得哇哇大叫。秃鹫们将老火炼蛇安放在北极一座空旷的冰岛上。老火炼蛇匍匐在晶莹剔透的冰上，感到从未有过的困意迅速将它包围，它知道那就是它想要的休息，便进入传说中的冬眠。雪落在老火炼蛇身上，雪落在雪上，老火炼蛇冬眠在厚实的雪堆中。

又是五百年过去了，春去春又回，老火炼蛇至今依旧冬眠在北极的雪层中。

选自 2015 年第 7 期《百花园》

速成时代

罗世容

曾智慧和曾聪明结婚后，她一想到要怀胎十月才能生下孩子，就觉得这太久了，太痛苦了。好在这是速成时代，什么都可以速成，于是她找到了速成公司的博士，她告诉博士，她希望怀胎一周就能生下孩子，问博士能否办到。博士笑着告诉她能。不过，曾智慧担心速成会对孩子造成后遗症，博士见她担心，便说："您就放心好了，绝对安全，绝对可靠，而且在您之前，就已经有9999个女人来速成生了孩子，她们的孩子生下来后，活泼健康，她们都非常满意。"

听博士这么说，曾智慧就放心了。博士递给她一张单子，曾智慧一看，上面写着：一周生孩子，18888元；两周生孩子，16666元；一月生孩子，14444元；两月生孩子，12222元。曾智慧选了一周生孩子，她想越快越好，越快生孩子，自己就不用吃那么多苦，就可以更快上班，就可以多挣钱。她交了钱，博士就给了她一颗一周生孩子的速成丸，说只要怀了孕，吃了保证见效。曾智慧拿着速成丸笑眯了眼，赶紧塞进了嘴里，然后踩着高跟鞋离开了速成公司。

曾智慧一回到家里，就发现肚子大了一些。到吃晚饭时，她发现肚子更大了。到第三天，她发现肚子已经挺起来了，原来的衣服都穿不了了，不要紧，她已经请了假，天天待在家里，根本不用穿衣服，就待在床上看着肚子，等待孩子出生。第七天，曾智慧的肚子已经非常大了，她行动已经非常不便了。下午，她对曾聪明说："快送我去医院，好像要生孩子了！"曾聪明赶紧打了电话，医院的车来把她接走了。吃晚饭时，曾智慧就产下了一个体重七斤的男婴。

几天后，曾智慧带着婴儿回了家。这时，曾智慧突然想到，婴儿这么小，自己要在家里照顾他，而照顾婴儿太辛苦了，于是她赶紧让曾聪明带她去了速成公司。一看到博士，曾智慧就笑容满面地说：“博士先生，您的速成丸真好！非常感谢您！请问，您可以让我的婴儿快快长大吗？”博士笑着说：“当然可以！我这是速成公司，没有达不到的速度，只有您想不到的速度！”博士递过来一张单子，又说：“看看吧！你们有多种选择，价格公道，绝对安全可靠！”

曾智慧和曾聪明一看，单子上写着：婴儿10天变成1岁，22222元；婴儿20天变成2岁，33333元；婴儿30天变成3岁，44444元；婴儿40天变成4岁，55555元；婴儿50天变成5岁，66666元；婴儿60天变成6岁，77777元；婴儿30天变成6岁，99999元。曾智慧和曾聪明看了单子，一商量，决定选30天变成6岁这种，这速度快，价钱也不算太贵。然后，曾聪明交了钱，博士给了他一颗婴儿30天变成6岁的速成丸，他立即就把它塞进了婴儿的嘴里。

这速成丸真是神奇，30天后，婴儿就长成了6岁的孩子，满屋子乱跑。看着可爱的孩子曾权利，曾智慧和曾聪明非常高兴，他们想：现在孩子才6岁，他要上小学，然后中学，然后大学，天啊，这得16年，太久了，太难照顾了，能不能让孩子快点长大，快点工作呢？这么一想，两人决定找速成公司帮忙。他们带着曾权利，来到了速成公司。一见到博士，曾智慧就笑容满面地说：“博士先生，您的速成丸真好！非常感谢您！请问，您可以让孩子快快长大工作吗？”

博士笑着说：“当然可以！我这是速成公司，不但可以速成，而且可以说得上是万能。想让孩子长大工作，没问题，最快的速成丸，两个月就可以让他大学毕业，变成22岁。当然，如果仅仅只是长大成人，那还不够，得让他具备大学知识，对吧？所以，还得配合着吃小学速成丸、中学速成丸、大学速成丸，这样，他就具备大学知识了。当然，你们还得带他到大学去考试，我跟大学都有联系，你们交一笔钱，孩子就可以拿到大学毕业文凭，他就可以找工作了。”

曾智慧和曾聪明听了笑眯了眼：“太好了！太好了！”他们赶紧交了钱，买了让孩子两个月变成22岁的速成丸，同时买了配套的小学、中学和大学速成丸。两个月后，曾权利长大了，22岁了。他去大学考试，通过了，拥有了大学文凭，然后他工作了，接着他恋爱了。不过，他对曾智慧和曾聪明很冷淡，几乎就没有什么感情。曾智慧和曾聪明去找博士询问原因，博士说："你们只养了他几个月，他跟你们当然没有多少感情。别着急，慢慢来，可以培养出感情的！"

可是，很长一段时间过去了，曾智慧和曾聪明与曾权利的感情都没有好转，曾权利见了他们，打招呼从来不叫他们"妈妈爸爸"，只是"喂喂喂"地叫。这天晚上，曾智慧对曾权利说："孩子，我是你妈妈，我生了你，养了你，你怎么就不肯叫我一声'妈妈'呢?"曾权利笑着说："你看我们的年纪都差不多，我叫你'妈妈'合适吗？如果你不介意的话，那我就叫你'姐姐'，或者叫你'嫂子'，两个称呼，你选一个吧！"曾智慧看了看曾权利，顿时捂着脸哭了起来。

选自2015年第7期《故事林》

邻　　居

高沧海

吃晌午饭时，二娘挎着个竹篮子上园了。

经过马美人的园子，马美人不招二娘待见，可马美人的茄子却招人喜欢，胖乎乎的紫茄子圆鼓鼓的就像是马美人的大胸脯，全庄里的男人，眼都亮瞎了。二娘抬头看看，此时此刻，马美人说不定正搂着床铺睡大觉，伸手便掳下几个大茄子。

二娘又摘了王老头园子里的几把青辣椒，捎带着薅了几墩旺财他娘的小韭菜。旺财园子里的丝瓜搭在架上，很是惹人眼，二娘抬手捋头发的空儿，丝瓜就很听话地落在竹篮子里。二娘踮起脚看看，自家园子还远着，大太阳怪晒人，回吧。

马美人在门口喂小鸡，初夏的小鸡仔都已经长成个儿，叽叽嘎嘎。二娘说，喂鸡哪，马美人说，您上园啦。

二娘在马美人家大门廊里坐下，马美人帮着择韭菜。二娘瞅着小鸡说，你那只芦花鸡长得真好！马美人说，我也瞧着好。旺财他娘和旺财家的那只黑狗一晃一晃地经过，二娘招呼旺财他娘，婶，吃了没？旺财他娘说还没吃，二娘说，刚择好的小韭菜，婶，你拿一把。旺财他娘咧开没牙的嘴笑了，好儿，我拿一把？二娘说，小韭菜炒鸡蛋，好吃又麻溜，拿着！旺财他娘说，拿着就拿着。

二娘掏出两个茄子给马美人，说摘多了，天热吃不了别白瞎了，马美人收下了。二娘又摸出一把辣椒，说炒茄子吃哪能不放辣椒，拿着！

二娘起身走的时候，又回头看了看那群小鸡，小鸡正在争先恐后啄一丛青青翠翠笤帚苗，二娘说，那只芦花鸡，真好。

傍晚，马美人的芦花鸡，丢了。

二娘在门口喂小鸡，马美人吃惊地发现，她的芦花鸡，正在其中。

马美人说，二娘，我的芦花鸡。

二娘说，你的芦花鸡长得好，兴许是被黄狼子，哦，呸呸呸，是被黄大仙看中，请去了，也难说。

马美人指着芦花鸡说，我的芦花鸡。

二娘生气了，你的芦花鸡你自己丢了，天底下的芦花鸡就都是你家的！二娘像一阵风把小鸡赶进家，把大门咣当关上。

二娘给芦花鸡的翅膀抹上红漆，对全庄人宣告芦花鸡是她的，是她的心肝是她的宝贝！按理说心肝宝贝这样的暧昧词儿本不应从二娘满是土腥气的心里长出来嘴里说出来，她是突然想到了马美人，庄子里那些不争气的男人私底下就是这样心肝宝贝地议论马美人的，二娘见得多了听得习惯了，不由自主就用在了她心爱的芦花鸡上。

马美人在一边气得心窝子疼。

马美人一大早就过了柳庄桥，去了柳庄集上，买回来一包耗子药，既然能药倒耗子，也就能药倒芦花鸡。马美人的心情很复杂，她跟精明能干的二娘过招的胜算几近于零，即便撕破脸讨要过来，邻里邻居，抬头不见低头见，也不好再说话。可也不能让芦花鸡任由着二娘一个人招摇，那就只有一个办法，让芦花鸡，杀身成仁！

马美人揣着耗子药，伺机药死芦花鸡。

可是马美人病倒了。

一个月黑风高的夜过去后，马美人鸡窝里的鸡，一只也没有了。门上的血迹和鸡毛，告诉人们一个真相——黄狼子来过！

人们纷纷议论，大仙也跟做贼的人一样，事前一定来踩过无数次的点，并且规划好了进退的路线。

马美人惊恐万分。

大仙用神秘的法术制服了满鸡窝的鸡，让它们面对死亡而一声不吭的那个仲夏之夜，对于男人常年在外地的马美人来说，同样神秘而燥热，那个英俊的外乡人，小住一晚的外乡人，多情而优雅……马美人悄悄开门送外乡人在夜色尚未明晰之前离开时，遇上了晨起的二娘。

马美人病了，被黄大仙吓着了，确切地说，是被二娘吓着了。

二娘来看马美人，马美人掏出老鼠药，哭着说，她不想活了。

二娘若无其事地说，那个似明未明的早晨，她只看到了作法的黄大仙。

二娘劝马美人快些好起来，男人也该回家来了。芦花鸡给你们留着，芦花鸡下的蛋，也给你们留着，好好过日子。

选自2015年8月21日《临沂日报》

贪官转世

曾宪涛

贪官成罪孽深重，被打入地狱后，刀山火海，斧钺汤镬，受尽七七四十九周期酷刑，才得以重新转世托生。

出了地狱大门，贪官成直奔轮回转世司。一路思虑着，下辈子再不做贪官了，这四十九周的酷刑真叫人死不如生，生又不能。

来到转世司，众多魂灵都在排队等候转世抽签，抽到什么签，就转世做什么人。众魂灵边排队边祈祷，都想抽个好签，做个享福之人。

贪官成排在队伍后面，他祈祷的是再不要抽到当官的签，四十九周期的酷刑想起来就心惊胆战。

队伍行进得很缓慢，贪官成祈祷了几遍后，看着前面长长的队伍，就有些焦躁了。

想想还是当官好，若是当官，随便找个关系就把这签抽了，哪里用得着自己排队。来世还当不当官呢？正想着，忽然一个小鬼来到跟前，叫他从队伍中出来。

他不知是什么事，有点害怕，可又不敢不从。那小鬼在前面引着，带他进入一个偏门，竟是转世司吏的官衙。贪官成全身抖着，担心取消他的转世，再去受那酷刑。

没想到迎面坐着的鬼吏，冲他大喝道："你是贪官成，阎王准许你转世，不用抽签了，可以随意挑选。"贪官成一听又惊又喜，喜就不用说了，惊的是阎王爷何以对他这般恩赐？

那鬼吏见他愣着，知道他心里想啥，便嬉笑着说："就叫你做个明白鬼吧。你在世为贪官时，别的什么神庙都不拜，只拜阎罗殿，给俺们阎王爷和小鬼们花了不少钱，所以阎王爷安排俺转世司给你行个方便，不用抽签转世，任你随意挑选吧。"

贪官成喜不自禁，竟不知他生前还做过这等善事，在阴间也算是给自己铺了条路。鬼吏给他签发了一个特别签，他拿着特别签，从转世司的小门直接进入了转世大厅。

转世大厅里排列着一个个转世甬道入口，在入口的门楣上标有：穷、富、善、恶、官、民……各类人等的标签，那些抽过签的魂灵，各自拿着抽到的签，寻找自己的转世入口。

抽签满意的魂灵，一个个迫不及待地进入了甬道；抽签不满意的，就在甬道口磨磨蹭蹭，最终被守门的鬼卒强行推入甬道。

贪官成拿着特别签，他可以任意挑选转世甬道，成为一个来世想做的人。于是他一个入口、一个入口地看着门楣上的标签。

他当然不会选择贫贱的，地位低下的，还有那些罪人、恶人、犯人的甬道。他转来转去，总是在有权和有钱两类人等的甬道前徘徊。

有权的好处他尝过，当然还是想做个有权人，但想想下地狱受的那些酷刑，他便心惊胆战，不寒而栗，说啥也不愿再做贪官了。可有权者的标签上，并不标有大官小官，贪官清官，这叫他不好选择，想来想去，便去了那有钱人的甬道口。

他打算干脆做一个有钱人算了，安稳些，只要拿钱不去干坏事，估计就不会下地狱受酷刑吧。

来到有钱人的甬道口前，有钱人的标签上也不标有钱的多少及钱什么来路，他忽然感觉有钱人也不一定安稳。

他依稀还记得那些有钱的人，哪个不是提心吊胆，怕贼又怕官，哪有有权的人威风。

思来想去还是当官好，下辈子不再做贪官就是，不做贪官就不怕下地狱了。这样想了一会儿，又回到有权人的甬道口。

来这里等候进入甬道的魂灵个个都喜笑颜开，兴高采烈。他跟在他们后面，就有魂灵问他怎么称呼，约好到了世间要经常联系，互相照应。

贪官成又依稀记起，每回领导干部学习培训结束后，大家也都是这样约好的，果然以后干啥都方便，看来还是有权好。

正与有权的魂灵热聊着来到入口时，就见两个小鬼指着他在议论什么，一个小鬼见他过来还冲着他道："小子，又来了？"另一个小鬼道："大刑伺候的滋味还没尝够！"两个小鬼都嘻嘻地取笑他。

他知道小鬼是在说他上辈子做贪官，下地狱受酷刑的事，便道："这回转世，做个好官……"

说着一脚踏进了转世甬道，轮回带将他送入了甬道深处。

这时，他听到小鬼在背后笑道："小子，知道你已在此几经轮回了吗？这是第一百回了，每回说的都是同一句话！哈哈，这回再做贪官入地狱，那可要万劫不复了！"

贪官成听到这话，悔之不及，一脸绝望，就不知这回转世能否不做贪官。

选自2015年第9期《微型小说选刊》

我的死与你有关

影子快跑

邻居的王婆婆突然死了，摔死的。

高洋下班回来，看到一群人堵在王婆婆家门口，他好奇地走过去，知情的人告诉他，下午两三点的时候，王婆婆爬上一张椅子换灯泡，结果没站好摔了下来，就这么死了。

高洋听完，咽了咽口水，身上冒起一阵鸡皮。下午出门前，王婆婆来敲过高洋的门，说她家的灯泡坏了，能不能帮她换一个，当时高洋正因为股市不利心情烦躁，直截了当地拒绝了王婆婆的请求。

只是想不到，王婆婆竟因为这么一件事死了。

高洋没把这件事告诉任何人，但他觉得，王婆婆的死跟自己多多少少有点关系，如果他帮她换灯泡的话，王婆婆就不会摔死了。但事情已经发生，高洋也无法作出弥补了，何况王婆婆年事已高，生老病死，也是人之常态。高洋只好如此安慰自己。

这天晚上，高洋加完班回来，已经是九点多了，他一个人走上楼，楼道安静得很，不知为什么，高洋总觉得气氛有点怪怪的。高洋回到家门口，情不自禁地回头看了一眼，王婆婆家的门紧闭着，里面一点声音也没有，就像往常一样。

高洋又想起王婆婆来敲他的门时的情景，不禁打了个哆嗦，连忙开门进屋。

走进屋里，高洋发现妻子正蹲在桌子旁吃饭。高洋脱下外套，解下领带，问："怎么那么晚啊？"

妻子慢吞吞地夹了一块鸡肉放进碗里，没说话。

高洋走过去，在饭桌旁坐下来，不料妻子竟没准备他的碗筷，看妻子还在自顾自地吃着肉，高洋有点生气："我的呢？"

妻子抬头看了高洋一眼，放下筷子，抽起身走到厨房，拿出一只碗、一双筷子，递给高洋。

高洋没好气地接过碗筷，妻子也坐了下来，她夹起一块鸡胸肉放进嘴里咬，好一会儿咬不动，竟把鸡肉吐出来，拿在手里，一点点地撕下来吃。

高洋看得恶心极了，斥道："你别跟个老太婆一样行吗？"

话刚说出口，高洋突然感到一阵凉意从背后升起，眼前妻子的一举一动，根本就是一个老太婆！

妻子不好意思地对高洋笑了笑，扔掉了手中的鸡肉。高洋却觉得，妻子的笑容很陌生。而且，诡异极了。

高洋避开妻子的目光，偷偷在心里算了算，发现今天居然正好是王婆婆头七……高洋倒抽了一口冷气，警惕地瞄了妻子一眼，妻子还在埋头吃饭，高洋连忙扒拉完碗里的饭米，匆匆离开厨房走到了客厅。

高洋打开电视，把声音开得很大，他心里紧张不已，妻子的异常到底是怎么回事？难道是王婆婆怨他没帮她换灯泡，要回来害他吗？高洋很害怕，他盯着厨房里妻子的身影，默默伸手摸向桌子上的小刀。

不一会儿，妻子洗完碗来到了客厅，高洋怕她走过来，立即站起身说："我洗澡去。"不料，话音刚落，灯突然灭了。

"啊！"高洋发出一声惊叫。

"灯泡坏了吗？"妻子站在一米远的地方，平静地说道。

高洋愣了愣，又不敢不应答，便说："是……是吧。"

"那换一个新的吧，嘿嘿。"妻子竟然发出干巴巴的笑声。

"嗯……嗯。"高洋咽了咽口水，绕过妻子来到杂物柜前，拿出一个新灯泡。

妻子早已搬好椅子等着高洋，高洋走过去，妻子冲他一笑，说："上去吧，我给你扶着。"

高洋满身冒汗，他犹犹豫豫地站上了椅子，小心翼翼地拧下坏灯泡，同时不断用眼角的余光瞄着妻子，他始终用一只手工作着，另一只手摸着裤兜里的那柄小刀。

突然，妻子说话了："高洋，你知不知道，隔壁的王婆婆是怎么死的？"

高洋猛地一震，大气也不敢出，一只手默默探进了裤兜。

妻子继续说，语气十分阴森：“其实她本来不用死的……”

高洋听了，全身都在发抖，他终于忍不住了，握着小刀的手猛地从裤兜里抽出来，一瞬间，尖锐的刀子捅进了妻子的喉咙！

“你这个死老太婆！为什么要来找我，明明是你自己摔死的！”高洋歇斯底里地喊着，鲜红的血液从妻子的喉咙喷射出来，溅在他的脸上。

妻子紧紧地握着高洋的手，眼睁睁地看着高洋，慢慢倒了下去，像只被放了血的鸡一样蹬了几下腿，便一动不动了。只剩下一双无神的眼睛，定定地看着高洋。

她再也无法告诉丈夫，那天下午，邻居王婆婆来叫她帮忙换灯泡被她拒绝了，所以她觉得，王婆婆的死，是她的错……

选自2015年第9期《女报·故事》

我教你背 π 吧

魏东侠

海天哥命苦，三岁上爹娘都没了，好在他还有一个年迈的奶奶。后来，在十一岁上奶奶也去了，他就被我好心的爹收养了。

娘是极不乐意的，她说：“别人的儿子，养了能给你送终？都不如养条狗。”怎奈当村长的爹执意这么做，娘也只好认了。

我心里倒很高兴，因为我和海天哥在学校同桌，他学习特好，这样，考试时，因我们成了一家人，他总得让我抄抄。

依着娘，是绝对不会再让海天哥上学的，可爹说，孩子命够苦了，学习又棒，咱要不供，孩子一辈子就完了。

从此，我结束了一考试就挨揍的日子。

爹还真是挺疼海天哥的，总想着让他在我们家过得更舒坦一些。不过，爹向着海天哥也没用，日常生活总是娘在操持。在吃上，都是我吃头一口，到海天哥那儿，往往就剩下汤了。在穿上，都是我穿新的，即使爹给海天哥买了新衣服，在娘的高压下，他也只得乖乖地让给我先穿……这样的事儿多了，爹除了摇头叹气，也没有更好的办法，总不能天天为这些鸡毛蒜皮的事吵架。

海天哥真是什么都做得比我好，渐渐地，我就变成了海天哥的影子。

暑假，我和海天哥一起割草累了，就躺在了草地上。他说："小光，我教你背π吧。"我说："谁不知道是三点一四呀。"海天哥就骄傲地说："那是课本上的，我教你背课外的，小数点后三十五位。"我说："算了吧，课本上的我还不愿学呢。"海天哥就压低声音说："以后，这算咱们的暗号，岂不是有趣？"

我觉得还怪有意思的，就和海天哥一起小声地背："3. 1415926 535897932 384626433 83279 50288……"

这以后，我们两个形成一种默契，只要单独在一起，就会不约而同地"唱"上几遍π。在那单调乏味的童年，这成了两个少年最大的享受。

那年夏天，我和海天哥成天在大野里疯跑。那天，我正倒着跑，跟海天哥追逐打闹，突然一脚踏空，掉进了一口掩在蒿草中的井里，幸而井不深，井底还有一汪水，我只是扭了脚。海天哥疯了一样呼喊着我："小光，小光……你别怕，我救你……"直到天黑海天哥才把我从井底弄上来，背着我回家后，惊惧和身上的伤让他沉沉病倒了，发了几天的烧。烧退后海天哥的脑子明显不如以前灵光了，似乎落下了什么后遗症。再后来，海天哥不得不辍学。然而，即使这样，海天哥还是会追着我一起背π，那串数字似乎牢牢长在了他的脑袋里。

自从海天哥救了我之后，娘再也没有说她以前经常挂在嘴边的那句话："养你不如养条狗。"

1979年，一纸大学录取通知书寄到了我们家，我上了大学。也许是我上大学的事情刺激了海天哥，那个优秀的教我背π的海天哥，情形一日不如一日，痴傻得更厉害了。

这时的海天哥什么也做不了了，整天对一些背着书包的孩子问："你知道π吗？"然后转身用粉笔向墙上写去，边写边流利地背出那一串长长的数字。

娘阴沉着脸骂："光知道吃饭，不知道干活，连个家都看不了。"

爹就怒喝一声："行啦！你还有点人味没有？"

娘准是也觉得总和一个疯子较劲太没劲，就赌气扛上锄头下地去了。

爹耐心地哄着海天哥，教他挑水，带他砍草，领他到河里洗澡，哄着他和残疾姑娘见面。最终海天哥什么也做不来。扁担和桶被他扔进了井里，筐和镰刀被他丢在了地里，刚洗完澡他就拉一裤子屎，瘸腿姑娘竟然能被他的 π 吓得落荒而逃。

聪明的海天哥什么都不记得了，只是一天天守着他的 π 过日子。

假日里，我和海天哥又来到那片青草地，我们俩再次一起大声背 π。只是，他很兴奋，我很心酸。

离别时，我抱着海天哥，轻轻抚摸着他的头，说："哥，等我毕了业挣了钱，一定好好疼你。"

海天哥就嘿嘿一笑说："你知道 π 吗？"

我点了点头，泪就下来了。

大学毕业后，我参加工作了，没多久，爹突然来电报说：速归，海天逝。

我的心就像被人拿刀子捅了似的，血流不止。葬礼那天，娘竟然念叨起了多年不提的那句话："养你倒不如养条狗……早早就这么走了！"说完就哭了，哭得昏天暗地。

爹更是一夜之间苍老了许多。

娘边哭边说："这个疯子呀！小光掉到井里是多少年前的事了？你都不省事了，怎么就又想着去救他……"

我跪在坟前拨弄着烧纸："海天哥，今生注定是我欠你的了，下辈子还吧……下辈子，大学录取通知书上肯定是你的名字，你那么优秀，你还能背出那么长的 π……"

狂风大作，天边传来海天哥的声音："小光，我教你背 π 吧……"

我的泪滚滚而下。

选自2015年第6期《品读》

阿　　弟

黎　晗

她第一次来，在他办公室窗外面探一探头，很快又缩了回去。他在看一份文件，没注意到她。她又探了探头，轻轻地喊了声：“阿弟！”他吓了一跳，抬头看去，看到了一张干瘦而谦卑的脸。他惊得差点从椅子上站起来……

他很快就镇定了下来，绷着脸朝窗外问：“你找谁？”

她还在窗外站着，摩挲着双手，挺局促的样子：“有没有碎纸旧报纸卖，阿弟？”

“哦。”他犹豫了片刻，脸上终于放松下来，“有啊，你进来吧。”他开了虚掩的门。

她进来了。她的动作比她脸上的表情要轻快许多，她很快就把那些旧书旧报归到了一起。看到她麻利的动作，他想了想，又从书橱上翻出了些旧杂志，轻轻地放在了那堆她摆放得整整齐齐的旧报刊上。

“一斤两毛钱，阿弟。我去拿秤子。”她满脸堆笑地说。

“送你，都拿去吧。”他说。

“这么多，好几块钱呢！”她的脸上有点吃惊，又有点喜出望外。

“没事。你拿去吧。”他轻声道。

“哦……那我去拿袋子来装。”她小跑着出去了。

她去拿袋子的时候，他点了一支烟。她进来的时候，手上多了一根拖把。

“我帮你拖一下地吧。阿弟你人真好……”她的脸上又有了那份谦卑。

他心里突然烦躁起来。“不要了，你去吧。我要做事情了！”他板着脸说。

“好好好。这个阿弟人真好……”她麻利地把那些旧报刊塞进麻袋，一只手拖着袋子，另一只手举着拖把，动作有点奇怪地去了。

她走了，办公室一下子空了下来。他什么事情都做不下去了。

她的声音，她的样子，她的动作，她消瘦的背影，她脸上谦卑的表情，整个这个突然出现的收废纸的女人，太像他已经去世近十年的母亲了……母亲如果在世，年龄比她大，但是母亲去世的时候，就是她现在这个年纪。她现在的这个样子，就是母亲最后留给他的记忆中的样子……

她突然出现之后，他留了心，以后别人来收旧报纸，他一概回绝。他把所有的旧报刊都留给了她。他心里有了份奇怪的牵挂，屋角的报纸堆得有点高了，偶然间看到，他会在心里突然想起她。

她算是个灵活的女人，机关单位的门房其实是很难对付的，不知道为什么，她总是有办法混进来。有一回，他到另外一栋楼去开会，看到人家的过道上堆满了旧报纸，他忍不住停下脚步观望了一下。果然是她的收获，她正在帮人家拖地板呢。她突然看到他，抬手捋了捋垂下来的刘海，有点害羞地笑了。他也笑着点了点头。刚好旁边有机关同事看到了，很奇怪地看了他一眼。他有点不好意思，很快地走开了。

她渐渐在机关大院混熟了。他不止一次看到这样的情景：她的手里拄着拖把，倚靠在门侧，跟机关工作人员在聊天。她的谦卑和勤奋渐渐征服了冷漠的机关小职员们，她几乎包揽了整个机关大院的废品收购业务。他远远地旁观着这微妙的变化，有时抽着烟，思绪突然就飘远了。有时，她迎面走来，他却故意走开了。

她对他还是那么尊重，少了初次见面的谦卑，但还是一副唯唯诺诺的表情。“阿弟，你人真好！”她总是这样说。他笑笑，没有接她的话。“阿弟”是这个地方父母亲对儿子的称呼，也是哥哥姐姐对弟弟的称呼，在更大的范围内，只要是年纪小的男性，都可以这样叫。母亲一直到临终，都是这样叫他的。她的声音太像母亲了。

第一次被他拒绝后，她从未再提出为他拖地板做卫生什么的，但是能看得出来，对他每一次的馈赠，她总是心怀感激。有一次她试图表达什么，她说，阿弟你人真是好，原来你也是做领导的，脾气怎么这么好呢！他还是微微一笑，什么都没说，拿起了一份材料看。她见他不作声，就知趣地走了。

她的废品收购生意越做越顺，他看到她已经购置了一辆有些破旧的三轮车。这是要过年的时候，机关各单位大扫除，清理出来的旧报纸和其他废品特别多。她忙了几天，每天都载着一大车满满当当的废品，吃力地骑出机关大院。最后一天，她带了帮手来，那是一个小学生模样的男孩。看到那个男孩，他眼睛一亮。他默不作声地点起一根烟，慢慢地走了过去。

她骑在三轮车上，那个小男孩跟在车后面。“阿弟，你扶住，别让东西掉下来！”她嚷嚷着。车上的东西遮住了她的视线，她并不知道，他就站在车的后面。小男孩发现了他，不经意地看了他一眼。

他和他小时候一样瘦，但是跟他长得一点都不像。他有些失落，却长吁了一口气。

他要走开来时，三轮车子突然急刹住了。她和她载满废品杂物的三轮车被门房拦住了。

是一个新来的保安，态度非常强硬。她忙不迭地解释着，情绪有些激动。

“阿弟，我跟你讲，我人家一直在这里面收东西的……阿弟，我不骗你……”

“谁是你阿弟！”这个新来的保安不耐烦地呵斥她，“你这东西怎么来的，啊，我怎么知道你是买的还是怎么的！”

他一时有些发蒙。他看到了她身后的那个小男孩眼里藏着的泪光。他捕捉到了那泪光中的委屈和愤怒。他想起了自己的童年。这时候她看到了他。“阿弟……”她朝他喊了一声。

他毫不犹豫地走了上去。他胸前的工作牌子让那个保安的声音小了下去。

她和她满满的一车废品去了，那个孩子跟在后面。她骑得很慢，小男孩走得更慢，他慢慢地落在了后面。

他目睹着这一切，心里涌出了一种酸楚。

过了年，上班以后，他突然被任命为机关事务管理局的局长。过几天，那个新来的保安唯唯诺诺来找他。

“领导，不好意思，那天……那天我刚来，我不知道那个女的是你家亲戚……”

"啊，你说什么?"他的脸上瞬间布满了怒气。

保安走了之后，他把保卫科长喊了过来。

从此，她再也没有出现在这个机关大院。

半个月以后，那个保安被炒了。

选自2015年第5期《大家》

长发连心

顾文显

刚开花的季节，十六岁的村姑枣核儿领小侄儿金梁在麦场晒太阳。听到货郎甩着皮鼓儿吆喝"绣针、花线、橘瓣儿糖……"金梁就哭喊着要糖吃。枣核儿没爹娘了，在哥嫂手下活着，哪里有半个钢镚儿买那奢侈品?侄儿见打不疼姑姑，索性坐在地上，把一双鞋子往泥上搓。货郎远远望见，鼓儿甩得更响，叫卖喊得更脆了。

可是枣核儿袄兜里还是一个钢镚儿也抠不出来。

这时候，过来一位走村串户的青年郎中，站住端详着这姑侄儿俩，说:"这孩子，别哭了，叔叔买糖给你吃中不中?"

听到有糖吃，金梁立即把哭声噎了回去。

枣核儿为难地望着郎中：你不该惹孩子。俺家虽穷，却不能让孩子贪别人的东西。

郎中点点头:"妹子，你这辫子卖给我中不中？我出一块钱。"

枣核儿这长辫子油光光，亮闪闪，直垂到腰，谁见了谁夸赞的。货郎也想铰了去，可只给到三毛钱，姑娘爱美，咬咬牙把货郎辞了。现在，侄儿哄不好，郎中给的价真不低呀……枣核儿脸红了红，又是一咬牙:"您等着，我拿剪子去。"说罢，转身要跑。

可郎中把她喊住:"我再加一元钱给你。喏，这钱你收着。"

那年头，街坊邻居缺了啥，一律拿东西相互交换，长年也见不到个钱毛毛。枣核儿亲眼看过郎中给汪八爷治疮，火罐拔了半个时辰，薅出半罐烂脓血，郎中洗伤口、换药，还得刷火罐去，这样折腾，总共赚了两毛钱，还得赊到年根底……她哪敢接这么多钱？

“你接着，我花高价是有条件的。”郎中再次细瞅那长辫子，拿手指量了量，“你先替我长着，谁买也不能卖了啊。我每个月初二、十二、二十二日经过村头，你得问我一声，啥时候我说剪，你再剪。中不中吧？”

现给钱，还不马上剪辫子！枣核儿盘算了一下，四周的村镇逢集她必须得去赶集，卖绣出的花样，给哥买酒，给嫂子称雪花膏呢，唯独逢二没集，这让她喜出望外，一迭声地答应，接过那两元钱，领着侄儿直奔货郎去了。

郎中在原地站了好久，然后，一步三回头地离去了。

下个初二，郎中一早经过打麦场，远远地望见枣核儿手拿剪刀候在那儿呢。问郎中：“大哥，剪不剪？”郎中仔细地端详过辫子，说：“先留着。我过十天再说。”

就这样，一晃过了年，郎中每次看过辫子，都说再长长的。枣核儿逢二头件事，就是候在打麦场等郎中，而郎中也一回没误过，只是辫子还长在女孩背后。顶到一年的光景，郎中给枣核儿加了五角长辫子钱，说再过一年要是还不铰，还给加五角。

枣核儿欢喜得什么似的，她也心疼辫子呢，所幸遇上天大的便宜事儿，白梳着长发，侄儿却有糖吃了。

从本村往东五里是连家庄，哥嫂做主，把枣核儿许配给连家庄的保来。初一这天，保来拿着条毛巾送给枣核儿，说明天要带她去县城一趟，买点胭脂、口红啥的，下月要送媒柬（相当于定亲），年底得把她娶过去。枣核儿声调立刻高了八度：“我答应人了，明天不行。郎中要是来剪辫子呢？”

“他保准来吗？”“肯定。”“那你铰下来，让嫂交给他不就行了？”“不行，答应过，他让铰才铰。”

保来立刻火了：“你这么不懂事。我挺大个老爷们儿，赶不上那根辫子要紧。回去跟爹娘说说，不行，咱就拉倒吧。”

转过年，郎中又过来，量了量枣核儿的辫子，说："还得长一长。"

枣核儿一跺脚："你给我句实话。到底啥时候铰？"

郎中的脸染成了红布，结结巴巴地承认，他喜欢枣核儿，想这个方法，可以借验收辫子的机会，大大方方地看她一阵子，还可以仗胆摸一下辫子呀。

"你这长发连着我的心呢，我哪舍得让你铰？我是怕别人给铰了去。"

枣核儿杏眼瞪得溜圆："你……你……你，天底下再找不出比你更坏的男人了。"

"你……要怎么办？"

"政府宣传《婚姻法》，我的婚事自己说了算，连家庄那男人我不要了。"

"我知道。"

"打听了？你这坏蛋，一直盯着我呢。那你得娶我。"

郎中好不诧异："我这么坏，你嫁我？"

"害苦我了！我要看着你一辈子，休想再去坏别的女人！"

选自 2015 年第 2 期《上海故事》

传　　递

韦健华

情况非常紧急，叛徒供出了一号联络地点，日本特高课头头野合森将于下午带特务到那里埋伏，要抓前去见面的地下党负责人。

柳东絮得到这消息后非常着急，她赶到联络点要将这情况报告上级，可惜联络点老王那杂货店关门了，并挂起了"盘点"的牌子，按规定见了这盘点的牌子是绝对不能联系的。柳东絮的身份特别，她的主要任务是潜伏，非特别重要的任务一般不启用她；有特别任务也是上级派人来联系她，并临时告知联系地点与方式的。老王这个联系点是除非有异常紧急的情况她才能使用的，可又“盘点”关门了。

时间一秒一秒地过去了，如果不把这个紧急情况报告上级，这个城市的地下组织损失就大了。更重要的是，万一见面的两个人中有一个叛变的话，还会危及由地下组织护送去参加中央会议的那位中央领导。柳东絮想过种种办法，她甚至还想过舍身去见面地点鸣枪报警的办法，可是她却不知道一号联络地点在哪里，甚至在哪个方位都不知道。

正当柳东絮束手无策时，她看到皇协军马团长的太太张芳与朱翻译官的太太一起往警备团邓团长家里去。柳东絮知道她俩一定是去跟邓团长的太太打麻将的。她便立即也往邓团长家去。

其实，柳东絮这么做是冒着很大风险的，这也是严重违反地下工作纪律的。有一次，柳东絮到老王那杂货店的里间跟他谈事，说话间有人找老王。老王出去了，警觉的柳东絮当时透过门缝看到老王悄悄地将一张纸条塞进了张芳的手里。那时，柳东絮就意识到了张芳是自己人，但她在这个地方的组织中担任什么职务却不知道。根据地下组织的纪律，柳东絮是不能跟张芳联系，也不能让张芳知道自己也是地下工作者，她更不能打听张芳的事。现在，柳东絮决定去邓团长家跟她们打麻将，想办法把情报告诉张芳。柳东絮这有可能暴露的危险，因为她不知道张芳是否叛变了，老王的杂货店“盘点”是不是与她有关。柳东絮还考虑了即使张芳没叛变，但她相不相信自己，敢不敢接收她的情报，这一切都是未知数，但情况十分危急，柳东絮又实在想不出别的办法来。

柳东絮进了邓团长家，邓太太高兴得不得了，柳东絮以前租住的房子就在邓团长老楼房的旁边，她们做了三年的邻居，关系很好，柳东絮与邓太太经常走动着，柳东絮还不时到邓团长家来陪邓太太打麻将。柳东絮说办完事路过这里就进来看看。邓太太非常高兴地邀柳东絮打麻将，她们正好“三缺一”。柳东絮就很“随意”地在张芳旁边坐下了。

麻将局中，柳东絮在等别人出牌时很无聊，“不经意”地用手指轻轻地敲着麻将桌。然而，柳东絮这“不经意”敲出来的却是地下党用的一级密码，她这是试探。柳东絮不知道张芳是否懂密码，更不知道她懂不懂这套密级很高的密码。柳东絮敲出的是“联系”“快联系”的密码。

可是，没见张芳回应，她只是低头打着麻将。两局了，柳东絮还不见张芳的反应。莫非张芳不是地下组织的人，那天老王交给她的纸条是私事？难道张芳不懂密码？张芳是不是不相信她或者严守地下工作纪律？柳东絮担心了！因为这几乎是她向上级报告、阻止那个见面的唯一渠道了。

“快出牌！快出牌！”张芳不耐烦地用麻将敲打着桌子，急促地催着她上一家的朱太太。从那语调上来看，张芳与邓太太、朱太太很熟，说话很随便。

柳东絮突然一惊，张芳在尖声催促中那麻将敲出来的是一级密码“知道”。柳东絮喜出望外，但她掩饰着内心的高兴，甚至可以说是激动。

这时，邓太太马上“批”起张芳来了：“敲什么！急什么！打麻将不允许敲桌子的，你不知道呀！小柳刚来不知道我们的规矩，你不知道吗！从现在开始按我们的老规矩，谁一敲桌子就算输，而且是一赔三！”

柳东絮知道这是她们三人之间定下了打麻将的规矩，可是这一规矩堵住了她与张芳联系的通道，也把柳东絮带入了困境。柳东絮开始在考虑用其他方式向张芳传递那紧急情报了。可是，她不可能邀张芳一起上厕所，也很难在张芳去厕所时跟过去，更不能在麻将桌上对张芳使个眼色叫她出去——因为，在邓太太和朱太太眼里，柳东絮与张芳是第一次认识，这样就露出了破绽，很容易让人怀疑。

摸到了一张好牌，柳东絮眼睛一亮：“和了。”她把麻将一推，摊开，然后对旁边的张芳说：“马太太，我好久没打麻将，都不知道算分了，你看我这么算对吗？自摸6分、无字3分、清一色4分、无王2分，对吗？”张芳还没回答，朱太太就笑起来了：“柳小姐果然是好久没打牌了，无王应该是4分。”

“是吗？我怎么觉得是2分，我这局应该是6、3、4、2，共15分！马太太你说对吗？”柳东絮笑着说。她向张芳送出了四个数字。

张芳笑着说：“柳小姐认为是多少分就是多少分吧！反正是她自己少算的，少收钱也怪不得我们呀！”

柳东絮的手气好像特别好，和了好几盘，几乎都是张芳“点炮”的，可每次柳东絮算分都算得一塌糊涂，经常算错，别人和牌柳东絮也帮着算，不过很少有算对的，弄得大家大笑不已。

张芳很快就没钱了，说要回去拿钱扳本，邓太太与朱太太都说柳东絮是张芳的克星，她俩特别地幸灾乐祸，因为以前张芳老赢她俩。

柳东絮当晚得到了消息，特高课下午扑了个空。地下组织的负责人根本就没在那个地方会面。认为被骗了的特高课特务将那叛徒打了个半死。

当然，张芳几天后也回老家探亲并在半路上“病故”——去了抗日根据地。

原来，柳东絮每次算对算错的分排列起来就是密码。张芳当然也知道这几个密码连起来就是“一号联络点危险”。

选自 2015 年 8 月 19 日《上饶晚报》

雪　夜

肖曙光

天快黑的时候，阴沉沉的天下起了雪。

女人进了屋，见男人靠着枕头半躺在床上，一阵惊喜，你回来了？咋躺床上了？病了么？

累了，男人露出疲惫的笑容。

女人放下手中的鞋底，轻轻关上门，拍打着身上的雪花，说，刚去妇救会开会了。唉，这天真够冷的。你吃了没？

男人点点头，啃了个馍呢。

女人嗔怪道，这么冷的天，啃个冷馍咋行？早知道你要回来，熬碗小米粥暖暖身子。

不碍事。男人说。

听说，仗打得很激烈？女人问。

好惨哩。男人说，一地的死尸，村里的大刘脑袋被鬼子的炮弹削去了一边，王胡子的肠子都挂树上了。一个排的人，只剩下三个了。

你没事吧？女人声音里透着紧张。

我……没事。男人冲她淡淡一笑。

那就好。女人松了口气，就你一个回来？

是……哦，不是。

男人的支支吾吾让女人顿时不安了。男人先前是个小商贩，走街串巷卖些针头线脑之类东西。他胆子小，遇见一条狗都要绕道走。结婚刚三个月，日本鬼子就占领了县城，不时下乡扫荡，男人就不敢出去卖东西了。

县大队来招人，村里很多人报了名。女人舍不得他离开，但禁不住村里妇女们的玩笑话，擦干眼泪，还是送男人去了。

这时，女人问，跟谁一起回？

那谁……反正好几个呢。

啥时回部队？

过……过几天吧。男人看了眼女人，不再说话了。

女人心里咯噔一下，男人莫不是偷偷溜回来了？这要让村里人戳脊梁骨的，该死的。隔壁村一个男的偷偷跑回家，遭村里人耻笑了，听说县大队还要处理他。想起父母惨死在鬼子的枪口下，自己也差点遭鬼子毒手，男人却这般懦弱，心口便隐隐地痛。她闷闷不乐地纳着鞋底。

见女人不再理他，男人尴尬地笑了笑，看见在纳的鞋底，说，你帮我做鞋子了？

女人说，不是的。

给谁？

给——女人看了男人一眼，幽幽地说，给他！

给他？男人瞪大了眼，他是谁？

莫问，反正是他。女人冷冷地说。

男人躁动不安了，气愤地说，你……怎么这样？

女人冷着脸，不搭理他。一会儿，闷声闷气地上了床。

两人躺在床上，一动不动，就像两具僵尸。屋里很静，静得连空气都凝固了。

窗外呼啸的北风，刮着窗棂纸哗啦啦响。风削尖脑袋往屋里钻。被窝里没有一点暖意，一股股寒气沿着脚指头往身上爬。

要是以往，这么冷的晚上，两人早就睡了。男人会把女人的脚放胳肢窝里，甚至抱在怀里，抱着抱着，男人会在她的脚心里挠痒痒，女人憋不住笑起来，男人顺势给她揉肚子，揉着揉着，手像蛇一样游到胸脯上，小腹上……

想起这些，男人心里涌起了一股柔情。他缩着身子往女人身边靠，女人没有迎合他，却把身体向旁边挪了挪。男人又靠过去，女人又挪了挪。

男人碰了钉子，无奈地叹了口气。

翠翠。良久，男人说话了，我……我是怕你伤心。

伤心？你已经让我伤心了。女人心想。

男人又说，那鞋子，真给他做的？

女人没吭声。

男人轻轻说，有他照顾你也好。

呼啦一声，女人掀开被子，点亮灯，从床底下拿出几双鞋子，你看，这些鞋都是我给他做的。女人指着鞋子说，这是赵排长的，这是韦班长的，这是王小旦的，这是老李的……他们哪个都是我心里敬重的人。

男人语无伦次地说，这，这……

女人撩起裤腿，指着腿上的一道伤疤说，鬼子一刀刺在我腿上，要不是赵排长带人及时赶到，我早就成了刀下鬼。

男人看见女人腿上的伤疤，眼里涌出了泪水。

他们都是英雄，我不能为他们做双鞋吗？

做得，做得。男人连声说。

我也想为我男人做双鞋，可惜他……女人叹了口气。

我不配，是吗？男人的声音哽咽了，我是个废人。

你何止是废人，你简直是丢人。女人狠狠说道。

丢人？我丢啥人了？男人的嗓门大了。

你怕打仗，偷偷跑回家，还不嫌丢人？

翠翠，男人像只被激怒的狮子咆哮起来，他从床上下来，却一个趔趄滚到地上。

女人连忙去扶他。男人拨开她的手，想站起来，却又一次跌倒了。

女人慌了，你别生气啊，明天就回部队，行不？

回部队？回不去了。男人说着，慢慢地把一条裤腿拉起来，里面竟然空荡荡的……

夜深了，纷纷扬扬的雪越下越大。

选自2015年8月21日《淄博日报》

寻找画家

冰 峰

国际美术展中有一幅作品引起了众多专家的关注。画中一头大象，笔墨寥寥，却栩栩如生。有的评委认为，此画用笔不凡，画风简朴、新奇，笔法怪异、独特，应给予重奖鼓励。也有评委认为，此画画技不讲究规则，无宗无派，背叛传统，完全是胡写乱画，不值一提。

数日会议，画家评委各持观点，争论不休，难有结果。于是决定，让画家亲临现场陈述观点，以免埋没人才。经查询投稿记录，得知此画由凌教授代为投稿，原画作者在泰国清迈，名为思凌。

在众多画家之中，力捧此画的年轻实力派画家范增当仁不让，成为寻找画家思凌的第一人选。

在飞机上，与凌教授结伴而行的范增，从凌教授口中获得了许多信息。画家思凌是一位女子，有着天籁般的清纯、质朴和浪漫。一年前，凌教授来清迈采风，偶然在骑大象时与思凌相识，一个星期的来往，他与思凌产生了一种朦胧的情感。凌教授回国后，思凌寄给他一幅画，画中大象的线条，好像流淌着他们之间的美好情感。后来，凌教授看到国际画展征稿启事，心想，如果此画获奖，或许还有与思凌见面的机会。

如愿以偿，凌教授果然有了与思凌见面的机会。在飞往清迈的途中，凌教授思绪万千，想象着与思凌见面后的温馨场景。

按照寄信地址，范增和凌教授没有找到思凌，于是他们决定分头寻找线索。

范增年轻，跑的地方多，在风景秀美的河畔，年轻帅气的范增认识了一位女画家。他俩一见钟情，爱意缠绵。

在一个轻雾弥漫的黄昏，一头大象从范增和女画家的视线中穿过，女画家看着大象，寥寥数笔，一头大象便跃然纸上。范增看看画作，笔势平实，无惊奇之处。但他暗想，女画家也画大象，会不会认识那位参展的画家？于是范增轻声问道："你认识一位叫思凌的画家吗？"

女画家若有所思，轻声反问道："你是不是认识凌教授？"

范增说："是啊，他有一幅画，是画家思凌所作，你能带我见她吗？"

女画家神秘一笑说："可以啊，等你离开清迈的时候，我会带你见到那幅画的作者。"

又一个轻雾弥漫的黄昏，范增带着凌教授来到与女画家相约的地方，一幅意想不到的景象出现了。在绿草茂密的草地上，女画家思凌正站在一头大象的身旁，将沾满颜料的笔递到大象的鼻子上。大象甩动柔软的鼻子，轻轻将笔锋放在画板上，一笔，两笔……几笔下去，一头大象便生动地出现在画布上。

看到这里，范增明白了一切，自言自语道："难怪笔法如此稀奇独特，原来是大象的作品，闹剧啊！"

凌教授似乎也明白了一切，脱口而出："可惜了，一幅寄情之作，居然是大象的作品！"

思凌看到范增带着凌教授一起来看她训练大象画画，表情顿时复杂起来，又惊又喜，一脸茫然……

选自 2015 年 11 月 24 日中国作家网

夜　车

飞　鸟

夜色漆黑，没有半点星光，我独自走在通往县城的路上。

我的思绪像被枪声惊吓的鸟儿，忽地飞到东边，忽地飞去西边，不敢在一个地方停下超过两秒。父亲的肝病，需要长期住院。钱，像烈日炙烤下的露珠，还没有濡湿干枯的禾苗，就已没有踪影了，连点痕迹也没留下。我真的弄不来钱了。但我又必须弄出来钱。

此刻，我的口袋空得像团空气，我不得不步行五十里进城，找熊三。

熊三是我的中学同学，他高大健壮，我却瘦弱矮小，他可以揉着扯破的鼻子，抡着砖头跟高年级的同学打架，我却看见血就会头晕。我们俩的关系很好。这很奇怪，也不奇怪。很多事情都在对立中统一，辩证中互补。我寻求着熊三的庇护，他寻求着抄作业蒙骗老师。我们彼此欣赏，彼此爱护。

几个月前，我见到了熊三。这是中学毕业后第一次见面。不知道熊三在县城干什么工作，但他很阔绰。我把父亲送到镇卫生院，赶紧出来弄钱，我心里很急，脚步很慢，我想不起还能敲开哪家亲友的大门。我就这样急得冒着汗，缓慢地走。一辆黑色轿车停在路边，下来个大块头，赤裸的胳膊上有个青色的狼头。大块头站在路边，扯开裤子，对着路沟小便。我走过他的时候，他回头看了我一眼，喊，文亮。我停步，望大块头，哦，原来是熊三。

他上下看我几眼，说，文亮，跟我去县城吧。我说，我还有急事。他掏出一把钱，塞给我，说，我今天也有事，这钱就当请你吃饭了，来县城跟着我混吧，我缺个管账先生。记得来找我啊，县城西街天堂俱乐部。熊三走后，我数了一下钱，三千二百元。我的手哆嗦了几下，这么多钱啊，我种地一年也难挣到这个数。

等到钱用完最后一张的这天夜里，我动身去县城找熊三。我知道，跟着熊三，他不会亏待我，我更明白，跟着熊三，不会有好下场。熊三干的什么，我想象得出来。但我又能如何呢？我的人生不就像此刻走着的夜路吗？漆黑，没有星月，没有温暖，没有希望，父亲在病床上等着我弄来钱，母亲和几个幼小的弟弟妹妹也等着我弄来钱。

一束灯光从我身后射来，我往路边靠了几步。车走近了，放慢了速度。我没理会，依然慢慢低头走。车和我平行了，眼前的路清晰起来，路面上的几个坑，在灯光照射下，像吞噬一切的黑洞。我想，熊三就活在黑洞边缘，而我马上也会活在黑洞的边缘。最后，都会跌进黑洞里去。车摁了一下喇叭，车窗摇下来了。司机问，要坐车吗？我扭头，看见车顶上的灯箱，原来是一辆出租车。我摇头说，不坐。

司机说，到县城还有二十多里地呢。我厌烦了，还生出悲哀，我没有一分钱，怎么坐出租车啊，我忽然坚定了跟着熊三干的心，我需要钱，需要钱，去他的未来吧，去他的黑洞吧。我生出狠劲来，脚步也仿佛有了力量。司机说，兄弟，我不收钱，就当有个说话的吧，来，上车。我愣了。

车停下了，车门打开。司机说，我刚送完人回来，这条路坑坑洼洼的，跑不快，一个人无聊，你正好可以陪我说说话。我说，谢谢。司机是个中年男人，圆脸，大眼睛，亲切地笑着。司机很健谈，天南海北地聊。我发现方向盘前贴着一张画，好像是张彩色的画。司机见我看画，打开了灯，说，这画是我女儿画的，是女儿亲手贴这里的，温馨吧。

画有一本杂志大小，用彩色蜡笔画的。一轮金黄色的太阳，照耀在一大片亮丽的向日葵上。向日葵里有三个人，牵着手，笑着，一起仰望着太阳。左边穿西装的是爸爸，右边长发长裙的女人是妈妈，中间穿红裙子的女孩是女儿。女儿一手牵着爸爸，一手牵着妈妈，开心地笑着。我心头一阵温暖，多么幸福的一家人啊，多么美好的生活啊。我一定也会有温柔的妻子，有可爱的女儿，有幸福的生活。我的眼泪落了下来。我扭头看窗外。黑夜里的万物，模模糊糊，这模糊里，熊三的脸清晰起来。

我没有找熊三，而是在饭店后厨找了份工作。我努力学习炒菜，没几个月，我成了一名厨师。父亲的肝病也好多了，回家边喝中药边休养。一年后，我拿着三千二百元钱去找熊三还钱，看见警察正查封天堂俱乐部。

熊三逃走了。几天后，我在报纸上看到熊三被抓的消息。

选自2015年第7期《小说月刊》

背着老妈去买房

汪　志

新苑小区又要建商品房了，广播电视上到处打广告，首付五万元，正在看电视的宝成动心了，他对一旁的妻子说道："明早带上妈，我们也要预付一套。"

老婆翠花瞪大了眼睛，摸了一下他的额头："唉，我说老公，你没发烧吧？我们家这条件看来一辈子只能住这老房子了。"宝成家的条件的确不太好，妻子翠花没工作，七十多岁的老妈瘫痪在床已五年，病情一天比一天重，而儿子呢，今年又逢考大学。近三十万元的房款对宝成家来说简直是天价。

宝成从兜里掏出一张五万元的转账支票："这是开公司的朋友借给我的。"家里的事基本上由他说了算，翠花只好点头同意。

瘫痪在床的老妈听儿子说要带她去买房子，先是一笑，继而问道："宝成，这是真的？新苑小区？我们家哪有那么多钱？"宝成笑道："现在的消费观念变了，人家美国人先借钱买房子，然后再慢慢还钱，这叫先享受。而我们呢，先慢慢攒钱，省吃俭用，等钱攒够了也老了。"老妈迷惑地望着宝成，继而点了点头。

第二天，宝成就到新苑小区售楼处办完了首付手续，然后又背着老妈来到了一块正在建设的工地，说道："买的房就在那儿，再过一年我们就可以搬家啦。"老妈笑了，激动地说："我们要住新楼房了。"

一个月后，老妈突然病情加重。医生说人快不行了，赶快准备后事吧。闭眼前，老妈拉住宝成的手断断续续地说："妈盼着你搬上楼房的那一天，虽然等不到了，但妈替你高兴……”

安葬了老妈后的一天早上，宝成跟翠花要一千块钱，说要交新苑小区那套房的违约金。“啥违约金？”翠花瞪大眼睛看着宝成。“实话跟你说吧，几个月前我忽然心血来潮提出买新房，其实那是做给妈看的，是为了让妈高兴。如今妈不在了，我今天得退掉它，必须交首付款的百分之二违约金。”

“什么，你买房是为了哄妈高兴？”翠花愣在那里。宝成告诉翠花，两个多月前偶然听妈和几个老人聊新苑小区新建楼房的事，妈说要是我家宝成也能买上那一套楼房，她死也瞑目。这句话深深刺激了宝成。为了满足妈的心愿，他决定骗她一次，因为听医院的朋友说，妈的病已到晚期，最多能活三个月……于是宝成瞒着翠花跟朋友借了五万元首付款，等妈一走，立即退掉那楼房。为了讨妈高兴，他觉得损失一千元违约金没啥。

听了宝成的解释，翠花热泪盈眶：“老公，今天你就让我做一次主吧，为了妈的遗愿，为了更好的生活，这房不能退。”宝成低下了头，轻声说：“我也想尽快搬出老房子去住新楼房，可儿子马上就要考大学了，哪有钱啊？”

这时，翠花忽然从旁边的一个衣柜里拿出一个存折递到宝成手上：“我虽然没有工作，但我会持家，这是多年来省吃俭用偷偷攒下的五万多块钱，就是准备急用的，先把这钱还给朋友吧。昨天我听一个邻居说，我们这片老房子已列入政府改造计划，要么以房换面积，要么以房换补贴，听说能补十几万呢，首付款没问题。再说妈走了不用我侍候了，从明天开始我就出去打工，我们齐心协力争取十年内交清所有房款。”

这时，在家复习的儿子从房间里走了出来说：“妈说得对。至于我上大学的费用，可以先按揭一部分，我会边上大学边打工，好好学习，争取奖学金。”

宝成笑了，落下晶莹的泪珠……

选自2015年第7期《领导科学》

三　只　羊

相裕亭

汪九家曾经养过三只羊，那都是那八辈子的事了。而今，汪九家院子里，连粒黑漆漆的羊屎蛋蛋都找不到了。可偏偏就在这个时候，乡农科站的老顾，上门来统计羊数了。

那天上午，村支书老曹领着老顾他们，一行三人，一路说说笑笑地往汪九家走。

打前战的，是农科站新来的一个大学生，小伙子个子蛮高的，戴副锈琅镜，脖子上还挂着照相机，手里抱一本葱绿色的文件夹，斯斯文文的样子，进门就问："这是汪九平的家吗？"

汪九平，是汪九的大名，村里人都习惯叫他汪九，哪个还板板乎乎地称呼他汪九平哟，全都是汪九、汪九地叫得顺溜。

但是，眼前这个小伙子，按部就班，他手捧着曹支书提供给他的花名册，推开汪九家的大门，问："汪九平在家吧？"

那时间，快晌午了，汪九正蹲在西山墙下小锅棚里择一把乱菠菜。那菠菜起杆子，根部的老叶都萎缩、变黄了，汪九一棵一棵地择着，听到有人喊他汪九平的大名，一时间，他还有些不习惯了。汪九转过身来，冲着大门口这边张望，问是谁？

曹支书和农科站的老顾从后面跟过来，搡了汪九一句，说："连我都不认识啦，你老糊涂啦！"

汪九这才看到曹支书来了。汪九忙起身迎过来，此时他手里还拿着几棵夹杂着黄叶的老菠菜。汪九叫一声曹支书，没喊老顾。没料到，曹支书觉得汪九不礼貌，没轻没重地训斥汪九，说："你连顾站长都不认识了啦！"

汪九堆一脸滑稽的笑，说："面熟，面熟！"

曹支书说："什么面熟，去年到你们家给老母猪打针的，不就是他吗？"

汪九噢一声，拍自个儿脑瓜一下，说："是是是。"

曹支书没工夫跟他瞎打牙，院子里张了两眼，问汪九："你家的羊呢？"

汪九猛一愣怔，心想，怎么又来找羊呢，去年你家小闺女定亲，你来牵走一只，另外两只，一只被村里搞普法教育时牵去喝了羊肉汤，另一只让他自个儿牵到集上卖了，还了当初建羊圈时的木料钱，和平时欠三华家小店的油盐酱醋钱，也就没有几个了。

曹支书看看汪九家院子里也不像是有羊的样子，便盯住汪九问："你的羊呢，去年县里资助你养的那些羊呢？"

汪九两手一摊，说："没了，都没了！"

汪九看曹支书领来农科站的老顾他们，认为是到他家来牵羊，中午想喝羊肉汤的，便冲着曹支书，摊开双手说，表明他家现在确实是没有羊了。

曹支书回头看看老顾。

老顾看看旁边破旧的羊圈，示意身边那个戴眼镜的小伙子："把那个照下来。"那小伙子很听话，举起相机，蹲着、站着"嚓嚓嚓"连照了四五张。老顾站在一旁，叮嘱他："连旁边那个篱笆墙也照上。"这期间，老顾又指点汪九，说："你过来，做做样子吧。"

汪九不知道要叫他做什么样子，转身把手中那把尚未择好的老菠菜放在身后的磨台上，掸着胸前衣襟上沾挂的尘土啥的，就往老顾这边走。

老顾指着磨台的菠菜，告诉汪九，说："你把菠菜拿上。"

汪九愣一下，不知道老顾是什么意思。

老顾还在指磨台的菠菜，说："拿上，你把磨台上菠菜拿在手里。"

老顾教给汪九，让他拿着菠菜，冲着猪圈旁边那个破旧的羊圈走过去，以此制造出一个养羊、喂羊的假象来。

汪九按老顾的意思，拿把菠菜来来回回走了好几趟，总算把老顾想要的画面拍下来。

随后，要登记羊的头数时，老顾问汪九："当初，你家一共喂了多少只羊？"

汪九如实说："三只……"

汪九还想说得具体一点，他想告诉老顾，当初他喂养的那三只羊，其中一只是公羊，另外两只是母羊。

没想到，曹支书一句话把汪九的话给噎回去了。

曹支书说："什么三只，十三只，你老糊涂了，明明是十三只，你怎么说是三只呢？不收你的羊头税，你就大胆地说嘛。"

老顾也在一旁鼓动汪九，说："我们不是收税的，你大胆说吧。"

汪九呢，被曹支书、老顾他们说来弄去的，一时间，不知说什么好了，原地儿戳在那儿，傻乎乎地乐。

那个手捧账本的小伙子，走到老顾身边，问老顾："到底写多少只呢？"

老顾说："你写三十只吧。"

那个大学生模样的小伙子，一笔一画地在汪九平的名下，写下三十只羊的数字。

汪九不知道那个小伙子在账本上给他写了多少只羊，更不知道人家统计他养羊的数字是干啥的。

唯有老顾、曹支书他们知道，县里农业局下来一笔扶持资金，专门用于帮扶农村养猪、养羊的。文件上说，农民每养一只羊，补助60块钱。也就是说，刚才给汪九家上报了三十只羊，上面的扶持资金下来以后，他能得到1800块钱的补助。原则上讲，这1800块钱，要落实到养羊户的手上。

但是，汪九家早就没有羊了，那1800块钱还会发给他吗？悬！

选自2015年9月14日《涟水快报》

手　　长

满　震

起初，谭局长以为衣服穿穿洗洗就会缩水才显得衣袖缩短；后来发现衣袖越来越短，这才想到是不是自己手臂长长了。

谭局长来到镜子前，站直了身子，两臂下垂，发现手掌居然超过了膝盖。的确是手臂长长了！

堂堂谭局长竟然成了“长臂猿”！这要是让别人知道了还不丢死了人了。

谭局长决定去看医生。他悄悄去了县医院，挂了个骨科专家号。做了拍片、CT甚至核磁共振等一系列检查，却没有发现任何异常。专家建议他去市里大医院。

谭局长马不停蹄又去省人民医院。他担心县医院的医疗设备不够精准，医生的诊断水平不高，把各项检查又重新做了一遍，依然没有发现任何问题。

满头白发的老专家问他：“你是干什么工作的？”

谭局长说：“公务员。”

老专家又问：“是普通公务员，还是做领导的？”

谭局长：“嗯，这个——”

老专家说：“你要说实话。否则的话，我将无法诊断。”

谭局长只好如实说出了自己的身份。

老专家笑了笑，说：“我这里有一秘方，你不妨一试。只要你肯照着做，我保证能治好你的病。”然后取出几个信封递给他说：“你的手臂每次长长一节的时候其实都会有轻微的胀痛，再有这种胀痛感觉的时候，你就拆开一个信封，并照着处方上的要求去做，你的病情很快就会好转。只要你坚持按照我的处方去做，你的病就能痊愈。”

谭局长说：“只要能治好我的病，让我干什么都行。”

谭局长充满希望地回到家，一边不希望自己的手臂再继续长长，一边又希望那种“胀痛的感觉”快快到来。

这天晚上，一个下属找到谭局长家来，想请他帮忙提拔当科长，临走留下一个厚厚的大信封。第二天早上，谭局长忽然觉得手臂胀痛，他又惊又喜地赶紧撕开老专家的一个信封，只见一张白纸上赫然写着两个字：退回！他马上想到昨晚收下的那个信封，哦，原来是让我把钱退还给人家。到嘴的肉，让他吐回去，他真不愿意，可是想到还在胀痛的手臂将要越来越长，只好咬咬牙让老婆把信封送还给了当事人。嘿哟，真是奇了！这信封一退回，谭局长手臂的胀痛感立马消失了，拿来皮尺一量，这手臂非但没有长长，还缩短了一寸。

谭局长真是开心啊。

又一天晚上，一个建筑公司老板敲开了谭局长的家门，送给他一张银行卡，希望他把一个工程项目给他。第二天早上，谭局长手臂的胀痛感又来了。他赶忙拆开老专家的又一个信封，处方签上又是两个字：上交！这回他没再犹豫，一上班就把卡交给了纪委。回到办公室，他手臂的胀痛感马上又消失了，悄悄拿来尺子一量，这手臂非但没有长长，还又缩短了一寸。

谭局长真是开心啊。

谭局长终于明白自己的手长长原来是贪心所致，贪心就是手长，手长就是贪心啊。后来又有人向谭局长行贿，谭局长干脆统统拒收，实在难于拒绝的收下后连数字也不点一下就立马上交纪委。这样他的手臂就没再长长。

谭局长真是开心。开心的谭局长就会经常照镜子。他又来到镜子前，站直了身子，两臂垂下，发现自己的手臂虽然缩短到了膝盖以上，但明显的仍然比正常人还是长一截。

这天，在单位厕所的格子间蹲位上，谭局长听到外面的小便池边上有两个人在说他坏话。

一个说："我们谭局长这人手可长呢。"

谭局长在心里说：原来我这手长的秘密他们早就知道了啊。

另一个说："是啊，你要是找他办什么事，你不给他送足送到位他是不会给你办的！"

谭局长在心里说：我每次收钱都是天知地知的，他们怎么知道的啊？这真是"要想人不知，除非已莫为"啊。

一个又说："有句话叫'手莫伸，伸手必被捉'。眼下中央反腐败力度这么大，他要是还不收手，我看他这双长手迟早会戴上手铐的！"

谭局长心里一惊。

另一个又说："是啊，我听说有人正在搜集证据，要向纪委举报他呢。"

谭局长吓出一身的冷汗。

回去后，谭局长心事重重，坐卧不安，茶不思饭不想，觉也睡不香，思来想去，思前想后，最后决定：把当局长这几年受贿的钱悉数打到纪委的廉政专用账户上，然后去自首。主意一定，他的心里一阵轻松。

谭局长又来到镜子前，站直了身子，两臂垂下，发现自己的手臂一下回到了正常的长度。

选自 2015 年第 5 期《青春》

我俩是亲戚

汤 雄

别看道路运政稽查员头戴大盖帽、身束武装带、手持对讲机，当马路一站，威风八面，实际上他们也有一本难念的经。因为那些违章违纪的营运者，尤其是那些无证非法营运者，都不是好剃的头，一旦查获，不是和你称兄道弟、软磨硬泡，便是挽袖捋臂、横眉竖眼，开出口来的分贝三里外都听得见。然而，小宋却总一如既往，每次上班出阵，冲在第一个，赤胆忠心地维护运输市场的秩序。

这天，小宋又随着哥儿们一起上阵了，而且又冲在了第一个。不一会，一辆小货车慢腾腾地开到距离小宋十几米的地方，忽然一打方向盘要原地调头了。小宋一看就估计此车有问题，连忙紧追上前，一个敬礼，就把小货车给拦停了下来。一问，果然，这是辆没有营运证就有偿为人家运货的非法营运车。

小宋望着装得满满的一车厢的货物，不由双眉连成了一线："师傅，你涉嫌非法营运了，请把车子停到停车场去吧。"

车主是个五大三粗的络腮胡子，他一听，顿时脸色都白了，就像嚼破了一个鱼胆似的，苦着脸，直咂嘴："领导，饶了我吧，我前不久刚被你们罚过三千元哪!"说着，连忙从驾驶证里掏出夹着的几张纸，双手捧着递到小宋的面前。小宋定睛一看，果然是几张他们稽查大队开具的处罚决定书和罚款收据什么的，再一看上面的日期，也确实是才半个月前的事情呢。然而小宋不看也罢，一看，更生气了，当场根据驾驶证与处罚决定书上显示的车主的姓名，严厉地批评道："蒯大伟师傅，你明知无证营运是错的，要处罚的，为什么还要明知故犯呢?"

蒯大伟听了，两眼圈顷刻就红了，垂眉低头地答道："领导，我是实在没有办法呀！因为我老婆得恶病了，整天躺在家里呢；两个孩子都正在上学，这个费那个费数都数不过来。家里上上下下都靠我一个人。我不干，这个家就要倒下了呀！"说到这里，蒯大伟的眼泪就真的流下来了，然后，他又从口袋里掏出一沓纸片，双手捧到了小宋的面前。

小宋接过那沓纸片一看，不由也把眉头皱了起来：这沓纸片确实是市立医院为一个女人开具的病历记录与诊断报告单等，不过，现在有些黑车主为了逃避运政稽查部门的行政与经济处罚，也常会使出这样的苦肉计的。蒯大伟看出了小宋的犹豫，一转身，居然从驾驶室里拿出了临时户口簿、结婚证、身份证等一沓证件，一边说着"我绝对不骗人的，我骗人不得好死的"，一边再次双手捧着递到了小宋的面前。

经过核对，小宋对蒯大伟所说的确信无疑了。他一边同情地摇着头，一边陷入了沉思中。忽然，小宋向四下望了望，好像想起了什么，然后两眼瞪着蒯大伟急促地说道："你给我记住了，我姓宋，叫宋小杰，和你是同乡，也是蒯村人，而且我和你是亲戚关系，你和我是表弟兄关系。记住了吗?"

蒯大伟被宋小杰一串连珠炮似的话给砸糊涂了，直到对方再把这几句话重复了一遍，他才大惑不解地点头说"记住了"。

两人的话音刚落地，稽查大队长便像从地下冒出来似的，出现在了他俩的面前，向小宋问道："小宋，怎么回事?"

小宋尴尬地笑了笑，答道："没什么事。"

"没什么事?"大队长犀利的目光一转，盯住了蒯大伟，"蒯大伟，怎么又是你呀！半个多月了，你这营运证办了吗?"

蒯大伟被这突如其来的一幕给吓傻了，一时上支支吾吾地答不上个子丑寅卯来。就这时，宋小杰及时站出来救驾了，他笑着对稽查大队长说道："大队长，他是我的一个老乡，还是我远房的亲戚呢。没想到我俩在这里见面了。"说到这里，他连忙向蒯大伟瞪了一眼："大伟，你说是吧？"

事到如今，蒯大伟这才如梦方醒、恍然大悟，连忙堆上一脸的媚笑，像背书似的对稽查大队长说道："是的是的，我俩是亲戚呢！他姓宋，叫宋小杰，和我是同乡，也是我们蒯村人，他和我是亲戚，和我是表弟兄关系呢。"

"哦！"蒯大伟一点不差的回答，使熟知每个队员简历的稽查大队长当即信以为真了，于是，他那刚才还挺严肃的脸上，浮起了笑容，"既然是亲戚，那就算了。谁没个人情世故呀？以后他的事，小宋你就直接处理吧。"说到这里，稽查大队长向蒯大伟挥挥手，远远地走开了。

当下，蒯大伟那颗悬在嗓门眼儿的心呀，又落到了原处。他不由感动地紧紧握住宋小杰的双手，泪水再次涌出了双眼："领导，我的好领导！谢谢！谢谢！要不是刚才您教我这一招，这回我就又……您……您让我怎么感谢您呀？"

宋小杰听了，苦笑着说道："你真要谢我，就赶快去办好营运手续再出来。"说完，宋小杰也向蒯大伟挥挥手，走了。

宋小杰都走出老远了，这才听见蒯大伟在后面追着喊道："我明天就想办法办证去！办不好就不再出来了！我绝不会愧对您这门好亲戚的——"

……

当天下班时，大队长笑着对小宋说道："小宋，我俩这一招果然不错，把一个老大难问题给解决了。看来，与其一味地针尖对麦芒导致物极必反，倒不如有时来个稻草捆硬柴的效果好呢！"

选自 2015 年第 3 期《野马渡》

胯下之辱

戴　希

授课结束了。

“现在，我要进行一次测试！”教授忽然说。

学生们立马紧张起来，两眼直勾勾地盯着黑板，只等教授出题。

教授却转身走下讲台，径直迈向教室前门，像一道挺立的门槛，从容地趴倒在教室门前。

学生们愣住了，教授不出考题？教授要干吗呀？

只见教授把脸侧向学生，笑笑。“同学们，你们一个接一个，从我身上跨过去，跨过去吧！”他说。

学生们怀疑自己的耳朵出了问题。

看学生们如此神情，教授又说：“同学们，还犹豫什么？来呀，一个接一个，从我身上跨过去！”

学生们反应过来，有人鼓掌，也有人举起手机拍照。但就是没人起身，更无人挪步。

教授有点失望，忍不住又喊：“同学们，你们怎么啦？从我身上跨过去，跨过去呀！”

一些学生红着脸，慢慢从座位上站起。教授有了几分欣慰，但很快，他又失望了。

站起来的学生，有的仍在左顾右盼，有的竟悄悄从教室后门溜之大吉，仿佛战场上失魂落魄的逃兵。

教授真想发火，真想破口大骂，但教授没有这样。想了想，依然用鼓励的眼神看着他的学生，微笑着说：“同学们，再别迟疑了，快从我身上跨过去！从我身上跨过去，这比杀日本鬼子还难吗？这比造原子弹更费劲吗？我相信，你们都不愿做八旗子弟，对不对？”

遣将不如激将。终于有位窈窕淑女缓缓走出座位，轻轻踱向门口，谨慎地从教授身上跨过去。教授满意地点了点头。

“你们看，柔软如水的女生都敢跨了，男生呢？男子汉大丈夫，大丈夫还不敢越雷池一步？”教授又在激将。

有位男生脸上火烧火燎的，又腾地离开座位，一鼓作气从教授身上跨过去。

“这就好，这就好嘛！多大个事啊！继续，继续，同学们，继续从我身上跨过去！”教授热情地呼唤。

就这样，一个，一个，又一个……最后，共有十三位学生让教授如愿。

后来，实在没有学生肯响应了，教授才缓缓从地上爬起，拍拍手，笑笑说：“今天一百多位学生听课，只有十三位敢从我身上跨过去。这也不错，不错了！令人遗憾的是，这些学生都不是很自觉，不够勇敢啊！”

“那——尊敬的教授，您为什么要进行这样的测试？”一个女生蹙眉。

“问得好哇！”教授感叹，“每次，我给你们授课，教室里都鸦雀无声，要说有声，也只是你们埋头做笔记的沙沙声。”

“这不好吗？”女生追问。

“我不能说这好还是不好。”教授回答，“我只想告诉你，在欧美最有影响的大学，当教授授课时，学生们总是情绪高涨、积极主动，不时地举手发问，或者站起来发表自己不同的见解，有的甚至为坚持自己的看法，与教授争得面红耳赤……”

“亲爱的教授，您不妨直言相告吧！”有个男生憋不住了，“您今天测试我们的目的究竟是什么？”

“教导你们！”教授语重心长地说，“要敢于否定前人，勇于超越权威，大胆坚持真理，矢志探索创新。因为呀，唯有探索创新，才能促进理论发展，才能推动社会进步啊！”教授目光如炬。

学生们豁然开朗，对教授更加敬佩。因为他们，谁也想不到，一个重点大学的学术权威，一个成就显赫的科学家，为了开悟他的学生，为了激励他们站在巨人的肩膀上矢志成材，也能含笑忍受这胯下之辱！

选自2015年第11期《小小说大世界》

捧　　杀

胡礼东

郝海当上了一把手以后，感到这官当得有点爽。出入有人帮拎包，上车有人帮开车门，开会讲话有人帮拟好了稿子，迎来送往吃喝洗脚都有人帮安排，如果需要，还可能有女人陪睡哩。然而，这个如果，郝海也是偶然想想罢了，是决不敢要的，虽然郝海有这条件，虽然有老板暗示过，但郝海还是很清醒的，这是高压线，也是底线，是决不能碰，也是决不能越的。郝海做官做了这么多年了，这定力和素质还是有的。否则，郝海也熬不到今天这个位置，或许还会像一些人那样，早“进去”了。当然，郝海也是人，是个血气方刚、帅气十足的男人。是男人，就免不了有很多的欲望。也许是为了抑制一些欲望吧，郝海的转移力就是去打篮球。在中学时代和大学期间，郝海都是学校篮球队里有名的中锋。自当了官以后，在每次的领导干部体育运动会上，郝海也是一个不可或缺的篮球队主力。这一点，办公室的柳主任非常清楚。

郝海一上任，柳主任就作了科学的安排，让郝书记常到体育馆的篮球场上去放松放松，锻炼锻炼身体，也让郝书记在文山会海和迎来送往的繁忙里解脱出来。这让郝书记感到很满意，多次表扬柳主任的服务到位。

郝书记每次到体育馆的篮球场上，都有一大帮的观众。这些观众都是女的多，有时甚至是一大群的女中学生。她们呼喊着，为郝书记的运球过人加油，为郝书记的快投进球喝彩。这让郝书记感到特别的兴奋，激得郝书记总是像旋风一样，让对手不敢拦，也拦不住，更为神奇的是，郝书记的远投三分球投得越来越多，也投得越来越准了，让场上女观众的喝彩声越来越热烈越来越高涨……

有一次，郝书记在场上打球正打得激烈和观众正在狂热地呼喊时，郝书记感到腰椎突然一阵剧痛，就直不起腰来了。郝书记痛苦地弓着腰，慢慢地退下场来。

这场球，因为郝书记伤了腰，很快就散场了。柳主任跟着送郝书记到医院去做检查。医院的华院长听说是郝书记到医院来了，急忙找来了院里最得力的医生。主治医生给郝书记检查了以后说，郝书记的腰椎受损严重，决不能再从事激烈的运动了，打篮球更是绝对不允许的了，否则，就会有瘫痪的危险了。

郝书记在骨科医院住了差不多半个月的院。这期间，对郝书记是个严峻的考验。郝书记约法三章，决不准透露住院的消息，不准任何下属来探望，不准送钱送礼。郝书记出院以后，又定期和不定期地去医院做了一段时间的理疗，郝书记的腰伤也慢慢地转好了。

有句老话说，好了伤疤忘了痛。这话也许很适合郝书记。郝书记感到腰伤好了，心又痒痒的了，就想去球场活动活动了。柳主任劝郝书记说，还是听医生的吧，不能再去打球了。郝书记不以为然地说，世上很多人的病都不是病死的，多是被医生吓死的。郝书记坚持要去打球。郝书记很留恋那打球的快感，留恋那球场上的欢呼声喝彩声。在郝书记的脑海里，球场上那些女观众的一张张笑脸，就像一簇簇盛开的鲜花，让郝书记一上场就冲动得血脉偾张。在郝书记的任性下，郝书记又回到球场上来了。这时，柳主任愈加感到了责任重大，又开始更加紧张地忙碌了。

不久前，有一场球赛，郝书记在观众的欢呼声喝彩声中刚想投出去一个漂亮的三分球，突然感到腰椎似乎“咔”了一下子，就跌倒在球场上了。场上的观众似是被人统一指挥了一样，瞬间寂静了。这时，还是柳主任反应得快，手机一拨，一辆救护车“完了……完了……”地很快就来到了，观众看到郝书记被抬上救护车去了。

郝书记没有想到，这一跌，就跌成了千古恨。医生检查和诊断后如实地报告了柳主任说，郝书记的腰椎受损已经没法治了。

郝书记瘫痪了。没过多久，郝书记的职务也被免掉了。有一天，柳主任到医院里来探望郝书记，郝书记很感动，觉得这柳主任还不错，没像一些人那么势利，人一走，茶就凉了。郝书记没有想到的是，因为这一爱好，因为这点虚荣，没有栽倒在廉政红线和底线前面，最终却是栽倒在一帮女人的手里了。而这一切，都是柳主任精心组织和安排的。每次郝书记去球场上打球，柳主任都已经早早地把观众的任务分配落实到各部委办局里去了。而且，柳主任的工作还很细致，几乎和每一个局长都打了招呼，给每个局长规定和安排了女观众的比例。有时，柳主任还亲自组织联系了几间中学，专门组织女中学生到场。柳主任的这些安排，很多人都知道，不知道的也许就是郝书记一个人了。

选自2015年第2期《当代原创文学》

鸳鸯乱

容紫云

“文革”期间，南山小学是一所偏远的山村小学。平时留守学校的只有一个名叫陈梅琼的女教师，其余几位教师都是附近村庄的泥腿子民办教师。而我，是刚从师范学校毕业，分配到南山小学当语文教师的。

陈老师身材矮胖，但皮肤好，白里透红。她的丈夫目前正在省城读大学，她一个人孤守这乡村小学，真够可怜的！但我一个年轻女孩，被分配到这种偏僻的地方，难道就不可怜？想到这儿，我心里不禁对陈老师产生了同病相怜的感觉。

每次，陈老师收到丈夫的来信，脸上都洋溢着幸福的笑容。她更加省吃俭用，把工资省下来寄给丈夫。有时，她禁不住要跟我说起她那个大学生丈夫的种种。

“罗冠华小时候读书很聪明，年年考第一，我跟他同班，成绩总比不上他。”

“你们很小就认识？”

“我们打小就订婚了，他高中毕业后，我们就结婚。他家破落之后，一直是我家供他读书的。”

“你们就是传说中的青梅竹马、两小无猜啊！”我羡慕地说。

“罗冠华说，等他毕业后分配回县城工作，就把我调到县城团聚。”

唉，我在心里长叹！我何时才能离开这鬼地方呢？我没陈老师那么幸运啊，我到哪里去找一个能够帮我逃出此地的未婚夫！

两年以后，罗冠华终于毕业分配回县城工作了。可是后来，罗冠华渐渐少回他在南山小学的家了，陈老师脸上的笑容也渐渐少了。终于有一天，陈老师的房间里传出了争吵的声音。一阵吵闹过后，罗冠华提着一包行李匆匆走了，从此再也没有回来。

陈梅琼娘家的阶级成分是地主阶级，罗冠华本来也是地主阶级出身，他们本是门当户对，所以才会自小订婚。但如今罗冠华家破落了，在一定程度上得到了社会的原谅，而他又经过自己的努力，考上了大学。他好不容易才把自己那不好的阶级成分漂白，十分担忧自己的前途再受陈梅琼的阶级成分影响，干脆就抛弃了她。

在县城，罗冠华又结婚了。新娘是教育局局长梁洁英。新娘要比新郎大整整十岁。县城里没有人不知道梁洁英，叱咤风云的政治大红人。她也是刚和她那被打成走资派的丈夫离婚的。梁洁英的丈夫陈钢在未打成走资派前，也是县城里的大人物——副县长。可是这一切都成了过眼云烟，梁洁英也弃他如敝屣，匆匆另结新欢。陈钢则被送到农场改造去了。梁洁英的绝情，人们在她背后议论纷纷。

学校调来了一位校长，名叫厉培杰。厉校长年过三十，身材高大，玉树临风，是个有妻室之人。妻子在老家没跟来。说来也怪，厉校长刚来的时候还经常回家，可是后来渐渐很少回去了，经常待在学校里。

我听到的关于陈老师和厉校长的传闻渐渐多起来了。有人看见他们早上很早的时候就在小树林里跑步，晚上很晚的时候有人看见他们在田野里漫步。下雨天，有人碰见他们在破庙里躲雨……他们的传闻一时在乡间传得沸沸扬扬。

厉校长的妻子张桂芳终于找到学校来了，一个又高大又粗黑的农村妇女。她揪住陈老师就打，陈老师哪里是她的对手，被打得鼻青脸肿。不多时，她们就被厉校长分开了。厉校长狠狠地给了张桂芳几巴掌。张桂芳想还手，又被厉校长一脚踹在地上，她趴在地上号啕大哭。厉校长却拉着陈老师不知上哪儿去了。

闹了这次之后，张桂芳就经常来学校了。可是她一来，他们俩就不知躲到哪里去了，她总是扑空。此后我就成了张桂芳的倾诉对象。

“你们夫妻怎么会搞成这样？”

“这不能怪我，要怪就怪他母亲。是他母亲做主把我聘给他的，他一直嫌弃我，所以我一直没有怀上孩子。可是由父母做主的，在农村很常见。”

她啜泣着说：“他是嫌我人丑，没文化，户口又在农村，他贪慕陈梅琼是吃国家饷的……”

后来，她就不来学校了。过了一年，我也想方设法调到了县城。又过去了好些年，终于打倒了“四人帮”，迎来了改革开放，县城发生了翻天覆地的变化。梁洁英被削去教育局局长的职务。她久居上位，如今被打倒，心里郁闷，就隐居在家，不去上班，也不见人了。而陈钢则官复原职，不久又被提了一级，提作县委书记了。

一天，我在街上被一个女人叫住，我回头一看，我发现自己不认识对方。

对方见我一脸愕然就说：“我是张桂芳，你不认识我了？”

我还是摇头，她接着说：“厉培杰，你还记得吗？”

“哦，是你啊！”此时，我才恍然大悟，明白眼前的这位妇人原来是厉培杰的前妻。

我随即跟她攀谈起来，我得知，她再婚了，现任丈夫竟然是新任县委书记陈钢。我十分错愕，眼前这个皮肤粗黑，身材粗壮的农村妇女，到底凭啥本事嫁给了新任县委书记？

我连忙问她：“你和陈书记是怎么认识的？”

“我和他的认识，可能是命运故意安排的。我离婚之后，就有人介绍我去农场干活，我在农场的厨房里工作。当时陈钢就在那里改造，身体很糟，我照顾了他。后来他感激我，就娶了我……”

跟张桂芳话别之后，我想：世间事真是阴差阳错，也许是天意弄人。陈钢和梁洁英，罗冠华和陈梅琼，厉培杰和张桂芳本来是一对的，现在全乱套了，等于是打乱了再来一次组合！可是，在那个动乱的年代里，乱的又何止是鸳鸯！

他们住在同一个小小的县城里，偶尔碰面会不会尴尬？彼此之间还会不会怨恨对方？这些，我不得而知。也许他们都早已淡忘了过去，接受了命运的安排，重新过起了属于他们的幸福生活。

选自2015年2月9日作家网

天　杀

刘永飞

真没想到，十年之后他还认得我。只是快半天了我才想起他是谁。

那是三天前，我在大街上被一个陌生人突然抓住了手臂，我本能地奋力摆脱，可他的手铁钳般有力，我几乎不能动弹。

我正惶恐不安间，“你是刘记者吧？”这个人忽然说话了。

我一愣，然后有些狐疑地看着他问：“你是？”他的眼睛一下子明亮起来了，兴奋喜形于色。

“我是马本德呀。”

“马本德？”

我迅速地把这个名字在我的大脑里搜索了四五遍，却未能想起马本德是谁。出于礼貌，我还是笑着对他说：“你好。”

就这样，这个叫马本德的人一句一个“刘记者”地跟我交谈，他让我尴尬，此时我依然没能想起他是谁。

“刘记者，我以为这辈子再也没机会感谢您了，今天真是天意呀，正好改日不如撞日，我一定要请您吃顿饭，否则，我这辈子都不会心安的。”

我觉得我不能再装下去了，于是我满含着歉意说：“真抱歉，我这人的记忆力不太好，确实记不得我们在哪里见过，烦请你给个提醒。”

这个叫马本德的人一下子愣住了，他半张着嘴，脸上一种无法形容的表情。不过片刻他就调整过来了，他挠挠头说：“哎呀，您可真是贵人多忘事啊，十年前，马家镇的副镇长开车撞死了我家的牛，这货不但不赔我钱，还让我给他修车，这事儿也不知道您怎么听说了，就到我家来采访，说要帮我主持公道，这事儿您总还记得吧？”

“哦，哦。”我想起来了，但同时，我却感到十分羞愧。

那还是十年前的一天，在县委当秘书的同学来找我，求我帮个忙，他说，他舅舅驾车撞死了一个农民的牛，当时他舅舅喝高了些，就说了些“醉话”，偏偏这个农民是个“一根筋”，逢事儿总喜欢讨个说法，这不，他声称要去省里市里讨个“说法”，可眼前正是他舅舅升镇长的关键期，所以来求我帮个忙。

我说，你县委秘书都解决不了的问题，我这个县报记者能解决什么呀。他说，你去采访采访他，说要把这个事情在报上发一发，替他主持公道就可以了。我说见了报岂不是更糟糕？他说哪能真见报呀，我们就是陪他玩玩，拖住他去上访的步伐，只要过了这个时间点也就随他了，再说了，再刁的民毕竟还是个民！

以后的事儿我就不太记得了，只记得马本德比现在瘦，他当时反复说的一句话就是：“不让他赔牛钱，难道让他道个歉都不中？”

我当时也是哥们义气，没有是非观念。当然，马本德最终也没去上访，而同学的舅舅也顺利地当上了镇长，可谓皆大欢喜。

可是今天再遇马本德，他口口声声请我吃饭报我恩情，我就羞愧难当了。但是我无论如何推辞，马本德总能给我顶回来，后来，当我看到他满眼的诚恳与祈求时，我决定接受他的邀请，只是我会席间偷偷地把账结掉，这也算是我的一点自我救赎吧。

席间的马本德又说了不少感激的话，每一句都让我如坐针毡。后来他又自言自语地说：“唉，他出事不能怪别人，只能怪他自己。”我一听不觉窃喜，我知道他说的是谁，至于那个镇长何时出的事儿，出了什么事儿，我一概不知，也许马本德真以为是我的功劳。

此时，我说话不再唯唯诺诺，频频与他碰杯，我边给他倒酒，边自作聪明地附和说：“是啊，不过我都不记得他最后怎么样了。”

“他死啦。”

“啊，死啦，枪……枪毙的？”

马本德的脸色忽然变得难看起来，频频地自斟自饮，似乎忘记了我的存在，我不知道后来到底都发生了什么，也不敢问。

“淹死的。”他说。

“淹死的?”我的脸皮火辣辣的，于是又厚着脸皮自嘲说，“我还以为我的文章起作用了呢。”

他说：“您能来我家采访就够了，这就是我要的结果，这个结果是给别人看的，是您给个坡让我下了驴，您真以为我会去上访呀，那是气话，气话而已。”

“可，他怎么会淹死呢?”我问。

“唉。”他猛地喝杯酒叹口气说道，“那是他当上镇长半年后吧，不知又在哪里喝多了，结果把车子开进了我家前的池塘里，我当时正恨他入骨呢，根本不想救他。”

“你……是你没去救他，他才……”

“咋可能呢，他是人，又不是畜生，可当大家七手八脚地把他从车里弄出来时，他已经喝得肚大如鼓了，我们赶紧拨打120，但120的人说，他们离我们这儿太远，赶过来怕也耽误了，就先让我们按他的方法抢救起来，可是我们都不会，后来，那个人又想起了什么似的说，赶紧牵头牲口来，让他趴在牲口背上。”

“那趴了吗?”

“没有。”

“咋啦?”

“咋啦? 全村唯一的一头牲口不是被他给撞死了吗!”

酒席结束前，我去买单，却被告知已有人付过。分手时，他紧紧地抓住我的手，眼睛泪汪汪地盯着我，似乎有什么话要说。看着他的眼泪吧嗒吧嗒地落下，我也有些难过，就鼓励他把伤心的事就说出来，说出来就好了。

我这么一说，他真的就女人般嘤嘤地哭起来了，他说：“这么多年了，我给谁都没有提起过，其实，我当时要不去喊人，而是直接跳进塘里，也许他就有救了……”

我的心头不觉一颤。但我还是拍拍他的肩膀说，这不怪你，是他自作自受。可他还是哭个不停，他说："你说的话我也这么想过，可他毕竟是个人啊……"

他的哭声越发地响亮了。

选自2015年第6期《小说月刊》

凯子的美妙穿越

菊韵香

由于没房没正式工作，凯子渐成大龄剩男。这天下午，哥们又给他介绍了名叫小丽的女孩，约在城郊见面。两下一碰头，小丽便直戳凯子的要害："有房子吗？"

凯子挠挠头，敷衍说："正在攒钱。"

"做人要诚实，没有就是没有。"小丽小嘴一撇，扔下句话头也不回地走了，"连窝都没有，还有脸相亲？真是浪费感情。"

再次告败，凯子悻悻地抄近路、横穿坟地往所租的出租屋走。走着走着，一只锈迹斑斑的铁榔头被从土堆里踢出来。回到家，赶巧遇上收破烂的，凯子就把堆在屋内的破书烂报纸连同榔头倒腾了出去。收破烂的也不分类，捆在一起要统一过秤。

相亲失利，心里正窝着一股气的凯子抓起榔头，说："喂，这是铁，比纸贵好几倍呢。"

"什么铁？塑料的吧？"收破烂的回道。

"我说铁就是铁。没准儿还是秦朝的呢。"凯子想证明给对方看，于是照着自己的脑门敲了一下。虽说没用力，可凯子忽觉眼前一黑。等周遭再次亮起来时，凯子惊讶地发现收破烂的没了影，他租住的那件破败平房也不见了，取而代之的是一间颇有古典风情的房舍！

没错，凯子穿越了。接下来发生的事，也许你能猜得到：凯子刚推开房门，就见一个手持三寸小刀的古装男子冲着他咧嘴嘿嘿笑："赵高，快把裤子脱了，老子的刀法精妙得很。"

平时，凯子热衷追穿越剧，很快意识到麻烦大了：糟糕，我回了秦朝，变成了宦官赵高！不，我还没交女朋友呢，绝不能就此"永垂不朽"！心惊肉跳之中，凯子瞅到手中还握着铁榔头，来不及多想，"咣"的一下子，人又回到了收破烂的身前。

"喂，你到底卖不卖？"收破烂的追问。

这是千载难求的宝贝，打死我也不卖！凯子强按着满心狂喜奔回屋，反锁上了门板。

对于穿越知识，凯子了如指掌。想穿越，需有媒介帮助，或者突遇意外，车祸、被杀、遭电击、喝水呛死，等等。这把铁榔头，便是能让人随意穿越的媒介物。宝贝在手，又何愁房车美女？凯子越想越亢奋，迫不及待地抡起铁榔头砸向脑门。

一阵眩晕过后，凯子乐了。远处近处，成千上万的百姓举着银子，蜂拥而来。

"给我来一块，我有银子！""刘瑾，你搜刮民脂民膏，恶贯满盈，我要喝你的血！"

刘瑾？乖乖，我怎么和太监较上了劲，穿越回明朝成了刘瑾。要知道，刘瑾被明武宗判处凌迟，宰割了 3357 刀，一刀一片肉，售价五两银子。他们不是来给我送钱的，而是要买我的肉吃！凯子登时吓破胆，慌忙挥起了铁榔头。

侥幸脱险，凯子拍拍怦怦狂跳的心口，一咬牙，念叨了声"求你送我去剩女多多的地方去吧"，又抡起了铁榔头。万万没想到，宝贝就是宝贝，竟把他送进了一座金碧辉煌的宫殿内。

殿外，佳丽云集，正吵吵嚷嚷地抓阄。一个说："咱们女儿国，总算来了个男的。真郁闷，我是第 108 号，得排到后半夜去。"另一个接茬："我怎么抓了个 666 号？唉，看来，明早才能轮到我一亲芳泽。"

"谢谢上天，我是 1 号。帅哥，我来了！"

随着惊喜的叫声响起，一个大块头、高吨位的女人如狼似虎般扑进了门。想想外面还有上千号人在排队，凯子哪敢逗留？"咣"，恨不得砸爆头盖骨。

重回逼仄的出租屋，凯子摸摸满头大包，暗暗嘀咕：我最大的梦想是睡觉睡到自然醒，数钱数到手抽筋。到那时，我就去找小丽。哼，敢瞧不起我，我用钱砸死你。心下想着，凯子情不自禁地举起了铁榔头。

“喂，你发什么呆？存钱。”刚从昏眩中醒过神，一声急咧咧的催促声便撞入了耳鼓。

凯子使劲晃晃脑袋，看到了一张熟悉的面孔。

是那个收破烂的。再扫眼时钟，显示的年份是2018。也就是说，我穿越到未来了！正自喷叹，收破烂的已深吸口气，将满满一麻袋钱往柜面上一墩：“这些大约有万把块。啥时能点完？”

额的神啊，全是零钞和钢镚，最大面额一元，这回可真要数钱数到手抽筋了！更叫人火大的是，小丽也挎着一个老男人的胳膊，扭臀摆胯地走到了窗口前：“咦，我瞅你有点眼熟，好像在哪儿见过。对，你是那个没房没工作的凯子。嘻嘻，现在能见到钱了，可都是奶妈抱孩子，人家的。”

奚落入耳，凯子又气又恨，从收破烂的麻袋里掏出把钢镚，哗地砸向小丽。谁想这边刚出手，主管便奔了来，冷声训斥：“你昏头了？顾客是上帝。还有，你上班带榔头干吗？想行凶啊？走走走，你被开除了。”

“开除？老子还不想干呢。”凯子抡圆铁榔头砸向脑门。一通天旋地转，凯子出现在了茂密的丛林之中。愣怔四望，凯子盯紧了一只长毛披散、直立着身子的猿猴。

这是什么朝代，什么地方？不等凯子想出个所以然，就见那只猿猴含情脉脉地望着他，柔声问：“帅哥，有窝吗？”

敢情，我穿越回了原始社会！

从古至今，全他奶奶的要房子。凯子悲呼了声“给我座房子吧”，再次砸头。

古今中外穿越了个遍，凯子总算如愿以偿，拥有了一座大房子——因用力过猛砸出了精神分裂，从此住进了疯人院。

选自2015年第6期《小说月报》

岛城的诱惑

尚庆海

他看到岛城面向全球打出的广告——“岛城，一座男人永远不会被扣上绿帽子的城市”之后，便义无反顾地奔赴这座神秘的岛城。现在全世界的男女关系都比较混乱，岛城无疑成了储放爱情的最后一方净土。他对岛城充满了向往。

岛城男女比例严重失调，从岛城相关部门泄露出来的信息得知，岛城现在的男女比例是10:1。按说这个比例想要在岛城找到一个老婆，比登天还难。他却是幸运的，到岛城仅仅半年，就如愿以偿地和自己心仪的女子结婚成家了，他也顺利地拿到了岛城的绿卡。

结婚之后，一系列的麻烦事接踵而至。岛城的女人不但不工作，而且烧饭洗衣拖地等所有的家务活儿概不沾手，每天就是逛服装超市和网店。他每天到公司是围着老板和客户转，回到家里就围着老婆和灶台转。为了养家，他做了三份兼职。这样的生活没过仨月，他就受不了了，想要离婚，到岛城的民政局一咨询，离婚的念头马上打消。岛城新颁布的《婚姻法》里第二十六条有规定，男人要离婚，必须净身出户，而且承担女方离婚后二十年之久的高额赡养费，不管女方什么时候再婚，那笔赡养费作为前夫必须在约定期限内兑现，若兑现有延误，就有可能面临牢狱之灾。

他真的被吓到了。他想退求其次，找个情人来安抚一下自己被婚姻蹂躏的心灵。他的同事知道他的想法后，睁大眼睛盯着他看，好像他是外星人一般。同事把岛城的新《婚姻法》搬出来让他看，他看到新《婚姻法》里第二十七条白纸黑字明确规定：丈夫若有外遇、嫖娼、包养小三等行为发生，必须和妻子离婚，终身不得再娶，离婚的具体赔偿及相关事宜参照新《婚姻法》第二十六条规定。

他随带瞟了一眼新《婚姻法》第二十八条规定：婚内丈夫若对妻子有暴力、冷淡……等行为，导致妻子提出离婚，具体赔偿及相关事宜参照新

《婚姻法》第二十六条规定……

他双手捂着胸口倒吸凉气。同事说："你就知足吧，你没有看岛城有多少到了适婚年龄的男子都找不到老婆，而又有多少大龄剩男在对女人望眼欲穿，更有多少老光棍半夜里在大街上困兽一般转圈、呐喊。"

眼前这位同事不是还没有老婆吗？他计上心来，问同事："你就不想找个老婆？"同事郁闷地说："是男人，谁不想找老婆？！"他涎着脸小声说："要不，你勾引我老婆吧，让我老婆成为过错方，或许我就可以解脱了，你和成为我前妻的老婆结婚！"

同事听完，反应平静："你以为只有你能想出这种馊主意吗？你这不是害我吗？"

他问此话怎讲。同事说："岛城不但用法律条文来约束男人离婚，最厉害的是对第三者的惩罚，不管是你老婆勾引的我，还是我勾引的你老婆，一旦认定为事实，男方就被判十年的监禁……"

他听了，虽感惊讶，但还是努力撺掇同事勾引他的老婆："这也值啊，不就是十年监禁吗，在女人这么匮乏的岛城，说不定你可以得到一个珍贵的老婆。"

同事白他一眼，说："你这是要害死我的节奏啊！如果那样，我不仅要面临十年的牢狱之灾，而且，我还要承担监狱里某个离婚男人对前妻的赡养费，而这个男人就可以被视为刑满释放，我进去以后，可能就没有那么幸运了。"

"什么狗屁法律！这都是谁定的？"他有点绝望。

同事说："当然是岛城的念佛珠女王定的。"

"那男同胞就没有反对意见？"

"有啊，但必须保留。因为岛城的女人太少了，所以必须把女人宠起来，而且要宠坏，只有这样，女人才不会为一点破事就想不开而寻短见，岛城的女人才能幸福快乐地享受生活。"

"我的天啊！"他感到他暗无天日的恐怖生活刚刚开始。

同事安慰他："你就知足吧，你最起码还有一个老婆。"

"我怎样才能做到既脱离了有老婆的阴影，而且还不用被判刑，而且还可以不受到经济制裁？"

同事睁大了眼睛，不可思议地看着他，说："你确定真要这样做吗？"

他坚定地点点头。

同事说："其实也很简单，你只要去做下变性手术，嫁一个和自己年龄相差六十岁的老光棍，就可以逃避所有的制裁与惩罚。"

他在考虑，要不要这样做，同事又说："我劝你就别做白日梦了，岛城男人的合法结婚年龄是二十八岁，而岛城男人的平均寿命是六十八岁，有老婆的是被累死的，没有老婆的是郁闷死的，你哪里去找一个比自己大六十岁的老光棍结婚？"

他差点晕倒，可怜巴巴地对同事说："在我看来，岛城简直就是一座魔鬼之城，一无是处。"

同事纠正说："岛城最大的好处就是任何一个男人都不会去对已婚女人动心思，而且男人只要你自己能够忍辱负重，就永远不会被戴绿帽子。"

正说着，他的老婆打来电话，告诉他网购的貂皮大衣已经签收了，让他上网确认收货，他连忙打起十二分精神，对老婆唯唯诺诺说："是。"挂了电话，他一筹莫展，下个月的透支款只能卖血偿还了。

他擦了把额头的冷汗，电话又响了，是几个同学朋友组团奔"一座男人永远不会被扣上绿帽子的城市"来了，这广告语对地球上的每一个男人都充满了诱惑力，导致那些男人前仆后继汹涌而至。

可悲的是，任凭他想破脑袋都想不到，在岛城找女人结婚的，都是像他一样慕名而来的境外男士，当地的男人在岛城，根本就不敢靠近婚姻的边，他们宁愿像他一样背井离乡，冒着被戴上绿帽子的风险，到其他地方找个老婆。

选自 2015 年第 8 期《天池》

灯　殇

陈永林

这天晚上，六根对女人说："再过几天就中秋了。你明天去买十斤月饼，三斤糖块，三十挂小鞭炮……烟我已买了。"每年的中秋晚上，许多村里人都在六根家挂一盏灯笼。鄱阳湖一带有这种风俗，一到中秋这晚，村里人便在德高望重的人门前挂盏灯笼，表达自己的敬意。这几年，六根门前挂的灯笼最多。村里人在哪家门前挂灯笼，哪家就得放鞭炮迎接。大人敬烟，小孩散糖，女人吃月饼。六根的女人有点不愿意："每年花一百多块钱换几十只灯笼，一点也不值。那些灯笼既当不得衣服穿，又顶不得饭吃。"六根沉了脸，骂："你懂个屁！这灯笼拿多少钱也买不到的。别人想自己门前多挂几个灯笼还想不到呢。这是村里人对我的信任，对我工作的肯定。"女人说："钱呢？"六根问："家里一百多块钱也没有？"女人说："儿子前几天上学，把家里的三千块钱全带走了。"六根就翻口袋，口袋翻尽了，才翻出五十多块钱。六根说："要不，你明天提一只母鸡去卖？"女人小声嘟囔："哪有你这样当村长的！别人当村长，家里要啥有啥，可你每年只得几十只灯笼。"六根再懒得搭理女人了，想，如自己当村长不廉洁，那他门前每年咋挂几十只灯笼？六根把这看得很重，每年村里人挂的灯笼，他都没扔，都堆放在一间房里。

中秋节这天，六根早早吃过了晚饭。女人买来的糖块、月饼也摆放在桌上。鞭炮拆了封。只等提灯笼的人一来，就放鞭炮。月饼样的圆月好不容易从鄱阳湖里爬起来了，一些小孩已在月光下疯闹了。六根坐在门前悠然地吸着烟，眼光却不时往路边上掠。终于来了一个红红的灯笼，六根兴奋地站起来，喊女人："快拿鞭炮放，灯笼来了。"鞭炮噼里啪啦地响了。可是灯笼并没进他家，而是进了春生的家。六根气得骂女人："谁叫你这么早放鞭炮？"女人不敢辩，反而安慰六根："急啥？等会儿，灯笼不就都来了？"六根的气才消了一些。

又来了一只灯笼。拎灯笼的是谷子。六根喊："谷子，这么早来了？"可是谷子没听见样径直往前走。片刻，春生家响起欢欢悦悦的鞭炮声。六根惊得傻傻地立在那儿。往年，谷子每回给他送灯笼。今年却把灯笼送给了那个发了横财的春生。六根气得大骂："这世道变了。人都被金钱蒙住了眼。"六根的女儿劝："爹犯得着生气吗？春生早在村里传出话，谁送他一盏灯笼，他就给谁一百块钱。"六根还是生气："春生是啥货色？他怎么配村里人送灯笼？他的钱不是靠坑蒙拐骗来的吗？"六根说的是实话，春生先是在城里办了个皮包公司，骗了一些单位的货款却不给货，只给单位的头儿送些钱。春生有了钱，就在村里办了个罐头厂，钱大把大把地进。可交税时却说厂子亏损。春生办了厂后，村里人都想进他的厂，村里人给春生的笑容越来越多，看春生的目光越来越谄媚了。“唉——”六根就长长地叹气。六根掏出支烟，点了，狠狠地吸。烟雾整个裹住了六根满是阴云的脸。

春生家的鞭炮噼里啪啦地响个不停，春生门前已挂了二十几个红灯笼了。可六根门前还一只灯笼都没挂。六根感到极难过。自己当了十几年村长，没为自己多捞一根柴火，没做一件昧良心的事。可在村里人眼里竟不如一个坏事干尽的春生。

一只只大红灯笼从六根眼前飘走了，进了春生的家。

女人把六根拉进屋：“犯得着生气吗？别气坏了身体。”女人关紧门，可噼里啪啦的鞭炮声仍是那么刺耳。女人就开了电视机，有多大声开多大的声。女儿说：“爹，村里人送的灯笼没点价值。我们给自己家挂个灯笼吧？”六根骂：“别丢人现眼。”

此时，门被拍得砰砰响。六根开了门，一个小孩举着灯笼，灯笼后跟着十几个小孩。小孩齐声说：“村长，我们给您送灯笼来了。”六根的眼睛竟湿了。六根忙放鞭炮，又不住地给小孩散糖。一小孩说：“六根叔你别生气。大人的心都被狗吃了，他们分不清好坏。春生那样的人不配挂那么多灯笼，今后我们大了，每年都给您送灯笼。”六根听了这话，眼一涩，脸上竟有两条小虫子爬。

六根把三十挂小鞭炮全放了。六根又喊女人与女儿：“你们把房里的灯笼全拿来。”几百只灯笼很快堆了一地。六根拿出打火机，点了火。片刻，灯笼全着火了。一小孩问：“六根叔，你咋烧灯笼？”六根说：“这些灯笼没点用途，烧了，让你们开开心。”片刻，几百只灯笼就化为一堆灰烬。

一个月过去了，六根的门前还挂着那只灯笼。红灯笼尽管被日晒雨淋得失去了底色，可在六根眼里却是那么鲜红。

选自 2015 年第 6 期《小说选刊》

大 团 圆

孙艳梅

日上三竿，老汉醒酒了。床怎么硌得慌？一看，竟然躺在床脚的地上睡了一夜。怪了，明明记得爬到床上了的，害冷，还盖上被子。看来真醉糊涂了。

老汉手脚并用，扳着床沿，使三次劲，爬上床，用脚把床头的被子挑过来，身子像刚冬眠苏醒的蛇，逐渐暖和起来。

刚把身子拾掇满意，肚子咕噜噜叫了，像打雷。老汉想起来，昨晚仅仅吃了几颗花生米。

他实在不愿动弹。

手机又在饭桌上叫起来。

老汉可以不理会肚子，可不敢不理会手机，还能有谁，准是儿女们打来的。老汉有两儿一女，都像小鸟一样在城里筑了巢，儿子曾经带他去城里享福，他去住了一个月，福没享着，感觉受了一圈罪。人又不是鸟，住半空中，老汉整宿整宿睡不着，生死要回去。儿子只好把他送回村，送他一个手机，指着绿莹莹的按键说，一响，你就摁这个。

第二天女儿打来电话，老汉一摁绿键，对着里面大声武气地说：我很好。

"很好"半年，老汉算彻底明白了，自从有了手机，他的儿女都不"常回家看看"了，成"手机"中的儿女了。

老汉就对这个黑乎乎的家伙有些排斥，有一次赶集，就不带，在集上遇见赵老汉，两人到小酒馆喝酒，一喝喝到天黑。刚到巷口，就见几个黑影在家门口徘徊，近了，齐刷刷两儿一闺女。女儿一见他眼圈就红了，我打一天，您为什么不接？我还以为……

儿子冲他嚷：您老没事别添乱行吧？您不知道我们有多忙。

从那以后，老汉像带影子一样带着手机。一响，就按，像浮子一动，就把鱼竿提起来，可不能再添乱。

此刻手机不耐烦地叫着，老汉不敢耽搁，赶紧爬起来，女儿的声音传出：今儿个我们不回去陪您老人家了，哥嫂他们有事，也不回去了。

老汉应着，找出半包饼干，就着热水，吃了。他决定出去转转，其实也没什么好转的，村子里大多大门紧锁，院里长满荒草，没锁大门的除了老人，就是孩子，孩子一到上学年龄，被大人接走，老人隔一段时间，被死神叫走。

远处传来吹吹打打的唢呐声和男人女人哭天抢地声。邻村有个老太婆走了，老汉忽然有些羡慕，多好啊，儿女都来了。他蹲在地头，吧嗒吧嗒抽起烟来。

抽完一袋烟，老汉站起来，活动活动麻木的老腿，回家。

老汉从衣柜里找出他的送老衣裳，穿戴整齐，躺进老屋里。老汉管棺材叫老屋，老屋不大不小，真合适。那年他打了两口老屋，老伴用了一口，另一口他就放在床边的角落里，女儿回家时害怕，他不以为然地说：怕啥？我都置办好了，到时你们只管回来哭爹。他是决意不给儿女添乱了。

天黑了，月亮悄悄闪进来，老汉躺了一会，从老屋爬出来，拿一瓶水一包饼干，藏在枕头底下。又躺一会，又爬出来，找出两片尿不湿，塞进档里。穿着送老衣裳的老汉在亮堂堂的月亮地下，像老鼠一样来回忙活着，此时若进来个人，非吓个半死不可。不过，老汉的家已经好久没有外人进来了。

手机响起，老汉不理会，可手机不达目的不罢休，老汉心里不想按，手却不听指挥。

女儿声音快乐地传出来：爹，中秋节快乐！

老汉浑浊的老泪就出来了，后悔地直打自己的手。

手机还会再响的，团圆日子，女儿打过了，俩孝顺儿子，也会打的，手指一动，多省劲啊。果然，手机又响，老汉搓着手备受煎熬，干脆倒了一盅酒，又倒一盅，很快醉了，这回想接也接不成了，他晃晃悠悠地爬进老屋。

老汉是被一阵惊天动地的哭声惊醒的，他睁开眼睛，发现他和老屋从角落里被抬到屋中央，儿女们正围着他的老屋捶胸顿足。真好，儿女来看他了，小孙子也来了，老汉真想爬出去，抚摸一下小孙子的头，可老汉一动也不敢动。

老汉正幸福着，忽然听见外面一阵熙熙攘攘，有人低声喊，大夫来了大夫来了。然后老汉的手，就被大夫摁住。脉搏跳得很欢实呢，大夫说。老汉不睁眼都能想象出大夫皱着眉头纳闷的样子。

于是，恐惧的一幕出现了，只见老汉缓缓地从老屋里坐起来，环视一圈披麻戴孝的儿女，满足地伸个懒腰说，大团圆，真好。

选自2015年第4期《小小说大世界》

二娃子与瓜皮

于堂日

时值七月，酷热难当。在冀北境内一条古道上，走过来一位衣衫褴褛、鞋子露出脚趾的孩子，十一二岁的年纪，头发乱蓬蓬的，脸上布满了横一道竖一道的汗渍。他小名叫二娃子，打小就没了爹妈，从陕西一路逃荒到了这里。二娃子此时又饥又渴，实在走不动了，路旁有几棵一搂粗的柿子树，他倚坐在树下，想歇息一会儿。

"嘚、嘚、嘚"，一阵马蹄声由远及近，几匹马从面前跑过。打头的汉子四十来岁，勒住缰绳，说了一声："伙计们，天忒热，凉快一下，让过晌午的毒日头再走不迟。"那个领头的汉子从马背上摸出一个大西瓜，用刀"叭、叭"劈成几半，他们几个唏嘘有声地啃了起来。二娃子狠狠咽了口唾沫，用舌尖舔了舔干裂的嘴唇。

等汉子们凉快透了，马蹄声嘚嘚地远去了。二娃子迫不及待地窜过去，抱起一块西瓜皮，还没等送到嘴边，眼睛被什么东西绊住了，原来是一个带有汗渍的褡裢，打开之后，二娃子傻了：那里面竟是一锭锭白花花的银子！他的手哆嗦了一下，像是被什么烫着了。二娃子想，丢了这么多银子，该是怎样地着急啊！他瞬间做出一个重要决定，等汉子回来取。

时间在慢慢地流逝，二娃子等了又等，终于，在太阳西沉的时候，从远方传来了铿锵的马蹄声。近了，又近了，那四十来岁的汉子来到面前，翻身下马，由于焦急，说话都有点结巴："小……兄弟，看见……一个褡裢了吗?""在这儿呢，要不是给您老看这个，我这会儿早就要着吃的了。"二娃子委屈的话音里，掺杂了明显的老陕西味儿。

汉子的眼睛湿润了，他从褡裢里摸出一锭银子说："小兄弟，这些归你了。"二娃子不高兴了："我要是有那心思，就不给您看着了。"说完，向附近的村子走去，他的晚饭还没着落呢。

三年后，在县城的福庆杂货铺，有一个跑前跑后的小伙计，长得眉清目秀，手脚麻利，干活利索。他就是当年的小叫花儿二娃子，他一路讨饭到了县城，在一个雪夜晕倒在福庆杂货铺门外，这家铺子的主人姓赵，把二娃子救活后留在了铺子里当了伙计，每日三餐管饱，不要工钱。二娃子心里感激，不嫌苦不怕累，把个铺子收拾得井井有条。

又是几年过去了，二娃子出落成一个仪表堂堂的大小伙子了。一天，赵老板吩咐炒了四个菜肴，烫了一壶烧酒，单独请二娃子吃饭。二娃子从来没享受过这样的待遇，很不自在，猜不透老板葫芦里卖什么药。席间，老板问："二娃子我待你怎样?"二娃子"扑通"就跪下了，感激涕零地说："老板对我如同再生父母。"赵老板拉起二娃子："我有一件大事想请你帮忙，这件事干成了，我送你一笔钱助你成家。"二娃子应允了。

第二天，二娃子换上了新衣服，人显得更加帅气。由媒婆引着，坐上马车，往一个镇子上驶来。原来，赵老板只有一个儿子，由于患小儿麻痹症，口眼歪斜，走路一瘸一拐，奇丑无比，眼看到了成亲的年纪，托了不少的媒人，见了好多的姑娘，都没戏，这次赵老板想用"偷梁换柱、以桃代李"之计，请二娃子代劳，娶回媳妇，然后打发二娃子远走高飞，老赵家传宗接代就有指望了。

一见面，对方的父母一看就喜欢上了这个憨厚的青年，也让闺女偷偷隔帘子看了，那双浓眉大眼，一下子就勾走了姑娘的魂儿。

秋天，遍地的高粱羞红了脸的时候，赵老板选了黄道吉日，装扮一新的二娃子骑高头大马，带领着花轿、锣鼓吹手等迎亲的队伍欢天喜地地奔镇子而来。女方家亦相当重视，一切准备停当，正准备返程之际，天突降大雨，雨越下越大，瞬间就水流成河，眼看着天慢慢黑了下来，想走也走不成了。

女方父亲，在这方圆百里是有名的富户，他明白，这良辰吉日是不能错过的，就与夫人商议：让孩子在咱家成亲！按照他的吩咐，“夫妻”俩拜了天地，拜了父母，进了洞房。二娃子像块木头，任人摆布了半天，这个心啊，七上八下的：这事怎么向赵老板交代啊？新娘子嫁了如意郎君，倒是欢喜得不得了，夜深了，她催促新郎上床休息。催一遍不动，再催一遍仍不动，姑娘扯下盖头，火了：“你是不是没看上俺？”事已至此，不好隐瞒，二娃子只好如实交代了。

姑娘听完，像是晴天里起了霹雳，受到了莫大的污辱，她大哭着冲进雨雾里，到父母的房间进行了哭诉。老员外一听，肺都差点气炸了，怒冲冲找二娃子问罪来了。二娃子战战兢兢从拾西瓜皮说起，怎么当了伙计，怎么替人相亲，听得老员外两口子目瞪口呆。员外说：“小伙子，你抬头看看我是谁？”“您是……”他刚想说是新娘的父亲。“我就是当年那个丢银子的人啊！这么多年，我一直念念不忘那个孩子，他的心比金子都贵。可人海茫茫，我上哪儿去找啊？看来天意如此，你们两个的婚事我做主了。”“万万使不得，赵老板待我恩重如山。”“孩子，你放心，我自会替你报答他。”

就这样，二娃子成了老员外家倒插门的女婿。二娃子穷人出身，他常说，钱财得来容易，丢去更容易。所以他夫妇出资修桥铺路，造福乡邻，赢得了当地人的尊敬。

令人不解的是，富甲一方的二娃子每次吃西瓜的时候，特喜欢嚼瓜皮，那绿中带白的瓜皮，在他嘴里胜过任何海味山珍，每次都吃得嘎嘣脆响，津津有味。

选自 2015 年第 10 期《天池小小说》

大 印 象

刘建超

老街把给人画像的营生称作印象。

老街，能把画像这门手艺做得精绝的是八角楼下的大印象店。遇到个急事，有人会拿着照片，找到店里，说给印象一张。大印象便按照顾客的要求，把照片上的人像放大绘画到纸版上，装裱好，保证和照片上的人物表情一模一样。

去老街找大印象，老街人都会告诉你，大印象啊，好找。去八角楼，宽脸，短眉，眼睛不大，特有精神。

大印象不只是活儿做得好，为人也正直实诚。大石桥段家老爷子意外去世，家人没有找到老人留下的生前遗照，便找到大印象，央求去家里给老爷子画像。做印象这门生意的，极少上门给人画像的，用照片印象，是要借助一些技术工具的。而登门画像却全凭手上功夫，况且是给故去的人画像，也是不吉利，晦气生意。大印象是二话没说，收拾起家什就到了段家。大印象对躺在棺木中的段老爷子鞠了三个躬，支起画板开始下笔。正是三伏天，屋内闷热，出于对死者的尊重，大印象连续八个小时不吃不喝，在灵棚搭建起前，画完了肖像。大印象谢绝了段家人的优厚酬金，说我能给老爷子画像也是有缘啊，算我送了老爷子一程。

老街有个清扫街道的环卫工，大家都称他韦老头。每天推着架子车，沿街清理垃圾。韦老头闲的时候，就爱坐在大印象的店前，吸着烟，看大印象画像，拉扯些家长里短。韦老头吧嗒吧嗒有滋有味地吐着烟雾，也不管埋头做着活计的大印象听没听，自己只管说。说他和老婆的恩恩怨怨，说他老婆子因为他没有照顾好妮子，十二岁的妮子溺水死了，老婆子也离家走了。我那妮子啊，长得可得劲了，瓜子脸，大眼睛，双眼皮长睫毛，笑起来，两酒窝，学习好着哩，都怨我，都怨我啊。韦老头过足了烟瘾，也叨叨够了，拿起扫把仔细地将店铺前清理干净，推着车子走了。韦老头退休那一天早晨，去找大印象道别，大印象的店铺没开门，门上挂着一幅画像，是个女孩的画像，瓜子脸，大眼睛，双眼皮，长睫毛，天啊，这是我妮子，是我妮子啊。韦老头把画像搂在怀里，老泪如珠，对着大印象的店铺拜了又拜。

大印象生意清闲的时候，端着一杯茶，眯缝着一双小眼看来来往往的行人。有人说大印象的本事是过目不忘。曾经有人打赌，带着四个男女在大印象眼前过了一趟，让大印象把这四个男女画下来。大印象瞇缝着眼，一杯茶的工夫，四张画像就出来了，四个男女瞪着惊讶的眼睛，各自拿着画像离去。

老街有关大印象的传说不少，是真是假没人去考证。不过，大印象协助警察抓窃贼的事情却是老街人亲眼所见。

那年冬天，流窜作案的盗窃团伙到了老街一带，派出所警察通知商家注意防范。没过几天，老街的一家珠宝店失窃。警察在走访时，大印象拿出了几张画像，说这几个人在老街转悠几天了。警察按图索骥，果然抓获了三名案犯嫌疑人，只是让团伙的头子逃脱了，老街人把大印象画像擒贼的事都传神乎了。原想这件事情就算过去了，没承想事件还有后续。春节前夕，逃跑的盗窃头子不甘心，竟然又潜回了老街。节前商家生意旺，店铺关门也晚。天擦黑，大印象起身要去关门，一个黑衣人裹着寒气闯入店里，反手扣上门。大印象正疑惑，一把冰冷的匕首抵住大印象的咽喉。大印象即刻明白了是怎么一回事，平静地坐到椅子上。黑衣人匕首向上一划，大印象两眼模糊血如泉涌。

翌日，正在饭馆里喝酒的黑衣人，被警察逮个正着。黑衣人挣扎着又哭又嚷，说警察冤枉人。黑衣人被带到派出所，吵闹着的黑衣人忽然安静了，他看到案桌上放着一张画像，那画像是用血绘出来的，画像上的人分明就是自己啊。我靠！黑衣人瘫倒在案桌前。

大印象眼睛致伤，不能再给人画像了。有人惋惜地说，大印象画了一辈子像，却没能给自己印象一张啊。

老街人提起大印象还是那句话：大印象啊，宽脸，短眉，眼睛不大，特有精神。

选自2015年第3期《小说选刊》

梅

刘琛琛

入冬，蜡梅山上的梅树该开花了！老伴将老沈吃力地搬上轮椅，扶正，又在老沈的老寒腿上盖了一张毯子，踌躇再三说，老沈，你带我去看梅花吧！

我废人一个，怎么带你去看梅花？要去，你自己去！老沈将轮椅转了个弯，背对着老伴，硬生生砸出这么一句话。

老伴被砸得垂着眼睛，一言不发地带上门，出去了。

蜡梅山上的梅花又开了吗？老沈眼睛虚幻地穿过窗户，越到蜡梅山上。

蜡梅山上的梅花果然争先恐后地怒放着，怒放得恣意汪洋的。一张青春洋溢的脸，巧笑嫣然跃到老沈眼前。

梅花真美，沈教授，快啊，快帮我照一张相啊！小梅在梅花丛中娇俏地笑着。

十年前的老沈，还是风流倜傥的沈教授，身体健康步履矫健的他带着学生小梅走遍了蜡梅山的角角落落。

梅须逊雪三分白，雪却输梅一段香！沈教授按下快门，情不自禁地说。

好啊，沈教授，你在嘲笑我，笑我没有雪白，还是没有梅香？小梅故意噘起水润润的嘴唇，白皙的脸上好似开放了一朵娇艳欲滴的红梅花。

沈，我想在蜡梅山上举行户外婚礼！从蜡梅山下来后，小梅依偎着沈教授撒娇。

下一季梅花再开的时候，就会如愿以偿的！沈教授说。

下一季梅花再开时，却是小梅离开的时候。

沈教授终究向结发妻子提出了离婚。

梦想中蜡梅山上的梅花婚礼，太浪漫了，浪漫得沈教授有了抛弃一切的勇气。

梅花却不是永远浪漫的。

至少，那些梅花不是。

离婚拉锯战中，心情烦闷的沈教授恍恍惚惚走出家门，眼睁睁地看着一辆失控的轿车，满腔激情地吻上自己的双腿，那些喷溅而出的血花，散落在白雪皑皑的马路上，凝结成一片又一片的梅花。

那些梅花，一点儿都不浪漫，很残酷。

残酷得十余年过去了，老沈想起那些梅花来，双腿还感觉到生疼。

沈教授苏醒时，陪伴在身边的，是含着一双泪眼的妻子。

没人带来小梅的消息，沈教授也没有开口追询。

仿佛蜡梅山上的那些承诺，只是沈教授一梦醒来的幻觉。

杳如黄鹤的小梅就像沈教授的双腿一样，失去了，顽强尘封在记忆的某个角落。

吱呀一声，门开了，一阵冷风裹着老伴走进来，打断了老沈的思绪。

老伴的手里，握着几枝怒放的梅花。

老伴果真独自爬到蜡梅山上采梅花去了。

扔出去！熟悉的梅花扎痛了老沈的眼。

你从来不肯带我去蜡梅山上看梅花，放在家里观赏也不行么？老伴红着眼，依依不舍地将梅花扔了出去。

老沈冷着脸，不理老伴。

天冷了，别冻感冒了！老伴往老沈头上加了顶帽子。

老沈很少和老伴说话。

老伴心里明白着呢，老沈年轻时说过，他们之间没有共同语言。

共同语言是什么，老伴不知道。她只知道，有老沈在身边，哪怕相对无言，她的天空都是完整的。

在老伴给老沈做棉衣的时候，老沈突然忙碌起来了。

我帮你吧！老伴丢下手里的棉衣说。

不需要！老沈简短地说。他坐着轮椅，抡起加长的锄头，将院子里的土角角落落都翻遍了。

在老伴为老沈织毛衣时，老沈请人在院子里栽下了一些小树。

你栽的什么树？老伴问。

别操心！老沈依旧爱答不理的。

老伴想操心也操不了啦，一件毛衣还没有织完，老伴突然咳了血，送往医院时，老伴已经不行了。

你每年都体检，早就知道自己得了肝癌，为什么不早点治疗？老沈赤白着脸吼老伴。

我住院了，谁照顾你呢？老伴气若游丝地望着老沈。

老沈哭了，说，别，我还没带你去看梅花呢！

你废人一个，怎么能带我去看梅花？要去，你再找个老伴陪你去吧，对不起啊，老沈，我霸占了你一辈子！老伴眼里的天空，都这会儿了居然还是完整的。

再回家时，老沈手里多了个骨灰盒。

这年冬天，院子里的小树长大了，结出了星星点点的花苞。

老伴，看到了吗？梅树长大了，就要开花了！老沈推着轮椅，挨个查看即将盛开的花苞。

独居的这些年来，老沈一直在对老伴遗像说话，比老伴活着时说的话还多。

这天夜里，刮了一夜的狂风，下了一夜的骤雨。

儿女们接到邻居的电话，匆匆赶来。

老沈穿着那件老伴没有织完的毛衣，抱着老伴的骨灰盒，浑身湿透，安详地躺在梅树下的轮椅上。

来不及开放的梅花苞全被暴雨打落了，与泥水和在一起，再也分不出颜色。

儿女们将骨灰盒从老沈手里掰开时，有人在老沈手心发现了一瓣已经盛开的梅花，白得像雪。

有一股奇异的暗香，在院子里弥漫开来。

喔！肯定是奶奶将梅花都采走了，爷爷陪奶奶看梅花去了！孙子稚气的声音，随着暗香荡漾开来。

选自2015年第4期《佛山文艺》

乘 电 梯

张爱国

为了赶一份文件，李牧几乎熬了个通宵，刚上床，闹钟就响了。李牧实在想再迷糊一阵子，却突然想到最近局里正在狠抓“四风”，浑身一激灵——谁都知道，迟到虽然算不上什么大事，但眼下这形势，也能大到自己无法承受的地步。

时间真不是个东西，就在李牧这一想一激灵中就过去了一刻钟。李牧一骨碌爬起来，披衣踏鞋，神速洗漱，夺门而去。下了公交车，李牧在局门口买了一块烧饼，一边大口撕咬着，一边大步奔向办公楼。

跨进大楼，李牧抬头看墙上的时钟，谢天谢地，还有四分钟，再看电梯，正在缓缓地关门。李牧一个箭步，一头扎进了电梯。电梯里只有两个人，李牧又咬一口烧饼，抬头一看靠近自己的人，是科长，赶紧向科长一弯腰，同时一梗脖子咽下嘴里的烧饼，硬生生地憋出一句：“科长早！”科长白一眼李牧，一指身旁的人说：“是局长早！局长好！”李牧这才去看里面那人，天啊，竟然是局长，急忙将手里的烧饼揣进兜里，深深一弯腰：“局长早！局长好！”局长似乎点了点头，没搭话。

局长怎么乘这部电梯？李牧想起来了，为了贯彻群众路线，加强作风建设，厉行节约，局里上周决定，关闭原有的那部领导专用电梯，实行领导和普通办事员乘坐一部电梯的新举措。为此，省里的媒体还进行了报道，说这不仅节约了一部电梯的费用，还有利于领导了解下情，密切了领导和群众的关系，可谓一举多得。想着这些，电梯已经缓缓上升了，李牧急忙伸手按下自己所在的七楼按钮。哪知李牧的手还没缩回来，科长的手却伸了过来，将李牧刚刚按亮的七楼给取消了，同时没好气地说：“领导忙，时间宝贵！”

李牧意识到自己犯了错误，一个小办事员，怎么能截断局长的电梯，耽误局长的时间呢？可一时又不知道怎么办才好，只机械地说："对不起，领导忙，时间宝贵。"

"嘎吱嘎吱……"电梯到七楼了。李牧悄悄看了看手表，还有两分钟就迟到了，虽然心急如焚，却只能眼巴巴地看着电梯继续"嘎吱嘎吱"向局长的十二楼升去。

终于到了十二楼，电梯门打开，科长一脚在里一脚在外地跨在电梯口上，弯着腰，后背抵着电梯门，一手护着门顶，一手向局长做着请的姿势："局长您慢走，局长请慢走。"局长"嗯"一声，出了电梯。李牧这才回过神，急忙跟一句："局长您慢走。"电梯门却关上了。

李牧的手指在指向七楼按钮的时候，突然想起了刚才的错误，急忙转向科长所在的九楼按钮，按下。

"不用！先到下面。"科长面无表情地说。

"谢谢科长！"李牧心里突然涌起了一股暖流：还是科长理解下属的苦衷啊，知道我就要迟到了，让我先下去。于是按了取消键，再按下七楼的。

"一楼！"科长大声说着，狠狠推开李牧还没来得及放下的手，按下取消键，再按一楼的。

李牧傻了，科长的办公室明明在九楼，怎么要到一楼去？自己这是怎么了，一大早尽惹得领导不高兴？李牧又毕恭毕敬地向科长一弯腰："科长，对不起，我……我……"科长鼻孔里哼一声。

"嘎吱嘎吱……"电梯没心没肺地慢慢下坠，又到七楼了，李牧一看表，已经迟到一分钟了。他知道，如果这时候能出去，大家应该还在排队打卡，自己还不至于迟到。可是，电梯的指示灯，只有一楼的亮着。

终于到了一楼，电梯门打开，李牧学着刚才科长对局长的样子，一脚在里一脚在外地跨在电梯口上，弯着腰，后背抵着电梯门，一手护着门顶，一手向科长做着请的姿势："科长您慢走，科长请慢走。"哪知科长又狠狠地白他一眼，站到电梯口，掏出车钥匙，对着自己停在院子里的汽车一按，"咔"一声，车门锁上了。

"敢情科长刚才为了送局长上楼，连车门都没来得及锁啊。"李牧想着，才意识到自己与科长的差距岂止是十万八千里啊。

电梯门又关上了，科长按亮了九楼的按钮……

从此，李牧和其他普通办事员一样，每天宁愿步行爬上七楼，也不敢乘坐那部电梯了。

选自2015年第4期《小说月刊》

一生一吻

陈 菲

因为一幅女人的画像冬娃坐了整整十年牢。

出狱的那天，没有一个亲人来接他。母亲死得早，是生妹妹难产；父亲年老体弱，一条腿断了，是那一年扒大河被坡上翻下来的小推车砸的。

冬娃的家在乌鸦岭。他从县城下了专车，身上仅剩三块钱。买了两斤馃子，两斤白糖，一包大前门，所剩无几了。他抬头望望天，天很蓝，阳光有点刺眼。通往乌鸦岭的路是一条石子路，路上车极少，他摸摸口袋里的几枚硬币，总舍不得花，还是慢慢走回去吧。冬娃怕磨破了黄球鞋，干脆赤脚赶路。石子硌着光脚板，有点疼。冬娃想起了扒河的工地，寒冬腊月的不也是光脚板干吗？那些砂礓又冰又硬，硌在脚上钻心地痛，流血了也要干。那些血染在砂礓上，像一朵朵盛开的玫瑰。

冬娃住的工棚有十五个人，都是血气方刚的小伙子。吃过晚饭，没事干就乱侃一气。要不拿出美女画像摸摸看看。美女是本县的一点红，因相貌俊俏，唱腔圆润，演的角色惟妙惟肖，一时间成了很多年轻人的梦中情人。她的剧照印成纸画，走进千家万户。

每次出工，冬娃总是最后一个。为此，他经常挨队长熊。他只笑笑，知道嘞，下回早一点。可每次他还是比别人迟到几分钟。队长问他，在棚里日摆什么。他低下头，没干什么啊，三粮爷。队长声音提高了很多，再这样下去，不要怪三粮爷不给面子啊。

河工临近扫尾时，冬娃出事了。

吃中饭时，有两个警察在大队书记的带领下找到了冬娃。他们夺掉冬娃的饭碗，扔到了河底。不要脸的东西，还能吃下饭啊，走，把那张画拿出来。一个警察骂骂咧咧吼道。

什么画？

装什么装，是不是藏在被窝里？自己拿出来！一高个子警察皮笑肉不笑地说。

冬娃只好拿出了那张画。

高个子警察向广大干群展示道，大家看到没有，这张画哪里起了变化？对，是嘴唇。为什么嘴唇变白了呢？是冬娃这个流氓长期亲的。一点红是我们文艺战线上的一朵奇葩，我们不能容忍一切对她的不恭不敬与羞辱。冬娃作案手段极其隐蔽，极其恶劣，我们接群众举报才得以发现。

冬娃就这样被带走了，手上戴着凉冰冰的手铐。

历经十年的牢狱之灾，冬娃始终没有弄明白，亲吻画中的人也有罪吗？

冬娃到家的时候，天刚刚擦黑。很多庄邻围拢来，问东问西。见到父亲，冬娃猛地跪下来，痛哭流涕。父亲说，号什么号，有什么用。多年来，如果没有你妹妹照料，我早见阎王爷了。

乡村的夜晚不像以前那么热闹，孩子们都早早地睡了。冬娃在床上翻来覆去睡不着。还能找到一点红吗？一点红在哪里呢？就是找到了，又能怎么样？冬娃的心里对一点红的爱挥之不去。

日子一天天过去，一年年过去，冬娃没有得到任何可靠的消息，只知道剧团早解散了，一点红早嫁人了，不知嫁到了哪里。

十年。又过十年。冬娃终于得到了一点红的消息。她嫁给了临县的一位乡长，乡长因为贪污做了牢，还没有出来。一点红在家看管两个孙子。

冬娃的双鬓发白，手指也不太灵活，牢里的潮湿与强度的劳动，几乎把他的双手改造成残废了。

一个多小时，冬娃到了临县的车站。他向人力车夫打听，找到了府苑小区。保安问他是一点红什么人，冬娃摸摸脑袋瓜子，想了半天，噢，是我的表姐，表姐夫是乡长。保安笑笑，呵呵，登记下。

冬娃吃力地爬上五楼，咚咚敲着紫红色的木门。

您找谁？一个老太太从门上的透视镜往外看看。

请问这是一点红家吗？

您找错了。

不会啊，是502啊，她原来是剧团的，我是她的戏迷，我是乌鸦岭的冬娃。

屋里沉默了一会，你找她有事吗？

也……也没什么事，我想……想看看你。

屋里又是一阵沉默。而后慢慢地打开。

映入眼帘的是一位白发苍苍的老太太。冬娃仔细地自上而下打量着，老太太的眉毛还是弯弯的，眼睛还是那么神情饱满，举手投足间总流露出几分舞台上才有的气质。

老太太让冬娃坐下后，问，你就是那个冬娃吗？那件事我听说过。委屈你了。

没什么，都怪我一时糊涂，唉！

一辈子能找到一个真正懂你爱你的人很难。老太太有点伤感起来。我是在一次文艺会演时被他那个了，都是命啊。老太太哽咽着说不下去。

冬娃站起来，三十年来我一直想着你念着你，我为了你终身未娶，这也是命啊。

四目相视，泪眼婆娑。

冬娃说，你能让我真真切切地吻你一下吗？

老太太怔了一下，随后抬起头，紧闭双眼。

冬娃搂过一点红的肩膀，久久地凝视着她的略显苍白的嘴唇，像被他吻了无数遍的纸画。

他忘情地吻了上去，三十年苍凉的心顿时温暖起来，泪水顺着两腮流下来，滴到一点红的脸上、嘴上。

一点红睁开双眼，幸福地微笑着。

选自2015年第14期《微型小说选刊》

爱情火车

赵 欣

一个人第一次到千里之外，有点孤独和紧张，不过一想到能给男友一个突然的惊喜，还是十分兴奋。

和我一个包厢的，还有一个女孩子，她住在我对面的下铺，我一探头就能看到她。她也是一个人出远门，不过，和我相反，她是离开男友而行。根据她的频频通话，我判断出她和男友的依依不舍。每次通话开始，她必要首先问道，你在哪儿。之后侧耳倾听，轻言细语，最后满意地挂断。

多么相爱啊！我不无羡慕地想，自己和男友之间为什么就没有这样的缠绵呢？

火车轰隆隆地行驶着，夜色降临，我很快就进入了梦乡。迷迷糊糊中我听到女孩的声音，在黑暗中格外清晰。你在哪儿？紧接着追问，值班？你在值班？这样的问话重复了几遍，而且语气加重。我一边不满地想，深更半夜打什么电话？一边又睡过去了。但是一阵压抑着的质问声再次搅扰了我的梦，女孩问道，你说，你到底在哪儿？和谁在一起？稍停顿之后，她的语气变得尖锐，值班？你真的在值班？

包厢里的其他旅客也都被搅醒了，有的坐起来观望，有的重重翻身弄出声响以示不满。女孩挂断电话，可以听到她粗重的喘息声。

下床，去了一趟厕所，车窗外黑乎乎的，偶有灯光流星一般地掠过。我心里还在思忖着那女孩的事情，到底是男友不忠实还是她多疑呢。

回到床上，旅客们鼾声起伏，我刚要入睡，女孩又开始通话，不过声音发闷，我探头，借着车厢里微弱的指示灯，看到她是蒙在被子里的。尽管如此，她的情绪还是把她的声音传了出来。有的旅客又开始翻身了。

她急切地说道，弟弟，你去吴伟的单位看看。停顿之后，她不耐烦了，说，我让你去你就去。又停顿，焦灼而略带恼怒地恳求说，别挂，弟弟，我给你五百元钱，这行了吧！

我暗暗发笑。闭上眼睛想睡觉，却没有困意了，就索性打开手机玩微信。心想，怎么遇到这么个人，真是烦死了。又想，这女孩的男友也真够受的。曾有几次，男友那边有女孩的声音我都没在意。

突然，女孩的手机响了，我探出头，她急忙调为静音，但她焦躁的声音却没来得及掩饰。什么，吴伟没在单位？你确定？紧接着我听到女孩霍地坐起来，之后是歇斯底里地吼叫，吴伟，你到底在哪儿？你他妈在干什么？

停顿，她再次吼道，带着哭腔，吴伟你和我玩是吧？我为了你一个人去那么远的地方，你竟然搞鬼，有良心没有？稍微停顿之后，她又问，你说你出去买食物了？十分钟就回到单位？那好，我让弟弟在那儿等你！

大家都醒了，黑暗中恼怒的目光一起射向女孩，但是她已经顾不得这些了，坐卧不安，不停哭骂着，手机的荧光映照着她的脸，我看到满脸的泪痕。女孩很快觉察到自己的失态，说声对不起就缩回到床铺上捂住嘴。我看到她的肩头一耸一耸。

十分钟的安静之后，她开始拨打电话，不过，没有拨通。应该是男友没有接听她的电话。她猛地把电话摔在地上，趴在床上抽泣起来。大家明白是怎么回事了，同情起她来，乘务员过来查看，大家都说没事没事。我下了床，坐到女孩身边，轻声安慰她，她抱住我的头哭出了声。

对不起大家了，我实在控制不住！她泪眼婆娑地扫一眼包厢。我说，没事儿，谁都有不开心的时候。

一个旅客捡起女孩的手机送到她手里，她刚说谢谢，手机就响了，仓促间错按了扬声器按键，通话声一下子成了直播。

姐，吴伟出事了！

什么？吴伟出什么事了？女孩的声音开始发颤。

他在距离单位十公里的地方超速开车，出了车祸……

我的目的地到了，背起行囊走出站台，已是晨曦初露。女孩的遭遇像罩在我心头的阴影，我努力把它当作是火车上的一个梦而已。

这是一个美好的周日，然而男友未在宿舍。我拨打了他的电话，响了一会儿才接通。

你在哪儿？大清早的。我忽然惊讶于这个开头。是受了那个女孩的感染？

亲爱的，我在宿舍啊！男友呵呵笑着。里面隐约有女孩子的声音。

真的么？我就在你的宿舍啊！我心头一凛。

男友停顿了一下，有点结巴地说，你真的过来了？哦，我开车出去买食物了，十分钟就回去了！你等我吧！

哈，你别急着回来了，我是和你开玩笑的。

突然之间，我做出了一个决定。之后我们说了什么，一句也没有印象，我只想尽快结束通话，而男友还在喋喋不休，我知道他在竭力表现。

我说电话要没电了，他说那好吧，亲爱的。什么时候过来看我吧，火车很便捷的。

放下电话，我叹口气，暗忖，火车再便捷，也无法搭载渐行渐远的爱情。挥手招了一辆出租车，我前往火车站返程。

选自2015年第8期《小说月刊》

寻狗启事

吴志强

大明那天刚从餐馆下班回家。就发现大院门上贴了一张启事，那是一张寻狗启事，启事上刊发了狗的照片，用文字生动地描述了狗的具体特征。引起大明注意的并非狗，而是拾狗者可以从失主手上获取一万块钱奖金。钱的诱惑使得大明自私地把启事扯了下来，偷偷占为己有。然后若无其事地揣着它唱着欢快的歌上了楼。

一回到屋里，大明就和妻子说起寻狗启事，妻子接过那张启事一看，惊叫起来："这几天在菜市场我碰见王太太牵着一条这样的狗。"大明闻听，来了精神，反复地问："你能确定王太太那条狗就是启事主人丢失的这只狗。"妻子把胸脯拍得扑扑直响："一定是，她的狗没尾巴，这条狗也没尾巴，她的狗没耳朵，这只狗也没耳朵，天下哪有这么巧的事，两只狗长得一模一样。"大明闻听，大喜，说："这好办，我们花钱把她那条狗买来，然后再把它还给失主。其中，我们至少也得赚个七八千块吧。""要是人家也看到启事，怎么会卖给你？"妻子觉得大明痴人说梦话，想钱想疯了。"我说你脑子不好使还不信，她要是知道这狗能换一万块，还整天牵着去菜场溜达？"大明狠狠用手指戳了戳妻子的脑壳。妻子想想，觉得大明说的有道理，忙问："那怎么买她的狗呢？""你不是和她关系很好吗，明天在菜市场碰到她，探探她的口风。""要是她不卖呢？"妻子疑虑重重。"你给她出高价她能不卖吗，这世界谁能经得住钱的诱惑？"这是大明的口头禅。

第二天，大明妻子一到菜市场，便遇上王太太和她那只无尾无耳的哈巴狗。俩人一见面，她招呼也没打，先给狗丢了一块骨头，可狗不吃。

"你的狗咋这么怪呢，丢新鲜的肉骨头也不吃！"

王太太长长叹了一口气，说："这狗是花三千块钱在宠物市场买的，抱回家后才发现这畜生很难侍候，丢了可惜，卖又没人要，烦都烦死了。"

大明的妻子高兴了，连忙接过话茬，说："那你卖给我吧，我来养它。"

王太太有点不相信，但看大明妻子的样子又不像玩笑。

"这可是三千块呀，你老公会同意吗？"

"我家我做主，我说买就买。"大明的妻子一转身，把早就准备好的钱掏了出来。数好三千，塞到王太太手里。

大明妻子把狗都牵走了，王太太捏着钱还站在原地发呆，心想，现在的钱怎么这么好赚。妻子把狗一牵回家，大明立即掏出启事，照着上面的电话号码一阵狂拨。可对方总是占线，这下，大明着急了，额头上冒出豆大汗珠。

怎么办？把狗还给王太太人家肯定不干。大明看了看手中的启事，计上心头。攥着启事，他蹬蹬地跑下楼，到电信局买了个新的神州行号码，装到原来的手机上。然后，跑到打印部，照本宣科叫打字员把启事内容克隆下来，只不过电话号码改成他新买的神州行电话号，奖金从一万改到了两万。

启事一打好，大明便趁着夜色，将寻狗启事贴到了千家百户市民的大门上。

第二天，大明吩咐妻子牵着那条无尾无耳的哈巴狗满城闲逛，并再三叮嘱，有人如果出价在五千元以上买这条狗，立即将它出手。奇怪的事发生了。大明妻子牵着狗刚出门，便被一的士司机拦住，再三恳请她把狗卖给自己，大明妻子犹豫一下，他自己就把价钱抬升了一倍。最后，这条残疾狗竟卖了九千块。

大明一见到钱，立即从手机上把昨天新买的神州行卡抠了出来，扔进了马桶。

狗卖出去不到三天，大明发现那张熟悉的启事又被重新贴到自己家大门上，不过，这次悬赏的奖金不是一万，也不是二万，而变成了五万。看罢，大明暗暗骂自己胆子太小。

选自小说集《宝马和奔驰的较量》

（百花洲文艺出版社2015年3月第1次出版）

墙

王永山

男人是画家，但不是专业的。男人画山画水画鸟虫，无不栩栩如生。

可是男人不擅人物。原因很简单也很可笑。他第一次见人体裸模后，就天天做噩梦。梦见自己赤身裸体，奔跑在沙滩、丛林，甚至是人山人海的广场。人们的眼光像银针，像钢钉，像利箭，一起毫不留情地扎堆射向他。他成了刺猬，众目睽睽下他打滚儿，他挣扎，他上蹿下跳。于是他发誓一辈子不画人物，他认为画人物会给他带来灾难。

男人在机关工作，有个写写画画轻松的岗位。他对自己的岗位很满意，自然对领导也满意。可是有一天，领导给他出了个天大的难题。领导说她自幼喜欢画人物，虽然画得不好，但却一直乐此不疲。她要跟男人学画画。其实男人知道领导喜欢画，而不是喜欢画画。男人没有理由不答应。因为他的画在省里得过好几次大奖，他是知名的画家。更重要的是，他对自己的工作很满意，对领导也满意。

可是，男人不擅人物，他的画里从来没有人物。不擅人物的原因他又无法启齿。有人问他，你所有的画里怎么不见一个人影？他只能敷衍说，山水自有山水命，此时无人胜有人。

于是男人说，画山水可以静心，可以修身养性。

领导说，火山是山吗？火山爆发一样的炽烈啊！那激情，那勇气，势不可挡。因为火山是粗犷的汉子！可我不喜欢，我喜欢含蓄，含蓄是更高境界的美，比如夜幕下的女人，飘逸的长发，婀娜的身姿，高跟鞋敲打着小巷，嗒，嗒，嗒……由远而近，由近而远……

男人嗫嗫嚅嚅，尽量搜寻轻松幽默的话题。男人天生不会幽默。就说，先静再动，先从山水开始吧。再说，人生存总得有环境吧，就是生活在真空里，真空也算是环境吧？所以说，只画人物太干瘪，太没有生气。

领导觉得有点牵强，但也不无道理。就说，花花草草，不像个男人。说这话的时候，领导的口气根本不像个领导，倒像个腼腆娇嗔的小女人。

其实领导就是个女人，是个事业有成但却尚未成家的女人。

此后，男人白天上班就教女人画山水，晚上回家就学习画人物。他无数次地想象夜幕下的女人。飘逸的长发，婀娜的身姿，高跟鞋敲打着小巷，嗒，嗒，嗒……由远而近，由近而远……十几张宣纸都进了废纸篓，他无数次地否定自己的作品。

男人开始有些后悔，后悔当初没好好学画人物。可是他又觉得没画光着腚的女人是他一生最大的幸福。因为他有好几个同行，画裸女上瘾，成癖，最后按捺不住，终于把自己“画进去”了。

所以他庆幸，他为自己当初的抉择和誓言庆幸。可是现在摆在他面前的现实是，他必须毁掉自己的诺言，必须学会画女人，画夜幕下的美女人。飘逸的长发，婀娜的身姿，高跟鞋敲打着小巷，嗒，嗒，嗒……由远而近，由近而远……

他突然想起，小区南边就有一条小巷，悠长，静谧，路灯朦胧，青石板泛着幽光。再有一女人款款走来……他很激动，他热血沸腾。

他走进了小巷。小巷弯弯曲曲，深不见尽头，当地人称其辘轳把街。偶尔有夜班人开车或者是骑车路过，轮胎轧着石板路，嘎嗒嗒远去。

终于有一天，领导说的那个场景，那个意境，在小巷里出现了。其实这一次，男人是在走到小巷深处的时候发现的。那淡淡的长裙，飘逸的长发，婀娜的身姿，是从旁边一栋别墅里飘出来的。他情不自禁地站立不动，高跟鞋敲打着小巷，嗒，嗒，嗒……由远而近，由近而远……

第二天，一幅题为“小巷”的画就诞生了，而且摆在了女人的案头。

男人说，一点体会，应景而作，不知有没有您要的那种意境。算是把玩吧。

女人看了半天，呆了半天——夜幕下的美女人，飘逸的长发，婀娜的身姿，高跟鞋敲打着小巷，嗒，嗒，嗒……由远而近，由近而远……只是画面上多了一道墙——小巷深处，隐隐约约闪出一道高高的厚厚的墙。

女人百思不解。

后来，在女人和女人收藏的大宗的画都被送上警车的时候，她读懂了那道墙。

女人长叹，画家不仅画山水，也可以画一个人的灵魂，画一个灵魂的归处。

选自2015年第7期《小小说大世界》

猪 殇

楚 梦

花猪日夜盼望的大年很快就要到来了，它激动得夜不能寐。花猪逐字逐句一遍又一遍修改《献给主人的感恩书》。这是它用三个月的时间写成的心血之作，充满了对主人的无限深情与无比感激。花猪写道：“主人啊，您是我的再生父母，是您给了我幸福美好的生活。我每天吃您的饭、喝您的汤、睡您的房子，您却不需要我任何付出。主人啊，就是父母也不可能有这么慷慨大方啊，您为什么对我这么好？此刻，在万家团聚的时刻，我对您的感激之情有如奔腾的江水滔滔不绝。主人啊，您的每一个眼神都让我温暖，您的每一句叮嘱都铭刻在我心田。我一定要牢记您的教诲，多吃饭、多睡觉、少活动、少叫唤，您看，我现在已经长得很壮实了，我一定要加倍努力，长得更加壮实，更加有肉。主人，我向您表示，一辈子听您的话，照您的指示办事。只要您有需要，我花猪一定不辞劳苦、冲锋陷阵……”

花猪正在摇头晃脑地背诵《献给主人的感恩书》，主人带着两个五大三粗、满脸横肉的家伙进来了。花猪看到这两个人好像来者不善，便问，主人，他们要干啥呀？

他们要带你去一个新地方。主人的语气还是一如从前般温暖。

可是主人，我的感恩书还要修改呢。

不用了。主人也没说清楚为什么不用了，便匆匆离开。两个满脸横肉的家伙一点礼貌都不讲，拿着个铁钩狠狠地钩住它的耳朵。它痛得哇哇大叫，本能地拼命往后退。一边退一边说，你们怎么能这么对我，我要向主人汇报，我要主人严惩你们！

由于花猪的拒不配合，两个家伙弄得大汗淋淋、精疲力竭，好久了也没有将花猪拉出猪圈。主人进来了，主人没有骂那两个满脸横肉的家伙，主人对花猪说，听话。

既然主人要小花猪听话，它便放弃了反抗。花猪相信主人，主人一直对花猪很好，处处为花猪着想。记得来主人家不久，在主人的悉心照料下，花猪很快便长成半大小伙子。那个时候的花猪正处在青春期，常常躁动不安，常常想和母猪亲热。一天，主人请来一个阉猪匠，要把花猪的阳具阉割掉。起初，花猪怎么也不同意，主人摸着它的头说，这是为你好，把那个东西割掉后，你就不会想入非非，安安静静地长身体。虽然很痛，但花猪那次一声也没叫喊。以后的日子，花猪真的再也没有躁动过，它什么事情都不想了，吃了睡睡了吃，身体长得特别快。花猪觉得主人真是太了不起了，主人的话即使不是真理也离真理不远。打那时候起，花猪便下定了一辈子听主人话的决心。主人是一个特别细心特别仁慈的人，每天工作这么忙，还不忘到花猪的宿舍来看看它，给它的盆里添加食品，为它的寝室更换稻草，并将其打扫得干干净净。而且，主人给花猪的伙食标准相当高，有饭有菜还有肉汤，有时候还出去买点高级饲料给它。主人从来没有打过它，连骂也没有骂过。每次进来了，都亲切地摸着它的身子或者头，温柔地说，听话，吃完了好好睡觉。花猪还发现，主人对它的宠爱远远超过狗和猫。它时常听到主人骂猫只知道吃饭不知道干活，家里老鼠成堆。猫想和主人套近乎，被主人狠狠地推开了。花猪更不会忘记，主人时时对狗破口大骂，有时甚至还用棍子揍它。记得有一次，狗不知做错了什么事，主人不仅揍了它，还停了它两天的伙食。狗饿得不行，便偷偷跑到花猪这里讨饭吃，看到狗这么可怜，花猪自然不会残忍到不让它吃饭，花猪是个心地善良的畜生，但花猪不能容忍狗肆无忌惮地诽谤主人。狗一边吃饭一边恶狠狠地骂主人阴险、毒辣、不是个好东西。花猪生气了，把饭夺了过来，大声说，不许你侮辱主人！狗看了看花猪，亦大声说，我就是要骂那个王八蛋，我咒他不得好死！花猪不是那种爱打小报告的东西，但它实在难以忍受狗对主人的不敬，将狗的可耻行径报告给了主人。狗挨了一顿毒打，还被停食三天。狗气势汹汹地跑到花猪跟前，阴阳怪气地说，你以为主人真的对你好吗，等着吧，有你哭的那一天！花猪笑了，狗不过是在妒忌它的得宠。它不是傻瓜，知道主人对它的好是真好，不仅在它面前夸奖它听话，长得快，在人面前也常常这样夸它。至于主人为什么要对它这么好，主人没说，它也不想知道，能遇到这样好的主人，它已经很满足了。为了感谢主人的厚爱，花猪开始认真地撰写《献给主人的感恩书》。昨天晚上，主人还来到它的寝室，对它说，早点睡觉吧，马上就要过年了。花猪说，主人，我写了一篇《献给主人的感恩书》，过年的时候我读给你听。主人摸着它的头说，你真是一头好猪啊。

花猪被两个满脸横肉的家伙拖到外面的板凳上，它看到板凳旁边有一盆正在冒着热气的水。两个家伙死死地按着它，按得它十分难受。它看到其中一个家伙从一只篮子里拿出了一把尖刀。它突然感到了恐惧，拼命地大叫，主人，我很痛啊。主人走过来，摸着它的头说，听话，忍一忍，很快就不会痛了。

猪不再叫，它突然高声朗诵道，主人啊，我对您的感激之情有如奔腾的江水……花猪的话还没有说完，那个家伙的刀已经捅进了它的喉咙。

狗静悄悄地走过来，望着双目圆睁的花猪说，唉，你怎么到死都还没弄明白是怎么回事呢？

选自2015年11期《湖南文学》

领导说我很有才

黄杰贵

领导说我很有才。因此，我干了十年公务员后，领导提拔我为副科长。后来的领导也说我有才，还说我有点小“个性”，所以我这一干又是十年。

如今我都有四十好几了，也不求什么升官发财了。十年的副科长生涯让我知道我只有那么几斤几两。就这么混吧，谁叫我有那么一点小“个性”呢，不拍不捧，不阿不送。领导说三七，我说不一定等于二十一；领导说这事还得研究研究，我说这事还用研究吗？不是明摆着嘛！因此后来的领导就没有给过我好脸色。我也因此就没有想过升官的事。

一日晚上看电视，电视里有位领导在检查工作。我一看觉得很面熟，忙仔细一听：我市新上任的市委书记张大发同志来我县检查指导工作！

张大发?！呵呵！这不是我的大学同学、哥们张大发吗？他不是在省城当官吗？怎么空降到我们市当书记来了呢？这小子！想当年我们一起逃过课，还一起偷过人家树上的梨。可现在真的“大发”了，人也长富态了，更加儒雅了，官气也足了。

我一拍大腿差点叫出声来，心想，这下我有希望了，就凭我和他在大学里的关系，还有什么事情办不成的呢？可是我又一想，我怎么去说呢？

我总不能去找老同学直接要官吧，那样不是有失身份吗？更何况那也不是我的风格呀！思量再三，我心里突然一亮，有底了。

几天后，我去找书记同学。这官做大了，想找他还真不容易。过了几道关，好不容易才见到他。我一见书记办公室里没别人，我就咆哮起来：“张大发，你这家伙怎么跑到这里来当书记了，不是在省城‘发财’吗？来这里也不事先打个招呼，好让我……哈哈！”

书记一见是我，忙起身握手、拥抱、寒暄，抒发这么多年来不见的感慨。最后书记同学说：“你今天来找我有什么事吗？”

我说，你还不知道我的为人？还是那个臭德行，饿死也不求人！我今天来只是想来看看你，我可不敢找领导办什么事，更何况现在抓廉政抓得这么紧，我不能要你做违纪的事啊！

书记说：“还是老同学理解我呀！”

我说，不过我今天还真有一件事情要求你，但不违纪。书记问什么事。我说，老同学多年不见，照张合影不违纪吧？也让我回去好好自豪一番吧！书记说：“那当然可以。”

于是我拿出早已准备好的数码相机，书记叫来秘书给我们来了一张亲密合影。

一回到单位，我就把和书记的亲密合影作为电脑桌面放在电脑上，没事我就欣赏着，心里无比自豪。心想，我天天就这么看，总有一天会见到效果的。

平时我经常要到我的领导那里汇报工作，现在我也不去汇报了，就等着领导的“光临”。我就不信领导不来找我。十多天过去了，领导熬不住了，终于带着脸色来找我，责问我这段时间怎么不向他汇报工作。我正眼也不瞧他一眼，只是朝着电脑桌面看。领导看我一副很傲慢的样子，正要发火，这时他的眼光也落在了我的电脑上。他说，这是谁呀？怎么这么面熟？我说，是我的大学同学！嘿嘿！

他又说，我好像在哪儿见过，啊——对！好像是新来的市委书记吧？怎么，你跟市委书记是同学？我笑了笑，谦虚地说，就算是吧！这张合影就是前几天他来看我时照的。

领导说，嗯，照得不错，很好很好！我不知道领导说的很好是啥意思。只听到他突然用商量的口气跟我说，你看那几个扶贫指标的事……说话的口气很和蔼，也很谦虚。

我说，你是领导你说了算，我听你的。领导说这件事就交给你办好了，你拿主意吧，谁不知道你小子是个人才呢！此后，领导又都说我很有才，有事都爱找我商量。我很得意，但不满足。

三个月后，我被提拔为副局长。半年后我又当上了局长。我心想，照这样下去，只要老同学还在任，不出两年，我当个副县长没问题。

后来，县里的领导也一致公认我有才。不到一年工夫，我果然被提拔为副县长了。我的职务在不断地变动，只是我和书记的那张合影始终没有变，到哪儿我都把它作为我的电脑桌面保留着；我还把它冲洗出来加以放大，挂在我的办公室里。我想，说不定哪天我还会往上升。

忽一日，听说书记同学被“双规”，我感到很震惊。纪委找我去谈话。我说我只是和他合张影而已，别无来往。

幸运的是，我还是当我的副县长。只是后来再也没有人说我很有才了。

选自2015年第2期《幽默讽刺精短小说》

楚氏父女

石上流

楚天乔是骑着一头孱弱的瘦驴进入霍府的。

酒香肉香扑鼻而来，令微闭双目、摇头晃脑的楚天乔不禁打了个很响的喷嚏。

正当晌午，霍元聪端坐于雕梁画栋的正厅，正与众门客推杯换盏，谈笑风生。没有谁留意到这个貌不惊人的不速之客。

楚天乔用那双昏花老眼扫视了众人一眼，伸出干枯的手指，慢条斯理地捋了捋稀稀拉拉的山羊胡子，干咳一声。

挨着门口的几个人，迎着白花花的阳光，这才看到贸然闯入的老头儿。

形象猥琐，神情滑稽，让楚天乔获取几缕轻蔑的目光。

楚天乔毫不在乎，眼中仿佛伸出钩子，一下子就捉到了人丛之中的霍元聪。

“远客临门，难道这就是贵主人的待客之礼？”

满面酡红的霍元聪脸热了一下。当即起身，拱手道：“老先生，请！”

楚天乔刀子似的眼神刮了他一下：“我很老吗？”言讫，大大咧咧地往霍元聪身边一坐。

众皆侧目。霍元聪却不恼。

霍府养着百余门客，各有一技傍身。唯独这个楚天乔，除了性情怪异，目中无人，着实未见有何过人之能。

不免有门客在主人面前数落楚天乔手无寸功，偏倨傲无礼。霍元聪闻之一笑，并不介意。

渐渐地，除了众门客对楚天乔心怀不满，便是霍府仆役，也因他过分挑剔饮食、追求享受而厌恶有加。霍元聪心知肚明，依然一笑置之。

一日，霍府来了个身材婀娜的女子，额角处，一块鸡蛋大小的黑色胎记赫然在目。

此女正是楚天乔的女儿楚芸。

楚芸落脚霍府不到半月，楚天乔便向霍元聪辞行，声言要云游四海。并欲将楚芸嫁于霍家二公子霍雷霆做妾。

闻讯后，风流倜傥的霍雷霆岂敢依从。就连霍夫人也感到这事儿太过荒唐。

偏偏霍元聪固执己见，应承了这门亲事。

楚天乔临行前的那个晚上，霍雷霆像霜打的茄子，万般无奈地娶了楚芸。

从新婚之夜起，霍雷霆便对楚芸视若陌路，从不拿正眼瞧她，更别提肌肤之亲了。

楚芸虽长得寒碜，倒是颇识大体，每日安分守己，侍奉公婆。霍夫人对她冷脸相向，她亦无怨言。

日子就像潺潺流水，不紧不慢地流逝。转瞬间，已到正月。

霍府养了众多门客，多年来开销甚大，而今已不复当日气派。惊天动地的爆竹声，也无法填补霍府的寂寥。

门客们打着回家过年的幌子，已离去十之八九。雪花飘飘，寒意森森……

元宵之夜，以玉面狼为首的盗贼潜入霍府。

霍家今非昔比，但在方圆百里，终究还是头令人垂涎三尺的肥羊。

夜深人静，玉面狼打出暗号，盗贼闻讯而动。

迷香，蛇一般从门缝间游进室内。沉睡正酣的霍元聪夫妇全无知觉。

盗贼破门而入。显然，玉面狼早已探明霍家的宝贝多藏于此处。

这伙贼人正肆无忌惮地翻箱倒柜，一声娇叱响于耳畔："毛贼休得猖獗，欺我霍家无人乎?"

抬头惊望，一个矫健的身影闪了进来，手里撒出一把瓦屑。

玉面狼万难料到，楚芸于深更半夜会置身于屋顶。闻得动静，当即运足内功，随手将瓦片捻成碎屑充当暗器。

随着接二连三的惨叫，盗贼已纷纷中招倒地。楚芸背门朝里，漫不经心地俯首一瞥，面露蔑笑。

突然，身后传来动静。楚芸回眸一看，玉面狼劫持霍雷霆狞笑而来，雪亮的刀锋逼在霍二公子脖颈间。

"芸儿救我……"闻得郎君颤抖的求救声，楚芸百感交集。平日里，这个傲气的家伙何曾唤过自己的名字。

望着心惊胆战的霍雷霆，楚芸心头猝然腾起一阵快意。但是，那也仅仅是一刹那。

心里充满关切之情，楚芸表面却不动声色。"这男人与我何干?你要杀要剐，悉听尊便!"

楚芸的漠然置之，完全出乎玉面狼的意料，他不由得一愣。

在这瞬间，楚芸已疾如闪电地欺身过来，伸出纤纤玉指，硬生生地弹落玉面狼手中的钢刀。随即一把将那冤家拉于身后。

楚芸的功夫从未曾在人前显露。霍雷霆看得目瞪口呆，内心也发生了微妙的变化……

玉面狼负隅顽抗，怎是楚芸对手。不出十招，已被捆粽子似的绑了踹于一旁。

黎明，红日冉冉升起。霍雷霆偷眼向楚芸望去，竟是前所未有的娇柔……

选自2015年第6期《小小说月刊》下半月刊

与“杀手”谈判

何学滔

手机响起，我一看，不熟悉的号码，看着铃声响得很坚持，就按了接通键。

你是张三张处长吧？咋才接电话？对方语气很严厉。

你是……？我心里揣测着。

你都快没有命了，知道吗？不是我吓唬你呀，有人要杀你，你是不是得罪啥人了？

我又惊又气，你谁呀？谁得罪人了呀？

那人呵呵一笑，说了你不相信吧，有人出十万元钱找杀手杀你，不是你得罪人了还是咋的？

我也笑了，骗鬼吧，有这事你咋知道？

我就是那个杀手，你说我知道吗？要不我咋知道你叫啥？

我顿时紧张起来，一时竟不知道说啥。那人又说了我的一些个人信息，说得我毛骨悚然，后背一阵阵发凉。

我低声问道，你啥意思？说这话时，我情不自禁地左顾右盼，感觉暗处有支无声手枪在瞄准我的脑袋。

那人又呵呵一笑，按道理说我不该与你联系的，直接上手走人，但是我观察你好几天了，发现你这人好像也不坏，你如果能花点钱买你的命，我倒是愿意与你做这个生意。你可能奇怪这不像是杀手的行为吧，实话说吧，我干杀手这些年也厌倦了，你是我接的最后一单。

我偷偷出了一口气，说，那你咋与他交代？

啥交代？我说了这是我的最后一单，成功与否我都会“消失”的，一个“消失”的人需要交代啥？

那你与我要钱干吗？

“消失”不需要本钱吗？你不觉得这个对你来说很划算吗？好好考虑一下吧，想想得罪谁了。你也可以报警，但你想想抓到我后，我会提供多少对你不好的材料。考虑考虑吧，明天与你联系。啪，那人挂了电话。

我冥思苦想，一夜未眠。

第二天，那人又来电话，咋样？考虑好了吗？我的耐心有限呀。

我故意问道，你就不怕我报警吗？

哈哈，你还挺天真啊，你敢报警吗？就是抓住我了，我不会承认是杀手呀，我就是个骗子，骗点钱花花。保住了客户，我也判不了多少年吧？我也没啥损失呀，再说了，我都快退休了，也没有失过手呀。

我有汗冒出，说实话，我赞同他的观点。

那人见我沉默，继续说道，你这人咋也看不开呢？你现在的一切得有命花才对吧？你想想呀，网上那么多当官的跳楼呀撞车呀自杀啥的，真的是自杀吗？你要是死了，到时对你的新闻也是自杀，懂吗？我们这行高就高在这里。

我心惊肉跳，小声问道，那我花钱了，你如何保证我没事？

我肯定不会下手了呀，我是讲信誉的。

信誉？你这样对你客户就是不讲信誉了，我咋相信你的信誉呀？

哟，张处长的反应挺快呀。这次对客户是失信了，但人不为己天诛地灭，我要改行了，也无所谓了，是吧？

你不干了，那可能还有别人干，你得告诉我我得罪的人是谁。

这个……这个价格就不一样了呀，你要是能出高价，我也无所谓了，你出得起吗？

我异常冷静，行，没有问题，我出他一样的价格，你得告诉我他是谁，我得弄明白。

没问题，你把钱打我卡上。那人很得意地微笑。

那不行，我打钱了，你不给我咋办？我一口否定。

哟，你还硬气了呀，小心我反悔……

我打断他的话，无所谓，反正我知道你是杀手，我也告诉家人了，如果我死了，不是自杀的。

好吧，你准备钱，等我通知。那人又挂了电话。

又一天，那人来电，告诉交易地点。我去了，警察也去了，一个专门敲诈官员的诈骗团伙连锅端了。

警察局里，我一睹“杀手”的真容。那人问我，我们对你们这些当官的研究很深，从未失手，你咋不信呢？

我嘿嘿一笑，我本分当官，凭良心做事，我怕啥？就是得罪人了，我也不怕，你觉得我会怕你吗？

那人低头叹息，情报不准害死人呀……

选自2015年第2期《华文小小说》

怎么会这样

刘　霞

男人这次回来是离婚的。

男人以前是个泥水匠，现在是一个资产过亿的煤老板。

男人和女人同住一个村，一块长大的，可以说是青梅竹马。两人婚后感情非常好，一同来到城里打工，男人开始包工程，赚了一些钱，男人就在城里买了房，把家安在了城里。女人就整天待在家里，然后女人就给男人生了一个胖胖的男孩。男人后来不承包工程了，去了陕北包煤矿，几年的工夫就发财了。男人有了钱，心也野了，在外包了一个小女孩，如今女孩肚子大了，逼着男人回家跟他老婆离婚。

男人站在门前，犹豫了一下，打开了门。

女人说："你回来了，我给你泡茶。"

男人说："不用了，我一会儿就走。"

女人说："再忙，也等吃了饭再走，我给你做饭。"

男人说："我这次回来是办离婚手续的。"

女人一怔："你说啥？"

男人又重复了一遍，把离婚协议放在茶几上。

女人脸色变了："你想得美，我不离婚。"

男人说："只要你签了字，房子归你，孩子归我，我再给你100万。"

女人哭了："我不签字，除非我死了。"

男人说："你别逼我，把我逼急了，我一分都不给你。"

女人端起茶水泼在男人的脸上："你这个忘恩负义的东西，怪我当初瞎了眼……"茶水还有温度，男人被烫得叫了起来，男人扬起手打了女人一巴掌："你反了。"

女人哭着跑到厨房，拖了一把菜刀出来，女人吼道："你给我滚，反正我也不想活了。"

男人一把夺过菜刀："你现在就签字，不签我就一刀把你劈了。"

女人把脖子伸了过去："你有种就砍。"

男人吓唬女人："老子有的是钱，你不签，我就真砍了。"

女人一点都不惧色："你再不走，我就打电话报警。"

男人说："你报啊，我好怕警察。"

女人真就拨打了110，说有人拿刀绑架了她。

一会儿，警车呜呜来了，荷枪实弹的特警也来了。

一个警察用喇叭喊道："请放下人质，不要冲动，我们保证你的人身安全……"

男人生气了，说："你还真报警了。"男人把女人拖到阳台上，刀依然架在女人的脖子上，楼下已拉起了警戒线，停了不少警车，站满了警察，围观的人更是人山人海。

男人说："这是我跟女人间的事，请你们离开，别管闲事。"

警察用喇叭喊道："请放下你手上的刀，不要冲动，有话好好说，我们答应你的一切要求……"

男人火了："你们都给我滚。这是我们两口子的事，你们少管。"

警察问小区的住户说："这男人你们认识么？"

一个人说："不认识。"

警察问了好几个小区的住户，都说不认识这男人。男人一年回家就几天，回来也是独来独往，自然大家不认识他。

警察依然用喇叭喊话，让男人放下人质。男人把女人拖到屋里，男人说："你站着别动，小心我的刀'走火'，我再问你一次，你签不签字？"

女人不吱声。

两人就僵持着。

一个小时，两个小时……过去了，楼下的警察依然用喇叭不停喊话。

男人非常烦躁，把女人拖到阳台上，男人把刀架在女人的脖子说："我限你们10分钟内离开，否则我就杀了她。"男人一用力，刀陷进了女人的肉里，女人脖子上出现了血印，女人痛得开始叫了起来，脸也有些变形，女人说："把刀放下，我签字。"

男人一松手，女人放开脚步就跑，她要开门，她要跑到楼下，女人不想放弃他们这段婚姻，再说她也深爱着男人，只要不签字，等男人冷静下来，她就有机会把男人的心收回来。女人的手刚抓到门把上，男人追了上来，一把把女人拖了回来。男人对女人拳打脚踢："我让你跑。"

男人又把女人拖到阳台上，女人脸上在流血。

男人说："楼下的警察听着，我限你们马上离开，否则我就杀了她。"刀陷进了女人的肉里，血印越来越深，女人彻底失望了："放下刀，我签字。"

男人说："你再跑，我打断你的腿。"

女人说："我想通了，这次我不跑了，离开了你，我照样活得好。"

男人松开了手，男人胜利了，男人笑了起来，他朝楼下警察挥了挥手："你们回去吧……"

这时，埋伏在对面楼上的狙击手扣动了扳机，随着一声枪响，男人倒了下去。

从天而降的特警破窗而入，按住了男人。

男人已死了。

女人一下瘫软在地上："怎么会这样呢？"

选自2015年6月10日《教师报》

把爱情默写500遍

孙金生

小川第一次站到讲台上，全教室的女生都把眼瞪圆了。

这也难怪，身材修长的小川，仿佛就是香港明星黎明年轻时的翻版，却又比黎明多了满脸的稚气和与生俱来的幽默！他那带着磁性的男中音，就像阳光一样，牵动一屋子的向日葵。

小川教语文，第一次收上语文作业本，就有了意外的收获。在语文课代表赵倩的本子里，夹着一片大理花的花瓣。而且，这片粉色花瓣被剪刀修剪过，成了"心"的形状。

批改完作业，小川又把这片花瓣夹进了本子里。这个赵倩，是班上的尖子生，学习成绩一直优异，没想到，她的精力还很旺盛啊！小川笑着摇了摇头。

往后，在赵倩的语文作业本里，出现了不同花的花瓣。而且，这些花瓣无一例外地都被剪成了"心"形。最后，本子里夹的已不是花瓣，而是一张字条，上面写着：阅尽人间春色，哪一朵花才是你心中所选？

小川笑了，为一个女孩子的小聪明笑了，但他又摇了摇头，为一个女孩子早熟的心思摇头。他提笔在字条上写下：花本无罪，缘何被残？花应有泪，人当汗颜！

这以后，作业本里的故事就告一段落了。可是，小川的办公桌抽屉里，内容却多了起来。不是一支精心编织的笔套，就是最新款的保温杯，或者是一包小川最爱喝的碧螺春茶叶。

有一天，小川意外地发现，赵倩来送作业本时，纤纤的玉指上，有个指头缠着纱布。小川问她怎么了，她只是脸色红红地一笑，转身就跑走了。

那个秋天的一个傍晚，小川收到了一份珍贵的礼物，是赵倩亲手织的一件绣着大理花图案的月白色毛衣。而且，赵倩还说，以后，她会织各种花色图案的毛衣，每年送他一件！看着毛衣精巧的钩针针法，小川忽然明白赵倩手指受伤的原因，他感到了心中前所未有的沉重！

谈话是在校园的花坛边进行的。

夜色很浓，使得教室的每个窗子都很明亮。每扇窗子后面，似乎都有一个刚刚启封的童话，缓缓地释放出七彩的烟霞！

赵倩的圆脸在灯光下，泛出无限动人的光晕，她波光粼粼的眸子，注视着身边一朵朵初绽的花蕾，对小川说：你看，这些昙花，她选择这样的一个时间开放，就是想给她心爱的人知道，她只在心爱的人经过时，只给他一个人，绽放自己一生的美丽！

小川沉默了，望着这个花蕾般幼稚，但却像花仙子般聪明的女孩，一切的大道理和说教都变得那么苍白。许久，他说：其实，她的心上人会明白她的良苦用心的！

赵倩转过头去，问：那她的心上人，会接纳她的一片情怀吗？

小川说：当然，只是，她的心上人有个要求。

赵倩急问：什么要求？

小川说：他要求她，每天把“爱情”两个字默写500遍！而且，要写一辈子！在她考上大学之前，不单独见面！

赵倩激动得声音都有些抖了：这要求真浪漫，她会答应的！

第二天，小川就收到了一份特殊的“作业”：用带着香水味的信笺，写的500遍“爱情”，字迹娟秀工整。

当第四十份特殊作业，交到小川的手上时，信笺换成了普通纸，字迹就有些平常了！

当第六十多份特殊作业，交到小川手上时，信笺换成了作业纸，字迹还很潦草！

就在那段日子里，校园里传出了一个不胫而走的消息，小川老师和教地理的黄老师谈恋爱了！

就像要证明这个消息似的，许多人都看见了，小川老师和黄老师于某月某日，手拉手到学校前边的小河边散步了！

当第七十多份特殊作业，交到小川的手上时，“爱情”两个字，有的还缺了笔画。同时送来的，还有赵倩哀怨的眼神，她望了望小川，欲言又止。

前段时间纷纷传扬的小川老师恋爱事件，似乎有些升级，黄老师已经开始许诺给同事买喜糖了！

当第九十四份特殊作业，交到小川的手上时，小川注意到，字数不够！而且，以后再也不会有这样特殊的作业交上来了，赵倩转学了！

后来，小川听说，赵倩靠自己的勤奋，考上了某名牌大学！

后来的后来，小川老师结婚了！可是，新娘却不是黄老师，而是小川老家的一个农村姑娘！

N年以后，赵倩应邀参加高中同学的同学会，在进入属于母校的这个城市的时候，赵倩忽然心血来潮，想去看看自己曾经的初恋。

当赵倩打听到小川的地址，找到小川家时，正好碰见黄老师从小川家出来。赵倩忙迎上前去，用略微带着醋意的语气问：师母，小川老师在家吗？

黄老师仔细看了看赵倩，才认出这个曾经的学生，忙笑着说：你是赵倩吧！你搞错了，我可不是你的师母。当年，我只不过是给你小川老师做了回挡箭牌！你真正的师母在屋子里面，我只是去给你小川老师送份通知。

一脸疑惑的赵倩，走进了小川老师的家，发现小川老师的妻子正在房间大扫除，她一边挪动她和小川的婚纱照，一边招呼赵倩。意外地，从相框后面飘散出一些东西，那是一些已经有些发黄的被剪成心形的花瓣！

赵倩的目光一下子就定住了！

小川的妻子却没有过多的好奇，她一边抱歉，一边把这些花瓣扫进了垃圾袋，然后急急忙忙地送到楼下的垃圾桶。当那些花瓣在垃圾桶上飞舞的时候，没有散发出一丁点声音，一如以前那许多没有什么色彩，随风而去的日子……

选自 2015 年 4 月 6 日作家网

不要给我找麻烦

蒋先平

乡长主持召开全乡站办所负责人和村书记参加的大会，会上副乡长详细地解读了中央八项规定的具体内容，乡长在总结讲话中着重强调领导干部一定要带头认真执行中央的八项规定。

乡长严肃地说，十一我女儿结婚，在这里我提前给大家打个预防针，对大家同时也是对我本人提出“三不”要求：一是不准大伙送贺礼，二是本人不备酒席，三是不搞结婚典礼。大家都是中层干部和各村的一把手，回去后一定要把我的意见传达给下面每一名党员干部，一定要执行我的“三不”要求，谁要是送礼送物就是给我找麻烦，那我就找他的麻烦。记住了，千万不要给我找麻烦啊。乡长语重心长，情真意切地说着。

要不是乡长说他的女儿十一结婚，我们还不知道呢。散会后许多乡干部和村书记议论纷纷。

站办所的负责人和村书记回去后立即召开了本单位本部门会议，传达了乡长的指示精神，重点强调了乡长带头执行上级政策的“三不”要求。

很快全乡上上下下都知道了乡长的女儿十一要结婚的消息。

离十一还有半个月，乡长带着秘书飞往南方招商引资考察项目去了。

还没到十一，就有人到乡长家登门送贺礼，当然了是乡长的老婆在家接待的，她对前来贺喜的是笑脸相迎，对送上来的厚厚礼金也是一一笑纳。

几天时间，乡村屯干部、个体工商户、大大小小的老板、中小学校的校级领导等方方面面人士都到乡长家里送上了不菲的贺礼。

十一过后，乡长考察回来了。

在全乡干部大会上，乡长严肃地说，我这里向大家检讨，十一期间我公出没有在家，女儿结婚时有一些同志没有执行我的“三不”要求，竟然背着我到家里送了一些贺礼。由于我爱人是农村家庭妇女，不懂得中央的八项规定，私下收了这些贺礼，在这里我替我爱人向大家做深刻的检讨。请大家相互转告，我已经把收到的十万元贺礼带到了办公室，请大家到我办公室取回贺礼。

一个星期过去了，没有人去乡长办公室取回自己送出的贺礼。

这天，在全乡干部大会上，乡长当着大家的面从包里拿出十捆现金，严肃地对大家说这是十一孩子结婚时大家送的贺礼，这几天没有人主动取回去，你们想过没有，你们这是给我找麻烦啊！我没有办法，只能把我爱人在家收到的贺礼全部上交了。说着乡长郑重地把钱交给了乡纪检书记。纪检书记当众清点了现金数额，并打了一张收条，说会后立即上交县纪委。

晚上，乡长老婆问乡长，你的副手那个纪检书记真的把那十万块钱收下了？我让他收下他能不收吗？那你别让他把钱送到县里啊，这些钱白白地送走了，简直是挖我身上的肉啊。乡长老婆心疼地说。

你们妇女真是头发长见识短啊。现在是什么时候你不清楚啊？上上下下都在执行中央的八项规定，我们必须舍卒保车。咱们收了五十多万贺礼，一桌酒席也没安排，要是摆上五十桌，加上烟酒成本不得花上十万八万的？咱退的这十万块，也就是请客的烟酒钱，咱们把这十万块钱上交县纪委后，谁上告、哪儿来人查，我们都不怕了，我们可以枕着剩下的这四十万块钱天天睡个安稳觉了，这才叫高枕无忧呢。

还是你们领导干部聪明啊。乡长的老婆伸出胖胖的小手笑着在乡长那光秃秃的脑门上拍了一把。

选自 2015 年 6 月 22 日《羊城晚报》

信　　任

余显斌

他一个呼哨，在积雪的旷野打着旋子，远远传开。随着口哨声，远处一个红点跳动着，跌跌撞撞滚来，越滚越近，是只小小的狐狸。

小狐狸毛茸茸的，如一个小小的红线团，额头有指蛋大一块白毛，珍珠一样。

这是只才出生不久的狐狸。它胖乎乎的，蹲在他面前，一双亮亮的眼睛望着他，眼睛里跳跃着喜悦、快乐，和顽皮。

它知道，他拿了可口的食物。

因为，从第一次遇见他，直到现在，他都这样，从未断绝。果然，他笑笑地，手一扬，竟然是它最爱吃的鸡肉。

它跳起来去抢，他呵呵笑着，摸着它的头道："别闹别闹，放好了吃。"

为了避免被雪弄脏，他拿块油纸铺在地上，放好鸡肉。肉一放下，小狐狸就扑过来，使劲嗅着，流着哈喇子，回头望他一眼。他在旁边吸着烟，向它挥下手，小狐狸呱唧呱唧吃起来。

半只鸡吃完，它小小的肚皮胀得鼓鼓的，更像个毛茸茸的线团了。

接着，它抬起头，亮亮的眼睛期待地看着他。

它知道，接下来，他会逗它玩，带着它跑，这些，从相遇到现在，也从没断绝过。也因为如此，它从一只生性胆小的小狐，变成了只爱亲近人的小狐。

果然，他拍拍它的头，在雪地跑起来，快活笑着。它跟着跑，一路翻着跟头，发出稚嫩清脆的叫声。

两个点，一红一黑，在雪地翻滚着。

玩得差不多了，他喊一声："回了！"一挥手，走了。小狐狸舍不得，跟着他，轻轻叫着撒娇，好像没玩够似的。一直到他走远了，不见了，小狐狸才回过头，回到山林，回到自己隐秘的洞穴里，偎依着母亲，做起一个个香甜的梦。

一直这样，大概两个月吧。

那天，雪特别大，四野一白，小狐狸没吃的，饿得叽叽溜溜叫。老狐狸也饿得浑身发软，几乎断了奶水。

几次，小狐狸跑出洞，又失望地哼哼唧唧跑回来。

上午时，雪地响起一声呼哨。小狐狸一听，奓了下耳朵，跌跌撞撞，跑了出来，球一样滚到他面前，扯他的裤脚，跳起来，抢他手中的鸡肉。

他笑骂："馋东西，饿坏了。"

他把肉放好，很大一只烤鸡。

小狐狸扑过去，流着口水，摇摆着脑袋撕咬着。

这时，那边土坎上，一只狐狸露出头，是那只老狐狸。它小心地看看，小狐狸正在大快朵颐。肉的香味，远远飘来，它也流出了口水。

它小心地爬上土坎，一步一步靠过来。

它可能清楚，自己一身火红的皮毛太珍贵了，会引来无数的贪婪和阴谋，所以不得不小心。可是，这次它仍上当了。

刚走几步，它踏着一个机关，是个钢夹，"哐"的一声夹住它的脖子。钢夹力道很大，传来骨头碎裂声，还有老狐狸惨叫翻滚声。

这夹子，是他下的。

必须有一定重量，夹子机关才能绊动：小狐狸不行，老狐狸恰好。

他要的，是老狐狸的皮子。这样的皮子，想要猎到，势如登天。因此，市场价忒好，几万元一张。小狐狸的太嫩，没人要。

因此，他想了这么个办法。

小狐狸停住了，抬起头，眼光中，一片迷蒙疑惑。

他扔了烟头，扑过去，一把抓住被夹的老狐狸，再回头，小狐狸已不见了。

那只老狐狸的皮，他卖了三万多。

他笑笑，数着票子。他知道，还有一个三万元在山林里等着他：一年后，小狐狸长大，他会想法猎来的。

一年一晃就过去了。

他上了山，果然看到了那只长大的小狐狸，皮毛比它母亲的还红还净，额头那块白毛，仍珍珠一样；但眼光变了，不再纯蓝，而是闪着白白的光。显然，它也认识他，蹲在那儿，长长叫了一声。

他已跟踪它几天，办法用尽，也无法到手。

他举起猎枪。

它一跃跑了，雪地里一条红线，弯弯曲曲，弹弹停停。他打不中，就追。

雪很厚，狐跑起来有些艰难，他看看就要追上，猛扑过去。那只狐一拐，转了个弯。他扑空了，只听"哐"的一声，接着一声惨叫，他晕了过去。

醒来时，他的一只手已断。

这山里，下夹子的人很多，他中了别人的一个夹子。

手好后，他再也不敢打猎了。

山中，也再不见了那只红狐。

选自 2015 年第 6 期《小小说大世界》

我是谁的妈

闫玲月

张老太最近总是爱忘事，本来在炒菜，接个电话就忘记了，直到满屋子油烟味，她才慌忙往厨房跑。两岁的孙女要吃樱桃，张老太怕樱桃酸，打算放点白糖，结果孙女刚吃进嘴里就哇哇大哭，儿媳妇柳娜跑过来问，才知道张老太错将咸盐当白糖。柳娜将这些告诉了老公大旺，你妈是不是老糊涂了，怎么整天丢了魂儿似的。大旺也闹不懂，按说母亲还不到七十岁，怎么就糊涂成这样。柳娜推了大旺一把，你妈该不是得了老年痴呆吧。大旺不耐烦地说，闭上你的乌鸦嘴，我妈才不会得那个病。说归说，大旺又细想母亲最近的状态，每天总说脑袋发沉睡不醒，眼睛睁不开，还问他们一些奇怪的问题，比如大旺昨天明明在家里，母亲非问他去哪儿出差了。刚吃完饭，母亲又问吃的啥。大旺越想越怕，决定带母亲去医院检查一下身体，没病也就放心了。

医生听了张老太的陈述和大旺的补充说明，要张老太做一下脑CT确诊，大旺趁母亲进去检查的工夫，不断在心里祷告，老天爷，求你了，千万不要让老太太得啥绝症啊，我一个工薪族，可没钱救亲妈。

诊断结果出来了，医生说，主要是脑血管堵塞，脑梗死是常见的老年病，尽量吃药控制发展吧。大旺急切地插话问，要是严重会发展到什么程度？医生说，严重的话就是老年痴呆症。大旺的眼前马上现出一幅画面：母亲流着口水，神情呆滞，不认识任何人。医生又补充道，这个病怕受刺激，做儿女的平时要多体谅老人。

大旺一脸愁容将医生的话告诉了媳妇柳娜。柳娜当即揭下脸上的面膜，瞪圆一双杏眼叫嚷，我可不想伺候一个傻子！大旺赶紧过来捂媳妇的嘴，柳娜尖细的嗓音还是从门缝钻进了张老太的耳朵里。不能帮带孙女也就算了，还要我伺候她，没门儿！快给你姐打电话，让她把你妈弄走！大旺的姐姐在外地，婆婆瘫痪在床需要她照顾，大旺怎么能将母亲推给姐姐呢。柳娜不答应，婆婆是妈，亲妈就不是妈了？凭什么要你一个人管傻子妈，你快打电话，要不我和你离婚！

听着房间里儿子媳妇吵闹，张老太心头憋得慌。她悄悄打开门，顺着楼梯走出去，她不知要去哪儿，只想早点离开这个家。

张老太穿过一条又一条马路，红灯绿灯不停变换，有一次差点被一辆转弯的车撞倒，司机骂了一句，老不死的，走路不长眼睛吗？张老太路过一家菜市场，和她每天去的那家很像，可卖菜的人都仿佛不认识她，张老太捏捏黄瓜摸摸西红柿，招来卖菜的不满，不买菜别乱动！

她又继续走，被天桥下的一阵歌声吸引，停住了脚步。一个穿着破洞牛仔裤披着长发的年轻人，弹着一把破吉他，忘情地唱着，脚边放着一只碗，里面躺着几枚硬币。张老太听不懂他唱的什么歌，年轻人的样子让她想流泪。年轻人的衬衫辨不清原色，长发也好久没有清洗过，黏腻腻贴着额头。孩子，你怎么不回家？张老太问他。年轻人停住弹唱，打量张老太一眼，反问，你怎么不回家？张老太说，我没有家。年轻人说，我也没家。

张老太走累了，坐在榕树下睡着了。醒来时发现身上多了一件外套。年轻人正凝神注视她。年轻人说，你长得像我妈。张老太说，好孩子，你就当我是你的妈吧。年轻人吃馒头，掰一半给她，她也不嫌弃，两人相视一笑。每当年轻人弹唱，她就坐在一旁静静地听，像一尊雕像。路人投来的钱币虽然不多，也够他们吃饱肚子的。张老太的内心平静如水，白天听唱歌，晚上睡到天桥下，数星星，看街灯，听蝉鸣。

张老太不记得自己是谁，从哪里来，要到哪里去。她现在只有年轻人这个亲人，她想让年轻人有件换洗的干净衬衫，于是离开年轻人，去寻找衬衫。

衬衫在一个女人手里，张老太伸手去拿，女人破口大骂，哪里来的疯婆子。

张老太的手被一个满脸堆笑的男人抓住，这个男人对女人道歉，对不起，我妈精神不太好。女人白了他一眼，一扭一扭走远了。这个男人拉住张老太说，妈，你可让我找苦了。张老太看着他，不知所措。男人摇晃她胳膊说，我是你儿子呀。妈，跟我走吧。

男人拿出一只金镯子，告诉张老太，一会我将这只金手镯丢到地上，你看到有人捡就说那是你的镯子，刚好想卖钱，到时候我出面做证，卖了钱咱们去饭店吃大餐。张老太木然地点着头。

金镯子被捡到三次，只有一次有人出钱买，男人得了钱，果真请张老太去饭店吃大餐，还一口一个亲妈地叫着，张老太乐呵呵地答应着。连服务员都说张老太有福气，养了这么一个孝子。男人好吃好喝供她，张老太乖乖听他的话，丢镯子卖镯子，直到有一天警察带他们去派出所，张老太还搞不懂，警察为啥要抓她这个儿子。

通过审讯这个男人，警察知道了事情真相，要帮张老太找到自己的亲儿子。张老太一脸茫然问警察，他不是我儿子吗，为啥待我那么好呢？警察说，大妈，他是骗子在利用你啊。你叫什么名字，你儿子是谁，我马上打电话联系他。张老太认真思考了一会说，我实在不记得我到底是谁的妈，只记得他对我好是真的。

选自 2015 年第 5 期《小说月刊》

一张价值连城的废纸

蒋 寒

里昂摇身一变，从乞丐成为富翁了。

里昂拥有一张价值连城的废纸—— 一张沾满颜料的宣纸。半个世纪前，一个著名画家扔进垃圾箱的。

不愧是一个有心计的乞丐，不上街乞讨，只翻垃圾箱。他清楚那幢楼里住着一位著名的画家。画家扔出的所有废纸，他都精心收藏着。他似乎知道画家活不过他，只等画家作古以后，再将其废纸拿出来拍卖。经过专家鉴定，确系画家珍贵手迹。之前那些尺寸不大，品相不好的废纸，分别被他换了房、换了车，换来一位美丽的妻子，换来了他扬眉吐气的家庭，应有尽有。一时让同城乃至全国的乞丐对他刮目相看，自惭形秽，无地自容，继而茅塞顿开，纷纷效仿。晚了晚了，一是岁月已逝，没赶上趟，二是如今的画家多如牛毛，心浮气躁了，所作之画也达不到画家的境界了，扔出去的废纸就真成废纸了。把他吹嘘得很神，说他才是一位功力深厚的大家，能一眼洞穿画家之作半个世纪后的价值。不然，当时同城也不止画家一个啊，为何他只盯住画家呢？

里昂一把火，把新闻界和文化界两锅水烧沸了。都将他的乞丐历史忽略了，称他为高手、大师、奇人，甚至称他为伯乐。被吹得神乎其神，名声远远盖过画家本人。他却更喜欢一张畅销报纸头版头条的评价：画界毒眼！有多少人能够看清半个世纪后的事？也有画坛新秀请他看画，当然不是白看；也有电视台相关栏目请他去做嘉宾；也有学校请他讲课，等等，身价与日俱增。

成名的感觉再美好，当年的辛酸也令里昂终生难忘。他翻垃圾箱时，被人奚落过，被情报部门跟踪过，把他当成了间谍。因为他的行为，画家所在的楼及周边住房都被暗中排查过，确定没什么秘密可泄露，才解除了对他的监控。为使画家扔出的废纸不落入他人之手，里昂也不少花功夫，摸清了画家的生活规律，包括画家及其家庭成员的背景、兴趣爱好、社会关系，等等，做到了如指掌。对此，有娱乐媒体竟大胆揣测他当乞丐前的职业，说他当过侦察兵，干过侦探，说什么的都有，就是没人相信他纯粹就是个乞丐。

难怪里昂成名后感慨：原来，人一旦成名之后，连简历都可以锦上添花，甚至是可以重写。正所谓“胜者为王”，王之前的坎坎坷坷，都是成功的伏笔，可以被后人传颂的。

那些乞子乞孙们的追捧，令他感到恶心，不动脑筋，拈轻怕重只想不劳而获，只想天上掉馅饼的家伙，是没有资格享受被人尊重的生活的。而他半个世纪的蛰伏，是常人不可能做到的。就像一场赌博，比的是实力，更是耐力。赌的就是大智大慧，而非一时的小聪明，而非投机取巧，更远非侥幸。回头看看那些成功者与失败者的例子，成功者大多一生只下一次赌注，失败者往往下了无数赌注。里昂半个世纪只专注画家。画家病逝后，其价值不菲的画作一时被抢购收藏。同样，同时期的废纸也成了抢手的“珍宝”。画家们追寻的画家成功之路，恰恰在那些废纸里……

里昂的行为，被学术界称为“里昂现象”，被新闻界称为“里昂精神”，他那锲而不舍的精神，值得记者学习。被画坛视为“神父”，赞扬他是真正关心画家成长的人！里昂得到了画家的亲人的认可，并当之无愧地成为画家传记的作者之一。

里昂现在的生活丰富多彩。在助手的陪同下，四处讲课，参加学术研讨会，出席相关活动，马不停蹄，享受着与所有成功者类似的生活，上报纸，上电视。当年在角落里被人冷落忽略的形象，频频充斥在人们视野，活跃在人们的话题中。“里昂”二字，高频率出现在人们的生活中。对，这就是成名。

里昂的这一搅，震醒了当今画坛的精英们。喜忧参半，喜的是，里昂让大家明白了，画作的价值不仅仅是画，还有画家的“手迹”。忧的是，从此他们的行为就有千万双眼睛窥视着，不敢再有昔日的天马行空，随心所欲……

里昂现象，也提醒了人们从此不敢乱扔垃圾了，害怕一不小心，隐私就被人卖了。

选自2015年第7期《现代艺术》

寻找钟之国

韦延才

“那场战斗非常惨烈。”奶奶又一次绘声绘色地说起了发生在几十年前的那次战斗，她的眼里饱含着悲伤与内疚。

把故事说完，奶奶满怀希望地看着小张，又说道：“他叫钟之国，请你们一定帮我找到他。”

寻找钟之国的行动，奶奶每年都在进行。但是，年年寻找，年年都是失望而归。奶奶的足迹到过北京，到过省城和好多个省区，然而还是找不到一点有关钟之国的信息。

我和父亲曾多次劝过奶奶放弃寻找，即使找到了又有什么用呢？时间都过去了几十年，即使钟之国在那次战斗中没有牺牲，也许到现在他也不会在人世了，何况他的父母呢？

但奶奶还是那么执着地一年年地去寻找。这次听说市里正在征集鬼门关大捷的史料，奶奶就不断地缠着让我带她到市党史办那里，向他们打听，或许他们知道一些情况。

接待我们的小张听了奶奶的叙述，显得有些无奈，但还是诚恳地说道：“老奶奶，我们一定努力帮您打听，一有消息我马上告诉您。”

回来的路上，我问奶奶：“奶奶，这个钟之国对您真的那么重要么？为什么一直不放弃对他的寻找？”

奶奶只知道钟之国这个战士，他所在的连队叫突击连，其他的什么情况便都不知道了。可是在那次攻打鬼门关的战斗中，参与战斗的部队分别隶属两个军团的几个旅，还有地方的游击队。钟之国所在的连队是叫突击连，还是因为战斗的需要而临时取名叫突击连？从部队建制的基本常识来看，应是临时因为战斗需要而改叫突击连的可能性比较大。如果是这样，那就给寻找带来了难度。这也是多年来一直查找无果的重要原因。

我本是想劝说奶奶放弃寻找的，奶奶已近九十高龄了，行动多有不便。不承想，奶奶抢先说道："小可，奶奶的身体越来越不行了，要是我这次还找不到，下次你得继续接着帮我找。"

我看着奶奶，点了点头。寻找钟之国，是奶奶一生的心愿。

其实钟之国早在六十多年前就牺牲了，准确点说，奶奶要寻找的，是钟之国生前所在的部队，找到了部队，我们就知道钟之国是哪里的人，就知道钟之国的父母是谁，他家里的情况怎么样。

钟之国是牺牲在奶奶的怀里的。

六十多年前，国共两军在鬼门关展开交锋，战斗打了两天两夜，奶奶就是在那场战斗中遇到钟之国的。当时，奶奶的父亲是地下党的一名交通员，在战斗打响的第二天，由于前方与后方的联络已经中断，一个重要的情报急需送到前方的战场上。负责送情报的战士途经我们村的时候，被地方的民团击伤，那战士急中生智，找到我奶奶的父亲。可是，奶奶的父亲正卧病在床。怎样才能把这份紧急情报送到战场上呢？奶奶的父亲便想到了我的奶奶。

奶奶冒着生命的危险，及时将情报送到了解放军那里。听着轰鸣的枪炮声，奶奶就知道，这场战斗是非同凡响。

递交了情报，奶奶就告别回去，刚要走，那位首长说道："小钟，你送送这小姑娘。"奶奶说不用，这路她挺熟悉的。那位首长仍然坚持说："到横石村这一带，非常危险，还是让小钟护送你回去。"

小钟就和奶奶上路了。路上奶奶知道小钟叫钟之国，那位首长是他的连长，他们是突击连，刚刚接到突击的任务，准备对敌人进行迂回包抄。

奶奶和小钟刚走到一个小山包，突然一枚炮弹在奶奶的前方炸响，钟之国以迅雷不及掩耳之势，将奶奶扑倒在地。钟之国被弹片击中头部，鲜血汩汩地流到奶奶的身上。奶奶爬起来，把钟之国抱在怀里，一时不知所措。

钟之国看着我奶奶，微笑着说："姑娘，你的怀抱很温暖，真想你这样永远抱着我……”钟之国说到这里，就永远地闭上了眼睛。

奶奶是第一次听到男人这样和她说情话，她嗯嗯地应着，抱着钟之国，哭了许久许久……

奶奶的故事，我们听了一遍又一遍。奶奶说，如果钟之国还活着，她一定要做他的妻子，等战争结束后，和他一起回到他的家乡，看看他生活的村子是什么样子，然后和他一起种庄稼，照顾他的爸爸妈妈。

然而，因为钟之国的牺牲，奶奶没能实现她的愿望。但这个愿望除了爱情，其他的部分，奶奶却还是可以去实现的。我想，这也就是奶奶一直以来不放弃寻找的缘故。

一个多月后，小张那里有了信息，他从一个老战士那里，知道了钟之国所在的连队与所属的部队。于是，几天后，我和奶奶根据小张提供的信息和指引，找到了省里的相关部门。

接待我们的是一位姓何的主任。何主任翻出一大沓档案材料，说：“在鬼门关的战斗中，共有两个军团的部队投入战斗，钟之国所在的部队是第二军团第三师第二旅一营的三连，当时他们旅是作为先头部队来攻打鬼门关的，后来有第一军团的二旅和第二军团的一旅来支援战斗。这次战斗打得非常激烈，先头部队的二旅大部分战士都在战斗中牺牲。”

“钟之国所在的连有人活着吗？”奶奶急不可待地问道。

何主任看着奶奶，摇了摇头：“没有，他们全连队的人都牺牲了，也正是由于他们的顽强战斗，拖住了敌人，让后面的部队赢得了时间。”

何主任指着档案，说：“您看，这是钟之国的名字，他是湖南人，是列入了烈士名单的。”

奶奶看着烈士名单中钟之国的名字，缓缓地舒了一口气，似一块石头落了地：“那就好，那就好，我一直担心，他被部队误作为逃兵呢。”

我看着奶奶，心里突然升腾起一股温暖而又圣洁的感动。我从背后紧紧地把奶奶抱住，让那份温暖与圣洁，在我身体的每个角落里流淌。

选自2015年第4期《红豆》

遇 仙 记

凯 歌

《山海经》载，“青丘之山有兽焉，其状如狐而九尾，其音如婴儿，性温和，善蛊惑”。又有史册记述，“青丘女者，山间草木吸纳月华所化也，容姣美，遇有缘人即合”。

千百年来，关于青丘山的传说在一帮文人墨客的笔下被描绘得神乎其神，青丘山似乎早已脱离了人间烟火，成了一方独立于尘世间的风月幻境。眼前的青丘山晨风拂面，雀鸟啁啾，远处大片的黑松裹挟着清湍瀑流声入耳，让人觉得神清气爽，心旷神怡。

我向夏道士说起传说中的青丘女一事。夏道士哈哈一笑说，世间一切皆是一个缘字，缘来缘去，诸法空相，有心者消受，无缘者随缘，且甭论施主身处何时何地，心中有清气，自然可以少去诸多烦恼。

中午饭毕，我念着夏道士的话，出外散心。山风乍起，不时有花草的清香沁过，我贪婪地吮吸着清新的空气，渐渐深入到一片松林中。忽地一阵奇香扑面而来，我睁眼看时，眼前顿觉一亮：一位貌美的年轻女子已不知什么时候站在了我的面前。那女子约莫二十年纪，身段窈窕，声如银铃。女子款款递过来一盏绿杯说，先生千里而来，可曾品尝过本地的名茗“九尾香茶”？

我被她的香茶所吸引，更被她那迷人的笑容所陶醉。我接过香茶轻啜一口，顿时，一股古朴的香醇漫遍全身。一饮而尽后，伴着清爽的感觉，我连日来的疲惫竟然一扫而光。我抬头待谢时，眼前空空如也，哪有年轻女子身影，唯见花草在山道间随风摇曳，隐约看见有小兽身形迅速遁过。

我心头一凛：遇仙？撞鬼？

此去不远，有一处有名的绿盈湖。翌日早，情绪稍定的我去湖边垂钓。湖居山上本就称奇，湖中的鲈鱼更是鲜美无比，成为当地一道名肴，有“瑶池珍馐”的美誉。

我深吸几口清气，抛下鱼饵，享受起喧嚣都市中没有的舒爽。随着鱼漂的上下浮动，我的篓中已有几条大鱼俘获。我正在琢磨着晚上的鲈鱼大餐，忽听一阵娇滴滴的女声伴风入耳：先生可是想如何消受了这些篓中的美食？

回身看时，正是昨日山道间那个捧茶女子。我一愣，脚下鬼使神差地迎了上去：谢谢姑娘的好茶！

女子莞尔一笑，一杯山茶不足道也，只是——

女子面露惋惜之色说，蝼蚁尚求偷生，何况是这些湖中欢娱嬉闹的鱼儿呢？

我倒提鱼篓，将几尾鲈鱼“扑通扑通”全部倒入湖中，说，那就放生了吧，谁让它们遇上了菩萨心肠的姑娘呢！

看着女子粉嘟嘟的脸，我笑眯眯地说，你是哪里的仙女呀？咱们今天可真算有缘！

女子并不搭理，说，先生是一个积善缘的人，好人自会有天佑，先生他日必定会飞黄腾达、前途无量！女子忽脸呈粉红，似含羞地说，提起缘分，小女子今日还真与先生有缘，只不过——

女子杏目含情，秋波暗送，说，不知道上天是否愿意眷顾这份缘，更不知道先生是否懂得顾惜这份缘。

听到这娇婉若嘤的声音，我顿时一阵昏眩。神啊，莫非——

午后去了一趟夏道士修行的处所。童子说，师父去山里采药了，临行前留下一纸短笺，说有人来相求，就交给他！说着递过来一张黄表纸。我赶紧接过，认真地读了起来。

是夜，皎月东升，竹影婆娑。

我捧一册《山海经》，叹息不已。听远处传来的野禽小兽声，更显出山中之夜的旷美与宁静。午夜时分，听窗外有人轻吟：“正是江南好风景，落花时节又逢君……”

我的心“怦怦”直跃，终于来了！

开门时，只见一青衣女子立于月色之中，目光如秋水流转，滴滴含情，尤其是那一袭单衣的身段在夜的微凉中显得妩媚娉婷，楚楚可人。

屋内媚香沁鼻。女子轻启朱唇：小女子只为不辜负了这良辰美景而来！

女子红袖轻拂，两杯清酒豁然出现在眼前，说，三杯两盏淡酒之后，愿与君只羡鸳鸯不羡仙！

感情发展到这份儿上了，谁能拒绝得了呀。谁拒绝谁是傻帽。

我毫不犹豫地一饮而尽。

刚饮罢，就觉得头脑胀疼，身子发软，心想真是酒不醉人人自醉啊！我正想着，顿时眼前天昏地暗，眼神迷离，随之手脚也不听了使唤，随着"咣当"一声酒杯落地，我应声倒地，不省人事。

也不知道过了多久，等我醒来，耳边却是警铃声大作。慈眉善目的夏道士坐在我身边，一边摇扇，一边指着屋外说，好险，好险，要不是你及时按了报警电话，这帮骗子差一点儿就得逞了！

我揉揉还在发胀的脑袋，想起夏道士在黄表纸里的留言：近来一犯罪团伙借山水之名，扮作古人，诳惑香客，乘机骗取游人钱物，望施主谨防上当受骗，切记！

屋外，一群打扮得花花绿绿的男女正抱着头蹲在墙角，模样儿狼狈不堪，我见那名青衣女子也位列其中，蓬头垢面，瞥见我时，女子眼含嗔怒，后又怅然低头，一声不吭。

想起她的那些捧茶之举和放生之劝都是有意而为之，我心中不免有五味瓶遭掀翻的感觉，很不是滋味，同时心想，到底是什么东西让这些正值大好青春的年轻人费尽心机、铤而走险？我长长一叹。

夏道士拍拍我的肩膀说，走，喝茶去。

选自2015年第6期《延河》下半月刊

替 身

李岱蔚

我经常充当替身，因为长得像局长。人家说我们比双胞胎还像。我们局长名叫项利民，四十多岁，比我大两岁。以前我在养路段工作，后来局党办缺写材料的人，就把抽我去写材料。后来，党办吴主任就留下了我。

这年春天，项局长报考党校，要我替他去考试。

考试成绩下来了，我被录取了。准确地说，是他被录取了。一共五个学期，两年半时间，我不但替他考完了十四门全部课程，而且《三讲是领导干部的起码要求》被评为优秀论文。学完了党校法律本科，项局长进入后备干部硕士进修名单中，培训地点在地区湖平市。他又派我去了。

与我一同学习的同学都是正牌局长和公司老总，有些人跟我处得不错，不过，他们也没发现我这个冒牌局长。最后，我写完论文，交了上去。拿到硕士研究生结业证书那天，项局长拍了拍我的肩膀，又说了声“谢谢”。

为了得到提拔的机会，项局长主动要求赴西藏参加援藏工作。因为干部任免有新规定，只有援藏的局长，才有提拔为副县长的可能。这天晚上，项局长找到我，说：“兄弟，我上有老，下有小，心脏又不好。你再帮个忙，替我去一次西藏，可以吗？”望着项局长那恳求的目光，我没有拒绝。

时间过得很快，三年援藏工作结束了。我成绩突出，工作上取得了显著成效，受到西藏当地政府的表扬。当地百姓还给我送了五面锦旗。我回来后，项局长很快被提拔为我们县的副县长。

可是，我仍然在局里干着原来的工作。第二年三月份，局里实行改革，我编制所在的养路段工程队下岗分流，我成了下岗工人。

下岗三天后，我就跑起了电三轮。

一天晚上，我开了一天电三轮，刚回到家，就听见有人敲门。我打开院门一看，是项副县长的夫人。我把她让到屋里，项夫人神色慌张，我忙让她坐下，她刚要开口说话，院外又响起了敲门声，她神经又紧张起来。

原来，是媳妇晚上卖完摊鸡蛋饼回来了。坐了一会儿，项夫人才说：“老项被双规了，我想让你把他替出来。我也知道你们生活困难，这五千元钱，就算是我给孩子的一点学费吧！”

……

次日一早，我偷偷来到县纪检委。结果，我的出现把案件审理室的人吓了一跳。“项利民，你，你是人是鬼！”原来，项县长被双规后，留在纪检委接受审查。昨天，因心脏病突发，死了。还没有通知家属。

晚上，我来到项副县长家，项夫人见到我，惊恐地问："老项，你怎么回来了？"

"我的替身起了作用，于是我偷偷地溜出来。我想来想去，咱俩不如去海南买栋楼，过悠闲日子。"

"行啊，那我明天把钱收拢一下。"

"好，那你就把钱存在几张银行卡上。"

第二天上午，当项夫人把银行卡递给我后，我就立即去了纪检委，交给纪检干部。经查，五张卡共计人民币498万。

选自2015年第5期《绝妙小小说》

新兵老憨

林万华

我当连长那年，新兵田军分到警卫连。他肤色黝黑，身材魁梧，个头一米八二，爱笑，笑容憨态可掬。

田军下连不久，我就听到有战士喊他"老憨"，他却不急不恼，憨笑应答。

我观察，田军外表憨，做事却蛮细心。被子叠成豆腐块，是慢工细活，他每天晚上把被子打开叠上、叠上打开，抻、拉、拍、压、捏，手法用尽，最终成形了——刀切豆腐块，有棱有角也有面。警卫连，他内务最整洁。不仅如此，那天早晨，我巡检宿舍卫生，见田军手握一把笤帚，"刺溜"钻到床铺下，身手敏捷，像只黑豹。我问：床下有啥？他憨笑：两道蜘蛛丝。我想：这兵心细，一点也不憨。

可战士们仍叫他老憨。

不久，发生一件事，改变了我对田军的看法。

团里一年一度的篮球比赛，警卫连和团直机关同组。

警卫连的球员，年轻、身强力壮。田军打中锋，他说，上高中时就打这个位置。我发现，他确实是个打中锋的材料，篮下防守好，善于控制篮板球，身高优势发挥得淋漓尽致。团直机关，干部多，球员三四十岁，体力、速度均不如警卫连的小伙子，但球技好，配合娴熟，带队的王团长，老球迷，每场必上。

两场定胜负。

头一场，团直机关有王团长在，警卫连的战士畏手畏脚，怕冲撞首长，只赢了四分。赛后，战士们说，王团长要不上场，赢十分不成问题。团直机关的人却说警卫连球技粗糙，犯规多，赢在年轻力壮，总之是不服。我是连长，赢球当然高兴，却也顾忌团首长和参谋干事的感受，怕事后他们挤对我。

两天后，第二场开赛。赛前，我流露出放他们一马的意思：只要不输四分我们就晋级。

比赛开始后，我们一直领先。半场休息时，我又叮嘱场上球员，下半场悠着打。易边再战，王团长首先发威：上篮、中投，连续得分，将比分反超。机关球队越打越猛，我们队场上几名球员，心里装着我的旨意，球打得松松垮垮。眼见比赛将要结束，田军急了，招呼队友，加强防守、抢断，这招真灵，我们队连续得分，终场前，只落后两分。想锁定胜局的王团长，再次发力，断球成功，运球快速反击，前方只有一名防守队员，王团长将其晃过，带球直冲篮下，眼看就要上空篮了。这时，田军迅速回追，就在王团长将球投向篮筐的瞬间，田军高高跃起，伸出手臂，用力将篮球打出场外。这精彩的盖帽，让围观的战友们欢叫不止。王团长因用力过猛，身体踉跄着冲到场外，险些摔倒。

团直机关队首轮即被淘汰。

我们团在抗日战争时期，曾被誉为作战勇猛的猎豹团，历任团首长都是响当当的硬汉，干什么从不服输。往年篮球比赛，团直机关队都闯进了前三名，这回，被警卫连这帮小伙子打败，王团长能接受吗？赛后，我见王团长气喘吁吁，脸色铁青，盯住“帽”他的田军，两眼像在喷火。我站在场边，心想：这下坏了，老憨被团长“盯”上了，我这个连长也跑不掉，准没好果子吃。

我做好了挨骂的准备，跑到王团长面前，想说几句客套话，尚未张嘴，就听王团长说：把“帽”我的那个大个子叫来。

我愣怔了一下，随即把老憨喊来，笑着对王团长说：新兵田军，憨劲一上来，啥也不顾，回去我……话音未落，王团长手一挥，说：怎么着，回去还要收拾人家不成？这些年打球，没人敢“帽”我，他敢，我喜欢。

我惊诧地望着王团长，不知他是否真心喜欢老憨，便冲老憨说：还不快谢谢团长。

老憨仍旧憨笑，露出一口白牙。

此后不久，某日上午，王团长突然来到警卫连，用不容置疑的口吻对我说：我要把老憨调走。我心头一跳：老憨让王团长出过丑，调他去哪儿？前些天，我听孙参谋说，团里副食基地正缺一名猪倌，会不会调他去？

我喊来老憨，心里一直在打鼓，不知王团长会如何发落老憨。老憨给王团长敬礼，而后，收腹挺胸挺拔地站在王团长面前，目光炯炯地注视着他。王团长见状，心中暗喜：这兵素质够棒。而脸上却未露出一点笑容，他盯着老憨，片刻，突然说：你明天到团直通讯班报到。我一听，先是一愣，随后笑出了声，心想：团直机关工作环境好，天天和首长接触，进步快，新兵都想去，机会难得啊。而此刻的老憨却依然笔直地站着，未答“是”，也未说声“谢谢”。过了一会，他却嗫嚅着说：团长，我不想去。此话一出，王团长一愣，我一惊。我瞪着老憨欲言又止。

王团长走后，我对老憨说：过了这个村可就没这个店了，你别后悔。他说：我就想在警卫连站岗。

真的？

真的！我心头一热。

我将老憨的意思报告给王团长，他沉默片刻，自语道：真是个憨兵，警卫连更需要这样的兵。

我随后从孙参谋口中得知：通讯班缺编，要从连队抽调一名新兵，请示王团长，他说，警卫连那个会打球的大个子表现不错，将来到通讯班，还能代表团直机关打球。

我恍然大悟：王团长是想一举两得啊，这老球迷！

我将这一秘密告诉了老憨，老憨并未吃惊，只憨憨一笑。

我又问他：你真不后悔？

老憨这回没笑，只是点头。

我感叹：这“憨”兵。

选自2015年4月20日作家网

打开窗，让风进来

明晓东

推开窗户，他刚要爬上窗台闭上眼睛跳下去的时候，房门咯吱一响，她步态轻盈地飘了进来。

他连忙缩回手来，表情极不自然地说，这屋子太闷了，开窗透透气。她点点头，走过去把窗子关小了一些，然后对他说，在这里你得听我的，虽然咱们没有什么关系了，但你现在是我的病人。

他无语。他知道，此刻说什么都是多余的，谁让自己当初那么绝情呢？她是他的前妻，当初一同努力经营着他们的小日子，因为不甘于贫穷的生活，于是辞职下海经商，从一无所有到小城商界明星，他在完成财富积累的同时，也无限放纵了自己的欲望，终日在无数女人中周旋，最终还是被绊住了腿脚。他和小三一起向她施加压力，怕主动提出离婚会分掉他的财产，谁知她却不哭不闹，平静地和他分了手，只带了女儿净身出户。一场逼宫戏连一丝波澜都没有就落下了帷幕。可如今，他破产了，一下子从山巅跌入谷底，他只能眼睁睁地等着她来报复他羞辱他。

可是她没有，只是走过去检查一遍窗户就走了。他呆呆地坐在床上，慢慢地梳理着自己的思绪。他记起来了，那天他的公司被查封，车子、房子都被银行收去抵作贷款了，他无处可去就在酒吧里买醉。他想大醉一场就去自杀，爬上城市的高楼一跃而下，或是一头撞向路边疾驶的车子，一切的痛苦就会就此终结。那晚他一边喝酒一边一个一个拨打着自己认为关系很好的亲朋好友的电话，可没有人愿意听他诉说，甚至还有人一听见他的声音就直接挂掉，包括那个曾经信誓旦旦说他离了婚就嫁给他的女人。他一边苦笑着摇头，一边大口地喝酒，直到最后失去了知觉。他不知道自己怎么就被送到了她所在的医院，反正醒来他就在病床上躺着，也不知道自己究竟昏睡了多长时间。一定是酒吧里的人见他醉死过去，慌忙中打了她的电话，是她把自己送进了医院。

他对她的愧疚一下子就强烈起来了，可是他又有什么办法呢，早知如此，何必当初。他现在唯一的念头就是离开这个世界，既然一切都没有了，还有什么贪恋的呢？

想着想着，他就睡了过去。醒来的时候，夜已深了。他发现这是一个了结自己的绝好时机，他鼓足勇气爬上窗台的时候才发现，无论他怎么推，窗户只能推开一道缝隙，最多只能伸出他的胳膊，更别说整个身子。一定又是她，也许她早已发现了他的想法，所以就在他睡着了的时候用铁丝捆住了窗户。他无法想象一向恐高的她，该壮着多大的胆子才能爬上这21楼的窗台，忍受着刮过脸颊的寒风才能完成啊。他突然强烈地眷恋起她来，还有跟她在一起的女儿。

第二天他就出院了，本来就只是酒精中毒，而且他也没有钱在医院住下去了。他又来到酒吧，把最后几十块钱全部买了酒，这次他要痛快地了结自己。他从口袋里掏出提前准备好的老鼠药，打开他却惊呆了，纸包里只有一张银行卡，还有一张匆匆写就的纸条：这是我的工资攒下的积蓄，也许可以帮你渡过难关。我虽然恨你，但无论如何也不能眼看你做傻事，请不要让女儿成为没有父亲的孩子，好吗？

看着，他的泪水溢出了眼眶。他忽然就明白了，有些女人就像狂风，激情似火却可以让人感冒，甚至不治而亡；有些女人却是微风，看似平静如水，却可以温暖一生。而他，却在风中迷失了自己。

想着，他就起身走了出去。如果不是这张小纸条，他可能再也见不到女儿了，在生命的绝境中，他留恋的只是他的财产，唯独忘了她和女儿，可她却依然牵挂着他，就像他从未离开过她。

一出门，就看见了她和女儿，她们正在街边等他。女儿仰起小脸问，爸爸你怎么哭了？他抱起女儿，亲了亲女儿的小脸说，爸爸没哭，是让风吹迷了眼。

说着，他含着泪笑了，她也会心地笑了。

选自2015年3月16日《涟水快报》副刊

回马枪

伍中正

皖西一生杀过三次回马枪。

第一次杀回马枪，是他相亲那天，那年，他二十六岁。

皖西跟媒人要去小镇上相亲。走之前，宋九菊三番五次叮嘱，倘使梅红看不上你，你也要装出平静的样子，不要使倔脾气。宋九菊是村子里的媒人，凭着一张嘴说成了很多门亲。

皖西答应了宋九菊。

老榆树说着小镇的沧桑。那个长得非常好看的叫梅红的女子果真出现在镇上，果真来到了宋九菊说定的地点，果真来到了老榆树下。

皖西是最先看见那棵榆树的，然后看见了身材高挑的梅红，看见了自己暗暗喜欢的梅红。

宋九菊把梅红拉到一边，耳语了一阵。梅红就低头站在皖西面前，一句话也不说。

说话的只有宋九菊。宋九菊说，梅红说了，她跟你不合适。

皖西暗暗喜欢的梅红在心里打了一半的折扣。他看了看那棵高大榆树，伤心地走了回来。

皖西是一个人回来的。他回头看见宋九菊是跟梅红一起走的。她还一只手拉着梅红，有说有笑。

皖西还没有走到家，就杀了一个回马枪，他一阵紧跑，很快就追到了宋九菊，追到了梅红。

梅红在跟沙罗相亲。

皖西镇定地站在沙罗面前，他把梅红拉到一边，对她耳语了几句。怯怯的梅红就站在了皖西身后。

皖西很想扇一巴掌不地道的宋九菊。他没有那样做，装作欢喜的样子。

没想到，跟皖西一同回来的是梅红。回来时，皖西还看了看那棵榆树，除了看出它的高外，再没有看出别的什么来。

后来，皖西想，自己的第一个回马枪杀得好，要不杀回马枪，那个叫梅红的女人就娶不到家里。

皖西并不复杂地让梅红成了自己的女人。

皖西经常在梅红耳边说，跟你相亲的那个沙罗品行不好，偷过鸡还摸过狗。

后来，沙罗果真犯了事，事还不小，判了无期徒刑。

皖西经常在梅红耳边说，沙罗救不了你，是皖西救了你！

梅红渐渐让他说低了头。

皖西三十四岁那年，他杀了一个回马枪。那次的回马枪跟梅红有关，也跟关吕有关。

梅红跟村子里的关吕好。村里人说，他们已经好到差不多上床的那种地步。梅红一直没有在皖西面前表现出来，皖西更看不出来。

皖西一直找不到证据。

皖西愿意邀关吕一起到城里挖沟。那天，一脸认真的皖西找到了关吕。出发的前一夜，皖西把关吕约到家里喝酒。皖西喝多了酒，像醉的样子。餐桌上，没醉的只有梅红和关吕。走路歪歪扭扭的皖西和一脸红润的梅红把关吕送了一里路远。

皖西说，自己走不稳，让梅红再送送关吕。

梅红有点依依不舍，越送越远。

皖西回到家，拿了把砍刀出门，朝关吕回家的路上追去。

梅红跟关吕果真在路边缠绵。皖西朝关吕的腰上砍了一刀。关吕惨叫了一声，就倒下了。

皖西觉得那一次的回马枪杀得及时，不然，便宜了关吕那杂种。后来，皖西经常对梅红又气又恼地讲起这一段。要不是那个回马枪，他关吕就得逞了。

皖西说得梅红抹一把泪，又抹一把泪。

那以后，在皖西的眼里，梅红应该跟关吕断了。皖西想，有两点可以断定，一点是他吃了自己一刀，再一点是他的伤还没有完全好，就离开了村子。

皖西怎么也没想到梅红跟关吕还暗暗好着。就在皖西住院手术的那一段时间，关吕还跑到医院，偷偷地跟梅红见面，跟皖西缴了不菲的医药费。

皖西很有必要在临死之前杀一个回马枪。

皖西只能无力地躺在床上，他让一种叫胃癌的病折腾得疼痛难忍，吃什么吐什么。

梅红和关吕照料着皖西。

皖西有气无力地说，关吕，当初，我那一刀下得很重，差点让你丢了性命，你晓得不晓得？

关吕说，晓得。

皖西续上一口气，接着说，关吕，我要梅红叫你来，是要你往后照顾她，你明白不明白？

关吕说，明白。

梅红说，你有啥话与啥想法就讲出来，憋在心里难受。

皖西说，我还想杀一个回马枪。

梅红一怔。梅红看看关吕。

关吕也一怔。关吕看看梅红。

梅红说，反正，我跟关吕都在，你杀吧。

皖西对梅红说，我跟关吕愿意到城里挖沟，讲好了明天一起走。我们送送关吕。

皖西从床上坐起来，梅红扶着他下地。

皖西送到门口，说，我不送了，梅红你送送。

梅红跟关吕就走了。

梅红跟关吕走不多远。梅红吼：皖西，不杀回马枪了?!

皖西又一阵疼痛袭来，一下倒地，人事不省。

关吕的手指停靠在皖西的鼻孔，很久了，关吕才说，皖西走了，他的这个回马枪杀得太急了。

梅红哭着脸，说，皖西，你的这个回马枪只能算半个回马枪。

那年，皖西五十六岁。

后来，梅红在关吕面前说起皖西，皖西一生杀过三次回马枪，不算有心机的人。他最后的一次回马枪只能算半次。

关吕说，皖西也算一个有心机的人，他最后的回马枪，算得上一次。

就在关吕说话时，梅红苦笑了一下，那一笑很浅。

关吕像察觉到，又像没察觉到。

选自2015年1月19日《羊城晚报》

失　望

钟　荣

今年春节，李老汉又过了一个孤寂的年，儿子已经很久没回家过年了。

老伴走得早，三十岁那年得了一场大病撒手人寰，把还在牙牙学语的儿子抛给了李老汉。这么多年，李老汉始终不再继娶，既当爹又当妈含辛茹苦把儿子抚养成人。儿子也争气，读书很用功，后来还考上了一所名牌大学。大学毕业后，又在上海找了一份体面的工作。然而，尽管上海离家不远，无非就五六个小时的车程，可自从娶了个城里媳妇后，儿子已经整整三年没回家过年了。每个春节，都在岳父岳母那儿过。

李老汉不怪儿子，只怪自己没本事。左邻右舍有钱的盖起了小洋楼，差一点的也盖起了水泥钢筋平顶屋，唯独自己住的还是父辈留下的那间低矮狭窄、阴暗潮湿的老瓦房。人家一个城市姑娘，怎么会跟你住狗窝一样的房子呢。

李老汉就寻思着什么时候也把旧房子给刨了，盖个两层楼。可上哪儿弄钱呢？自己这些年省吃俭用也仅攒了不到三万块，儿子那边买了新房子要还房贷，加上是儿媳妇掌握了财政大权，更指望不上了。

“打奖呗！中个大奖，别说两层，你爱盖多高就多高！”隔壁老孙头得知李老汉的心思后，咧着嘴对李老汉说。

“能中么？”李老汉边说边抽了口水烟筒，烟雾弥漫着他脸上的沟沟壑壑。

“看你运气呗！前不久，我老姑村一个卖咸鱼的就中了五百多万哪！”老孙头接过李老汉递过来的烟筒，用手掌在烟嘴上抹了抹，把嘴巴堵了上去，深深地抽了一口，烟筒发出一阵“咕咚咕咚”的响声……

从那以后，李老汉还真迷上买彩票了。经常到镇上的彩票销售点投注，虽然每期下注不多，无非就买一两注，可却一直买了下来。

开奖的当晚，李老汉总会到老孙头家看电视。老孙头会意，无论正看着的是多么精彩的节目，也让家人把电视调到彩票开奖台，好让李老汉兑奖。

日子像流水般悄无声息流淌着，眼看冬天已经来临了，李老汉的中奖梦依然难圆。连老孙头也跟着他一起叹气，看来，今年春节又难以开口叫儿子儿媳回家过年了。

“中了！中奖了！我中奖了！”这天晚上，李老汉又跟往常一样，到老孙头家看电视开奖。随着摇奖机里一个个兑奖球滚了下来，李老汉两眼发光，脸上的皱纹也一下一下地舒展，到了开出最后一个数字时，李老汉像范进中举般高呼着跳了起来。

“啊，真中了？”老孙头惊讶地问。

“中了，这回真中了！”李老汉边说边欢天喜地往家里走……

第二天，老孙头到李老汉家串门，却发现李老汉躺在床上呻吟。

“咋了？中奖激动过头了？”老孙头上前一摸李老汉的额头，滚烫得很。

老孙头一边让孙女去通知村里的赤脚医生过来给李老汉看病，一边拨通了李老汉儿子的手机。

“阿华呀，你爸病了，发高烧呢！你得回来一趟啊。”老孙头说。

“哦……六叔呀，我爸兴许是感冒了，吃点感冒药应该不碍事，我下午还得开会呢……”那头，李老汉的儿子漠然说道。

老孙头一阵心寒，又说：“阿华呀，你爸买彩票中奖了……”

“真的么？中了几等奖呀？”那头一直病怏怏的声音突然变得跳跃起来。

“你爸没说，看你爸那劲儿，准是中大奖了，听说这期的头奖八百多万哩！”孙老头咂着嘴。

当天晚上，李老汉的儿子就赶到了家。

“爸，你没事吧？”儿子放下行李，走到父亲的床前，拉着父亲的手说。

“儿子，你咋跑回来了，别耽误了工作呀，爸没事！”李老汉撑扶着坐了起来。

“爸，听说你买彩票中奖了？”儿子迫不及待地问。

“中了，中了……”李老汉颤抖着手，从床头摸索出一个月饼盒，哆嗦着打了开来，拿出一张彩票递到儿子手中。

儿子赶紧用手机上网，查了开奖消息，一核对，中是中了，只是中了一个四等奖而已。

“爸，你中啥子奖呀？就一个四等奖，两百元奖金！”儿子像个泄了气的球，蔫了。

“呵呵，两百元够不够你来回的车票？”李老汉一脸沮丧而失望的神情。

儿子咀嚼回味着父亲的话，头埋得很低很低，脸上一阵阵发烫，像是被火烧过似的。

选自2015年7月10日《羊城晚报》

苹果之恋

徐国平

应该说，一个苹果彻底改变了郭石的人生。

那是初秋的一个黄昏，郭石同平常一样，又走出了校园。他有个习惯，嫌宿舍和教室嘈杂，喜欢一个人找块清静之处，专心复读背诵。

刚好，学校后面的土墙被夏季的雨水泡倒了一截，一直没修补。这就方便了郭石，翻过土墙，走出校园，越过一条土路，不远处就是一片果园。果园四周用一人多高的荆条密实地围拦着。起初，郭石坐在篱笆墙旁，只顾专注地背诵，并没注意到果园里满枝的硕果。

郭石走到果园的篱笆墙外，开始凝神背诵起一道政治题。突然，一个东西咕咚一声滚到了他脚下。他一愣，定神看清，是一只红彤彤的红富士苹果！他兴奋无比，连忙弯腰捡起。顿时，一股清香扑鼻而来，他忍不住贪婪地嗅了一会儿。然后，用袖子擦拭了几下，正欲张嘴啃上一口，脑子却忽悠一下想到了赵燕。

对啊，赵燕最爱吃红富士。

郭石年满十八，正是情窦初开，心里暗暗喜欢上了前排的女生赵燕。有时两眼分神，总是偷偷地看赵燕，目光里满是火烫烫的爱慕。他有好多话想同赵燕说，可一面对赵燕就面红耳赤，想说的话全哽在了喉下，一句也吐不出来。他发现赵燕特别喜欢吃红富士苹果，可自己是个农家孩子，根本就没钱买。

一想到赵燕，郭石咂巴了一下嘴，那个苹果就没舍得吃。上晚自习时，将它偷偷塞进了赵燕的书包里。看到赵燕那好看的小嘴，吃苹果时甜甜的样子，他没有吭声，心里却感到无比幸福。

要是让赵燕天天能吃上苹果该多好啊。郭石的心思开始分岔了，满脑子都是树梢上的红富士。

一到自习课，他就早早跑出校园，守株待兔，苦苦守望着树枝上那些苹果。只是满树的苹果，好像故意跟他作对一样，牢牢地挂在枝头。最终，他鬼使神差竟冒着胆儿，从荆条间扒开一条缝，像只偷食的小狗一样钻了进去。

看园的是一个老头儿，大大咧咧，似乎没有顾及满树的苹果。其实，郭石也不贪心，每天只偷一个苹果，立马走人。

赵燕每天兴奋地享受着一个红富士，丝毫没有觉察到郭石的所作所为。

又是一个黄昏，同往常一样，就在郭石踮起脚尖，伸手摘下树丫那只红红的苹果时，没想到看园的那个老头儿就埋伏在他身后不远处，老头儿喊了一声站住，便一跃而出。郭石被吓了一跳，竟忘了逃跑。直到老头儿骂咧咧地扑到近前，他才本能地伸出一条腿。

孰料，那老头儿跑的劲儿太猛，止不住脚，一下子被郭石的那条腿给绊倒了。

郭石转身就跑，可跑出几步，他又迟疑了，怕老头儿认出他，找到学校把事给闹大了。他提心吊胆地走过去，想把老头儿扶起来，挨一顿臭骂了事。可他俯下身子时，却看到了血淋淋的一幕。郭石后来怎么也没想到，老头儿被他绊倒后，脑袋恰巧撞在了草丛里一块坚硬的石头上，就那样没吭一声死了。

接下来，郭石付出了牢狱五年的惩罚。

又是一个初秋黄昏。郭石进县城，给一家机关单位送苹果。

刑满释放后，由于名声不好，四处碰壁。他就承包了一块荒地，贷款购进了红富士树苗。没日没夜，精心栽培，果树终于挂果了。经历了那么大的变数，郭石心里一直有个梦在支撑着自己，那就是赵燕。他挑选了一个最大又朝阳的苹果，用一张油纸仔细镂刻出赵燕二字，包裹在苹果上面。每天望着那个苹果，就像望着赵燕一样。

就在郭石走进那家单位的大门时，迎面看到了一张漂亮的瓜子脸，那张脸对他来说，梦绕魂牵，记忆在心。他禁不住喊了一声：赵燕！

女孩驻足，冷冷地盯着郭石。

你真是赵燕？我是郭石啊！郭石很激动，声音有些颤抖。只是女孩有些茫然，显然没有认出郭石。郭石有些失望，但还是挺高兴地说，真认不出我啦？我们是高中同学。女孩似乎还没有想起，但她不想让郭石失望，便礼貌地点点头，淡淡地说：哦，郭石，你好。

郭石悄然觉得心里酸酸的不是味儿，想不到他日思夜想的赵燕对自己竟没有一点记忆。郭石的眼里也酸涩涩的。若不是强忍着，眼泪就下来了。

两个人就这么尴尬地站着，都没再说话。

最后，还是郭石忍不住，直言说，我就是当时轰动高三，被劳教五年的那个郭石。

赵燕有些惊愕失色，欲言又止。

郭石竭力装出一副满不在乎的样子，搬起一箱苹果，大大方方地说，尝尝吧，这是我自己栽培的红富士。高中时，你可是最喜欢吃啊。

你怎么知道我爱吃苹果？哦，以前我书包里的苹果难道是你放的？我一直在寻找那个往我书包里塞苹果的人呢，不会是你吧？我记得，你家当时没有果园呀？赵燕脸上开始笑容灿烂起来，似乎一下子又回到了高三那个年代。

郭石点了一下头，犹豫再三，正欲开口，说出自己为了那个苹果，付出了牢狱五年的惨痛代价。

这时，门外驶来一辆豪车，下来一个高大的小伙儿，喊赵燕怎么还不走，婚纱都订好了。赵燕忙解释，说遇到了一个高中同学。小伙儿瞥了一眼郭石，也没搭腔。赵燕只好对郭石介绍说，我的男朋友，下个周末，我俩就结婚了，到时请你来喝喜酒。

郭石木木地点了点头。望着赵燕的身影从自己泪眼模糊的视野里慢慢消逝。

赵燕结婚时，还真请了郭石，但郭石没去，只托人带了一个礼品盒去。赵燕男人打开来，看见只有一个红富士，有些不高兴，骂咧咧地说，谁他妈这么小气。手一甩，就扔了出去。赵燕想拦，也来不及了，眼睁睁看着苹果坠落下去。

红富士重重坠地后，连同上面清晰可见的赵燕二字，摔得粉身碎骨。

选自2015年第2期《小说月刊》

没有说出的爱

程中学

那天一大早，男人弓着身子背着一卷行李，手中还提了一坨猪肉，径直走进他家，乐呵呵地放下行李，边用黑袖口擦着脸上的汗，边冲正在写作业的他“嘿嘿”一笑，露出满嘴的黄牙。他厌恶并且鄙夷地瞪了男人一眼。男人有点惶惶，也不计较，转身将猪肉递给迎过来的母亲。母亲很不自然地接过猪肉，又接过了男人递给她的一张存折——上面有一万块钱。母亲看了看正在案桌上写作业的儿子，他故意将脸扭向别处。母亲的表情更加僵硬，脸有些发烫。

那顿午饭因为有肉，显得比平时丰盛了些。母亲拿出卖鸡蛋的钱，为男人买了一斤散装酒。男人显得很高兴，不断地往他和母亲碗里夹肉。他仍然不能抑制内心对男人的嫌恶，不耐烦地将肉扒拉到桌上，黑着脸划拉着碗里的白米饭。男人就有些窘。母亲起身打圆场，为男人倒酒、夹菜。

那天，他的亲爹因为癌症晚期过世才一百零二天。他知道这怨不得母亲，家里要生活，他要读书，为了给爹治病，家里已负债累累，仅靠体弱多病的母亲独自支撑这一切，实在是太难了。可是不知咋的，他心里就是不舒服，他就是讨厌那个满嘴黄牙的男人。

第二天，他要回镇上读书了。他可以不吃男人买的肉，却不能不花男人的钱。男人也很知趣，从口袋里掏出为他准备好的书钱和生活费递给他。他扫了一眼男人手中一叠零碎但非常平整的钱，心里难过得想掉泪，遂低头不语。母亲替他接过钱，用胳膊肘碰了碰他，又拧了他一把，他还是默不作声。母亲冲男人笑笑，只好推推搡搡将他送了出去。

男人很勤快，自从进了他家，家里家外的活全揽了下来。男人不仅种得一手好庄稼，还买了几只种羊。男人本来是有女人有儿子的，却因为一次交通事故，男人永远失去了他们。男人忙了整个夏天和秋天，收割完庄稼，攒足了羊吃的草，趁着冬闲，他也要去相隔二十多里路的镇上打些零工补贴家用。

在镇上打工的男人趁着吃午饭的空档，有次买了一些水果和熟肉去学校看他，他并不待见男人，远远地见了男人，扭头就走。男人就留下东西、留下话，说是他母亲送来的。这样，男人买的东西就很自然地传到了他手上。有时候，男人也会炒个热菜或是让饭馆整个热热的肉汤，在他放学的时候，及时地通过学校保安递给他。每次他在学校传达室取东西，男人都会在一个隐蔽的角落里偷偷地看，直看到他取上东西返回，男人才会放心离开。有好几次，他拿上男人为他买的东西，疑惑地站在校门口向他藏身的方向张望，男人就有点慌，兔子似的逃回小饭馆，也不点菜，只向店老板要上一碟鲜红的辣椒水倒在一大碗白米饭上，就将一顿午饭吃得有滋有味，酣畅淋漓。

那一年，他的瘦弱的身体逐渐强壮起来，个子也长高了不少。母亲面色红润，脸上增添了几丝笑容。有男人理家照顾母亲，他逐渐放下了心里的负担，学习更加努力，并且有了很大的进步。但他只要一见到男人，还是板着脸，一言不发。

他考上大学了。接到录取通知书的那天，母亲喜极而泣，男人也是乐呵呵的，像初进他家门时一样，笑得露出满嘴黄牙。这次，男人递给母亲的那张存折派上用场了，男人还卖光了一圈羊，又东拼西凑借了一些。当男人凑足一年的学费生活费递到他手上时，他的心里有着一种潮湿的温暖，嘴角动了动，却什么也没说。

他要离家去省城上学了。母亲认为这是他第一次出远门，一再坚持让男人送他，他默许。男人满口答应。男人替他背着沉重的行李，一前一后，俩人一路无话——他始终和男人保持着一段距离。

夜晚，好不容易挤到了火车站的广场上，等买好了第二天才能走的票，他和男人早已累得筋疲力尽。放下行李席地而坐，瞌睡就像潮水一般涌了过来。恍惚中，他忽听得男人“呀”的一声，他立马跳了起来。他睁开眼，看到男人正梗着脖子瞪着一对圆眼揪住了一个小青年的衣领。男人骂：瞎了眼的二流子，敢偷俺们的血汗钱。你当老子真睡着了？老子早就提防着你们这帮小兔崽子了……那小青年也不向男人讨饶，对着男人的身后使了个眼色，立马又过来两个小青年二话不说对着男人就是一阵拳打脚踢。见此状，他想都没想，一个箭步冲上去，也不知哪来的力气，使出拳头就砸，帮衬着男人和那三个家伙扭打在一起。围观的人很多，有的报了警，有人帮着抓小偷。三个家伙见无便宜可占，抽出一个空档撒腿向三个方向逃窜而去。

待一切恢复平静，他看着被打得鼻青脸肿的男人，心里有点酸。男人也没理会身上的伤，只用手摸了摸身上藏钱的地方，冲他笑了笑，说：嗯，还好，钱还在。男人一笑，又露出了满嘴的黄牙。也不知咋的，他忽然就流下了泪。

选自2015年8月7日作家网

门卫老杨

佛　刘

那辆汽车把喇叭按得吱吱响的时候，门卫老杨正在厕所里小便，汽车的喇叭越响，老杨尿得就越慢，等老杨抖干净出来的时候，那个司机已经从车上下来了。

是一个美女。那美女说，你没听到吗？

老杨在美女的注视下慌了一下说，听到了，听到了。

那就赶快开门吧。

你有事？学校里规定，这里是不许外人进入的。

没事谁来这里啊，我是你们校长请来的，给学校搞绿化。

哦，是这样，可是我得给校长打个电话。老杨拿起电话还没打的时候，校长已经从办公楼里小跑着出来了。

不好意思，周经理。校长的笑脸很迷人。

没事，美女摆摆手，挺负责的一个老头。

在校长的示意下，老杨打开了学校的电动门。

看着校长陪着美女走进办公楼，老杨的心没来由的好一阵惆怅。

从那以后，美女隔三岔五的便来一次，当然校园的绿化也开工了，据说，绿化完的校园将是另一番天地。

老杨很喜欢那美女，熟悉了不免也开一两句玩笑，有一次老杨就说，你一来，我们整个校园都亮了。那美女笑笑说，没这么严重吧？老杨说，很严重，连我都跟着亮了。

那一段时间，老杨的确很亮，有一次还帮美女冲了一次汽车，弄得那美女很不好意思，后来从车厢里搬出一箱饮料，老杨推辞了半天，也没推辞掉。

校长对老杨的态度似乎也有些转变，以前只是点点头，现在却是整张的笑脸。上下级的关系已经不是那么生硬了。

事情的转折是老杨那天打扫校园卫生的时候捡到了一个小笔记本。好奇心让老杨翻开看了几眼，便是这几眼，却让老杨怔住了，里面有几页的内容竟是给学校各个部门和领导送钱的记录。有时间、姓名，还有钱数。其中也有校长的名字。

看到那样的记录老杨的心一下子就凉了。都说这个腐败，那个腐败，可是对老杨来说，却是第一次这么近距离地接触腐败。老杨没吭声，只是悄悄地把那个小笔记本藏了起来。

一连好几天，都没再见那个美女的身影，倒是校长有意无意地来过老杨的门卫室。但老杨感觉出来了，校长的眼神很不对，一进门就四下里踅摸，有一次还打开了放报纸的桌子抽屉，当然校长什么也没看到。

这样的情况让老杨感到了一种危机，当然他做得不显山不露水，依旧每天关门开门，依旧每天打扫楼道和校园里的卫生。

美女很长时间没有来了，这让老杨倒有几分的思念，毕竟是美女，哪个男人不喜欢呢？

一天，忽然来了两个年轻人，号称学校保卫部的。说他们从学校的监视镜头里看到老杨那天打扫卫生的时候捡到了什么东西，让老杨交出来。

老杨当然不承认，说，我一直捡矿泉水瓶子什么的，你们是不是要这个？

有一个年轻人说，老家伙，你别装糊涂。

老杨说，年纪大了，本来就糊涂了，还装什么。

那两个年轻人乱翻了一阵儿，就气呼呼地扭头走了。

后来还是校长出面了，老杨被校长请到了办公室。老杨还是第一次进校长的办公室，他被里面豪华的装饰晃了一下眼，半天才适应。

校长说，请您来呢，也没有什么大事。最近学校里丢了东西，你这做卫门的是不是有责任？

老杨说，丢了什么东西？

校长说，也不是什么贵重的东西，但是丢东西总是不对的。

老杨说，我以后注意。

校长说，您现在也是学校的一分子了，要为学校的荣誉着想。

老杨说，您高看我了。

校长说，大家都这么说，我也这么认为。

老杨说，谢谢校长了。

从校长的办公室里出来，老杨的内衣都湿透了，校长虽然不温不火，但是那种咄咄逼人的气势还是让老杨有了压力。

有一天晚上，在老杨外出的时候，学校的门卫室突然着起了大火，等消防队把火扑灭的时候，门卫室已经被烧得一干二净了。

因为大火，老杨被辞退了，老杨据理力争的时候，校长很没给他面子。校长说，难道你还想来第二场大火吗？

老杨说，难道这场大火是我的责任？

校长说，你走吧，我不想跟你多说一句话。

老杨扭头便走出来。他捏了捏口袋里的那个小笔记本，心无由地便硬起来。

选自 2015 年 7 月 30 日《河北科技报》

猎杀羚羊

邵火焰

布克一生猎杀羚羊无数，可是老来却不能猎杀羚羊了。因为多年来的过度捕杀，羚羊已濒临灭绝，为了保护羚羊，联邦政府已将其列为国家二级保护动物，三令五申严禁猎杀。联邦政府还发出了“收缴猎枪”的通告，限令各猎户在规定的时间内上缴猎枪。

布克犹豫了好几天后，才极不情愿地交出了猎枪。布克穿林越山，狩猎一生，一旦闲下来还真不适应，整个人像病了一样，每天无精打采。布克的老伴几年前去世了，儿子儿媳在外地工作，每天陪伴他的只有八岁的孙子多蒙。唯有多蒙来到面前，布克才有点精神。多蒙活泼好动，聪明懂事，是布克的开心果。多蒙没上学时，简直就是布克的跟屁虫，布克走到哪里就把他带到哪里。有了多蒙的陪伴，布克渐渐适应了没有猎枪和猎物的日子。可是自去年多蒙开始上学后，布克一个人在家时又开始怀念狩猎的日子。好在多蒙并没在校住读，而是每天早晚由校车接送。看到多蒙，布克的心情就会由阴转晴。多蒙一回家就爱缠着布克要他讲故事。布克脑中储藏最多的当然是猎杀羚羊的故事，布克就绘声绘色地讲给多蒙听。没上学读书前，多蒙听得津津有味，可是上学读书后，多蒙就不愿意再听了，多蒙说：“爷爷，我们老师说，羚羊不能猎杀，你要再猎杀羚羊就是一个坏爷爷。”

布克慈爱地看着孙子，叹了一口气说：“爷爷现在没有猎杀羚羊了，再说即使想猎杀也力不从心，我的视力越来越差。我听咱多蒙的话，做一个好爷爷。我现在只是想看看羚羊，我有半年多没有看到了。”

多蒙说：“爷爷，你可以看电视呀，电视里有羚羊。”

布克抚摸着孙子的头说：“好好好，还是咱家多蒙有办法，爷爷想看羚羊的时候就去看电视。”

就这样，多蒙在家时，布克的烦恼就全抛到九霄云外去了；多蒙上学去了，布克一个人又陷入到了忧郁之中。

没听说有羚羊的日子布克的心很平静，可是有一天布克听人说村庄不远处的山林里看到过羚羊。这个消息一下触动了布克的神经，再加上布克六十五岁的生日快到了，布克很兴奋。布克决定在生日这天去冒冒险，猎杀一只羚羊回来作为自己给自己的生日礼物，如果多蒙问起就说是街上买回的狗肉，反正剥了皮后多蒙也认不出来是羊还是狗。当初布克上缴猎枪时留了一手，布克有两支猎枪，上缴的是一支老式猎枪，他还鬼使神差地留下了一支新式的散弹消音猎枪。这支猎枪的杀伤力极大，几乎不需要怎样瞄准，只要对准猎物的方向击发，那呈扇形的散弹总有几发会命中猎物。

生日这天，多蒙上学去了后，布克从阁楼的夹墙里拿出了猎枪，上满了子弹。布克用一块黑布包住猎枪抱在怀里，向山林走去。可是布克在林子里坡上坡下、沟沟坎坎到处转了大半个上午也没发现羚羊的踪影。布克转累了，就在半山腰歇息，布克躺在那儿闭目养神。

突然，布克听见前面坡下的小树林里有动静，布克翻身坐起，睁开眼一看，一下惊喜万分，前方竟然有一只羚羊向坡上爬来。

布克四周看了看没有人，就拿出猎枪，迅速卧倒在地上，向前方瞄准。

羚羊在慢慢地走近。布克做好了开枪的准备。布克发现这是一只小羚羊，那笨拙的爬行姿态像个顽皮可爱的孩子。布克突然想到了孙子多蒙，多蒙有时在地上爬着玩时，就像这只小羚羊。布克犹豫着没有开枪。但欲望马上促使他把食指放在了扳机上。就在布克准备扣动扳机的时候，那只小羚羊竟然在那儿像青蛙一样一上一下地蹦着玩，布克突然产生了一种恻隐之心，放这只小羚羊一条生路。布克放下枪，站了起来，轰赶着小羚羊："呔呔——呔呔呔——"

奇怪的是小羚羊突然站了起来向布克跑来，还发出了声音："爷爷生日快乐！你怎么在这儿，你来接我的吗？"

布克惊出了一身冷汗，这哪是什么羚羊，这是他的宝贝孙子多蒙。

原来，今天多蒙的学校搞文艺表演，多蒙等几个孩子装扮成羚羊。节目表演完后，多蒙对老师说："今天是我爷爷的生日，中午我要回家看爷爷。我爷爷一直想看看羚羊，我想把衣服借回家，装扮成羚羊给爷爷看看，让爷爷开心。"于是多蒙搭乘公汽到了山脚下后，就抄近路爬山回家。为了回家让爷爷看着更像羚羊，多蒙在上坡时就学着羚羊的样子练习爬着前进。

布克退出子弹扔进山沟，将猎枪狠狠地砸向旁边的石块后，快步跑上前去紧紧地抱住了孙子。

选自 2015 年第 9 期《故事世界》

对局长好一点

张艳霞

李根在局里待了整整十年。

那一天，李根突然想进步了。李根想到，那些和自己同期进局里的同事，都已经升了。就自己，还原地踏步着，一直没往前进过。

李根就有些苦闷。晚上，李根找来自己的好朋友，王睿。王睿人如其名，一个词：睿智。

李根说，王睿，你说我怎么才能进步呢？

王睿想了想，说，哥们，这简单，你呀，对你们局长好一点。然后哪天局长想对你好一点了，你就可以进步了。

李根半信半疑，说，这能行？

王睿说，当然了。

李根说，好吧。

回到局里，李根就想着怎么才能对局长好一点呢。对，去局长的办公室。李根站在办公室门口，被局长的秘书小刘拦住了。小刘说，李根，你有什么事吗？李根说，我……我找局长有事。小刘打了局长的分机，局长说，让李根进来吧。李根就敲着门进去了。

进去后，局长问，李根，你找我有事？李根说，没，也没什么事。李根说着话，看到了桌子上局长空着的茶杯，眼睛顿时一亮。李根站起身来，说，局长，我给您倒水吧。倒完水，李根又看到地上有些脏，赶紧去拿了扫帚扫地，扫完地。李根意外地看到，局长和小刘都站在不远处，很纳闷地看着自己。局长的面色不是很好看。李根有些明白了自己的唐突。李根喃喃着说，局长，我……我……局长挥了挥手，说，李根，你先出去吧。

李根给王睿打电话，说了这事。王睿说，你呀，这事急不得，要等待机会的。李根说，好。

还别说，一个月后，李根的机会真来了。局长病了。局长住进了医院，据说还要动一个手术。

李根大包小包的礼物拎着，去医院看局长。来医院看局长的同事很多，病房里的桌子上，地上，还有其他的一些角落，摆满了送来的礼物。李根说，局长，我来看看您。局长很平淡地点点头，说，哦，是李根啊，你来就来了，带什么东西啊。李根低着头，说，应该的。李根站了一会，见局长也不和他说话。正好门口又有别的同事拎着礼物进来。李根说，局长，那我先走了。李根的话，局长似乎没听见，一点声音也没有。李根苦笑笑，就出去了。

在接下去的大半个月，李根又跑了几次医院，去看望局长。局长对于李根的几次看望，似乎都很冷淡。局长说，李根，我在医院没事，你忙你的去吧。李根说，局长，我看望您是应该的。聊了没几句，局长挥了挥手，说，李根，我要休息了，你先走吧。李根点点头，说，局长，那您好好休息。李根低着头走出去，并且轻轻掩上了门。李根发觉自己，真像是热脸贴上了冷屁股。

还在局长住院的时候。

局里忽然刮起了一阵风，风传的内容有板有眼。局长这次得了重病，据说是看不好了。上面已安排好了新的局长人选，不日就将空降下来。不仅是一个人在传，几乎每个人都在传这事，而且一个比一个说得真实透彻。

这话传到了李根耳朵里，李根也没方向了，想找王睿出主意。李根给王睿打电话，不通。李根一拍脑袋想起来，王睿出国去欧洲了，要半个月呢。

那还要不要继续去关心局长呢？

李根想来想去，还是去吧。王睿不是说，要对局长好一点吗？

李根再去医院看局长，一去又去了三四次。李根发现，局长的病房似乎一次比一次冷清。有一次，李根在病房里待了好半天，都没同事进来。局长叹一口气，说，李根，你也听说了吧，我这病……李根说，局长，您千万不要胡思乱想，您的病，一定会好的！局长眼睛猛地一亮，拉住李根的手，说，好，好！

王睿从欧洲回来了。

李根和王睿说了局长得重病要换新局长的事。王睿一听，急了，说，李根，你傻啊，你们局长都得重病了，你还看他做什么？要我在这里就好了，我就不让你这么去犯傻了！

李根说，后来局长告诉我，这是他在测试谁对他真正忠心呢。测试的结果，只有他李根一个人还一如既往地来看他。

李根还说，前几天，我刚被提了科长。局长还说，接下去，等个机会，再帮我提几级。

王睿"啊"了一声，嘴张得特别的大。

选自2015年1月25日《新民晚报》

目的性婚姻

林美兰

老李绰号叫"结婚控"。五十多岁已经历四次婚姻，不过只是跟一个女人分分合合而已。

第一次婚姻是在20世纪80年代末。那时憨憨的小李才二十出头。一天，狭小灰暗的家里来位亲戚还领来陌生姑娘小喜，说要把小喜嫁给他，小李断然拒绝。父亲说是让你跟她领结婚证。小喜想进城但她是农村户口，只有和城里人结婚才能将户口迁入。又说你肯帮忙她家补偿你一万元。你想想，那时一万元多么有吸引力呀！小李抚着脸颊，尽管觉得这样做是瞎折腾，但身边的聪明人劝他，用快乐的心做不属于自己的事那可是种智慧！就这样，没谈过一次恋爱，只见过一面的两人就领了红本子。半年后小喜户口迁进城，小李的首次婚姻戛然而止。

也不是只有他才能帮助别人。小李窃喜自己当时办事不呆板才有回旋余地。不久，单位分房，条件是已婚的。小李没合适的女朋友，情急之下想到小喜，找小喜说上次我帮了你，这次你得帮我。小喜答应的条件也是让他付出一万元补偿费。两人神速复婚，小李如愿以偿拿到婚房。可哪儿去拿一万元呢？最后两人在双方父母的撮合下，假戏真做成夫妻。

一晃十多年了。小李单位破产，靠打零工维持生活。也许是天疼憨憨的人，好事又叫他撞上了，忽传来拆迁消息，小李打听到拆迁分房是按户头的，不禁眉开眼笑。他才不在乎别人给取的绰号呢，赶着回家和老婆合计要再离一次。只有偏执一点才能成功！他一副勇往直前的气势，老婆也不阻拦。婚姻对于他们来说就像一条拉链，随时可开可合，夫妻对于办理有关手续熟门熟路，当天就去民政局办离婚手续。拿到两套房后，他们第三次领回红本子。日后就将其中一套房卖掉，靠这笔钱开了家公司。

公司略有盈利手头渐宽，宝贝独生女也成年了，小李想买套宽敞的大房子，了解新政策，即买第二套房首付比例达六成且银行利率还上浮。卖房小姐说你不忌讳可先离婚将房子过户到你老婆名下，你就可以以首套名义购买，首付只要三成利率优惠。小李听完脖子一缩脸上却乐开了花，调侃自己，离呗，有什么忌讳？迅速拿到离婚证书将房子过户在老婆名下，他不费吹灰之力购买一套两百多平方米的大房子，两人又领回红本子。这时，夫妻对一下眼，会心地笑了。

这日，丈母娘来做客说她村里要拆迁。在房里老婆神经兮兮，你再跟我离一次，回头跟我妈结婚落户我娘家，拿到几十万元的拆迁费后我们分一半，我妈也拿到养老金。这话亏老婆你说得出口！老李紧逼，树要皮人要脸面，千万使不得！老婆却执意如此。

最后几句话恰好被回家的女儿听见了，结婚控！早听说过以前父母离离合合的事，她的心在怒火中烧，这次他们更加厚颜无耻！想到自己今后没脸见人，不问青红皂白就站在金碧辉煌的大厅上，破口大骂他们贪得无厌，为老不尊。

这时，错愕和震惊使老李悲痛极了，大发雷霆狠狠打了女儿一记耳光，爸妈什么对不起你？从小疼你一切由你，让你读贵族学校，为你买钢琴还买漂亮跑车，你要结婚，给你上百万的豪华公寓还送女婿一辆白色本田……老婆也气得差点晕倒，瞥见女儿手里拿着成人电影光碟，顿时口不择言开骂，成天不务正业还看那些乱七八糟的东西，我怎么生了你这样恶心的女儿！女儿早被宠坏了，被妈臭骂又被爸打得头晕眼花，牛脾气上来了，吼声，我今天这样，都是你们造成的！说罢，抓起桌上的水果刀用力刺进腹部……而后捂着血流如注的伤口朝天大笑，你们只剩下钱了！女儿的青春连同腹中的胎儿，瞬间成了世界上最绝情的东西。

不要让拥有的东西毁坏你还想得到的东西噢！不知谁在身旁喊。

老婆哭得死去活来。老李失魂落魄，已觉得放弃也是一种智慧了。他随手撕掉红本子，卖掉所有财产捐献给开元寺，与妻子遁入空门。

选自2015年3月18日作家网

变色的墨水

赵晏彪

张效鲁人送外号“小鲁迅”。其实他的长相与鲁迅先生相差甚远，而是因了他有鲁迅一样的笔锋：辛辣如刀，直入腐败者的胸膛；犀利若剑，斜刺愚昧者的骨髓。可想而知，当今评论界有如此胆识与学识之人少矣，难怪张效鲁在评论界的名气日渐“牛气冲天”，皆尊称其效鲁老。

今天张效鲁有些意外，网上公布了，不知道是大家的美意还是特别的赠送，或者他的文章真的够格，居然在他七十大寿之际，获得了全国评论界最高奖：金笔锋大奖。这个奖是多少写评论的人梦寐以求甚至是垂涎欲滴的，更是多少想升官发财的人绞尽脑汁欲得到的一个奖。

现在有一个词叫“获奖综合征”，张效鲁如今就陷入了这种怪圈。平素他家里的电话（张效鲁如今还是不用手机，所以有事找他都打家里电话）不太多，平静之极。自从获奖后，他家里的电话繁忙了，张夫人有些不太高兴地对记者说，各种各样的研讨会都请他参加，不管什么样的人写的书都想让他写书评，要知道张先生是七十岁的人啦，他的身体不是太好，每天只写一千个字，请你们帮助转告一下，请高抬贵手，别人写也是一样的。

张效鲁是有原则的人，他无论是读到一篇好东西，或者读到一篇有问题的文章，都是有感而发，从来不写遵命文章。也正是因为如此才有“小鲁迅”之称，但自从获奖后他的规矩被渐渐地打破了，因为他要参加各种各样的会议，特别是参加研讨会人家给了钱，拿了人家的钱就要给人家写文章，张效鲁就是这样慢慢地上了贼船。一来二去，周而复始，张效鲁竟然成了一个专门写书评和遵命文章的“专家”。

令张效鲁心里不安的是，20 世纪 80 年代初写评论是没有给钱一说的，在报纸杂志上发表后得稿费而已，改革开放以后，市场经济来了，他参加一次研讨会给几百元钱，然后是一千元，两千元，三千元，现在是五六千元，有的为了让他写书评甚至于只要他参加，居然给到上万元。

张效鲁嗜书如命，开始他得了出场费后，便去书店买回一大堆书，但研讨会的频率很密，有时一周要开两到三次，钱多了，时间却少了，张效鲁渐渐地去书店的次数就少了。

在张效鲁七十大寿那天，参加寿宴的人有老朋友，但更多的是新面孔。在一大堆礼品和礼金中，他发现大多是一个目的，不是请他出席研讨会，就是让他写书评、书序。

他抨击过多少次“物欲横流将是一个民族的灾难”，他写过多少文章痛骂“金钱是腐败的先锋”，他又多少次书写出中华传统美德，然而这一切竟然被一一砸碎。寿宴结束了，疲惫的张效鲁坐在书案前，看着那些礼物和红包，非但没有一丝快感，反而惆怅于心，他暗下毒誓：永远不再做寿。

有一个信封很特别，是神州出版社送来的，里面装着一封信，前半部分是祝贺张效鲁先生七十大寿，后半部分是邀请他出版一本自己的评论集。并附言：这是一套新世纪评论丛书，一共五个人，台湾两人，香港一人，大陆两人，都是一流的评论家。条件只有一个，请您挑选最近五年来的新作，可以针砭时弊，鞭挞丑恶，可以刀枪剑戟并举痛击腐败，亦可用幽默、讽刺的文笔，求索真理，剖析人生，唯不要阿谀逢迎及书评之作。

张效鲁看后将信放在了抽屉里，又打开了另一个信封，是评论家协会副主席李自一的嘱托，某位写诗的人要竞争市文化局局长之位，万事俱备只差影响力，他找来资金要办一个研讨会，请您老出手给他写一篇书评，研讨会就算成功一半，您的文章对他的后半生也会产生重大的影响。

“我的书评有那么大的功能吗？人家出版社可说不要这样的文章。”张效鲁自言自语，看了看桌上的两万元红包，无可奈何地摇摇头。

张效鲁是至今还不用电脑的作家之一，他不但不用电脑而且也不用圆珠笔，依旧用钢笔写稿。而且他从来不用黑墨水，只用纯蓝色的墨水，他觉得蓝色的墨水写出字来有种清新俊逸的感觉，又像是在天空上飞翔，心情开阔，文章也跟着开阔。所以几十年如一日，张效鲁非蓝色墨水不用。

夜深了，张效鲁铺开稿纸，拿出那支跟了他十年的钢笔，深思片刻写下标题：“走出金钱的诱惑——寻找高贵灵魂的人。”张效鲁对这个标题非常满意，文字也非常顺畅，他写着写着，突然发现稿纸上的字不是以前那种纯蓝色了，有些变色。他停下笔仔细地观看，发现那熟悉的纯蓝色的字体，渐渐地变成了淡粉色。张效鲁有些慌了，他不敢相信自己的眼睛，站起身来，用双手使劲地揉搓着脸和眼睛，然后再次睁开眼，稿纸上的字，已经由粉色变成了血红。

张效鲁心里一颤，他立即更换了一张稿纸，奇怪的是，从那支笔里刚流出的墨水的确是纯蓝色的，但写着写着那蓝色墨水又渐渐地变了颜色。

张效鲁只觉热血上涌，头一歪趴在了写字台上。

选自 2015 年第 1 期《天池小小说》

城市鸟巢

黄学友

在金生居住的这座城市里，不用说找到一只鸟巢，就连一只在天空中飞翔的小鸟都很难看到。可金生却找到了一只鸟巢，还是在自己家的阳台上。

事情的经过是这样的。

这天是周六，金生一大早起床后，要到阳台上呼吸一些新鲜空气。刚踏上阳台，一只鸟就从某个角落“扑棱”一声飞向天空，在天空划了一道美丽的弧线后消失了。金生就在阳台上找那只鸟留下的蛛丝马迹。最后，他在阳台一角的一个瓷罐里找到了一只鸟巢。他为自己的发现感到兴奋。

他已经忘记了那个瓷罐是什么时候放到阳台角落里的。那是他的母亲来城里看他时，从乡下带来的，说是让他放在厨房里当盐缸用。可他觉得这个瓷罐太古老，又粗糙，与现时流行的用具格格不入，就随手把它放在了阳台的角落里，想不到它竟成了鸟儿的栖身之地。

金生再仔细去看瓷罐里的鸟巢，那巢穴编制得很牢也很密。它的外一层是用一些干枯的枝棒织成，里面铺满了松软的杂草。他抬起头望一眼这高楼林立的城市，心里想：“那只鸟是从什么地方衔来的这么多枯枝棒和杂草呢?”

金生还在鸟巢里发现了三颗鸟蛋，鸟蛋的壳上布满了美丽的花纹。他刚要用手去拿，却又马上停了下来。因为小时候他听人说过，遇见鸟窝如果动里面的鸟蛋，那鸟就永远不再回来了。他没有去动那些好看的鸟蛋，他希望那飞走了的鸟儿再回来，仍然把这里当作自己的家，尽快让那三颗鸟蛋孵出美丽的小鸟。

阳台上的鸟巢成了他的牵挂。他除了百般呵护外，还每天在阳台上撒一把小米，喂鸟儿。鸟儿不仅回到了鸟穴，住在了阳台上，还渐渐地与金生产生了感情，见到金生不再害怕，不再飞走。金生不断地走近鸟巢，仔细观察那三颗美丽的鸟蛋，盼它们早一天孵化。终于有一天，那三颗鸟蛋变成了三只黄嘴鸟丫。小鸟刚刚睁开两只圆圆的小眼时，在巢穴里躁动不安地“喳喳”叫，像对这个世界充满了新奇。金生是一个业余摄影爱好者，自然想到了把这一景色摄入镜头，于是就跑回房间取来了照相机，把镜头对准了瓷罐。可他马上感觉到角度不对。因为鸟巢在瓷罐里，要想镜头对准鸟巢，还需走近瓷罐。角度选好了，这时大鸟嘴里也衔着一只小虫飞了回来，站在了瓷罐沿上，三只小鸟抬着头“喳喳”叫着抢要虫食。金生快速按下了快门，把这一精彩的时刻留在了相机里。

没多长时间，金生拍的照片获得了野生动物保护一等奖。

金生的照片获奖后，有不少人慕名来他家观看阳台上的鸟巢。这天来了一名参观者，是一位年逾花甲的老人，戴一副深度眼镜，脸上布满了沧桑。金生把他领到阳台上的鸟巢前时，他似乎对里面的小鸟并不感兴趣，而是用两只深邃的眼睛好奇地紧紧盯着瓷罐。他问：“这只瓷罐是从什么地方弄来的？”金生回答：“是我娘从乡下带来的。”那人刚要用手动那瓷罐，被金生阻拦了。于是那人就俯下身去仔细观看，甚至还边观看边环绕鸟巢转了几圈，然后站直了身说：“好东西，好东西啊！”金生不知他说的“好东西”是指小鸟、鸟巢，还是瓷罐，只是一脸茫然地站在那里。那人思忖片刻说：“你的这只瓷罐我买了。”金生先是一怔，然后摇了摇头。那人就打着手码说：“我出八万元。”金生又摇了摇头。那人咬咬牙说：“十万元怎么样，你该同意了吧？”金生还是摇了摇头，那人很惋惜地叹了一口气走了。那人走后，金生才知道那人是个古董商。他已看准装着鸟巢的瓷罐是一件稀有的古董。

后来又有人出高价来买金生阳台上那只瓷罐，依然都被金生拒绝了。金生不是嫌买家出的价格低，是为了那只鸟巢。

选自2015年第3期《小小说家》

我只要一份信任

李翠娟

她躺在病床上已经半个月了。

半个月前，她在回家的路上遭遇了车祸。所以，在网上，就失踪了半个月。

她隐身在线，想看看群里的情况。

群里乱成了一锅粥，各种猜测都有，她突然觉得有些茫然。

反应最强烈的是他。

他不停地责问、谩骂，说她是个骗子。

她的心像是掉进了冰窟一般。

她一直以为他是可以让自己托付终身的。

她建这个群的初衷就是从群里找到自己的伴侣。群里的人也都知道这件事。

几年间，她认识了很多朋友，群里的成员也已经有三百多人了，平时大家在一起开个玩笑，说说心里话，畅谈一下生活和理想，她觉得很开心。在这样的交往中，很多网友渐渐处成了知己。

他就是其中一个。

他约她见面。

她欣然前往。

他没有他自己说的那么有钱，这让她想不到。

但她还是开口了，她说她想借一笔钱。

他沉默片刻，点了点头。

那一刻，她的心像是开了花般的温暖。

自此，她用心交往，她觉得他是可以信赖的。

直到突然出了这次车祸。

她没有通知他，也是故意为之。

群里又开始讨论，有说她出国的，也有说她外出学习的，还有的说她真是个骗子……她冷眼观看，没有出声。

他还在那儿卖力地骂着。

那个叫“章鱼”的网友站起来为她辩解的时候，她刚刚睡了一觉。当她醒来的时候，章鱼已经和他谈好了条件。

章鱼说：“这么多年了，群主的为人，大家应该很清楚。我相信群主的为人，不可能是一个背信弃义的人，她或许真的遇到了难处……如果你信任我的话，我可以分期帮群主还那笔欠款，虽然我只是一位水暖工人……”

她忍了忍想说句话，可她没说。

果然，以后的日子里，章鱼总会定期在群里显示一张银行汇款的回执单，那是他帮群主还款的凭证，他说到做到了。

群里又掀起了讨论的高潮。

只是，她已经没有了现身的兴趣。她索性一直隐身观看。

章鱼，她是见过的。

那时候，她在群里表明自己想找个伴侣的时候，他曾经给她发过来一张照片，一身沾满泥子粉的工作服，虽然有些寒碜，但是脸上的笑容却很阳光……

她让秘书找到了他所在的那家建筑公司。

秘书把他带到她那间宽敞明亮的办公室里面时，他还是那么阳光地看着她，不卑不亢。

她说谢谢你，替我还了这么长时间的欠款……

他突然有些恼怒。

他说，你觉得这很好玩吗？戏弄别人是不道德的……

章鱼摔门而去。

片刻的发愣以后，她颓然坐倒在那张舒适而高贵的真皮椅子上，脑子木木的，不知如何是好。

她想起老公去世前和她说的那些话。

老公说，你还年轻，应该再找个人嫁了，只是这万千财产是个祸害啊！

它会让你看不清男人的真实面目，你得帮我把这份家产替儿子看牢了……

多年来，她一直小心翼翼地试探着……没想到竟把自己试探成了一个可怕的骗子。

她追了出去……

是的，她不能再错过了……

选自 2015 年第 3 期《小说月刊》

县长帮了一个忙

青霉素

都说老蔫是个眼皮子活泛脑瓜子灵光的能人，可儿子婚事却难住了他，一张苦瓜脸能拧出水。

儿子结婚的日子定在国庆节，是在外地打工的儿子和他媳妇定下的，同时还定下要老蔫找六辆轿车，结婚那天去车站接。老蔫一听就蔫了，天爷，六辆轿车！就是六辆驴车一时也找不齐啊。老蔫大半辈子都是在家和土坷垃较劲，在村里还能吆喝两嗓子。走出村就两眼乌黑，上哪儿找轿车去，还六辆？

老蔫电话里和儿子商量：轿车就免了吧，不好找，村里木瓜家的面包车就挺好，车大还能多拉人。再说，那天村长的儿子也结婚，听说乡长还去喝喜酒，咱家的排场摆大了，村长会生气。未过门儿媳妇的话从电话里传出来，句句像棍子，打得老蔫两眼冒金星：六六大顺，一辈子就这一回，少一辆就不结婚！

明天就是国庆节了，老蔫的眉头越皱越紧。老蔫把三姑六姨的亲戚在脑子里过了一遍又一遍，老蔫的眉头舒展开了。对，就找他！他是老蔫的一个远房表弟，听说在县政府里做事，认识的人一定多，说不定能找到车。

老蔫风尘仆仆地来到县政府大门口，门卫拦住了，问，找谁？

俺是来看表弟的。老蔫说，他在这里上班。

你表弟叫什么名字？门卫一脸的公事公办的样子。

俺表弟叫诸葛明，说着往里指指，就在里面。

门卫一愣，马上去值班室打了一个电话，很快，大楼里出来一个人。门卫指着老蔫说，张秘书，就是他。张秘书来到老蔫面前说，请跟我进来吧。

老蔫来的地方是一个宽敞的办公室。张秘书说，你坐下吧。

老蔫就在一边的沙发上坐下来，沙发太软把老蔫的腰闪了一下。

请喝水，张秘书把一杯水放到老蔫面前。老蔫慌忙一抬腚客气一番。

你找县长有什么事？张秘书问。

这小子都当县长了！老蔫心里一惊又一喜，看来没白来，就说，也没什么大事，来县城办事，顺道过来看看表弟。

真不巧，今天上面有记者来采访，县长陪着他们调研去了。张秘书说。

我来一趟不容易，我等一会，你忙你的吧。老蔫忙说。

正说话，进来几个人。张秘书忙迎上去说，县长您回来了！指一下老蔫又说，您老家来人找您。

县长看着老蔫，问，你找我？

坏了，老蔫心想搞错了。忙说，俺找俺表弟，他叫诸葛明，听说在县政府做饭。

哈哈。县长笑了，这个院里还有和我重名的，有意思，张秘书你领着去找吧。

老蔫的眼皮眨巴了两下，脑瓜子里的一根筋就转了一圈。一把抓住县长的手，眼泪也下来了，说，县长啊，俺表弟跟你重名就是缘分，俺就找你了，说着话抓着县长的手不丢。

有什么事坐下说，领导皱着眉头。

县长啊，俺儿子和媳妇在外地打工，明天国庆节回来结婚，儿媳妇非要六辆轿车去接，还说没有轿车就不结婚，愁死了，求求你帮帮忙行吗？

和领导一起来的记者笑起来，说，县长，我给明天的文章想了一个新题目：县长用专车给民工接新娘。

县长一愣，哈哈大笑。对老蔫说，那好吧，明天我和记者们都去你家讨杯喜酒喝。

老蔫的家喜气洋洋，一溜高级轿车在噼里啪啦的鞭炮声中停在老蔫家门口。记者肩上的摄像机对着领导又对着新娘，对着老蔫时老蔫的嘴都咧到耳朵后了。最让老蔫傻眼的是跟在领导后边又来好多轿车，来的人都还交给老蔫一个红包。

乡长本来是去村长家喝喜酒的，看到老蔫门口的景象大吃一惊，问站在墙根正张望的村长怎么回事？村长眨巴着眼只会摇头。

乡长甩开村长忙封了一个红包，走进老蔫的大门。

乡长看到老蔫正在屋里转圈，乡长问怎么了？

没想到来了这么多客人，先前准备的酒菜不能应对了，现准备也来不及。老蔫看着乡长一脸着急和无奈。

乡长掏出手机给村长打电话，大声说，你儿子的婚礼推迟一天吧，把酒菜都拿到老蔫家里。

老蔫腰一软对着乡长深鞠一躬，老蔫今天学会了握手，抓住乡长的手说，谢谢乡长，谢谢村长！

老蔫像驾云似的出来进去忙了一天，送走了所有的客人，坐在大门口正要长出一口气，看到县长的轿车又回来了，张秘书下车拉着老蔫一起进了屋。时间不长，张秘书和老蔫又出了屋，张秘书手里多了一个黑包。

你慢走啊！老蔫对着上车的张秘书招呼着。

张秘书没说话转身上了车，县长的轿车哼了一声就走远了，只留下一股烟尘。

选自 2015 年第 7 期《小说月刊》

代　　价

高玉芳

这天我挤车被人撞了一下。一摸裤兜，钱包不见了！

撞人的家伙正匆匆挤出人群。我紧追过去，不防脚下飞来“扫堂腿”，让我摔了个嘴啃泥。还没等反应过来，双手竟被戴上了手铐：“警察，老实点！”我扭头一看，一位穿便衣的姑娘拽起我。

丢钱的被当小偷抓，我哭笑不得。等女警陪我走出反扒队大门，她像个犯错的孩子，连央求带拖拽，把我拉进一家餐馆。

这女警叫任真，警校毕业刚分到反扒队，今天是她上岗第一天。唉，既是新手，认倒霉吧。

任真不断给我夹菜倒酒。还掏出一叠钱递给我：“唉，小偷偷了你四百五十五元，你点点吧。”

我愣住了：小偷跑了警察来赔钱？新鲜！这钱咋能收？再说了，比起包里的钱，这只钱包本身更让人心疼啊！鳄鱼皮料，铂金镶边，正中雄鹰标牌上的那双鹰眼，镶嵌的是南非钻石，价值2500美金，是我已故的父亲留下的珍贵遗物。

任真一听，温和的脸一下绷起来：“刚才做笔录的时候你怎么不说？”我负气地说：“说有什么用，你能给找回来？”

她沉下脸：“吃好了没有？回去重新做笔录！”我又乖乖跟她“二进宫”。并依我的描述，她把小偷画了像。

一天我乘车走了几站，上来三个年轻人。几乎是同时，装扮成盲人的任真不知从哪儿钻了出来，胸前挂着个旧挎包，手里拄着拐棍朝他们靠了过去。

转眼间，其中一个掏出乘客口袋里的钱包，迅速转移到另一个家伙手中。从配合的默契程度看，他们绝对是作案老手。就在他们又向乘客下手的时候，只见任真双臂一挥，从胸前的挎包里掏出两副手铐，“咔嚓咔嚓”同时把两个家伙的手铐了起来。第三个家伙见势不妙，从腰里拔出匕首就朝任真刺去。

危险！我立马出手！我扑过去紧紧抱住那个家伙的胳膊。小偷拼命想挣脱，反过手腕用刀往我肚子上扎，我只觉一阵钻心的痛，死不松手。任真腾出身来，狠狠一拳把歹徒击倒在地。我昏倒了。

我本地没有亲人，反扒队特意安排任真照顾我。我从昏迷中苏醒过来时，任真竟变成了我的“对象”！护士找任真，就问我：“你对象呢？”同室病友更是口无遮拦：“你对象看你睡觉，让我告你一声，她去反扒队复制小偷画像。”

开口闭口“对象”，我问他：“你咋知道她是我对象？”

原来，我被送来抢救时，医生说刀子扎破了肠子，需要马上动手术。可动手术需要家属签字，由于时间紧，伤情重，任真想也没想，劈头就问医生：“女朋友签字可以吗？”于是众目睽睽之下，她在亲属栏里郑重地签下了自己的名字。

我对病友说：“拜托，人家早名花有主了。”

哪知，这话恰好让任真听见了，趁病友不在的时候，她红着脸气冲冲地问我：“哎，你凭啥说人家‘名花有主’？”

这叫我如何解释？那天她掏饭票把警官证掏出来，我无意间看到里面夹着一张小伙子的照片，心里一阵莫名其妙的酸楚：准是她的对象，要不怎么随身带着？

谁知，她听了哈哈大笑，掏出警官证取出照片递给我说：“小心眼！我这‘朋友’你最熟悉。”我一看那人似曾相识！原来是那张小偷画像的缩小版。

为恢复体力，任真陪我步行回家拿衣物。滨河路上，任真凭职业习惯，两眼溜溜地扫视着人群。

这时，任真忽然拽住我说：“你看那人！”

我扭头望去，只见一个瘦家伙正掏钱买烟，手里的鳄鱼钱包白金边，钻石鹰眼闪闪发光。我大吼一声扑了过去。

眼看已制服这个家伙了，哪知他手臂一抡，那钱包飞进了河里。

任真随即纵身跳进河里。

我把小偷交给巡警，也跳入水中。钱包早已无踪影。我抓住她："你疯啦！为个破钱包把命搭上，值吗？"

任真终于忍不住孩子般哭起来："那钱包，是你……珍贵的纪念，我得找……找回来……"哭着哭着，她清醒过来，冻得下牙打上牙，问："你……你，干……干吗，也跳下来？伤才好点……"

我俩牵着手有些失落地向岸堤上游去。忽然，任真眼睛放出欣喜的光芒。我顺着她的目光望去，只见河岸阶梯边的角落里，一只钱包在浑浊的拍岸浪里沉浮，那颗鹰眼钻石射出迷人光芒……

选自《中国乡土文学》2015 年 1—2 期合刊

杨　柳　枝

梅　寒

山一程，水一程，长亭共短亭。张于湖紧赶慢赶，行至半山那座道刹时，已是掌灯时分。夜色朦胧中，"女贞观"三个大字映入张于湖的眼帘，一道异样的闪电蓦然从他心间划过。没容他细思量，观中老住持，一位慈眉善目的老尼，已经热情地迎出来。

他被安顿在观中西厢房内。

整日的奔波之苦，满身羁旅风尘，仍挡不住张于湖满心的感奋。二十三岁，殿前高中状元，又被朝廷任命为临江县令。满腔雄心壮志总算有了用武之地。彼时月已升空，山风过处，满山松涛阵阵。不读书，可就白白浪费那一个好风良月夜了。张于湖整顿完毕，于行囊中抽出一本书，就着窗前一豆灯火读起来。

那琴声，由低渐高，由模糊渐清晰，从观中哪一个方向飘过来。泠泠如山泉叮咚，潺潺如春雨绵绵，伴着满山松吟与月光，抚过张于湖的耳膜，抚过张于湖的心，他满身的倦意刹那间被涤荡殆尽。合书，起身，把半掩的窗关紧。回头再坐下，打开书，琴声依旧。

一步一步，情不由己，张于湖醉酒般出了西厢房，又被那琴声一路引着到了道观后院。满庭月光空明如水，几株花树，树影婆娑，暗香盈盈，树下花影中，一仙子般的妙人儿一袭素色道袍，盘腿而坐，膝上横一把古琴，琴声正从那里袅袅而来。远远地看到月下那个清丽窈窕的侧影，张于湖疑入仙境，呼吸瞬时紧了。莫非，她就是那个色艺超绝的妙常道姑？他想起了勒马驻足观外抬头看到的“女贞观”，那一道蓦然划过心间的闪电。

陈妙常，女贞观中青灯伴黄卷，却无人不知她的芳名。妙常，妙的不仅仅是她的花容月貌，还有她让多少男儿都汗颜的清雅诗文。多少如他张于湖一样的文人墨客为一睹她的芳颜得她一纸诗文而绞尽脑汁，却均被她一声清冷的“恕不见客”而轻轻挡在门外。

天意么？他夜色中急急奔来的投宿之地竟然是妙常清修的女贞观。

张于湖却没敢造次，远远小立一会儿就怅然走开。

那一夜，他失眠了……

填词，本是他的强项，况又有满腔奔突不息的热情在折磨着他。夜半，就着窗前月光，一阕《临江仙》狂草而就，一气呵成：

误入蓬莱仙境，松风十里凄凉。众中仙子淡梳妆。瑶琴横膝上，一曲泛宫商。

独步寂寥归去睡，月华冷淡高堂。觉来犹惜有余香。有心归洛浦，无计梦襄王。

写罢，起身悄然将它送到东厢房的琐窗下。偌大的道观，他其实不知道她住在哪一间。但他相信天意。

一个漫长无比的夜，张于湖傻呆呆地坐着，一直到天亮……

晨光中，一身素衣道袍的年轻道姑面色平静地向他走来时，张于湖觉得自己的心快要撑破胸腔蹦出来了。果真是说不出的清丽与脱俗。可当他们的目光在空中相遇，他分明听到了一丝“啪啪”的炸裂声，细微而清晰，那是火与冰相遇的声音，也是希望的灯花碎裂熄灭的声音。

她拒绝了他。毫不客气。他赠她一阕《临江仙》，她回他一阕《杨柳枝》。

清净堂前不卷帘，景幽然。闲花野草漫连天，莫胡言。
独坐洞房谁是伴？一炉烟。闲来窗下理冰弦，小神仙。

他和她的缘，只在那两阕词里。一阕缠绵，一阕冰冷。中间是他永远跨不过去的天河。不是他不能。想他张于湖相貌堂堂才华超绝，有剑胆亦有琴心，有侠骨更有柔情，多少富家女都求之不得，当朝宰相的提亲都被他婉拒。他是不愿。那一朵尘世外的清莲，在他心中高高的瑶台上，他愿她永远那样不染尘埃。

如果没有后来，多好。不，他宁愿有后来。

是的，后来，她又来了。却已不是当初观中月下抚琴的女仙子。她面色憔悴身形臃肿，脸上泪痕依稀又满面羞愧之色。当他的目光不经意地掠过她凸起的腹部，又飞快地飘落到别处之时，他再次听到当初晨光中那丝清晰的碎裂声。这一次，那声音来自他的胸腔。

她爱的人，竟然是他最好的朋友潘公子。怎样的一见倾心又是怎样的干柴烈火，他都不知道。他知道时，他们把一道最难的题抛给了他。他们是来向他求助的。求他出主意，求他的成全。那个顽固的老住持宁死不允她的弟子还俗出观。

那是张于湖第二次踏进女贞观。却是一步一步走得沉重又悲壮。他知道，每向观中靠近一步，那个仙子一样的女子就会远离他一步。此后，他连在心中的瑶台也不可留。她是朋友妻。他还知道，此一行，只许成功不许失败。他看不得她苦。

那扇暗红的木门，“吱呀”一声打开了，张于湖大踏步迈进去……

那是公元1156年的春天，南宋大词人张于湖推开女贞观的大门时，观中路两侧杨柳已绽新绿，千丝万条，正在春风中袅袅地舞……

选自2015年4月25日作家网

鸳 鸯 绣

孟宪岐

江南水乡，有一处小店，里面的手帕五彩缤纷，大大小小，上面全是刺绣的鸳鸯。

女人着苏式旗袍，身材妙曼，于门口飞针走线。

有人来，女人放下活儿，两手交叉放在小腹前，朱唇轻启："请问，您喜欢哪样手帕?"

哝哝吴音，柔和动听。

来者选中一款手帕，满意而去。物什虽小，可是地道的苏州刺绣。

闲暇时，女人站在门口，凝望孤帆远影，久久不去。

女人是苏州女人。十八岁时，一袭鲜红的旗袍，裹着充满诱惑的胴体，风情万种地嫁到了水乡。一同而来的，还有欸乃咿呀的两船陪嫁。

男人正在读书。

女人琴棋书画样样精通。

男人满腹诗文。

两人琴瑟和鸣，温柔梦里几度春秋。很快，他们有了小孩，一个活泼可爱的小女孩。

后来，男人毕业后在南京为官，小官。经常来往于水路旱路。

男人乐于走水路。

女人也希望男人走水路，女人能见到男人在乌篷船上向她招手的样子。

男人归家，女人眼里都藏着喜悦。

久了，男人又升官了。

男人返家时只走旱路，旱路有车，快。

那时，女人的婆婆身体还好。后来，就一天不如一天，女人伺候着婆婆跟伺候妈一样有耐心。

男人说："孩子小，妈有病，你为我们付出的太多了！"

女人嫣然一笑："只要有你，我就知足。"

男人叹口气："哎，我可爱的小女人啊！"

女人最爱听男人这句话。

男人回来的次数越来越少。

半年。

一年。

两年。

三年。

有一次男人回来了，女人问："听说，在南京做官的，都有小女人？"

男人一愣，随即答："有的有，有的没有。"

女人又问："你有吗？"

男人脸红了，答："没有。"

女人娇嗔地说："看看，你撒谎了，脸都红了，还说没有？有就是有，没有就是没有。"

男人说："真没有。"

女人伏在男人怀里，幽幽地说："有了，我也没办法。"

其实，男人早就有了小女人。

时间不长，日本鬼子来了，在南京搞了大屠杀。

女人天天做噩梦，梦见男人浑身鲜血淋淋站在她的面前。她不放心，跟婆婆说："我想去南京！"

婆婆就哭："你一个女人家，我不放心。"

女人说："有花儿伺候您。我没事儿。"

花儿是女人的女儿，已经八岁了。

花儿缠着女人说："我也要去南京，我想见爸爸。"

女人哭着说："你在家照顾奶奶，我见到你爸就把他领回来！"

女人就准备上路了。

这时，男人捎信回来说，他在重庆呢。

女人高兴地告诉婆婆说："妈，他在重庆呢，很安全。"

可男人没有给她往回捎钱。家里的生计出现了问题。

女人就变卖了娘家那两小船的陪嫁，开了一家刺绣店。因为店里卖的全是她绣的鸳鸯，就起名叫“鸳鸯绣”。

有人跟女人说，她的男人有了小女人。她淡淡地说：“他是当官的，我不去伺候他，总得有女人伺候他呀。”

女人的鸳鸯绣很火。女人忙不过来，花儿就帮忙。花儿心灵手巧，花儿学会了妈妈的手艺，绣出的鸳鸯栩栩如生。女人拿着女儿绣出的鸳鸯，泪眼婆娑。

婆婆经常在呼唤儿子的梦中潸然泪下。

婆婆病重，男人接到信儿，从重庆赶回来。

婆婆说的最后一句话是：“你把媳妇和孙女给我接走！这些年，太委屈她了！”

男人到底没有把女人和花儿接走。

男人在各地做官，不缺乏有小女人围绕身边。

女人说：“把花儿带走吧，她要读书。”

男人说：“还是让她留下来给你做伴吧。我四处漂泊，居无定所，带在身边不安全。”

女人就不再说话。

男人临走时说：“等天下太平了，我就回来陪你们。”

天下是太平了，男人却没有回来。

男人死在战场上。

有一年，女人家里来了一位漂亮的女人，还领着一个十多岁的男孩。

漂亮女人抱住女人大哭：“他让我来找你，认你作大姐。这孩子，就做你的儿子。”

女人也哭了，说：“妹妹，啥也别说了，以后，我们就是一家人！”

两个女人就把男孩和花儿拢在一处。

只是，每天女人都拿着自己绣的鸳鸯手帕出神。

选自 2015 年 6 月 24 日作家网

绣娘和男人

李抗生

“绣娘画”还是大额现金？男人选择了前者。

这幅画是他家的传家宝，二十世纪一位大师的作品。他请某权威鉴赏家鉴定真伪和估价。鉴赏家拿着放大镜，将画检查了好几遍，仔细和认真得像在搜寻细菌和病毒。检查毕，鉴赏家斩钉截铁地说：“这是大师的真迹，起拍价应在120万到150万之间。”

男人现在很需要钱，他从大学表演系毕业已有多年，至今失业在家。但他不想卖画换钱，倒并非因为心疼他的传家宝，而是他喜欢上了画中的绣娘。

男人每天要在画前凝神良久，画中绣娘的美貌，她的发型，她的服饰，她的鞋型，她的绣姿，还有她手中的绣具和绣品，全都让他着迷，他浮想联翩，夜不能寐。

一天早晨，男人起床后，发现房内多了一个人，一个女人，一个年轻美貌的女人，他吃了一惊，再仔细一看，是绣娘，于是，大喜。

和画中完全一样，绣娘梳着刘海，齐颈短发，上着中式边襻白底紫碎花布衫，下穿齐膝黑裙，足蹬有鞋襻儿的黑色布鞋——二十世纪二三十年代女大学生的全套打扮。她含笑微低头，娴静地端坐在椅子上。

当然，她比画中的绣娘更动人，她有着画中没有，也不可能有，只有活人才能有的一切：眨着睫毛的眼睛，动听的声音，等等。

男人问她：“你是绣娘吗？”

她抬起头，莞尔一笑：

“是的，我知道你很喜欢我，我下来和你做伴了。”

“我养不活你。”

“我不要你养。我会刺绣，还是双面绣，可以卖钱。绣具、布料和丝线我都带来了。”

男人再去看墙上的画，画面已成空白。他将画取下，卷成筒，收藏保管。

从此后，绣娘每天在家刺绣，男人负责在外销售。他出门前，必定要在绣娘面前凝神良久，看她的美貌，她的发型，她的服饰，她的鞋型，她的绣姿，还有她手中的绣具和绣品，仍像在观赏“绣娘画”一样。接着，再上前抱她，亲她。

绣品所换来的钱，让他俩温饱有余，生活无虑。餐桌上，每顿都是可口的饭菜，绣娘炒得一手好菜。男人有了一种要溢出来的满足，他对自己说，他是世上最幸福的人。

男人也有不满足的事，那是对着自己的。他不满足于自己只能当个绣品推销员。他应该成为演员，他学的就是这个专业。

一天，他在网上看到一则招聘广告，某影视公司要拍一部电视剧《绣娘之家》，招聘男女演员。应聘者需经过笔试、口试和演试。他高兴得差一点晕倒，竟这样巧，这部电视剧，他天天都在试演，应聘去演试，岂非小菜一碟？笔试和口试更不在话下。

他真的通过了三关，还被选为男主角。他开始了演员生活，待销售的绣品被他晾在一边。

渐渐地，每天，他伫立在绣娘面前的时间越来越少，后来干脆就不看绣娘了，径直出门，一走了之。绣娘理解他，演员工作忙，时间紧。再后来，他持续多个晚上不回家，绣娘理解他，因为晚上也要排演，但他也该给家里打个电话，告诉一声吧。

终于有一天，男人回家了，看到绣娘，他面无表情。当他进卫生间时，他放在拎包里的手机响了，响了多次，绣娘想，必定有重要的事，她得替男人先看一下，免得误了他的事。于是，打开手机，是一条短信：

“亲亲：和那个老式女人赶快离了吧，我俩光做剧中夫妻多不过瘾呀！永远爱你属于你的咪咪。”一下子，绣娘对过去、现在和将来的一切，全明白了。

次日，男人醒来后，发现绣娘不见了，他并不惊慌，或许这正是他所期待的。但是他想知道，她到哪里去了呢？他想到了画。

他取出“绣娘画”，打开一看，绣娘又回到了画中。面对画中人，他竟得意忘形地讲起了英语：“Very good！Thank you！”还向画中人竖起大拇指。

他和咪咪准备到国外举行豪华婚礼，这需要一笔高昂的费用，如果他拿不出这笔钱，他就别想挨咪咪的一根毫毛。

他又拿画去请那位鉴赏家估价，根据现时的行情，这幅画应该升值了，他想。

鉴赏家又用放大镜，将画检查了好几遍，仔细和认真得又像在搜寻细菌和病毒。检查毕，鉴赏家斩钉截铁地说：

“画中人有位移后又复位的痕迹，她的眼里还满含着痛苦的泪水，这已成了一件赝品。”

选自2015年第5期《椰城》

清　官

呼庆法

市委书记调来没多久，大家就发现，除了正常上班，就很少走出这个市委大院，特别是一早一晚，书记就爱陪夫人沿大院散散步，遛遛狗。

书记家养着一条泰迪犬，总是打扮得漂漂亮亮，干干净净。进出大院的那些头头脑脑，不久就发现，书记很爱那条狗，因为大家有几次都看见书记兴奋时，忘情地把狗举起来，还有亲吻的动作。按说这些动作都是小女生才会做出来的样子，书记咋做这些也不背下人呢？大家不说，心里都这么想。

书记家就夫妇俩人，也没见有子女进出，书记有次跟人聊天，说有个女儿，在国外工作，平时回来得少，大家也就想一定是夫妇平时很孤单，才养了狗。“曲高和寡嘛”，官做得越高，朋友就会越少。

书记调来后，有些工程发包商，就想方设法动用关系套近乎，想染指政府工程，书记好像从来也没有松过口。市委刘秘书长自仗平时和书记工作在一起，再说自己服务了几届领导，深谙官场习性，哪个不是说一套做一套啊。

刘秘书长这些年为叔叔承揽过几宗政府工程，也算赚得盆满钵满。

为了向书记示好，刘秘书长就和叔叔用重金购置了一副齐白石的字画，乘着夜色的掩护进入了书记家中，没想到书记态度很冷淡，弄得刘秘书长很尴尬，在寒暄过一阵后，灰溜溜地被逐了出来。

刘秘书长窝了一肚子的火，愤愤地骂："装什么清高啊！谁还不是屁股底下坐着一摊子烂货。"

刘秘书长没有想到的是，书记还真有些不食人间烟火了。

自从刘秘书长闹过送礼这一出后，明显地就感觉到书记对自己有了些疏远，更让人头疼的是，叔叔还在施工的几个项目，也多次受到了书记的"特别关注"，并叮嘱监管单位要严格跟进，加强质量监管。

这是怎么了？刘秘书长有些想不通。不是说不怕领导讲原则，就怕领导没爱好吗！难道说书记就仅仅爱好养宠物？刘秘书长陷入了长长的沉思，觉得书记有些高深莫测。

叔叔的几个工程，因为质量问题，被停工了。

哼，书记不就喜欢狗吗，那就送他条好狗得了。刘秘书长就让叔叔专程从日本购进一条纯种极品秋田犬。这天早上，刘秘书长见书记夫人在遛狗，也乘机带着秋田犬去遛，遛着遛着刘秘书长家的秋田就和书记家的泰迪走到了一起。

夫人问刘秘书长："你家的是啥狗啊？"

刘秘书长说："我家的是秋田犬。"

"刚买的？以前没见你来遛狗。"夫人问。

"唉，一个朋友去日本，回来给带的，我这人养狗也不怎么上心，早上又不想早起，这不还给添乱了。"刘秘书长无奈地说。

"嗯，看这狗的毛色还不错。"夫人说。

"是啊，看！和你家的狗狗玩得还挺欢，嫂子要是不嫌麻烦，那就送你家了。"刘秘书长说。

“别……别……别……”还没等书记夫人说完，刘秘书长丢下秋田就急急忙忙走了。

刘秘书长万万没有想到的是，当天自己就受到了书记的严厉批评，随后，刘秘书长就被下放到了一个偏远乡下。

刘秘书长送礼挨批的事传开后，在市里震动很大，都说书记是个“清官”。

书记在一片赞誉声中，内心有些彷徨。这天，他神情木然地看着自家的狗狗，就陷入了长长的凝思。

那是四年前，他还在A市做官，主管市政建设。

他还深深记得，那是在一次污水管网建设投标中，由于自己抵挡不住承包商的利益诱惑，只得进行暗箱操作，谁知，工程承包商为了捞取更大的利润，竟然用了一批残次的材料。那天下过一场雨后，女儿在放学途中，涉水而过，不小心踩上窨井盖就出事了。

书记觉得这是实实在在的报应，在深深的隐痛中，就有了挥之不去的心结。

后来，每当再有承包商极力讨好自己时，女儿跌落排水管道时的惊恐画面就会呈现在眼前，他就会心生憎恨，在泪眼凝噎中抱起女儿生前最喜欢的小泰迪，寻求一丝心灵的忏悔和对女儿深深的思念。

选自2015年第7期《小说月刊》

月儿乡下圆

张浩宗

兰馨喜欢在有月亮的夜晚看月亮，想心事。

兰馨的姐妹们都进城挣钱去了，姐妹们都说外面的世界很大很精彩。兰馨也想进城。但她没有多少文化，怕去了城里连路都不认识呢。兰馨常常看着乡下的月亮想，城里那么大，那里的月亮也一定很圆很大吧。哪像乡下的月亮，昏暗又冷清，没一丁点生气，像女人经常不洗的脸，脏兮兮的。

兰馨做梦都想去城里。

兰馨是个独女，为给疾病缠身的父母治病，家里早已负债累累。兰馨同村里的虎子好，虎子要兰馨嫁给他。可虎子家也穷，虎子拿啥来娶她呢？狠狠心，背着父母和虎子，兰馨迫不及待地进了城。兰馨走时，给村里人捎了话，说等她挣了钱就回来。

兰馨终于进城了。城好大，比几百个村庄加在一起都还大。望着林立的高楼，兰馨有些晕眩。兰馨找遍了全城也没有找到一个村里的姐妹。只知道姐妹们进了城，但她们去的哪个城市兰馨并不知道。兰馨从来都没有和姐妹们联系过。

兰馨为了在城里生存下来，想进厂，但厂里都满员了，不需要人。脚都磨出茧子了，兰馨才勉强进了一家餐馆，后来又进了几家超市、连锁店打工，但每月下来，收入微薄，除了开支，没有节余。如果继续这样下去，别说给家里寄钱，恐怕连自己都难以在城里留下来。

兰馨见一家洗发屋招人，一咬牙就当了洗头妹。兰馨手巧，很快学会了理发和洗头。但兰馨嘴笨，不会像其他妹妹那样甜言巧语地招揽顾客，且她们年龄都比兰馨小，点兰馨的人自然就少。有时候，点兰馨的客人对她动手动脚，还提出其他要求，兰馨都一概拒绝了。

一月下来，兰馨的收入虽只有其他妹妹的三分之一，但兰馨不会乱花钱。兰馨想，一年后就可以还清债务了，还可以给自己添置些嫁妆。至于父母的病，她要请最好的医生给他们治。

一天，一个四十多岁的男子进了发屋。男子环顾了一下店里，主动点了兰馨。兰馨一脸专注地给男子洗头。手该重时重，该轻时轻，始终保持一张笑脸。男子不主动找她说话，兰馨是不会无话找话与他搭话的。洗完头，男子就走了。走时，男子还多给了兰馨几十元小费。

过不了几天，男子就会光顾一回发屋。每次来，男子点的都是兰馨。这天，兰馨给男子洗头时，男子主动找她说话。男子问，你知道为什么我每次都点你吗？兰馨摇头。男子说，就因为你与众不同，你有一种其他妹妹少有的内秀和纯朴，我很喜欢，我也是农村出来的。他还说，你的脸真美，就像天上的月亮。兰馨说，你咋知道我喜欢月亮呢？我最喜欢看月亮了。临走，男子又多给了兰馨几十元小费。男子最后说，如果愿意，晚上我约你出去看月亮。这话说进了兰馨的心里，兰馨答应了。

那晚的月光很迷人很羞涩。兰馨打车去了男子说的那个地方。天很晚了，男子将她领进了预订的宾馆。男子望着窗外的月亮，说，你的脸真漂亮，就像天上月亮的翻版。

说着话，男子竟轻易将兰馨的衣服一层层地剥了。男子边剥兰馨的衣服边对她说，你的皮肤好白，像月亮一样白。馨，你等着，我一定会娶你的。我来城里十几年了，有房有车有产业，还有一大笔存款。我一定想法和她离婚。在男子就要得逞时，兰馨的眼前突然闪现出虎子每次深情看她的目光。兰馨猛然挣脱了男子，发疯一样跑出了宾馆。

兰馨恍恍惚惚走在城市的大街上，她第一次觉得城里的月亮是残缺的，零碎的，还那么肮脏，冷漠，阴暗和虚情假意。

那夜之后，男子再没来光顾发屋。兰馨知道他是骗她的。

兰馨悄悄地离开了发屋。兰馨只想回到乡下去。

兰馨赶到乡下时，天已黑透了。很快，月亮就从山尖上爬出来了。兰馨忽然觉得乡下的月亮真圆，真大，清清澈澈，像泉水洗过一样。兰馨仿佛听到了父母的呼唤，还看见了虎子在田间地头忙忙碌碌的身影。

兰馨在心里说，城市是别人的，我再也不离开村庄了。她要虎子答应娶她，哪怕父母嫌虎子穷，她也会慢慢说服父母的。现在农村政策好了，只要勤快，肯动脑筋，日子也会过得好好的。实在不行，就在镇上开家理发店。她真想早些和虎子在一起，踏踏实实过日子。

兰馨抬头再次看了一眼月亮，月亮也高兴得流下了热泪。

那是兰馨的热泪，幸福的热泪。

选自2015年7月10日作家网

佛在哪里

凤 凰

孩子的爷爷死了，孩子的奶奶死了，孩子的父亲死了，孩子的母亲也死了，现在，全家就只剩下孩子一个人。面对一个没有大人的家，孩子觉得不是家。孩子走投无路，不知如何是好，决定去求佛帮帮他。

一早，孩子背着一包行囊上路。孩子没走多远，就遇到了一个打柴的老人。老人背着一大捆木柴，非常吃力，孩子见了，于心不忍，便上前帮忙。但孩子的力气小，背不动一捆，于是只好替老人背了一半。

虽然只是背了一半木柴，但也替老人减轻了不少负担。再上路时，老人就不再气喘吁吁，不再大汗淋漓。走着走着，老人问孩子去哪里，孩子说去找佛。孩子问老人，佛在哪里，老人摇头，说他也不知道。

不久就到了老人家，孩子放下木柴就要离开。老人却一把拉住了孩子，老人说没啥感谢他的，就给了他一些干粮，让他带在路上吃。孩子开心地接过了干粮，他就需要干粮。孩子谢过老人，继续向前走去。

第二天，半路上，孩子遇到了一个男人。男人倚着一棵大树休息。孩子发现男人好像饿坏了，于是孩子掏出了干粮递给男人。男人接过干粮就要吃，孩子说慢。孩子把水壶递了过去，男人接过水壶，笑了。

男人喝了水，然后才吃干粮。孩子让男人慢点吃，说他有的是，不用着急。男人吃得很慢，一边吃，一边看着孩子。男人问孩子去哪里，孩子说去找佛。孩子问男人，佛在哪里，男人摇头，说他也不知道。

终于，男人吃饱了。男人吃掉了孩子一半的干粮，男人不好意思地说他吃多了。孩子连忙说没事。男人这时打开自己的包袱，掏出一块金子递给孩子。孩子见了连忙说不要。但男人还是把金子硬塞给了他。

孩子激动不已，他只是给了男人一些干粮，男人却给了他一块金子，这块金子，能买很多很多干粮。孩子向男人道谢，男人说这是他应该得到的，他给了他水和干粮，救了他一命呢！这命可比金子贵多了！

男人走了，孩子也走了。孩子继续向前走去。虽然孩子有了一块金子，但他还是决定去找佛。孩子走了一天，黄昏时分，孩子走到一户人家门前，听到屋里传来一个女人的哭声。孩子站了片刻，走了进去。

孩子走进去就吃了一惊，哭泣的女人正准备上吊自杀。孩子赶紧阻止女人，女人说你让我死吧，让我死吧！孩子问女人发生什么事了，女人说她的丈夫去世了，她没了依靠，还欠下了一笔债，她生不如死。

孩子连忙掏出了怀里的金子，孩子把金子递给女人，叫女人拿着。女人看到金子张大了嘴巴，不过，女人没有接金子，她说这东西太贵重了，她可不能收。孩子说他拿着没有用。孩子硬是把金子塞给女人。

女人终于接过了金子，然后跪倒在地，对孩子连连磕头。孩子连忙扶起女人，然后就要离开。女人问孩子去哪里，孩子说去找佛。孩子问女人，佛在哪里，女人摇头，说她也不知道。女人让孩子明天再走。

第二天早上，孩子要上路，女人叫孩子别走了，女人说，你就留在这里吧，往后，这里就是你的家。孩子想了想，同意了。孩子去求佛，就是想要一个温暖的家。孩子激动地对女人叫着，妈妈！女人笑了。

现在，孩子过得很幸福。本来，孩子是去找佛求佛；本来，孩子的行囊里就只有衣服；帮老人，得到了干粮；帮男人，得到了金子；帮女人，得到了家。孩子是他们的佛，他们也是孩子的佛。佛无处不在。

选自2015年第1期《小小说大世界》

脏

张正旭

杨花进城陪读后，总觉得自己男人脏。

男人在工地做小工，满头满脸浑身上下沾着水泥浆。杨花看着丈夫，再看看城市里穿着光鲜的男人，披金戴银的女人，然后把目光收到了一身寒酸的自己身上，她恨男人。自己也是女人，身上没有比别的女人少一块肉，怎么自己享受不了别的女人的优越呢？归根结底是自己男人没本事，挣钱少。

杨花男人在县城东北工地打工，吃住在工地，很少回到出租房住处。他很珍惜别人看不上眼的工地活。

有一次，因下雨停工，男人回到出租房，心像猫抓一样的痒痒，伸手去摸杨花，杨花不让他沾身，说他脏。他说，我在工地浴池洗了几遍，换了干净衣服。杨花说，你太脏，手上的茧子像刺扎人，身上散发着水泥味，我闻着就恶心……

其实，杨花的心被一个男人偷走了，在麻将馆认识的，是一个穿着名牌服装，细白的手戴着硕大的钻戒，抽着几十元一包的香烟的男人，他善解风情，出言礼貌动听。这个男人经常和她打麻将。一来二去，两个人就勾搭上了。

那次男人走后，一直没有回过出租房。因为工地等待交付，需要加班加点赶活。

很快到了农历腊月中旬，下了一场大雪，由于预报通知，雪期要延续半个月，工地提前放假。结了账，男人披着一身疲惫和风雪回到了出租房，将装在内衣里的一沓血汗钱交给杨花保管，这是他一年血汗的结晶。

杨花接过钱，很欢喜，她没有觉得钱很脏，还散发着男人体温香味。

男人交完钱，还得返回工地讨东西回来。

男人回来时，见杨花正在出租房内抱着头哭着。男人很吃惊地问她，到底发生了什么事，让你哭？她抹着眼泪说，都怪我无用，你的工钱我怕放在屋里不安全，放在包里到银行存起来，不曾想到，我的包被贼划开，钱全部偷走了。说到了这里，哭得更伤心了。

男人先是一愣，仿佛脸上要挤出残留的水泥浆，心像刀一片片割下来，僵硬片刻，心里想，钱被偷，又不是女人故意的，心疼归心疼，哭了又不能把钱哭回来。于是，他伸出爬满茧子的手轻轻地放在她的肩膀，先叹口气安慰说，别哭了，钱是身外之物。钱丢了，明年还能挣回来，身体哭坏了，再多钱买不回来。不就丢几个钱吗？就算我这一年给小偷打工，又如何？我只不过出点力气，流一点汗水，没有套走本钱……

男人越安慰，说得越轻松，杨花哭得越凶。男人不知所措，拿着毛巾给她擦眼泪。

很快，杨花只顾抽咽，肩膀一起一伏地迎合着外面鹅毛般落雪。

男人搓搓手，走了出去。

折腾好一阵子，杨花止住哭。她准备做饭。饭在锅内已经香了。她伸头朝外一望，男人正蹲在雪地边水龙头前洗菜。菜已经洗了好几遍了，他还洗着。她走了过去。听见雪地脚步声，男人抬头见她走过来，提醒说，小心点，下雪路滑，别摔跤。她没有理会男人提醒，把菜端起来，说，菜都洗几遍了，再洗就没有营养了。男人甩了甩红透了的手，红着脸憨笑，俺怕你说俺脏……

杨花听后，心像寒风裹着雪花飞舞，泪被呛得再次落了下来。

她急忙转身进屋内，她怕单弱的身体承受不了天上落下的圣洁的雪花。

杨花默默地坐在床上，看着空荡荡的床头柜，有一把利剑直刺她的心。

原来，今天男人刚走，那个老相好踩着雪花前来。

你男人呢？

到工地讨衣服去了。

现在不准欠农民工的工资，要不到钱，就找我。

钱一把现给了，血汗钱，怎能亏欠呢？

听到这里，老相好脸上旋转着得意微笑，点了一支烟，开了口，我今天是来问你借钱的，借给我五万。

杨花听后很紧张，忙答，我哪有钱借给你呢？我又不工作，儿子上学也花钱。

给你看一些照片，我想你一定会借钱给我。说完，老相好打开手机里的图库，里面全是杨花和他在一起鬼混的光身照片。

杨花这下愣住了，心快跳到喉咙眼，肩膀起伏。

老相好说，我把这些照片洗出来，快递给你娘家和婆家，我看你还有脸回去？

这句话是致命一击。

杨花吓死了，又怕和老相好纠缠被男人回来撞见，战战兢兢地从床头柜子里拿出钱。

老相好一把抓过钱，揣进怀里，临走时还说，你家男人真没出息，一年才挣这点钱，沾脏了我的手。你找他，算是瞎了八辈子眼……

说完恶狠狠地将烟蒂扔到杨花脚下，在地上发出“吱吱”声。杨花盯着地上熄灭的烟蒂，一股青烟扩散开，她仿佛看到了男人的工地，烟蒂像炙热的太阳，男人挂在无遮无掩的脚手架上，全身冒着热汗，喘息声不断。杨花的心随即滋滋一声。她抹了一把眼泪，抬起头，站起来迈开脚步，恶狠狠地将烟蒂踏碎，然后嘴角挑起一丝凄凉微笑，推开门，一头钻进飘雪世界中，朝派出所走去。

选自2015年第10期《小小说大世界》

能者为后

马运健

张立办厂很困难。然而很困难也要办。原工作的国有企业长期亏损倒闭了，自己下岗了。是市场经济还是国策的原因，他不懂也不管，只是低头看到每月领到手中360元下岗费唉声叹气。张立原在厂里是常务副厂长，颇有经营管理能力。下岗了，当然不是自己本事差，这一点张立下岗后始终不服气。鼓着这肚子气，做生意、开快餐店……凡能挣钱养家糊口的工作他几乎都干过，但是最终都没好结果。他明白自己的才华就是工厂经营管理，只有在厂里干才能体现自我价值。于是他南征北战大大小小的民营企业。三年后，他悟出一个道理，帮人家干，就是帮人家发财，自己依然一穷二白，不如自己干。他咬牙切齿发誓要办个厂子。张立把主意对老婆一说，老婆倒担心了，她十分了解张立的个性，为人大方、坦诚、直爽，太有江湖义气，生怕张立办厂吃亏。张立则不以为然，人嘛，当然是好多坏少，因此坚持自己的想法。老婆没法只得由他去，不过还是说了句心里话："人与人之间的关系要拎清。"这下张立得意了，他想，我如果拎不清，如何在原先的厂里管理千把人？想好了，心定了，张立立马四下筹资，倒是张立江湖气重，朋友甚多，一个星期下来，办厂的资金基本筹集到位。之后，张立又拼命跑工商、财税、城建、环保等政府部门。这一路跑下来各个官府衙门均无碍，办事顺利，只是去环保局张立被"卡"住了。分管张立这种企业环保的是一位年近花甲姓李的副局长。他认真审核了张立所有资料后说："你生产的产品是对环境有污染的产品，国家禁令生产。"张立这下急了，所有事都办好了，就环保这一关，如果通不过去，不仅办厂要泡汤，并且前期签订租赁厂房、购买设备的合同也要使自己损失。张立面对坐如钟、笑如佛的李局像锅上的蚂蚁，又是说明又是发誓，就差下跪。然而李局态度和蔼，口气坚决，张立无法，只有怏怏不乐回家。妻子一问缘由就笑了："我不是对你说过吗，要拎清人与人之间的关系，你那钱借到手干吗？"对！张立一拍大腿，恍然大悟。

第二天，张立揣着张五万元的支票兴冲冲地来到李局面前，李局看他来又笑了，张立一看有戏，趁机递上支票："李局长，我是一个下岗工人，请您多多关照。"李局见张立这动作，立刻阴下脸："看不出你一下岗工人倒蛮会办事，你要我犯法啊?!""不，不，"张立急了，"不是这个意思，不是这个意思……"李局说："我是最同情你们这些下岗工人，这样吧，你拿这五万元，去建一个污水处理池，验收通过后，你立刻开工。"听李局的话，张立真是感激得五体投地。以后的日子，张立风风火火去干自己要干的事。很快污水处理池建好了，在李局的直接关心下，也顺利通过验收，张立的厂顺顺当当地开办起来。两年后，张立含辛茹苦，事业有成，一跃成为当地有名的民营企业家。一天，张立接到一个电话："张总，你好啊。""请问你是谁?"张立坐在老板椅上问道。"呵呵，真是贵人多忘事啊，还记得环保局的老李吗?"张立一听，差点从老板椅上跳起来："是您李局，好久不见，真对不起，这几年我实在太忙……""知道，呵呵，"李局打断张立的话，"我退休一年多了，现在在家颐养天年。"张立毕竟是个聪明人并且闯荡江湖也多年，心中已明白："有李局您当年关照，才有我张立今天啊，反正您在家闲着，不如到鄙厂顾问顾问?”李局呵呵一笑：“我可不懂企业生产经营。”“没事，”张立这时充分显示江湖义气，一拍胸脯，“李局你只要到我这里坐镇就行了。”李局又笑了：“那好，我来给你捧捧场。”张立真说，李局真来，张立为李局专设一顾问办公室，李局则悠然上班，上班后，品茶、看报、看电视，天天如此。一年后，张立以年薪十万元，一次性给了李局。李局拍拍张立的肩膀笑着说：“呵呵，小张，当初我真没看错人，好好干，我也年纪大了，帮不了你多少忙，明年我就不来了。”张立紧紧握住李局的手：“这一年让您辛苦了，衷心感谢您。”李局摇摇头，笑着走了。张立望着李局远去的背影，轻嘘一气：“债终于还了。”

选自2015年8月13日作家网

躲

刘凤云

午后的太阳虽然高高挂在天上，可干冷的西北风依旧刮得人寒意十足。此时，屋里刚子爹已放下酒盅，斜靠在被垛旁似睡非睡，而刚子娘却吃力地在牛棚里铲着牛粪。

“丁零零，丁零零——”电话响了，刚子爹揉揉眼挪下屁股。

“爹，是我，刚子。”

“嗯，啥事?”刚子爹懒洋洋地问。

“要过年了，单位放假了，我想带同事秀秀一块儿回家看看……”

“啊?哦哦!嗯，好吧……”刚子爹张着嘴应着。

“看样子这小子自己又搞上对象了。”刚子爹挂了电话自言自语。

算上这回，刚子已经是第三回往家里领对象了。

刚子爹自小失了一只眼，家里又穷。过了二十七岁才娶了一个口齿不清、听力极差、长得又丑的女人。因为家里条件差，现在连儿子的婚事都受了影响。

要说刚子娘，人虽长得丑，说话不利索，可却是个持家过日子的好手。要不是她起早贪黑养牛，做临工挣钱攒下些积蓄，就凭他那天生懒惰、见酒就挪不动窝儿的爹，刚子不可能读完大学又读研究生，最后还找了份不错的工作。

可是，一晃刚子也三十好几了，每次谈了女朋友，只要一领回家，人家姑娘一看到他家的情况，特别是见到他娘嘴斜眼歪、头顶着几根稀松的白发后，就摆摆手，任刚子怎么挽留，头也不回就走。

刚子爹想着刚才儿子打来的电话，是既高兴又犯愁。万一像上两次的情形，那可怎么办？

刚子爹隔着玻璃冲院外的老婆子招手，正巧刚子娘铲完牛粪抬头的当儿看见了。进了屋，刚子爹连说带比画地和她把刚才儿子来电话的事讲述了一遍。刚子娘似乎听懂了，咧着嘴一个劲儿地笑。嘴里含糊不清地念叨“媳妇，媳妇，好”。

刚子爹接着嘱咐她，叫她明天出去躲躲，别坏了儿子的好事。这次刚子娘好像也听懂了，使劲儿地点了下头。

天蒙蒙亮，刚子娘匆匆喝了碗粥，然后背着柴篓出门了。刚子爹也没顾得上喝酒，把家里里外外收拾了一遍。就等着儿子领着未来的儿媳妇进门了。

快到中午的时候，刚子在村口下了班车，身边还站着一位身材苗条，穿着得体，年轻漂亮的姑娘，她就是秀秀。

从村口到家还有一里多的土路。秀秀是个城里的姑娘。看乡下什么都感到稀奇。手握相机不住地摁快门，那些枯草啊，大树啊，甚至连在野地里奔跑的小狗都收入了她的相机。

这时，秀秀的镜头里出现了一个老婆婆，头戴一块破旧的头巾，背着一个比她自己还高的一背篓柴草，驼着背一步步艰难地从她跟前走过。

秀秀忙向刚子招手："快看，这是谁家的老婆婆，这么大年纪了还能背那么一大背篓的柴。"

刚子顺着秀秀手指的方向望去，离自己不远处看见了一个熟悉的背影，刚子刚要开口喊，那婆婆似乎也看见了他们，惊慌得竟不知所措。慌乱中放下背篓，用头巾掩着脸拼命地跑开了。

秀秀莫名其妙，只见刚子眼圈红红的，拉着秀秀快步进了家门。

刚子没有急着进屋，站在院子里，指着破旧的房子对秀秀说："这就是我的家。"又指了指独眼的爹："这就是我爹。""我娘想必你也看见了，就是村外那个拾柴的……"

还没等刚子说完，秀秀"啊"了一声，撒腿就往外跑。

刚子爹一拍大腿，狠狠地瞪了一眼刚子，急着吼他："还不快去追呀！"

刚子站着没动。

秀秀没跑几步，又折了回来，一把拽过刚子，急着吼道："愣在那儿干啥，还不快把娘接回来……"

选自2015年3月12日《河北科技报·乡村文化版》

阿　憨

张守忠

阿憨是残疾，二十岁了还不能自理，但他脑子还是蛮聪明的。两岁时，父母把他丢给了奶奶，双双去异国他乡打工了。所以，阿憨和奶奶生活得也是很艰难。

阿憨举着两元钱又跑到福彩站，还没迈进门槛，就高声发着单音"啊啊啊"地叫着，阿憨是想让福彩站阿刚再为他打一注彩票。

牛庄是城郊结合村，阿刚凭借脑袋灵活，在村里邻街处第一个开了福彩站。五年下来，阿刚的彩站有过辉煌，也有过冷寞。但农忙后冬闲时，这里还是聚集人群欢乐的地方。

这不，阿刚的彩票站上周刚刚爆出一注五百万，光鞭炮就炸响了三天，眼红了牛庄的老老少少。

正巧，阿憨的奶奶病了，阿憨拿不出多余的钱来买彩票。但在阿憨的心里，下一个五百万应该是他的。所以，阿憨就早出晚归捡塑料瓶，每天都能挣两元钱。然后，再到福彩站让阿刚给他随机一注。

“阿憨，你哪来的钱买彩票？”

阿憨有点着急，“啊啊啊”不停地摆动双手，用半语声慢慢地发出“我……我是捡……捡塑料瓶换……换来的”。

“那你也该交给奶奶呀！”

“奶……奶奶病了，我要中……中奖，好给奶奶买药，买好吃的，让奶奶从床上站起来。”

“那你把彩票给我吧，明天尽管来领奖！”

第二天，一大早阿憨就跑到福彩站，还没进门就喊：

“阿刚阿刚，我……我中奖了吗？”

“中了，二十元。”

阿憨接过阿刚递过来的“中奖”钱，兴奋得嘴儿都合不拢了。

“阿憨，回家一定把钱交给奶奶。”

到了下午，太阳快落山时，阿憨又举着两元钱来了。

“中奖钱交给奶奶了吗？”

“给……给了，奶奶还买了药。”

阿憨成了牛庄有名的中奖专业户，每次中奖都是二十元。

半年多来，阿憨奶奶自从有了中奖钱，生活上似乎好了许多，最起码有了头疼脑热，不愁买药钱了。

端午节那天一大早，阿刚福彩站来了一对中年男女。男的从包里拿出一万元，放在阿刚的电脑桌上。

“听阿憨奶奶说，这半年多来，阿憨每天都在你这儿中奖二十元。”

“啊，是呀！”

“阿刚兄弟，你的心思我明白，哪有那么巧的事，你是通过中奖的办法，帮助了我娘和我儿子。”

“哪里哪里，应该做的!”

“我们这么多年漂泊在域外，邮钱寄钱不方便，对娘和儿子的生活照顾不周，多亏了你和乡亲。”

说着转身拉过阿憨：“儿子，你在阿刚叔这里中的奖，都是阿刚叔自己的钱给你的!”

阿憨眨了眨眼睛，从身后掏出一个套娃玩具。“阿刚叔，这是妈妈给我带来的俄（我）罗（丝）斯（靠）套娃，给你吧!”

选自2015年6月5日《羊城晚报》

高 智 商

朱瑾洁

朱三是个早产儿，小时候打针多，也不知是药物反应，还是别的，反正从记事起就没说过一句完整的话，都是半语，理解他的意思，得费好大劲猜，家里曾花钱请人矫正一段时间，但收效甚微。也曾到大医院查过，并不影响他的发育，且智商超过同龄人，爸妈甚为宽心，也就不把他的半语当回事了。

直到大学毕业，父母才意识到问题的严重性，先后进了几家单位，然试用期还没满，就被辞退了，理由嘛，就一条：地球人，咋净说外星球的话。

工作一时半会儿没有着落，朱三当然也不能闲着，他凭着自己精湛的专业知识，再加上奇思怪想的悟性，就在自家研究起来，你别说，朱三在不到一年的时间里，研发出的“能嫁人”机器人赛过人了，一双会说话的大眼睛电气十足，时而俏皮活泼，时而俊朗英气，时而温柔优美……无时无刻不透露着知性和成熟。

最神奇的，“能嫁人”还能抓人眼神，哪怕是一瞬即逝的，只要和它对眼，它立马借梯子上楼，顺藤摸瓜，沿着你的眼光就刺溜进了大脑，哇塞，一闪电工夫，你昨晚在内心深处隐藏的那些秘密，突然间就被转移了过来，“能嫁人”立马通过肢体和语言活灵活现出来，很是雷人。

这天，朱三从家里出来，想到市科技局申请专利，他抱着“能嫁人”刚走到小区门口，迎脸走来一对老夫妇，朱三一看，认识，他们是朱三邻居赵四的父母，是来儿子家看孙子的。寒暄中，也不知怎的，赵四的父亲带着疑惑的眼神瞅了“能嫁人”一眼，“能嫁人”马上活泛起来，甩开膀子，撇着嘴，对着赵四的母亲嚷嚷道：“死老婆子，你去你起，还要我去，哪天看我不把你休了！哼哼!!”直说得赵四母亲连打三个冷战，赵四父亲站在身后憋得脸透红，朱三站在旁边也弄得很无奈，招呼也来不及打了，赶紧夺路而去，离老远，还听见赵四母亲对着老头恶狠狠地说：“好啊，老不死的，还敢在黑窝里算计我，你等着!”

没多会儿，朱三赶到市科技局，科技局正搞科普宣传呢。一问，朱三才明白今儿是全国科普宣传日，这座城市当然也不能例外，照例也得在街头轰轰烈烈举办科普宣传活动。

朱三来到展牌前，向工作人员说明来意，工作人员很是热情，带着朱三就去见局长，局长正愁着今年科普日没有压轴戏呢，一听朱三带来的“能嫁人”已基本具备人的思维，很是振奋，也十分高兴，自已不住就紧紧攥住朱三的双手，晃荡了四五下，连声说：“好，好，好，小弟你可来了!”好嘛，朱三被当成救星了。

原来，为举办这届科普宣传日，科技局全区上下整整准备了个把月，况且，是首届，市长还要亲临现场，可合计来合计去，全市上下也拿不出能成名气的科技产品，想向附近省市借吧，可人家也得举办，局长是焦头烂额也没有法，只能抱着挨熊的姿态精心在宣传图版上下功夫了。

可没承想，在这个节骨眼上，朱三却抱着“能嫁人”来了，且科研成果又是全国首创，怎能不让人惊喜万分。所以，还没听朱三介绍完，局长就指挥人员，让赶紧带着朱三，把“能嫁人”放在显要位置，待会儿，市委市长一行人一来，朱三就马上眼瞅着“能嫁人”，让“能嫁人”将朱三昨晚发生的事表演出来。昨晚，朱三大鱼大肉可是吃得尽欢，能不喜悦吗?

没多久，一群人簇拥着市长来了，局长赶紧曲身向前，在市长身子偏后靠左紧跟着，市长走在队伍最前面，昂首踱步，听着局长的讲解，不停地颔首微笑。一会儿，要到“能嫁人”前了，局长有点亢奋，情不自禁地多说了几句，可他并没注意忽而一阵风把“能嫁人”吹斜歪了，朱三没顾及和“能嫁人”对眼，就赶紧虾腰去扶，哪承想，“能嫁人”一骨碌站直的当儿，市长的眼神来了，跟“能嫁人”对得忒铁。

和市长对面站着的局长正纳闷“能嫁人”咋还不说话呢，猛不丁就听“能嫁人”说：“这次科普日，上面不是拨来专项资金了吗，哎，对了，前几天上趟澳门，差旅费就在你那儿走吧。”咋，这不是昨晚市长跟我说的吗？就在局长十分惊讶的时候，“能嫁人”居然走下展台，一把搂住市长身后不远处站着的政府办美女主任说：“甜甜，这是那座别墅的钥匙，你搬过去住吧。”同时没忘有点痴情地看眼美女。眼神过后，“能嫁人”脸上马上温柔起来，给市长一个飞吻，十分柔情地说：“嗯，俺还要金戒呢……”

局长一看市长铁青着脸，顿时慌了，赶忙让朱三停，然而遥控器朱三忘拿了，没遥控器，“能嫁人”不听使唤。朱三急了，手忙脚乱不知所措。就在“能嫁人”惟妙惟肖又往市长跟前走去时，人群里钻出一个七八岁的孩子，跑到“能嫁人”身旁，把嘴凑到“能嫁人”耳朵，不知嘀咕一句什么，“能嫁人”立马消停下来，像个做错事的孩子，满脸惊恐。

等市长们气哼哼走了老远，朱三才忍不住询问那个小孩，说：“你跟机器人说了啥？”小孩满脸不屑地说：“能说啥，我只是说了句巡视组来了！”朱三顿时愕然起来……

选自 2015 年第 9 期《芒种》（上半月）

听　风　者

侯发山

农业局办公室的马秘书身怀绝技，听力非常好，有“听风者”之美誉。跟你这么说吧，屋顶上溜过一只猫，他能听出是公猫还是母猫；窗外溜过一丝风，他能听出是东风还是西风，是东南风还是西北风；树梢上有两只麻雀叽叽喳喳在黏糊，他能根据鸟语分辨出是哪只在向另一只求爱……马秘书自己也说，他还能够通过聆听胎动，预测孕妇怀的是男孩还是女孩，是不是双胞胎，是不是龙凤胎。不过，截至目前，还没有哪一个孕妇自告奋勇愿意尝试。

有人会说，是骡子是马拉出来遛遛。嗨，机会还真就来了。

这一天是个国际性的节日，具体什么节日并不重要，局里上午首先举办了座谈会，然后开展了拔河、跳绳等一些娱乐性的活动。这些活动都结束后，离中午聚餐的时间还有那么一点时间，有人就提议做个小小的游戏，测试一下马秘书的听力。

具体步骤是这样的：把马秘书关在办公室里，让人从门外的走廊上走一趟，让马秘书猜猜是哪一个。

这个提议得到了大家的一致赞同。马秘书笑眯眯的，乐呵呵的，一副胸有成竹、志在必得的样子。

游戏正式开始。第一个上场了，刚走两步，马秘书就在屋里叫道：是傅局长。

不错，正是农业局的老傅局长！

马秘书得意地说，傅局长办事果断，雷厉风行，走路也是掷地有声，铿锵有力。这话不免有拍马屁的嫌疑，但他毕竟猜对了，瑕不掩瑜，大家还是报以热烈的掌声。

第二个也只是走了不到五步，马秘书就在屋里叫道：是郑副局长。

这一次，马秘书也猜对了，门外走的正是农业局的二把手郑副局长。

马秘书说，郑副局长做事稳重，为人低调，走路也是一样稳重。

第三个是打字员小娟。为了增加难度，小娟特意用平底鞋换掉了高跟鞋。

这也难不倒马秘书。他说，小娟年轻开朗，身轻如燕，走路都像是在跳舞。

第四个是办公室主任老李……

第五个是司机大牛……

第七个是门卫老焦……

第八个是厨师小胖……

局里百十号人依次走过，马秘书都一个不差地给猜了出来。真是神了！

有人说，这要在战争年代，马秘书绝对有用武之地，不说是英雄，但肯定不是狗熊。

“再来一个！”傅局长示意马秘书进屋，然后让老李把大门口拴着的两只狼狗放进来一只。这两只狗一个叫大黄，一个叫二黑。放进来的是大黄。

狼狗在走廊上遛了一圈。马秘书猜出来是狗，但没分辨出来是大黄还是二黑。第二趟大黄刚开始走，马秘书就在屋里叫道：是大黄！这一次，马秘书除了捕捉狗的脚步声外，还借助了狗的呼吸声。

现场又是掌声、叫好声一片。

这时，从大门又来了一个人。这个人大家都认识，也是马秘书的熟人。老李灵机一动，让马秘书不要开门出来，让他猜猜来人是谁。

凭马秘书的本事，猜出来应该不是难事。

一趟，两趟，三趟……来人在走廊上来回走了五六趟，走得额头上都冒出了汗。呵呵，还真是奇怪，马秘书愣没猜出来。他在屋里丧气地说出了谜底：不是熟悉的人猜不出来。

哼！来人听到这话，气得扭头就走。

“大叔……”在场的人纷纷挽留。

马秘书打开门，看到那人佝偻的背影，张了张嘴，终于叫出了声：“爹！”

“我不是你爹！鳖儿子，半年不见就拿爹不当爹了……”

选自 2015 年第 5 期《喜剧世界》

准 星

顾聚星

这是发生在二十世纪五十年代中国北方的一个故事，一个名叫蛐蛐的南方小伙子，来到了北方的一个开垦区。

蛐蛐是一名复员军人，他转业的时候，正逢上一个冬季。他听说屯子里的三姑娘和爹都去了北大荒。想到三姑娘，他的心恨不得一下子飞到北方。

三姑娘中等个儿，脸蛋上长着两个好看的酒窝，那两个酒窝深深的，真是谁见谁醉。蛐蛐入伍的时候，她撵上来给蛐蛐一个雪白的手绢，蛐蛐把雪白的手绢揣在兜里。

就这样蛐蛐复员后没待几天，就来到了北大荒。

蛐蛐来到北大荒时已无法开垦荒地，由于粮食紧张，只有靠打一些猎物来填补粮食的不足。他们这个开垦团只有三条猎枪，蛐蛐当过兵便发给他一支。

这个开垦团的团长是三姑娘的爹，大家都叫他张团长。张团长对这三位拿着枪打猎的年轻人非常重视。另两个年轻人叫蝈蝈、蟋蟋。

蛐蛐、蝈蝈、蟋蟋这三个年轻人都在一个屯，一年出生的，而且都是一个接生婆给接的生，名字也都是这个接生婆给起的。接生婆给起完名字后说："这三个孩子以后要有一场争斗啊。"

一天张团长把女儿拉到蛐蛐、蝈蝈、蟋蟋面前说："为了让你们练好枪法，多打猎物。"他看了一眼三姑娘："我女儿也到了找婆家的年龄了，春季花开时节，你们三人比枪法，谁的枪法准，我女儿就嫁给谁。"

三姑娘听爹这么说哭了，爹心里也知道女儿心里装的谁。爹说："怕什么，好人是躲不过爹的眼睛的。"

后来蝈蝈、蟋蟋俩非常努力，枪法练得非常准，准得让人吃惊。

蛐蛐看到蝈蝈、蟋蟋枪法进步得这样快，心里也着急，他每天都早出晚归，争取练好枪多打回一些猎物。

一天蛐蛐又出去打猎，一小天没见到一个兔子。他想猎物少了，可能与这三支枪有关，再要继续打下去，猎物还不得灭种啊。他正想着脚下一滑，一看是河水冻结的冰作怪。他用脚踢开一片雪，看到冰的下面有鱼在游动，他越看心里越亮堂。

于是他扛起猎枪，大步地蹚着雪向团部走去。张团长正烤着炉火，蛐蛐开门见山地说："张叔叔，我提一个建议。"

张团长一惊："好啊，提吧。"

蛐蛐说："咱们为了吃饱肚子，不能光是打猎物了，再这样打下去，猎物就要灭绝了。"

张团长很疑惑地看着蛐蛐："那你说怎么办？"

蛐蛐说："我发现那洼地冻结的冰水下面有鱼，我们捞一些鱼吃不是很好吗？"

张团长张大了嘴巴说："怎么个捞法？"

蛐蛐说："我们可以走出大甸子，到屯子问一问老户有什么办法。"

张团长他们是今年春天来的，第一次经历过北方的冬天，更不懂捞鱼的事。于是他向蛐蛐点点头。

蛐蛐走出了大甸子，最后终于问到了捞鱼的办法。

于是，蛐蛐带领大家走进那被冻结的水洼子，刨开一个大洞，然后把用绳子系成的网送进水里慢慢地捞，那鱼真多，哪一网出来都沉甸甸的。

这样一来，张团长不把打猎物放到首位了，而且还说了一些要保护动物的话。蝈蝈、蟋蟋感觉有些受到了冷落，他俩的心里有些不是滋味。

春天终于来了，花开了。张团长按时举行了枪法比赛，他拉着三姑娘站在一边，看着比赛的结果 。

第一个比赛出场的是蛐蛐，他好像很紧张，他端起枪，轻轻地呼吸了一下，这时枪砰的一声响了，子弹穿透了靶子的边缘上，离中心点还差一段距离。

蛐蛐很不满意，他偷偷地看了一眼三姑娘 。

蝈蝈端着枪过来了，样子很得意。枪砰的一声响了，靶子原封没动，蝈蝈连边都没刮上。

三姑娘抬起眉眼，有些微笑。

这时，蟋蟋也端着枪过来，他的枪声一响。又出乎人们的意料，蟋蟋也没有刮上边。

人们忽的一下，上来把蛐蛐抬了起来。

比赛结束了，蛐蛐把他入伍时三姑娘给的手绢掏了出来，两人都把这手绢攥得紧紧的。

蝈蝈、蟋蟋很纳闷，我们俩的枪法都不次于蛐蛐，怎么连边都没刮上呢？

后来张团长说："这是天意。"

原来张团长在他承诺比枪法定女儿的婚事后，他看到蝈蝈、蟋蟋进步得非常快，猎物一天比一天打得多了。可是张团长的心里也明白了，为啥在他的承诺之前，蝈蝈、蟋蟋不能练好枪、多打猎物呢？大家饿着肚子都没有打动他俩？而为了得到自己的女儿他俩才有了努力。可是蛐蛐在他说出的承诺前后表现得都一样，而且他还能想到保护野生动物。特别是他还发现了一些新东西，像刨冰捞鱼啊。张团长越想越觉得蛐蛐是一个优秀的小伙子。

可是为了把自己的闺女嫁给真正的好青年，张团长早把自己的对策想好了。

在比赛的第一天晚上，张团长走进放着猎枪的仓库，认出蝈蝈、蟋蟋的两杆猎枪，掏出铁锉，把这两杆猎枪的准星锉偏了。

现在蛐蛐和三姑娘已是七十多岁的人了，但他俩至今也不知道父亲当年为他俩的婚事所花费的苦心，他俩只知道他们的婚姻是天意。

选自 2015 年 5 月 5 日作家网

细　节

石　磊

海风和玉秋谈了足有半年了，两人很合得来。今天，海风第一次去玉秋的家，玉秋告诉了海风，她的妈妈很挑剔，要他有思想准备。出发时，海风要到商场买水果，玉秋说她的家门口就有人卖水果。海风只好听她的，两人到了小区门口，只有一摊水果，海风买了一袋苹果。到了玉秋的家门口，她拿出钥匙打开门，叫了一声："妈，妈……"

玉秋的妈妈从里屋走了出来，两只大眼睛快速地把海风从上到下看了一眼。海风叫了她一声："阿姨，你好。我叫海风，大海的'海'，风雨的‘风’。”

玉秋的妈妈接过海风手中的苹果，就嗅到苹果的味儿有点不对劲，把苹果提了上来，闻了一下，问海风：“你这苹果肯定有烂苹果，是在哪里买的?”

“妈，就在小区门口买的。”玉秋替海风回答。

玉秋的妈妈把苹果放在地上，把苹果从塑料袋里一个个拿出来细看，果真有两个烂苹果。玉秋的妈妈站了起来，不客气地数落海风说：“从买苹果这个细节，就可以看出你这个人做事情很随便。随便是要吃亏的，你知道吗?”

海风的脸一下子红了起来，不好意思地说：“阿姨，你说得对，以后我注意就是了。”

“以后，以后，要是碰到贵重的东西就麻烦了。”玉秋的妈妈对他说。

玉秋有点看不惯妈妈，就对她说：“妈，不就是两个烂苹果吗，别小题大做了。”

“这怎么是小题大做?我是对你负责，你姐姐是怎么吃亏的?就是因为你姐夫过于随便造成的，这是前车之鉴。”玉秋的妈妈大声地对女儿说。

玉秋的妈妈把脸转向海风，对他说：“你下去，把那两个烂苹果跟他换回来。”

“妈……”玉秋叫了一声。

“你别妈妈妈，我叫他长点记性。”

海风有点无奈，和气地对她说：“阿姨，你别生气，我这就下去就是了。”海风把头转向玉秋，说：“没有关系，没有关系。”

“海风，我跟你一起去。”玉秋对他说。

“一个大男人，让他自己去。”妈妈不同意地对女儿说。她说完，并拉了女儿一下。

海风提着苹果下来，他的心里在想，真想不到一进门，就给他出这样的难题。想想也有道理，怪自己太粗心大意。海风走出小区门口，心里又想，卖水果的要是不肯让他换，那不是要吵起来?这种事情见过不少，因为两个苹果跟人吵嘴值得吗?再说，人家的小本生意也不容易。于是，海风把两个烂苹果给扔了。海风来到水果摊，对那个摊主说：“大叔，多买两个苹果。”

这回，海风吸取了教训，把那两个苹果认真地看了一遍。海风回到玉秋的家，玉秋的妈妈问他：“他肯你换吗？”

海风微笑着，撒谎说：“阿姨，肯我换，他的态度很好，还跟我道歉。”

“以后，别这么随便。不然，真会吃亏的。”玉秋的妈妈又说了一句，可那语气比刚才好多了。

“知道了，知道了。”海风很是诚恳地回答。

因为烂苹果的事情，海风坐在玉秋家里，时间很是难挨。突然，一个同学的电话救了他，把他叫走了。晚上，海风把玉秋叫了出来，他一见到玉秋就急着问：“玉秋，你妈妈怎么说？”

“她非常生气，说你是一个骗子！”玉秋回答他。

海风听到这话，一面茫然，问：“我怎么又成了骗子？”

“你的苹果跟他换了吗？还说他的态度很好，跟你道歉。你是不是把烂苹果扔了，跟他再买两个？”玉秋看着海风问。

“是的。我怕卖苹果的不肯我换，无须跟人费口舌。不就是两个苹果嘛，是一件小事情，这是一；二是，我想他是小本生意。这事，你妈妈也去问了？”海风如实地说。

“是啊，不然，她怎么会知道？”玉秋说完，又接着说，“她最讨厌人家骗她。”

“喔，那她反对咱们了？”海风有点担心地问。

“不过，我爸爸非常赞成。”

“你爸爸怎么说？”海风急着问。

“我爸爸说，从买苹果的细节可以看出，你是一个怕惹是非的人，更是一个善良的人。”玉秋甚是满意地说。

海风听到这话松了一口气，开玩笑地说：“知我者岳父也！”

玉秋打了海风一下，说：“八字还没有一撇，就叫‘岳父’？”

“你爸爸真这么说？”

玉秋答非所问：“你知道吗？那个卖水果的就是我的爸爸。”

海风愣了好一会，然后才问：“这么说，是你们一家故意的安排？”

玉秋笑而不答，晚风吹起了她长长的秀发……

选自2015年第5期《飞天》

送　狗

刘耀兰

张镇长的老婆逢人就夸张镇长对她忠诚，她跟镇机关大院的家属们聊天，也毫不掩饰地说："现在当领导的有几人像他这样？"

那些女人说："你肯定有调教经验。"

她呵呵一笑说："那当然。"

小吴三十多岁了还只是办事员，他老婆老是抱怨，说他没本事，当不了官，这辈子别想住到镇机关大院里去。

听了这话，小吴也很惭愧，也想破了脑壳想改变命运。他说："你也不要怪我，你是个女人，跟他老婆也可以搞好关系，没事多到她家去串串门。"

小吴老婆听了这话，说："嗯，我也找机会时常到她家里去坐坐。"

九月正是野味上市的季节，小吴挑了两只野鸡，还有野猪肉送到镇长家去。推开镇长家的门，他家那条狗"呜"地冲上来。那不是亲近，而是示威，把小吴吓得半死。镇长家的狗最近有点不对劲，很狂躁，无论见了谁都龇牙咧嘴。

小吴说："朱镇长，小熊出问题了，它很狂躁，是不是害了狂犬病？"

镇长呵呵一笑说："它是害了病，是害了相思病。"

小吴问："相思病？"

镇长解释说："狗通人性，也有七情六欲，他想找个老婆结婚呢。"

小吴开玩笑道："哦，那得赶紧帮它找个老婆。"

镇长说："是呀，我也想给它找个，可我夫人不让我把它放出去。"

小吴问："那是为什么呀？"

镇长呵呵一笑说："我也不知道。"

镇里要提拔一批干部，小吴觉得现在正是开口要官的好时机。小吴一路上想着怎么给镇长家的狗找个伴的事，回到家里，他老婆看他心事重重的，便问："你有什么心事吧？"

他心不在焉地说："我想为镇长找一个。"

她瞪着大眼说："为镇长找一个？"

他自言自语地说："现在重阳节一过，全镇的狗也杀得差不多了，我到哪里去找母狗呢？"

她笑得前仰后合，好半天才喘了一口气。

停住笑后，她说："是你疯了还是镇长疯了？他找老婆要找母狗？"

他说："你别打岔，快帮我想想办法。镇长的狗想结婚了，看怎么样找一条母狗送他家去。"

她说："你真是多管闲事，他家的狗也要管。"

他训斥道："你知道个屁！镇长家的狗是条公狗，可他老婆不让他把狗放出去，那狗就在家里整天叫。现在不能明目张胆地送礼，我送条母狗给他家公狗交配，这谈不上行贿吧？"

她恍然大悟地说："对！你想在镇里弄个一官半职，就得学会送礼。你想给镇长送条母狗容易，但白天不行，只有晚上人们睡觉了才能动手。"

当天晚上，他们夫妻二人拿着迷魂药和一条大麻袋出发了。可是，当他们进到村子里时，发现村子里静悄悄的，连一条狗的影子也没看到。他们躲在一棵大树旁，她把手放在嘴边，"汪汪"地学了几声狗叫，立刻就有狗吠声传来，并且很快有一条狗出现在他们面前。

他高兴极了，拿起裹着迷魂药的肉包子就要朝狗扔过去，她一把拉住了。

她说："这是条公狗。"

"你怎么知道？"

"只有公狗才能引来母狗。我的声音尖，叫起来像母狗，引来的当然是公狗。你的声音浑厚叫起来才像公狗，你来叫。"

他学着她的样子，把一只手放嘴边"汪汪"地叫了几声，很快引来了一条狗。那条狗只是往这边瞧着，并不叫唤。

她兴奋地说："快扔肉包子。"

他问："你断定是母狗？"

"废话！肯定是母狗，母狗才不会那么张扬。"

听了这话，他"嗖"地朝那条狗扔出了肉包子。不一会儿，那条狗就倒下了。他们迅速地把狗装进了麻袋，连夜送到了镇长家。

他们来到了镇长家，进了门发现他家那条狗老实多了，见了他们再也不龇牙咧嘴，而且还主动蹭他们的裤腿。

镇长夫人正在家吃饭，小吴不好开口。

小吴老婆问："噫，小熊怎么老实了？"

镇长夫人呵呵一笑说："它有了伴，当然就老实了。"

小吴老婆问："你把它放出去了？"

镇长夫人回答："没有，有人送条母狗来了。"

小吴老婆朝门外一指说："哦，我又送一条来了。"

镇长夫人一听说送狗来了，便急忙问："你送什么狗来了？"

小吴老婆呵呵一笑说："我送条母狗来了。"

镇长夫人说："你怎么又送母狗来了？这母狗多了，公狗就不专一了。男人也是高级动物，如果公狗今天对这只母狗好，明天对那只母狗好，就会对男人产生潜移默化的作用，他也会跟着学坏了。"

小吴夫妇很尴尬地笑着。

她接着说："现在的女人比母狗还骚，男人经得住诱惑？所以，人家问我男人对我忠诚的秘方，其实就是不让他多接触别的女人。"

她瞟了一眼小吴老婆，呵呵一笑说："所以，我基本不请女人到家里来。"

小吴老婆红着脸，转身走了。

选自 2015 年第 1 期《月山》

隔墙有眼

晓　晓

办公室当初装潢时，不知是谁的设计，几个部门办公室之间相隔的墙，采用的是双层玻璃，中间是银灰色的百叶式窗帘，等于是窗了，如果不拉上窗帘，就毫无隐私可言。那窗帘拉上后，就很少有拉下来的时候，幸好隔音效果还不错，也就没几个人把它当作透明之物来对待。

财务部新来了一个女孩，叫徐亚亚，细细的眉眼里满是笑意，生得娇小玲珑，像极了杨钰莹。可惜从早到晚坐在办公室里，除了偶尔上一趟洗手间，别想看到她的人影。隔壁设计部的郑赋偷偷地乐。

原来，不知是窗帘有些缺陷，还是有点故障，从他所坐的位置望出去，正好有缝隙可以看到财务部里的徐亚亚。只要有时间，愿意看，一举一动都能捕捉得清清楚楚。你比如，徐亚亚的桌子上有一盆开着一红一黄两朵小花的仙人球，有一面圆圆的小镜子自始至终正对着徐亚亚，有一个卡通造型的可爱茶杯，电脑显示器上坐着一个小丑娃娃，一切尽在郑赋的眼底。

郑赋做的是设计工作，忙的时候，能一天只对着电脑，屁股不挪窝，闲的时候又无事可做，无聊至极。自从徐亚亚来了之后，准确地说，是发现自己竟然有这个眼福之后，以前枯燥乏味的坐班成了乐趣无穷。再纠结的愁眉，只要那么稍稍一抬眼，就化解于无形，比兴奋剂还管用。

知道徐亚亚最喜欢吃的早点和零嘴是什么，最经常去的网站是哪些，最喜欢穿什么颜色什么款式的衣服，几乎可以用“知徐亚亚者，郑赋也”来形容。郑赋甚至想，如果徐亚亚的桌子上，突然出现一束自己送上的玫瑰花，她会是什么表情？可惜，只是想象而已，再给一个胆子他都不敢做出这样的事。来自农村的郑赋，大学毕业能够在城市找一份工作，已属不易。扎根是梦，房子更是遥远的梦，上学借的债还没还清呢。何况，老家还有一个相恋多年的女孩在等着。

正是盛夏，办公室里是中央空调，丝毫不觉得热。郑赋发现问题了，非常重要的问题。徐亚亚连衣裙的侧面拉链没拉上，很长的一截，胸罩的带子一目了然，身体稍稍一弯，就能看见半隐半现的乳房。郑赋的心跳得好厉害，很想看，又怕看，有种不知所措的感觉。

不行！得想办法告诉她。要是让其他同事看到，岂不尴尬死了？可怎么告诉她呢？郑赋绞尽脑汁，也想不出一个办法来，比设计难多了。就在郑赋坐立不安，不知如何是好的时候，再一抬头，拉链竟拉上了。随之欣慰的同时，又想开了，她是怎么发现的呢？

一脸横肉的财务总监经常瞅准只有小徐一个人的时候，进入财务部。笑嘻嘻聊上几句，然后一只手搭在徐亚亚的椅背上，身体像虾似的弓着，几乎挨上了徐亚亚，一只手在电脑上指指戳戳。像是指导，也像是探讨，反正是疑似亲密接触的样子。郑赋心里不是个滋味，可又无可奈何。人家是工作呢，谁叫自己不是领导，没这样的机会！

又是一次，行为更恶劣了。竟然一手抚着徐亚亚的背，把张油光发亮的老脸几乎贴上了徐亚亚白嫩的小脸，小徐的身体已呈倾斜成四十五度角了，再也无法逃脱。郑赋灵机一动，抓起内线电话，拨通了另一个隔壁业务部小吕的座机。财务找你！看着风风火火的小吕一阵风似的跑向财务部，敲门，进去，过了一会出来，一脸茫然地跟郑赋说：没叫我呀。郑赋反应挺快，歉意地一笑，说：那我听错了，不好意思！

财务总监也出来了，一脸的不快。郑赋看到徐亚亚趴在桌子上，嘤嘤地哭，娇小的身体可怜地抖动着，扯着郑赋的心一跳一跳的。

时隔不久，类似的事情又发生了一次，这回，郑赋直接上阵了，算是为徐亚亚解了围。回到座位上，郑赋长长地出了口气，英雄救美的感觉汹涌澎湃。

时间不长，有两个人同时辞职了，一个是徐亚亚，一个是小吕。

怎么这么巧？

刚上班就听到消息的郑赋很失落，像泄了气的皮球，没了精神。忽然看见桌上的笔记本里夹着两张纸条，一张写着：

谢谢你的关注和帮助！

另一张写的是：

明月装饰了你的窗子，你装饰了别人的梦！

都没署名，但郑赋隐隐地知道，谁，会是谁！

选自 2015 年第 6 期《微型小说月报·原创版》

父亲的梦想

李 建

老王孤身一人在城里打工很辛苦，但他心里却很幸福，因为儿子小强今年读高三了，他一直梦想着儿子有朝一日能够考上名牌大学，光耀门楣。

可天有不测风云，这天下午刚下班，老王就接到老婆打来的电话，说小强因为家里穷，在学校被同学耻笑，赌气后离家出走了，估计是进城找他了。

老王听后心里一沉，没几个月就要高考了，怎么能在这个节骨眼儿上放弃学业呢？

老王在食堂里晚饭也吃不下，就到厂门卫室里等儿子，没过多久，果然看到儿子垂头丧气地一路找过来了。老王将他带到宿舍，问他进城有什么打算。小强说："在学校里被人瞧不起，我不想读书了，想到城里来打工。"

老王说："你不想读书我也不强求你，只要你将来不后悔就行了。最近工厂比较忙，先在这里住一阵子，等我空了再陪你去找工作。"

没过几天，工厂的大老板从美国回来视察，晚上在食堂的贵宾厅里用餐，酒过三巡，大老板突然很想吃家乡的鱼。可是，天已经很晚了，菜市场早就关门了，上哪儿去找鱼呢？

厂长突然灵光一闪，说："工厂宿舍区里有一条人工河，春天的时候放养了不少鱼苗，现在应该长大了，我这就派人去捞。”

大老板听后高兴极了，说人工河里的水很干净，没被污染过的鱼一定很好吃。厂长立刻叫秘书去捞鱼。

可当秘书跑到池塘边时，犯愁了，没有工具怎么捞鱼呢？他急忙打电话给厂长，厂长从餐厅里跑出来说：“你还愣着干什么？赶紧跳下去摸鱼啊！水又不深，你还让老板坐在那里等你啊！你这个秘书是怎么当的？”

秘书皱了皱眉头，池塘里的水虽然不深，但现在已是深秋，水很凉。他考虑了一会儿，还是卷起裤腿摸索着下去了，可摸了半天一条鱼也没摸着。厂长急了，说：“你快点啊！”秘书委屈地说：“我以前没摸过鱼，抓不住！”

这时，有不少工人围在小河边看热闹，也有人拿来手电筒，给秘书照亮。厂长朝工友们喊道：“老板要吃鱼，现在是你们好好表现的时候了，今天只要抓到鱼，提什么合理条件，我都会答应你们。”

但工人们没配合，反而耻笑说只有像秘书这样的马屁精，才会大冷天下到河里给老板摸鱼吃。给他们再多钱，也不会下去。小强听后，不禁扑哧一声笑出声来，由衷地敬佩起这些刚正不阿的工人叔叔。

可令他万万也没有想到的是，父亲老王居然走到厂长面前问：“厂长，如果我抓到鱼，能让我的儿子进厂来打工吗？”

厂长看了看小强，说：“没问题，只要你能抓到鱼，让老板吃开心了，你说什么条件我都答应你。”

老王高兴地脱掉裤子，只穿着内裤就跳下河了，溅得秘书一身泥水。工人们一片嘘声，小强顿时羞红了脸。他知道父亲有严重的风湿性关节炎，冷天腿不能沾丁点凉水，可今天居然为了给他找工作，拉下老脸去拍老板的马屁，父亲高大正直的形象瞬间一落千丈。

小强噙着泪离开了河边，身后却传来父亲兴奋的叫声：“我抓到鱼啦！”厂长欣喜地说：“我给你儿子安排到最好的技术岗位学习，将来前途不可限量。”

老王穿好裤子，高兴地也顾不上腿疼，一瘸一拐地回到宿舍，想告诉儿子这个喜讯，可小强却不见了踪影，行李也不见了。

老王脑袋嗡的一下炸开了，儿子要面子，会不会因为他去拍老板马屁，一气之下走了？就在他急得不知该如何是好时，突然发现枕头上有一张纸。拿起来一看，只见上面写着：爸爸，对不起，我回学校读书去了，不会再让您为我丢脸了！

老王蹲在地上忍不住老泪纵横，儿子终于懂事了，梦想的实现过程虽然痛苦，但却能令人感动一生……

选自2015年6月23日《昆山日报》副刊

债

何 竟

朱云觉得，天下医生和乌鸦一般黑，从县城到省医，个个推诿查不出病因，现在，站在中国最牛的医院门口，她眼珠子灰败得像死鱼。老公用一种恨恨的目光瞪着她，最终还是朱云败下阵去，叹口气小声嘟囔：北京那么大，兴许还有别的医院能治……啪的一声，老公将手中的矿泉水瓶子使劲往地上一摔，水珠四溅，小宝慢吞吞地伸出小手去擦，一脸的麻木。

老公气更大了：你看看，哪家七岁的伢像他这样？我不是生了个儿子，是生了个祖宗！朱云再也忍不住眼泪，一把将小宝搂进怀里，哭得咬牙切齿：医生查不出小宝为啥不说话，但不代表他听不见，你不要当他面说这些！

老公冷笑一声，索性撇下母子俩，扬长而去。偌大北京，朱云两眼一抹黑，不知问了多少人，绕了多少冤枉路，才找准他们住的小宾馆。疲惫地打开房间门，空气中冷冷清清，老公还没回来，朱云叹口气，从旅行袋翻出一包方便面，泡给小宝吃。小宝从生下来，一声都没哼过，全世界在他眼中都是“默片”，安安静静喝完最后一口汤，朱云愣了一会神，回头，小宝竟然已经趴在桌上睡着了。

朱云将小宝抱上床时，忍不住又哭了，在家乡，她可不是这么软弱的女人，特别是当着疯子面，一滴眼泪都不曾掉过，内心有个声音，一直在告诫她：你在疯子面前哭了，就输了。所以不管疯子怎么砸她家门，怎么坐在门槛哭喊“我老公是烈士”，她朱云都可以冷着一张脸，该煮饭煮饭，该洗衣洗衣。前几年，还会对邻居解释一下：这女人年纪轻轻死了老公，受刺激太深才会这样的。为什么来找我？疯了嘛，臆想她老公是为了救我才会被房梁砸死。

朱云说这些话时，面不改色心不跳。她几乎已经相信了，这才是真相。2008 年 5 月 12 日下午两点多，当办公室地面像跳舞一般颠簸时，身怀六甲的她茫然无措，当时办公室还有一位男同事，比她有常识，瞬间就判断出了什么状况，他飞奔过来，将她拉到桌子下面，而自己拱起后背，伏在朱云身上。

朱云很幸运，几个小时后被解放军同志从废墟中挖出来，她捧着大肚子，一点事都没有，但看了一眼整个后背被砸得血肉模糊的尸体，她哇的一口就吐了。那已经不是一个爱开玩笑爱秀恩爱还稍稍有些“娘炮”的男人，而是一团丑陋到无以复加的血肉。

男同事的老婆失魂落魄地跑来，抓住朱云拼命摇晃：他是为了救你，为了救你！

别人惊愕地望着朱云，之前两人在工作中配合默契，经常一起外出开会，县城闲人多，少不了传些咸咸淡淡的流言蜚语，朱云只觉得无聊，但当对面女人字字血泪控诉“他是为了你”时，朱云忽然恼怒烦躁了，内心有个小鬼跳上跳下：我和他，不是你们想的那种丑陋关系！电光火石间，朱云冲着女人吼起来：不！他不是为了救我，是为了和我抢着钻进安全的桌底。

朱云从废墟离开时，步履坚定，身后传来毛骨悚然的笑声：呵呵哈哈呵……

从此，街上多了一个疯女人，她隔三岔五就要去找朱云，一会念叨“我老公是烈士”，一会哭号“你不讲实话，会遭报应的”！朱云赶不走她，骂不动她，索性一切由着她，大灾过后，家园需要重建，还要迎接小生命。

七年了，小宝从生下来就一直不哭不响，不知看了多少医生郎中，甚至还请乡下巫婆跳过大神，医生检查不出他的问题，巫婆说小孩身上有冤魂。朱云已经走到北京了，还能走到哪里？她太疲惫了。

老公是半夜才回房间的，身上一股清冽的酒气，他脱了鞋，上床小心地蜷起腿，将自己弓成一只虾，朱云轻轻为老公盖上被子，他忽然抓紧她的手，气息变得浑浊，喘息着说：我就问你一件事，你当时为啥不承认人家救了你，是不是你和那同事有一腿？朱云愣了一下，好半天她才明白老公在说什么，明白过来的瞬间，她的手已经不受控制地挥过去，给了他一记响亮耳光。再收回，狠狠打了自己一耳光。她伤心得浑身抖起来：你怎么会这么看我？禽兽不如！那么漆黑的夜，也能看到老公眼中的讥讽：你又能比禽兽好多少？

朱云呼的一下掀开被子，低气压一般的压抑，让她快要窒息了，她将熟睡的小宝摇醒，凄厉地哭叫起来：回去，咱们回去就去找疯子，我要带上小宝向她赎罪，我撒了谎，都是因为我撒了谎小宝才会遭报应的！

疯子！老公铁青着脸，不知在骂谁。

第二天，三人去了火车站，老公兜里电话一直在响，他接起，轻言细语地说话，朱云一把夺下，大声嚷嚷：你也不要再和我演戏了！我知道你在外面有了女人，怎么？想什么时候抛弃我们娘俩啊？

疯子！

他们很快就纠成一团。朱云内心涌起苦辣况味，不管不顾的发疯令她亢奋：不管了，什么都不管了！七年来，她背着沉沉重债，骗自己骗得好苦，终于可以放下，她还怕什么呢？

妈妈。

朱云夫妇被一个东北女人费力地拉开，那个热心大婶抱起小宝，愤怒地教训朱云：孩子叫了你好几声，什么当妈的，要闹回家去闹！

朱云不敢相信自己的耳朵，但小宝抱着她大腿，真真切切地喊了：妈妈，我想回家。

选自 2015 年第 8 期《小说月刊》

杰克太太的救赎

李良旭

二十年前，埃弗森向邻居杰克先生借了一百万智利比索（约 1613 美元），说过一个星期就还。埃弗森和杰克不仅是好朋友，而且还是好邻居，杰克非常信任埃弗森，杰克没让埃弗森打借条。他说：“兄弟，我还不相信您吗？我们可是多年的好朋友。”说罢，杰克又向埃弗森低声耳语道：“这是我多年积余的私房钱，我太太还不知道，等你这笔钱还了，我就去做水产生意，我要让我太太过上幸福的生活。”

杰克和埃弗森生活在智利首都圣地亚哥西部郊外的贫民窟里。没想到，三天后，贫民窟里一伙毒贩内讧，发生了枪战，正路过这里的杰克被一颗流弹击中，当场殒命。

杰克突然死亡，让埃弗森悲痛万分。他忽然想起，他还借了杰克一百万智利比索，而这一百万智利比索自己又没有打借条，如果自己不说，杰克太太一定不知道，自己就可以悄无声息地吞下这笔钱。

埃弗森一边帮助杰克太太料理杰克的后事，一边假惺惺地安慰杰克太太。杰克太太一边抽泣，一边喃喃自语：“亲爱的杰克，你对我说过的那笔钱的事，我记得的，我知道该怎么做的。”

埃弗森听了，惊出了一身冷汗。

由于杰克突然去世，杰克太太生活陷入更加困难之中，她开始在建筑工地做苦工，人一下子苍老了许多。

为了减轻心里的罪恶感，埃弗森搬到了圣地亚哥南部郊外的贫民窟里，并用那一百万智利比索做起了水产生意。

没想到，埃弗森的水产生意做得顺风顺水，没几年，就赚了个盆满钵满，他终于搬到贫民窟对面的富人区了。

一年一年过去了，埃弗森早就将当初借杰克一百万智利比索的事，忘到九霄云外。他每天过着灯火酒绿、豪华奢侈的生活，他常常一掷千金，眼睛眨都不眨。他有的是钱，他认为自己就该好好地享受生活。

一天，埃弗森从外面回来，看到在自己别墅门口，几个保镖正在驱赶一位白发苍苍的老妇人。那老妇人看到埃弗森，惊喜地喊道："埃弗森先生！我是杰克太太，我终于找到您了！"

埃弗森看着那妇人，愣了好一会儿，惊讶地问道："杰克太太？你找我有什么事吗？"

杰克太太眼含热泪，哽咽道："埃弗森先生！为了找您，我找得好苦啊！二十年啦，我终于完成了杰克的遗愿了！那个一百万智利比索欠款的事，今天终于可以了结了。"

这句话，仿佛像一声惊雷，埃弗森一下子站立不稳，脸色全变了。他努力平静了一下自己的心情，嗫嚅道："我想起来了，我和杰克是有那一百万智利比索欠款的事，当时因为悲伤和难过，我将那一百万智利比索欠款的事给忘了。"

只见杰克太太从包里拿出厚厚一叠钞票，说道："这是杰克借您的一百万智利比索，我今天终于还清了，里面还有一万智利比索的利息。"

"什么？杰克借了我一百万智利比索？"埃弗森惊讶地问道。

"是的，杰克去世的前几天，曾神秘地对我说，我借了埃弗森一百万智利比索，我要去做水产生意，等我赚了钱，我一定会让你过上幸福的生活。没想到，几天后杰克就去世了。杰克去世了，我也不知道他借您的一百万智利比索投到什么地方做生意了。为了还清杰克借您的一百万智利比索，我到建筑工地做苦工、给人家当搬运工、进山给人家当伐木工……二十年啦，今天，我终于还清了那一百万智利比索，我真幸福啊！"

那一刻，杰克太太笑得格外灿烂、明媚，好像是从心里发出的笑容。

埃弗森颤抖地接过杰克太太递过来的一百万智利比索，突然双膝跪下，大喊一声："上帝啊！怎么会是这样啊！"

选自2015年第10期《知音·海外版》

门　　神

赵春亮

我抬起头，通过玻璃窗子向外探视的时候，那团旋风般的黑影已经到了领导办公室的门口。

等我反应过来，咚咚咚的叩门声便在空旷幽邃的楼道里响起。这声音，于我而言，不亚于晴日响雷，犹如听到县衙堂前的鸣冤擂鼓。来不及多想，我和刚子奔出房间，几个箭步便来到她的身旁。

领导在办公，不能打扰，请你出去！我不敢高声，因为我知道，每一扇门窗后面，都有一双警醒的耳朵和窥视的眼睛。

凭什么让我出去？我要见领导。不知是因为惊慌还是激动，我分明看到，她褶皱的脸上罩着一层细微的汗珠。这时候，有人陆续赶了过来，首先奔来的是我的同事，他们用行动做出了最好的表达，直接与我和刚子并肩站成一排，形成一道牢不可破的防线。紧接着，是戴着眼镜的领导秘书，他从另一道门缝里探出头，四周看看，便迅速站到了领导的门前，临时充当了另一道房门。紧接着，我还听见周围房间里窸窸窣窣的声音，有挪腾桌椅的磕碰声，有窗帘线轴的拉动声，有小心翼翼的开门声……沉寂的空间顿时注入一丝骚动。

似乎是一幕戏剧，观众越多，她的神情越发夸张，声音越发高亢，动作越发张狂。我要见领导，你们谁也别拦我。她一边呼喊，一边扯动着身子朝领导的办公室门口扑去。

我冲在最前，用魁梧的身子将她牢牢抵住，慢慢朝走廊出口方向挪动。打人啦！打人啦！保安打人了！她开始声嘶力竭地高呼，同时紧握的拳头雨点般朝我砸过来。我举起双手，向众人表明我没有还手，同时，脚步并未停下，她不得不随着我的挪动一步一步朝后败退。

领导办公室的门打开了。

秘书先是愣了一下，立刻闪身让出了守门员的位置。那一刻，所有的声音戛然而止。我瞥见领导办公室内干净的陈设，还有几个西装革履的男人，正垂手站立在沙发前，好奇地微微倾身向外张望。

什么事？领导问。

应该还是她丈夫的民师转正问题——来好几次了，信访局接待过的。领导秘书躬身说。

既然来了，进我办公室说吧。领导侧侧身，随后朝我们摆摆手。她怔了一刻，随即摆脱我的身子，拢了一把散乱的头发，跟着领导进了办公室。

门，旋即又关上了。

回到值班室，刚子虎着脸，好久没有说话。半晌，刚子才说话，那个女人究竟精通遁地神术还是能贴地飞行？她的行踪怎么能瞒得过你的眼睛？有一点是肯定的，她已经监视我们很久了，等你低头喝水的瞬间，她便迅速占领了高地。刚子很是懊恼，总结说，想想看，咱们两个以监视为职业的人，却毫无察觉地被人监视了，是不是有点滑稽和讽刺？

我看得出刚子很担心。其实我也很紧张。我们都是临时招来的，归领导秘书管，每人着一身没有警衔和警号的制服，专门拦阻那些直接闯领导办公室的上访者。领导需要一份安静的空间，我们需要一份工作。这份工作，我和刚子都看得很重，甚至希望借它钓个媳妇。

一会儿，几个手拿公文包、步履匆匆的人便陆续进了领导办公室。我猜想，他们都是各个单位的头儿。又一会儿，他们便簇拥着她走了出来。领导秘书在我们值班室门口驻了脚步，看他们下楼走远，才迈进值班室。

秘书说，我得批评你们。

我和刚子说是。

秘书又说，领导正在讨论重要工作，这样一闹，影响的是领导的决策，甚至是全市的发展。

我和刚子说是。

还好，领导没生气，而且很快便将上访者的问题解决了，领导的办事效率很高啊。但是，总不能让每个上访者都直接找领导吧？你们的职责没有履行好啊。这样吧，每人扣发一百元工资作为处罚，记住了，秘书停顿了一下，接着提高嗓门说，下不为例，否则，直接走人！

是。我和刚子说。

虚惊一场，我以为会炒了咱们呢。等领导秘书走后，刚子说。

我说，对不起刚子，事情发生在我的责任时间段内，责任在我，下班后我请你吃地锅菜。

什么话？刚子板起脸说，想吃饭，还是凑份子，兄弟们一起，凉拼、头肉、素三样，什么你请我请的，见外了。

我想对刚子坦白，刚才上访的那个女人，她既不会遁地神术，也不会贴地飞行，她是我故意放进来的。我还想告诉刚子，那个女人是我老娘，她反映的问题是我老爹多年民师转正的事，好多年了，至今没有结果，她也是冒着风险来的……但我什么也没说，我看到，刚子已经站在了值班室门口，虎视眈眈地监视着楼梯口的每一个行人。

我赶紧和刚子站在了一起。

我俩虎背熊腰，目光如炬，就像一对儿门神。

选自 2015 年第 5 期《四川文学》

疯狗为啥咬贪官

刘万里

有一条疯狗流浪到了梦城。

刚开始没人注意到这只疯狗，也没人知道它是只疯狗，张三是无意之中注意到这只狗的，这狗长得瘦瘦的，看上去傻乎乎的招人爱。

张三扔了一个馒头，狗看了张三一眼，叼起馒头吃了。

张三又扔了一个馒头，狗又看了张三一眼，这次不同的是狗眼中露出一丝感激，它含住馒头又吃了。

张三说，看你好几天没吃饭了吧，跟我走吧。

狗摇了摇尾巴，仿佛听懂了张三的话，跟着张三走了。

张三在阳台给狗搭了一个窝，他失业了，老婆又走了，他有的是时间陪狗。没事时他常常牵狗去溜达，狗表现得温顺乖巧，也没发现什么反常的举动。

直到有一天，狗咬人了，张三才知道它是只疯狗。

那天，张局长从酒楼回来，喝得醉醺醺的，刚被司机扶下车，这只狗突然狠狠在张局长腿上咬了一口，张局长大叫一声，酒一下惊醒了，他一看裤子咬破了，血流了出来。司机说："都怪我，没照顾好你。要不到医院看看，就怕是只疯狗。"

张局长一听疯狗，急了："快送我去医院。"

医生给张局长包扎了伤口，打了狂犬病疫苗针，还吃了不少的药，结果还是病发身亡。

张局长被疯狗咬死的消息在梦城蔓延。

顿时，人心惶惶，人们晚上不敢出门，特别是大人更是把自己的孩子看得紧。

张三感觉到了问题的严重，怕人们找他的麻烦，他把狗赶走了。

几天后，狗又回来了，在他门前转悠。

张三摸着它的头说，你走吧，别连累我，我担不起责任。

狗叫了一声，摇了一下尾巴，走了。

张三没想到的是，梦城又发生几起疯狗咬人事件，他是从网上知道这一消息的。网上说江局长和钱老板等半夜从酒店醉醺醺回家时，被疯狗咬了。

张三拍手称快，大呼过瘾。特别是那江局长跟他老婆通奸，被他抓了一个现形，张三原本打算要羞辱他们一番，结果反被老婆和江局长羞辱一番，说张三没出息，不会挣钱，是个窝囊废男人。张三气得差点跳楼自杀，大骂江局长是贪官狗官。

张三还听说市长也被疯狗咬了，相关部门才重视这件事。在会上，市长余怒未消，拍了桌子，要求在全市掀起歼灭恶狗的雷霆风暴。公安局局长带头组建"打狗敢死队"，在全市范围进行拉网式的搜狗行动，决不留死角，决不漏一条疯狗！

梦城的大狗、小狗、宠物狗、流浪狗统统遭到捕杀。宁错杀一千，不放过一个。

梦城再也听不到狗叫、见不到狗影了。

张三发了一条微博：奇怪的是，被狗咬者不是当官的，就是大老板，从没发生过一起咬伤老百姓的事件。跟帖和转播很多，人们私下里都在暗暗留意，想保护这条狗。

市长无意也听到别人讨论这条微博，下令删掉微博，把发微博者抓起来。

张三那天正在家睡觉，突然冲进来几个警察，按住了他，把他塞进了警车，这时张三隐隐约约听到了狗叫声，他四处张望，并没有看见那只狗。

张三只承认微博是他发的，死活不承认这只疯狗跟他有半点关系。警察也没办法，把张三关了几天就放了。

省里一个大领导带着媒体记者来到了梦城，他们来检查交流打狗经验，总结“打狗战果”，好在全省宣传推广。

检查完毕，大领导被请进了酒楼。然后去了歌厅，最后去了洗浴中心。大领导没想到的是，洗浴中心不知道怎么钻出一只狗，狠狠在他下身咬了一口。

这只狗彻底疯了，它开始了疯狂的报复，咬伤者全是达官贵人，此事在全国引起了很大的反响。

上面派人来调查，没想到被狗咬者都有问题，要么是贪官，要么就是黑心老板。

张三想不明白，狗为什么要咬贪官？后来他看了一篇报道：一个专家说，这只狗原来是省长夫人的狗，省长被双规后，它顿时成了丧家之犬。它吃惯了大鱼大肉，突然面对粗粮淡饭，它不适应。而那些贪官和老板吃的是山珍海味：鲍鱼燕窝王八肉……喝的是五粮、茅台酒和洋酒，等等，所以他们的身上的肌肉散发出一股独特的气息，狗就喜欢咬他们身上的肉。

张三看完哈哈笑了，他终于明白狗为什么要咬贪官了。

选自 2015 年第 3 期《微型小说选刊》

秘　　密

般贤华

柱子和菊花在一个村里长大。虽然两家都很穷，但他们两小无猜，青梅竹马，过着简单快乐的乡村生活。眼看到了谈婚论嫁的地步，菊花娘却不再给柱子好脸色，也不再允许菊花和柱子来往。

柱子很纳闷，很快弄清楚事情缘由：原来，来村里招工人的青年企业家王财看上了漂亮可人的菊花，向菊花娘提亲，菊花娘想都没想就答应了……

菊花起初是很反感王财的，但王财向她发起了猛烈的爱情攻势：今天送鲜花，明天送发夹，后天送香水，还言语得体，很有绅士风度。对于菊花的破口大骂，他不但一点也不生气，还好言安慰，轻言细语解释。菊花把鲜花、发夹、香水丢出门外，他也不恼，而是小心翼翼地捡起来擦干净带回厂。

对待柱子，王财却是另一副面孔。王财轻蔑地说，柱子啊，你家条件那么差，你凭什么跟我争？是男人就出去闯出个人样，再回来跟我争吧！气得柱子牙齿咬得咯咯响。

柱子受了气，便责怪菊花嫌贫爱富，与菊花闹别扭。时间一长，菊花受不了，渐渐地不搭理柱子。柱子叹了一口气，心一横，果真打起铺盖卷出去闯世界了。

菊花为此大哭了一场。

时光飞逝，转眼间几年过去了。柱子成了家，妻子小翠贤惠善良，不管是在家侍奉公婆，还是在地里种庄稼，里里外外都是一把手，让在外打工的柱子感到欣慰放心。

柱子暗暗发誓：自己一定要拼命赚钱，回家把旧瓦房推倒，重建新楼房，让小翠过上好日子！

就在柱子攒足了钱，准备动身回家建新房的时候，他接到一个电话，号码很陌生。柱子一接听，心猛得颤抖了一下：原来，电话竟然是菊花打来的！

菊花哭着说，自己患上了绝症，手术费需要几十万，希望柱子顾念旧情，借钱帮她渡过难关。

听说菊花患上绝症，柱子感到心口很疼很疼，但他嘴上还是很硬地说，你的老公王财不是大厂长吗？你家怎么会想起跟我这个穷人借钱？

电话那头，菊花哽咽着说，王财太轻信人，被生意合作伙伴骗得倾家荡产，现在还欠下一屁股债。生意合作伙伴不知去向，警方通缉也毫无结果，家里现在到了走投无路的地步了。

柱子一听心立刻软下来，差点掉下眼泪。他回答说，菊花，菊花，我不帮你我会一辈子内疚的，我马上把款打给你！

电话那头哭得更厉害了……

多年后的一个傍晚，残阳如血。满脸皱纹、处在弥留之际的菊花躺在床上，对守候在床边抹泪的柱子说，柱子，我走之前，有一个秘密要告诉你。我当年找你借钱，并不是我患上了绝症，而是王财！我知道你爱我爱得深，恨王财也恨得深，你不会借钱给王财的。为了得到你的帮助，我骗了你，请你原谅我……

柱子听后轻轻摇头说，菊花，菊花，我都知道。你得了绝症，我怎么放心得下？我偷偷跑到医院来看你，却看见躺在病床上的是王财！我没有惊扰你们，而是默默回去了。我犹豫了好久，最终还是把打工挣的钱全部打给了你们，你的幸福是最重要的……

菊花听了笑了，眼里闪着异样的光，看上去是那样地陶醉幸福！

又过了几年，白发苍苍的柱子也倒在了床上。柱子颤巍巍地拉着小翠的手说，小翠，小翠，我走之前，有一个秘密要告诉你。当年我的工钱并没有被黑心老板昧掉，而是借给了菊花的老公王财做手术。结果因为没有钱维修自家的旧瓦房，害得你被突然倒塌的那间偏房砸伤了腿。我骗了你，请你原谅我……

小翠听后轻轻摇头说，柱子，我都知道。当年王财偷偷还我钱，说他的生意合作伙伴被警方找到，他的损失得以追回。我没有拆穿你的谎言，而是把钱存起来，留给儿子读大学用。后来我们经过努力，不是把新楼房也建起来了吗？你是好人，和你共度一生我觉得很幸福……

柱子听了笑了，长长地舒了口气，像是卸下了千斤重担。他望着心爱的小翠，眼里闪着异样的光，看上去是那样地陶醉幸福……

选自 2015 年第 6 期《小小说大世界》

赝　　品

郑武文

1943 年初冬的一天，一队黄皮的日本兵迅速包围了阳村财主杨定远家。

一个穿便服的人进门来，拱拱手：“在下鬼冢，早闻杨先生大名，今日特来拜访。久闻杨先生收藏着一幅郑板桥的画。希望能够借来到东京展览馆一展，让年轻人都有缘观赏、学习，为繁荣大东亚文化做贡献，不知可否？”

杨定远才从震惊中醒过来：“杨某书画虽多，却好像没有郑板桥的墨宝。”

鬼冢哈哈大笑：“杨先生可能宝贝太多顾不过来了。如果实在找不着，听说先生还有一个女儿，聪明伶俐，长得乖巧。在下有意让她从军，去东南亚诸国，为大东亚圣战做贡献，也许能成就一番功名。”

杨先生的汗“唰”一下就下来了。当时日本军队存有大批慰安妇，供士兵发泄兽欲，因为本土的妇女少，侵华的日军慰安妇很多是朝鲜一带的，而在东南亚的，则很多是从中国抓去的。杨定远膝下只有一女，视若掌上明珠。想至此，杨定远忙说：“可能是杨某老了，记忆衰退。容我找找，找到给太君送去。”

鬼冢站起来说：“好，给你三天时间。先行告辞。”

杨定远擦擦头上的汗，把大门“咣当”一声关了，回到堂屋坐下。夫人说："老爷，要不咱们逃吧？"杨定远发现门口有许多陌生人晃荡，逃肯定是逃不了。

一家人如同热锅上的蚂蚁，一直到掌灯时分，也没想出什么好办法。后来屋里进来一个人，说："杨老爷，我家祖上是裱画的，可以装裱送给他，以应杨府之急。"此人名岳进，三天前满身鲜血晕倒在杨府门前。杨定远救下了他的性命，刚才躲在地窖里。鬼子突然前来，杨定远还以为是为他而来呢。

三天后，鬼冢看到装裱一新的画，忍不住哈哈大笑。鬼冢本是个中国通，况且还有几个懂画的汉奸，经过鉴别，确是真迹无疑！鬼冢拍了拍杨定远的肩膀："杨先生，大大的良民。"

杨定远怕鬼子翻脸无情，也不敢在此久留，变卖了家当，举家移到阳州城里，买了一处小院，深居简出。因为岳进的伤还没有好，所以跟着杨定远一家搬到了小院。过了一段时间，杨老爷发现岳进跟小姐艳霞情投意合，就有意撮合他们，把岳进招赘在杨家。可是在跟岳进谈的时候，岳进却黯然神伤："我的家被日本鬼子炸了，家人死的死，散的散，国仇不报，我还不打算成家。鬼子投降日，定先来迎娶小姐……"

两年后，鬼子投降。岳进重新出现在了杨家门口，艳霞小姐喜极而泣。岳进却总有点吞吞吐吐、欲言又止的样子。杨老爷问："怎么了？有什么问题吗？"岳进摇摇头。杨老爷说："那好，什么都是现成的，择日不如撞日，我做主，咱明天就办喜事。年纪可都不小了……"

许多年后，日本一家画廊举办了一场轰动世界的东亚书画展，其中镇馆之宝就是郑板桥的《劲竹图》。画展的第二天，组委会收到了来自中国的一封信，揭露《劲竹图》是赝品。要是把一幅赝品大肆宣传，组委会聘请的都是权威人士，那样的话脸可就丢大了。于是立即与中国方面联系，中国方面先把鉴定证书和真品照片寄了过来，人也随后带着画飞了过来。

日本的专家不敢怠慢，立即对展出《劲竹图》重新做了鉴定，鉴定结果：确实是真的。然后又鉴定了中方提供的《劲竹图》，鉴定结果：也是真的！这太不可思议了，同一题材的作品作者可能会画好多幅，可是相似到比现代印刷机印刷的误差还小，那就不是人力能办到的了。

与会人员只好请中国的持画人讲一讲是怎么回事。持画人是一位老先生，他声泪俱下地讲述了侵华日军如何残酷屠杀了他的家人，害得他家破人亡。又讲了当初鬼冢如何掠夺中国的财宝。最后他说："日本一部分人一直在掩盖他们侵华的历史，掩盖他们犯下的滔天罪行。可是，先生们，我和我的妻子就是那段历史活着的证人！"现场一阵沉默。

最后还是有人问："可是我们想知道，老先生，你们是怎么把一幅名画变成两幅的呢？"

老先生说："我们明清时候用的一种宣纸是复式的，可以轻轻地揭成两张，宣纸的渗透力又相当好。我弟弟在装裱的时候，就把上面一层揭了下来，把底下一层给你们装裱了。因此你们这个属于真实的赝品……"日本的持画人，强盗鬼冢的后代，恼羞成怒，一把扯过自己的画，撕了个粉碎。

老先生低下头，对自己白发苍苍的妻子说："艳霞，我欺骗了你。其实我也是一个真实的赝品，我的名字叫岳前，我的双胞胎弟弟岳进在战场上牺牲了，临死前委托我一定要找到你，告诉你不要等他。可是我对你一见钟情，一见面就疯狂地爱上了你……"

选自2015年第7期《百花园》

亚　领　导

徐均生

大年初六，好友老郑来拜年。酒喝到一半时，老郑说要讲个亚领导的故事给我听。我有些不解，问老郑什么是亚领导？老郑说你听完就明白了。老郑知道我写小说，见面时总要讲一些发生在他医院里的故事给我听——

那天市长胃溃疡出血，病情很严重，得切掉一半。经市长本人同意决定第二天做胃切除手术。市长请张院长亲自主刀。因为张院长是医院独一无二的外科主任医师。

确定张院长为主刀后，张院长却还在征求市长的意见，张院长说："市长啊，您是一市之长，对您的身体健康，我们要负最大的责任，但为了对全市人民负责，我们医院还是想请省里的外科专家来给您做手术，您看好吗？"

市长不同意："你是外科主任医师，难道还切不了我的胃？！"

张院长忙表示："不是这意思，我是怕您担忧啊！"

市长很理解又安慰张院长："我信任你！"

张院长一听这话眼睛都湿润了，顿时好感动。

听到这里，我有些不耐烦了，老郑的故事一点也没有新意。我调侃他道："你说这种一点不曲折生动的故事给我听做什么？你应该把这一年来听到的看到的新鲜故事讲给我听，这样我可以写出更新鲜的小说来嘛！"

老郑却问我："你知道张院长为什么要请省里外科专家来主刀吗？"

我摇摇头："这有什么大惑不解的呢？很正常啊！"

老郑摆摆手，道："你不懂，你真的不懂！"

我听着老郑的话，看着他的手势，有些好奇了："那你说啊！"

老郑却端起酒杯，目光如炬地说："来！干！"

我没法儿，只好和他喝了杯里的酒——

"那是因为张院长不会做手术！"老郑终于吐出事情真相。

这真的太不可思议了，堂堂的外科主任医师竟然不会做胃切除手术？这不是天下最大的笑话吗？！我不信，我真的不信！胃切除手术是很简单的一个手术嘛！

老郑说："我给你看张院长的简历，你就知道原因在哪儿了。"

老郑展开一张白纸，里面有几行字——

张院长简历

张进前，男，1960年3月出生，医学硕士研究生，现为市医院外科主任医师、院长，在国内外医学杂志发表论文30多篇，其中国家级杂志20余篇，外国著名医学杂志10篇，出版医学专著一部，系中华医学会市医学分会常务副会长。

很有成就的一位医学专家啊！

老郑说："有如此业绩的外科主任医师竟然不会动手术，你知道为什么吗？"

我真的不知道，我真的不知道这其中的奥秘在哪里，我只是感觉到有些地方不太对头，但到底错在哪里我也说不清楚。

老郑恨恨地道："他所有这些成绩都是我们医院很多医生给他做出来的。他当科主任时，他的大专文凭是我帮他考出来的；他当副院长时，他的本科是一位医大毕业生帮他考出来的；他当院长时，他的硕士文凭同样是一位分配到医院里的毕业生帮他考出来的；他的论文都是我们这些人帮他写的，帮他发表的！你知道他来医院工作前的文凭是什么吗？"

我摇了摇头。老郑说："他是1976年的高中毕业生啊！"

我无言以答，但我还是要问他："你们为什么要这样子帮他啊？"

老郑眼睛湿湿地说："因为他是领导啊！我们不帮他行吗！"

话说到这里似乎可以结束了，但酒还得喝。

于是我端起酒杯来说："老郑，来，喝酒，别说他了。"

老郑却没有举杯，问我："我问你张院长给市长做手术没有？"

我想都没有想说："肯定没有！"

老郑却说："你错了，他做了！"这下子我又目瞪口呆地盯着老郑："他敢做?!"

老郑苦笑道："在市长麻醉后、手术前，他故意先把自己的右手食指给做了。"

"哈……"我想笑却怎么也笑不出来，而更让我痛心的是老郑最后的话——

张院长用白纱布包着浸着血的手指立在市长的病床边，市长关切地问他："张院长，你的手指？"

医院办公室主任立即接应道："市长，张院长给您做手术时不小心把手指给弄破了。"

于是市长很心疼地说："哦，张院长，请你以后做手术时一定要注意小心些啊！对了，市委准备给你加更重的担子！"

张院长，不，现在是张局长了，嘴唇颤动着，两眼都是泪……

我也在流泪，却是在心里流啊！

我也终于明白了张院长，不，张局长就是亚领导啊！

选自2015年第8期《微型小说月报》

一只玉镯

张方明

玉器李的琦妙斋开在百泉老镇。老镇的人但凡提到“琦妙斋”，都会点头啧啧赞叹。

近来，玉器李揪心啊！他揪心的事，伙计张成清楚。

张成十一岁那年来的琦妙斋，十多年来，看李掌柜鉴玉、收玉、品玉、卖玉，他耳濡目染，也长了本事，对玉器行也就越发上心了。浑身是劲儿的他，开始做起了梦，不可说的梦。他知道玉器李不愁吃喝，不愁去富春院抛银子，可眼瞅着他年过花甲，膝下还是无儿无女。

风清月朗的小院，玉器李躺在石榴树下的竹椅里眯着眼，恍惚中又回到了年轻那会儿。

年轻时的玉器李，是百泉老镇上响当当的才子。他风流倜傥，敢想敢干，走南闯北，也是见过大世面的人。此外，他还精通诗文，善操古琴。

他的古琴是跟一个叫梅的女子学的。梅是共城周县令的女儿。县令除了爱梅，也爱玉，常去琦妙斋找玉器李切磋。玉器李也是周府的常客，日子久了，这对痴男怨女就爱上了，私下里频频幽会。晚风习习，竹林摇曳，月如钩。周府后花园的小角门前，玉器李把梅揽在怀里，继而把祖传的一只紫罗兰翡翠镯子戴在了梅又细又白的右手腕上。

翌年清明节，梅被父亲带往卫辉府雁鸣湖畔为母亲祭扫。末了，梅跳了湖。

据说梅怀了野男人的孩子。县令怕丑事捅出去，有失官体，逼着女儿跳了湖。

玉器李眼里盈满了泪。

“老爷，别着凉了，盖上它。”张成把一件狐裘大氅盖在他身上之后，转身欲离开。

“张成啊，你老家还有什么人？”玉器李叫住了他。

“老爷，您都问过好多次了。我五岁丧母，没见过父亲，是打鱼的曹公拉扯我长到八岁。那年下暴雨，曹公在雁鸣湖翻船溺水，后来我沿街讨饭，在卫辉府和怀庆府流浪了三年，多亏您老人家收留我，我才有今日。”张成的话很轻，毕恭毕敬地。

“是啊！当年你衣不蔽体，蓬头垢面，黑瘦黑瘦的。你饿得爬进琦妙斋，从怀里掏出一只紫罗兰翡翠镯子，说是你母亲遗物，要当了银子填肚子。我见你可怜就收你做了伙计，也没要你镯子。”

张成登时跪在了玉器李面前：“是啊。老爷当年救命之恩，小的没齿难忘。”

“我能再看看那只镯子吗？”玉器李话里有些踌躇，随后从袖筒掏出那方雪白的帕子擦了擦浑浊的眼。

“就在我怀里，这么多年不敢忘母亲生养之恩，一直带在身边。”说着，张成从怀里掏出镯子，双手呈给了玉器李。

玉器李趁着皎白月光，细细地端详：那镯子粉紫色，质地细，光泽温润，微透明，颜色浓艳似桃花。他的手心有了汗。

半年后，玉器李认张成为义子。

张成做了琦妙斋的大掌柜，把铺面又扩了三大间，还雇了六个伙计，两个管账先生。玉器李用心教，张成痴心学，爷儿俩拧成了一股绳，琦妙斋生意更红火了。

十年后。玉器李弥留之际，望着床边的张成气若游丝地说：“孩子，我，我是你亲爹。”

张成听了，愣作了木桩样。

玉器李艰难地抬起右手，指了指床头橱柜的小抽屉。张成立马上前抽开了，里面有一对紫罗兰翡翠镯子，镯子下有一本《琦妙斋鉴玉诀》。

玉器李接连喘了一阵子气，然后咽了口唾沫：“你母亲，叫梅。你外公是共城县令。你给我的那只紫罗兰镯子，是我李家祖传之宝，原是一对儿。我和你母亲……”玉器李话没说完，满足地闭了眼。

小院寂静。清冷的月下，石榴树下一地疏疏落落的影儿。木窗棂内灯火摇曳。张成躺到榻上，再未合眼，脑子里又浮现出十多年前卫辉府雁鸣湖畔米河镇上一座破败的城隍庙。

他忘不了他的小叫花子伙伴梅玉在风清月朗的夜里，在庙内杂乱的稻草堆上，给他讲他得疟疾早亡的母亲和翻船溺水的曹公。他更忘不了那个寒风刺骨的冬夜，他趁梅玉熟睡，偷走了他身上的那只紫玉镯……

天亮了。

琦妙斋的店门挂了木牌。上书：停业。

通往卫辉府的古官道上，一辆马车急匆匆地跑着。

伙计问："掌柜的，咱这是去哪儿进货？"

"是去卫辉府！寻一个故人！"说完，张成掏出帕子揩了下眼角的泪，继而用手掀开帘子，茫然地望着车窗外。彼时，古官道两旁开满了淡紫色的荆条花，一丛丛的，散发着幽幽的苦香。

选自2015年第8期《天池小小说》

拯救计划

朱道能

自从退休以后，锻炼身体就成为老田第一要务。清晨和傍晚，老田都要去公园打两个小时的太极拳。

这天晨练归来，老田照例买份早点和报纸，踏着轻快的脚步回到家中。可报纸上的一篇新闻，却让老田心里一阵发堵，饭也吃不下去了。报道说，因害怕惹祸上身，一位老人晕倒街头半个小时，却一直无人搀扶。最后还是警察赶到，老人才捡回了一条命。老田很清楚，自己眼前身板还算硬朗，可毕竟岁月不饶人，说不定哪一天，自己也会像新闻中的老人一样，突然栽倒在街头……整整思考了两天，老田终于想出了一个完美的

“拯救计划”：自己假装晕倒街头，如果有人伸手搀扶，就当场颁发一万元奖金。他想通过这个方式，倡导助人为乐道德风尚，让大家相信好人自有好报！

这天早上，老田揣着一万元现金，走上了大街。转悠了半天，最后选定了一个十字路口，来实施自己的“拯救计划”。为了不造成交通堵塞，老田走到马路边上，在一家服装店门前，故意一踉跄，然后栽倒在地上。

很快，就有路人围了上来。有人就问：“老大爷，你没事吧？”老田立即装着一副痛苦的表情，不断地呻吟着。路人见状，下意识地后退了一步。

老田透过余光，看到人越聚越多，却一直没人走过来。老田感觉地上很冷，心更冷。可老田不甘心这样的结果，于是他停止了呻吟，伸着手说：“我现在好多了，麻烦把我拉起来吧，我会好好酬谢的！”

话音一落，便有人交头接耳地嘀咕开了。终于，有个小伙子走出了人群。正当老田满心欢喜时，人群中有人喊了一声：“小心有诈！”小伙子一愣，突然停下了脚步。然后一转身，跑开了。

老田躺在冰冷的水泥地上，一时间不知道该如何收场了。正在这时，一阵很熟悉的音乐声，由远而近。还没等老田明白怎么回事，围观的人群“哄”的一声散开了，纷纷朝他身后跑去。

老田抬头一看，原来是一辆洒水车开了过来。老田慌了神，这寒冬腊月的，若让洒水车劈头盖脸地一浇，可不是闹着玩的。老田来不及多想，就一个骨碌爬起来，迅速跑到了安全地带。

这时围观的路人，都用鄙视的目光看着老田。刚才准备拉他的小伙子，拍着脑袋，大声说：“好危险，差点上当受骗了！”

老田感到脸上火辣辣的，脊背却一阵发凉。

选自2015年4月28日《西安晚报》

领养一条狗

周海亮

第一天，他听朋友说有一批捕获的流浪狗即将被集体处死。处死那批狗的地方叫“犬类检流所”，他头一次听说城市还有这样的地方。不过，假如有人肯去领养一条狗，那条狗就会得到赦免。朋友最后的这句话，让他动了心思。

回家跟女儿和妻子商量，女儿挺高兴，妻子却不大乐意。妻子说狗会把家里弄得一团糟。他说不会的。听朋友说，狗有了这种可怕的经历，会非常听话。妻子说可是你有时间养一条狗吗？喂食啊洗澡啊遛狗啊都需要时间，你又那么忙。他说女儿我都养大了，何况一条狗？妻子说那些流浪狗多是残疾狗或者带传染病吧？他说你放心，我肯定会挑一条健康的好狗。妻子虽然没有继续反对，却能看出她心里仍然不太高兴。不过对他来说，这就够了。他想当他把一条可怜并且可爱的狗带回来，洗干净，养肥，妻子绝没有不喜欢它的道理。

第二天，他去了那个叫“犬类检流所”的地方。一群被关在铁笼里的狗见到他，全都冲他叫起来。却不是狂吠，那声音更像低吟或者乞求。负责人问他想挑哪一条，他说哪一条都行。负责人问你带证件了吗？他问身份证？负责人说除了身份证，还需要你在居委会开张证明。他问什么意思？负责人说证明你有固定住所啊！如果活得连条狗都不如，你还怎么领养？

他想想，也对。领养一条狗，起码得让狗活得舒服。

第三天，他去居委会，那里却没有人。打玻璃门上留的电话，居委会的负责人说，今天是周六，他们没有留人值班。不过他如果有急事，她会马上赶过去。他说是有急事，想开个固定住所的证明，好领养一条狗。负责人说这就不是急事了，起码没有我现在正做的事情重要。他问你现在正做什么事？负责人说给我的头发做营养。他想了想，给头发做营养，就相当于给狗洗澡了，这事是挺重要。反正离七天领狗期限还早，不妨等明天再说。

第四天，他再去居委会，那里还是没有人。他给负责人打电话，让她马上过来，负责人说现在我还在做头发。他说昨天不是做过吗？负责人说昨天没做好，今天换了一家。他说这我不管，你一定得赶过来给我开证明。负责人想了想，极不情愿地说，那两小时以后见。他回了趟家，躺沙发上歇一会儿，竟睡过去，梦见自己变成一条狗。醒来再去居委会，那里还是没有人。打电话问，负责人说刚才我去了，可是你不在。等了你一会儿，现在我回来了。他说那你应该打我电话啊！负责人说周一再说吧。反正是七天期限。知不知道你挺烦的？

第五天，星期一，他终于办下那纸证明。本想下午就去"犬类检流所"，可是中午时候，妻子却变卦了。她说有个朋友近来身体不舒服，去医院检查，大夫怀疑是家里养的狗将她感染。他说这毫无根据，那大夫肯定是个庸医。妻子说可是如果不养狗，这一点就肯定可以排除。他说可是我把证明都开了。妻子说反正我不同意养狗。如果你敢把狗带回来，第二天我就把它重新扔到街上去。因了妻子的态度，他在家闷了一个下午，待晚饭时，再一次和妻子商量，说养条狗没什么的，对培养女儿的爱心也有好处。妻子说，下午院方有消息了，说朋友的病与狗无关。他小心翼翼地说那就是同意了？妻子说，只准在贮物间里养。他笑笑，说，遵命！

第六天，本打算一早就去领狗，可是公司突然接下一笔订单，需要他去签合同。他跟经理请假，经理问他，一条破狗重要还是二百万重要？——当然是二百万重要。一个上午，就过去了。中午经理在公司里摆了个小型的庆功宴，他喝多了，睡了一觉，醒来已是下午四点。给检流所打电话，对方说他们马上就要下班。您还是明天再来吧！对方有些想挂断电话的意思。他说可是明天是最后一天。对方说所以你还有明天。他说明天肯定行？对方说放心吧！六十多条狗，还不够你挑的？电话就挂了。怕明天还有事，他提前给经理打了个电话，说明天无论如何也得放他一个下午的假，他得去领养狗。公司经理说，行，只要上午把你的事情做好，就算你下午去领养一个爹，我也不管你。

第七天，下午，去检流所途中，他的车子与别人的车子有了小挂碰。他想赔对方二百块钱了事，对方却偏要喊警察过来。他说，我得去领养狗。对方说，你是想逃吧？他说，要是去晚了，那条狗就没命了。对方说，你是想吃狗肉火锅吧？一句话将他激怒，一拳挥出去，那人的脸就开了花。后来警察赶到，他说尽好话又赔了钱，警察和那人才肯放他离开。如此一折腾，来到检流所，已是下午三点半钟。他庆幸好在是三点半钟，如果是四点钟，那条狗就没命了。

可是所有的铁笼都空着，他一条狗都没有看到。

狗呢？他问。

全处死了啊！负责人摊开两手。

不是四点以后才处死吗？

早半小时有什么区别吗？我们着急下班……

可是我要来领养狗啊！

可是我们怎么知道你要来？你要来为什么不提前来？

可是不是四点以后才处死吗？

可是早半小时有什么区别吗？

他想哭。后来他真的蹲下来，面对空空的铁笼，抱着头，哭得像个孩子。负责人看不懂了，说，你又不知道你要领养的是哪条狗……你一条狗都不认识，你到底在为哪条狗哭？

他也不知道他到底在为哪条狗哭。可是他越哭越伤心。他想让自己停下来，但他就是停不下来。

选自2015年第3期《天池小小说》

意　外

秋　人

张三的右眼皮一早就跳，跳得他心神不宁。他考虑今天要不要继续出去拉客，因为心情不好会影响行车安全。忽然，左眼皮也跳了几下。张三突然想到“左眼皮跳跳，好事就来到”这首歌，说不定会祸福相抵。这样想着，心情竟然平静下来，决定今天继续出车。

张三把小三轮开向车站。

小三轮拉不了多货也载不了多客，但是收费低，受客户欢迎。小三轮在小县城像蚂蚁一样多，一是县城下岗的人多，像张三从福利厂下岗后就一直开车拉客；二是县城周边的农民都抛弃了田地像苍蝇一样跑到城里来谋生，很多人找不到工作，于是也买了小三轮来开，这样就形成了激烈的竞争，所以张三的生意并不怎么好。

张三停车闭目养神，心情非常平静。旁边那些车主闲得无聊在玩“斗地主”，输了就在脸上贴白纸，个个像索命鬼一样白兮兮的没有人样。

一辆长途客车鸣笛进站，众人扔了扑克跳上车向车站里面开去。张三没有发车，他从来不参与这样的纷争。等到中午时分，停车场上的车陆续开走了，只剩下张三他们几个没有生意却仍在等待希望的车主。这时，他看见一个衣衫褴褛拄着拐杖的老婆婆走过来。坏了，张三本能地想开车溜走，因为客车司机都怕载老弱病残。可张三的手脚不听使唤，让他停在原地迟迟未动。

老婆婆让张三送她去医院，张三愣了一下答应了。张三一看到她就想起了自己卧病在床的老母亲，这也许是他没有逃避的原因。他把老人搀上车，把车速放缓，车开到医院门口他才松了一口气。

老人问收多少车费。张三看着眼前这位病弱的老人，眼有些涩，便说车钱免了。老人却固执地在身上摸钱。忽然，她中风似地僵住了。张三见势不对，连忙一把扶住老人。

老人说她的钱包不见了。

张三一下呆住了，早上的预兆应验了，真后悔没有在家休息，现在果然出意外了。本是好心，却遭恶报，这样的案例经常发生。老人如果赖他偷钱，那他就跳进黄河也洗不清了。

张三冷静地问她是哪里人？为啥一个人到县城来看病？老人像没听见，不停地说着对不住。听老人这么说，张三立刻掏出手机拨打110，可是手机却没电了。这时，老人晃了一下，张三急忙猫腰背起她往医院跑。

张三把老人背到急诊室，催促医生给老人诊病。这时，他忽然想起自己的车还停在医院外面，连忙拔脚向门外走。

医生问他到哪里去。

张三说有事。

医生说你妈病成这样，还有啥事比这更重要？

张三愣了一下，他想这老人怎么成了我妈了呢？但是他没有说出来，而是改口问老人患了啥病？

医生说是急性胃炎并发高血压，必须马上住院治疗。

张三脱口说这事与我无关。

医生瞪大了眼睛问她不是你妈吗？

张三很坚决地说不是。

医生看张三不像说假话，觉得这事复杂了，他问既然不是你妈，那你为啥要送她来医院？

张三只好说了事情的前后经过。

医生说那你更不能走了，除非这位老奶奶亲口证实你不是她的儿子才行。

张三觉得这位医生简直蛮不讲理，他希望老人开口为他作证，可是老人睁着两眼可怜巴巴看着他，嘴动着却啥也说不出来。急诊室里看热闹的人围了好几层，医院保安把张三带到保卫科。110民警赶到，他们对张三进行认真盘问，张三只好把对医生说过的话又对民警说了一遍。为了求证，民警又把张三带到医疗室。这时医生已经在为老婆婆输液了，她的精神状况也好了许多，已经可以开口说话了。

老人告诉民警张三讲的是事实，说他是好人不要为难他。张三听到这话，一颗心才落到地上。

张三没有得到车费还差点惹上官司。他无比懊恼，正准备离开，一个操外地口音像大款的人叫住了他，说要去车站。这人也不问价，径直上了张三的车。张三正没好气，决定宰他一刀，于是开着车在大街小巷乱跑一气，最后才停在车站边。外地人问收多少车费。张三说三十元。张三以为他会嫌贵，谁知他掏出一百元说，你也不容易，剩下的就算是给你帮助别人的补偿吧。

张三愣了好一会才醒过神来。他开着车来到中心广场，见聚了很多人在那里。他停车挤进人群一看，原来是民政部门在搞赈灾募捐活动。

一个戴眼镜的女人问他是不是要捐款。

张三一惊，发现自己已挤到登记台前。他想退开，可现场的电台记者已经把摄像机镜头对准了他。张三面红耳赤，手不由自主地掏出刚才那一百元投进了募捐箱。

做登记的女人叫他留下姓名，电台和报社的记者也问他叫啥名字，张三没有回答他们，挤出人群头也不回地走了。

选自2015年第2期《独秀峰》

神女出国

梅凤艳

故事中要讲的人，是整个单元楼，不，整个小区里最牛的人，人称神女。

对我来说，她是神一样的存在。为什么这么说呢？她是我同学，就住我家楼上。我妈生气时总对我说，看人家神女，一路狂飙，从小学到中学，都是年级前三名，还考上了名牌大学，被保送出国读博，留在国外工作。你呢，当个小工人，连舔她脚指头的资格都没有！

我承认，她是学习狂人，不是一般人能企及的角色。平时，她不爱搭理人，我们几个男同学在走廊上打闹的时候，她总是静静地待在教室一角看书。她脑子就像复印机，装了太多的公式定理。偶尔，她会突然侃侃而谈，给人纠错，弄得人家下不来台。

我妈常说，你多跟人家神女学学！可是，我不敢向她请教，怕她那睥睨一切的眼神。初中时，为了一个概念，她和老师争辩，导致半节课泡汤。高中时，一天傍晚，我刚买好酱油回家，楼上传来惊天动地的长笑声，这声音整整持续了五分钟。我冲出门去，见神女披头散发冲下楼，正和我撞了个满怀。哈，这什么神女，就一个疯女，眼睛肿得像大熊猫，还手舞足蹈，嚷着："我算出来了，算出来了！"那架势，和陈景润算出了哥德巴赫猜想差不离儿。不，说那个抬举她了，就跟中举后的范进差不多，只是没有跌一身泥而已。听说，为了算这道题，她几乎一个礼拜没合眼！

她刚读小学时成绩并不好，常被她爸训得号啕大哭。这时候，仅一墙之隔的我就会缩在被窝里直哆嗦。不过，她也争气，从此再没考过年级前三名之外，把贪玩的我远远地甩在了后面。

她，是小区所有家长心中的神女，也是所有孩子心中的噩梦。家长动不动就说，你看人家神女……这话听得我们耳朵都出老茧了。

她出国前，整个小区都轰动了。鞭炮声中，她披红挂彩站在小区门口，人们争着让子女和她合影，想沾点灵气，让自己的孩子也能考上名校出国。熙熙攘攘的人流中，她所有的表情都是一个——板着脸，皱着眉。

我以为，神女就是与凡人不一样。要是平常人，遇到这等大好事，早乐得合不拢嘴了。拍照时，她父亲站在一旁一脸严肃。她母亲，冲入人堆拉起女儿就走，留下一群手拿相机，满脸失落的家长。

我是幸运的，因为是同学，有几张她的照片，还有和她的合影，一直珍藏在相册里。

一晃神女出国好几年了，我也当了工人，结婚生女。女儿一出生，我就把神女的照片挂满了女儿房间，让她以神女为榜样，争取出国。当女儿背不出英语课文的时候，我拿着竹尺敲得她白净的手臂青一块紫一块。女儿成绩日渐出色，正在向神女第二的方向努力，脸上的表情也和出国前的神女越来越像。

一个休息天，楼梯上传来人声。我从猫眼里往外看，见几个警察带着一个穿黑衣的老太太上楼，敲响了神女家的门。"吱嘎"，伴随着开门声，她家传来了响亮的哭声。那声音怎么有点耳熟？我三步并作两步冲上楼去，发现那老太太和神女的母亲正抱头痛哭。警察说，别哭了，女儿回家了，该开心才是。

这时，我才意识到那老太不是别人，正是神女。只见她头发掉得差不多，露出光亮的头皮，满脸皱纹多得像核桃壳，看上去比她母亲都老。警察说，她到国外后处不好和同事的关系，失业了，还得了精神病，被遣返回国了。

我嘴巴半晌没合拢。那个目光涣散满脸沧桑的老太太就是神女？

神女呆呆地坐在沙发上，像幽灵一样没有声音，完全没有认出我是谁。神女的父亲脸色铁青，蹲在地上闷头抽烟；她母亲则坐在一旁嘤嘤哭泣。我悄然离开，下楼回家，“砰”地关上门，冲到女儿房间，把那面墙上挂的神女的照片都扯下来，撕了个粉碎。然后，对女儿说，走，去公园！

妻子按住我，拼命摇晃说，你是不是疯了？女儿像看外星人一样看了我一会儿，努力摇了摇头，说，不，我要做题！她说话时板着脸，皱着眉，那表情和要出国前的神女何等相像！

我头发蒙，脚发软，无力地靠在了墙上。

选自2015年7月19日《吴江日报》

网 中 人

墨 村

父亲五十大几，一只船，一张网，几十年闯荡江湖，挣下了几十万元的家产，在白河百里水道上无人不晓。

父亲的船很普通，而网却金贵，说不清是用何种材料制作的，似线非线，网结柔韧有力，从不断裂，更不用修补。是人称河神的曾祖用过的，曾祖死后，传给了祖父，祖父拥有了这张网也英明了一世，再后来，祖父仙逝了，便又传到了父亲手上。

这网很神秘，不愧传世之宝，平时，和一般网相比并没有什么奇特之处，可一旦烧一炷高香后随船下水，就宛如长了眼睛、施了魔法，成群的鱼被扣个正着。待把沉甸甸的大网提上船舷，鱼们居然得意忘形，讨好似的扭动着肥硕的腰肢，白肚皮暧昧地翘来翘去，浑然不知进了这网就再也回不去了。

网中鱼傻得可怜，渔人万不可贪心。父亲牢记祖训，每次出船，仅打三网。父亲从不让身为女孩的我上船，更不许触摸那张祖传的网。父亲一生与船网厮守，生性耿直，集渔人粗犷豪爽于一身，视钱财女人如粪土。

五里之遥的小镇有一鱼贩，乃一四十出头的女人，略施粉黛，风韵犹存。父亲每次鱼满上岸，第一个便保准遇上她。父亲仰面撂倒在河岸上狠命地抽着烟，将满身的疲惫一圈圈奋力吐出，一船的鱼儿全由那女人说了算，无论贵贱，一股脑儿全给了她。

这年的冬天，呜咽的河风铁硬铁硬，昏暗的云正沉沉地笼在河面上。父亲哈着僵硬的老手撒下了网，那网好沉。父亲惬意地微睁两眼正准备叉开双腿收网时，一股遒风却在父亲的背上猛力一推。父亲一个趔趄，一头跌入刺骨的水中……事后，父亲想：都多半截入了土，况又吃穿不愁，何不闲下来快活快活？于是，便扣了船不再打鱼，而那张有着辉煌历史的网，却高高地悬挂在了神龛旁，每逢初一、十五，依旧摆上肥嫩诱人的猪肉，燃上紫雾袅袅的香柱。

不打鱼，无事可做，父亲买回一辆雅马哈，清晨跨上进镇，傍晚骑着回村，周而复始。一日，忽遇女鱼贩，叙起旧事，鱼贩潸然泪下，为感谢父亲往日的关照，邀请到家中小憩。进得屋去，父亲方才发现女人竟是独身，心里莫明其妙地一阵战栗。

天长日久，父亲每天来镇，便必被女人请去喝茶，两人越聊越近乎，一天不见，彼此便觉得丢了点儿啥，以至父亲心猿意马，一发而不可收，竟迷迷糊糊与女人……

这日，父亲缠绵过后，女人起身给父亲烧了一碗荷包蛋。父亲幸福得喜眉笑眼。女人偎在父亲怀里，柔声妩媚地告诉父亲：我怀孕了，咋办？猝不及防的父亲来不及把一口嚼烂的鸡蛋下咽，一个愣怔，整个人就一下子僵了。

剧烈的咳嗽过后，父亲这才呜呜哝哝地说要陪女人去县医院。女人冷了脸，这是咱的精血，要打掉，我只有一死！

一弯冷汗从父亲的鼻尖上倏然坠落，碎裂在女人的手背上，女人的两根手指无声地轻颤了一下，就像一只突遭雨袭的蝴蝶，被雨鞭拍向地面时的那一抹儿徒劳挣扎。父亲央求回去思忖几日再作答复。女人搂紧父亲，与父亲限定了见面日期后，这才泪眼相望着依依惜别。

蔫头耷脑的父亲回到家，无助的双眼与我和母亲的眼睛稍一碰触，立马萎缩成一汪茫然。整日就那么紧盯着挂在神龛旁的那张网痴痴地出神，不吃也不喝。

父亲是家中唯一的男人，我和母亲商定送父亲去医院检查。当我们雇来出租车时，却发现父亲连同挂在神龛旁的那张网双双失踪了，而木船仍躺在天井的角落里呼呼睡得正酣。

我们找遍了沟沟汊汊，寻尽了旮旮旯旯，仍踪影皆无。夕阳如血，万物木然。精疲力竭的我突然发现我家的祖坟园里冒出了一团烈焰。等我跌跌撞撞扑到近前时，一下子竟惊呆了。

烈焰发自一张噼啪作响面目全非的渔网。父亲歪跪在祖父的坟边已七窍出血，眼睛死盯着满天缠满带血绷带的阴郁云朵，一眨也不眨，两只青筋突暴的手挓挲着，直直伸向高高的苍穹，像要撕破什么似的。一瓶1059剧毒农药痛楚地翻滚在坟地一边，神情呆滞地盯着一动不动的父亲出神，瓶嘴里流着的一线水痕明晃晃刺得人眼睛生疼……

两天后的黄昏，当猩红的落日沉入灰白的河面时，小镇上传来了一条消息，一个独身的老姑娘死了，喝下的也是一瓶1059。

选自2015年2月2日《百色早报》

路　　遇

吴海侠

七月的太阳毒热似火，万物仿佛都被热浪扑晕了，懒洋洋、无精打采。

三个多小时的输液，从县医院出来时已经下午五点多了，弥漫的高温依然没有褪去。芙蓉趔趄着钻进车里，忍不住骂了一声：这鬼天气想把人烤死啊！

爱人顺子怕芙蓉虚脱，索性批了一大兜矿泉水。路上行人寥寥，就连鸟儿的影子也看不见，它们一定是忍受不了这太阳的蒸煮，藏到树荫后面打盹去了。芙蓉蜷缩在车座上，昏昏沉沉地瞌睡起来。忽然一个急刹车！芙蓉没好气地吼起来。顺子急忙道："别生气啊，我知道你晕车。刚才开车太快，好像在树林里有一个小孩儿。你看这天这么热，又这么晚了，往北也没有班车了，这孩子是往哪里去啊，我得去问问。"说着，顺子把车慢慢地向后倒去，芙蓉也支撑着坐起来。

看见了，的确是个孩子，不过十来岁，穿着很厚的深色衣服，背着书包，正急急地走着，一看便知是个小学生。当他看见一辆车在身边

停下，慌忙跑到了公路上。细心的芙蓉看到这情形，急忙拽了一下爱人，顺子会意："小孩儿，你别怕，我问你这么晚了要去哪儿啊？"孩子慌张起来："我……我……去顺兴。""是吗？巧了，我就是那儿的，你上车，我带你一道吧。"孩子一听这句话，撒腿就跑。

顺子无奈地看看芙蓉："咋整，他害怕咱绑架他。"芙蓉也为难了。可是他们也同样担心孩子的安危。怎么办呢？顺子的车就这样慢慢地跟在孩子后面。

一阵电话铃声响，是家里来客人了，要他们马上回去，看看表已经快六点半了。芙蓉忍着浑身的疼，使劲儿想着如何让孩子上车。忽然灵机一动："赶快把你的驾照拿出来。"顺子诧异地把驾驶证递给芙蓉，芙蓉拿着驾照把手伸出车窗外，摇晃着喊孩子："小伙子，你别怕，这是我们的证件，你要担心就把这个交给你，上面有我们的名字和地址。"这一招还真灵验，孩子放慢了脚步，用力擦了擦满脸的汗泥，怯怯地蹭到车前，伸出一只小手嗖地一下抢过驾照，一双警惕的小眼珠不停地转着，歪着脑袋对着两人和那个小本本看了又看，那认真劲儿反而把芙蓉夫妻俩逗笑了。

"这回你信了吧，哈哈，别磨蹭了，快上车吧。"孩子警觉地听着，却左顾右盼，无风也无行路人，身旁偶尔也有各种车辆飞驰而过，可是没有谁减速。

顺子是个急性子，芙蓉很担心他会不耐烦把孩子撇下，这时手机又响了。果然，顺子有些心急了："我说小伙子，你看都啥时候了，你还磨蹭，

我可是老婆有病、家里有事啊。我把证件都交给你了，你还不放心啊。”接着又有些嗔怪地看着脸色憔悴的妻子：“咱这是何苦呢！”

孩子怯怯地揉搓着衣襟：“我渴了，想喝水……”

孩子几乎是一步一顾盼挪上车，芙蓉长吁一口气，急忙递给孩子一瓶水。零距离接触，她这才仔细打量着孩子：太可怜了！那满脸的汗泥一道一道的，小脸晒得像个熟透的李子又黑又紫，蓬乱的头发湿得打成了绺儿，身后的书包紧紧贴在厚厚的衣服上，显然已经粘到一起了，一双不透气的旅游鞋散发出了一种汗臭味儿。可是孩子的眼睛炯炯有神，始终保持着机敏的状态，脏兮兮的小手紧紧地攥着那个“证件”，一声不吭。芙蓉忽然鼻子一酸，眼看着孩子捧着一瓶矿泉水几乎是一饮而尽。

车在飞驰，芙蓉的心很难受：“你爸爸妈妈呢?”“他们……他们在大连打工……哦不是不是，我爸在大连当警察……”天真的孩子这句话顿时把芙蓉和爱人说笑了，这孩子好聪明！两人会意地对视了一下。“那你自己走路不害怕吗?”“不怕，我在山东练过武术……”孩子的脸一阵红一阵白，不时地翻看着顺子的驾照本里夹着的身份证，一直紧紧地攥着，生怕被他们抢了去。

说话间，车已经到了家门口，孩子犹豫着下了车喏喏地交还“证据”。芙蓉又拿出两瓶水递给孩子：“记住了，再不要这样一个人走这么远的路了啊。”芙蓉下了车，见客人已经等在院子里了。顺子急忙把车开进院子，朋友们纷纷走向前来说去参加宴会，就等他俩了。夫妻俩来不及梳洗，告诉朋友开车先行，他们随后就到。

当顺子调转车头的时候，发现路边一个孩子正向北方向走着，这么晚了，怎么又一个孩子啊，顺子急忙加快车速，天哪，这不是刚才那个孩子吗?！天已经黑下来了，孩子为什么不回家呢？他急忙开过车去把头伸出车窗：“喂，你干吗去啊不回家?”孩子不说话，低头走着。一定有事，顺子和芙蓉给朋友打电话请他们先在餐厅等一会儿，紧接着又下了车，一再追问下，孩子哭了。

“我根本不是顺兴的，”他一边抹着眼泪一边说，“我害怕说远了你们会抓我，我家还在往北挺远呢……”芙蓉愣愣地看着孩子，懵了！

原来，孩子一直住宿，爸爸妈妈外出打工，家里只有他和奶奶。今天是放假，孩子要回家看奶奶，可是身上没钱，又惦记家里的奶奶，又没电话，孩子不肯借钱，只好只身徒步行走。孩子说：幸亏遇见了你们，不然会渴死的。

听了孩子的话，想想一路上孩子的那些天真稚嫩的谎言，和聪慧机警紧张而又倔强的神情举止，芙蓉的眼里顿时噙满了泪花，心里一阵酸楚：留守，留守的老人和孩子是多么无助和让人心疼！这时，顺子紧紧抱起孩子，再一次放到车里坐好，二话不说，迎着一抹晚霞，向着孩子家的方向，疾驰而去……

选自 2015 年 7 月 9 日作家网

路上有只塑料袋

马学全

王木锨走了，走得轻飘飘，如一只在风中飞舞的塑料袋。

王木锨是一个环卫工。五年前，他和老伴来到城里，找了这份扫马路的活。老伴有风湿病，干不了重活，只能在家待着。王木锨每天凌晨四五点钟就上班了，马路上到处是果皮纸屑，有时候还有醉酒者的呕吐物以及人和动物的排泄物。

王木锨起早贪黑，每个月能领到 1200 元钱，除去房租、水电费、老伴的药费，剩下的钱，老两口精打细算，解决一日三餐不成问题。虽然日子过得紧巴，但他们没想过回老家。老家的房子在他们离开不久的一场暴雨中坍塌，只剩下光秃秃的院墙。王木锨知道回去没地方住，所以再没回过老家。

王木锨是一个尽责的环卫工，他的区域内很少被扣分。只有一次，他刚扫完的马路上，突然跑过来一只小狗，叉开腿就开始拉屎。王木锨知道检查卫生的马上就要来，他提起扫帚去撵狗，但那只小狗正拉得起劲，对王木锨的举动大为光火，非但没有挪地方，还对他一阵狂吠。王木锨有点生气，举起扫帚就要打狗，但他的扫帚还没落下来，一声带着霸气的怒吼已经重重地向他砸了过来："喂，老东西，敢动我家王子一根毫毛，你试试看。"王木锨朝声音的来源处看去，一个珠光宝气的中年女人正从一辆豪华小轿车里走下来。王木锨举在半空的扫帚软塌塌地落了下来。中年女人转而露出慈祥、温和的表情，对她的狗说："王子不怕，有妈妈在，他不敢打你。"王木锨只好转身去扫别的地方。他在城里生活了几年，知道这个女人来头不小。

过了一会儿，王木锨听到中年女人在招呼她的"儿子"上车，然后看到中年女人的小轿车示威似的从他身边呼啸而过。王木锨返回去准备扫地上的狗屎，可是已经晚了，检查卫生的人刚好也走到了狗屎跟前。那个月，王木锨第一次被扣了分，虽然只少领了十元钱，也就一斤肉的事，但在王木锨看来，那远不是十元钱的事，那是他的尊严，他的名誉。自此，王木锨干活更仔细了。

午后，阳光刺眼。

王木锨匆匆吃了两碗饭，戴上凉帽，拿起工具就出了门。虽然天气闷热，让人感觉要被烤蔫烤熟烤化，但王木锨没有歇脚，他这里看看，那里瞅瞅，生怕漏掉一处垃圾，仿佛他不是环卫工，而是侦察员。当然，只有王木锨心里清楚，他的每一个细小动作，都和他的1200元有关，关乎着他和老伴的一日三餐。

王木锨刚刚扫过的一段路上，走过来一对小情侣。两人从路边的小吃摊上买了几串麻辣小吃，女孩细白的手指拿起一串小吃，给男孩喂一口，自己也吃一口。吃完一串，女孩便将竹签顺手扔在了地上。女孩扔竹签的时候，恰巧被王木锨看到，他走过去将那根竹签扫进簸箕。女孩接着又扔下一根竹签，王木锨又扫起一根。王木锨知道女孩还会扔竹签，他想提醒女孩，可是看到两个小青年那么亲热，他不忍心打扰他们。王木锨想，谁都是从年轻时候过来的，他和老伴是在一个村里玩大的，那时候虽然还没有结婚，但是两人的亲事已经定下来了，也是一个阳光刺眼的午后，他领着老伴来城里逛，在商店里买了汽水、雪糕，还有发得蓬松的面包……

小情侣吃完了麻辣串，王木锨看到一个白色塑料袋被扔在了马路上。

王木锹紧走几步，准备去扫塑料袋。

王木锹还没走到塑料袋跟前，塑料袋却被风刮到了路中间。王木锹撵到路中间，塑料袋又徘徊到了马路边上，王木锹赶紧追了过去。王木锹脑子里只想着那只会影响他收入的塑料袋，却忘记了路上来来往往的车辆，他跳摇摆舞般追着塑料袋的时候，过路的司机小心翼翼让着他，也许有人认为他是一个疯子。

就在王木锹终于将随风舞动的塑料袋扫进簸箕的时候，一个醉汉驾驶的黑色小轿车像发情的公牛一般向他冲了过来。刚刚走过去的小情侣，突然听到“砰”的一声巨响，在他们回头的一刹那，看到一个人如一只从天而降的大鸟，重重地摔在了马路上，身下很快洇出一大摊红色的液体，他的手里依然倔强地握着一把扫帚和一个簸箕。

女孩惊恐地瞪大了眼睛，嘴里尚未咽下的食物似乎卡在了嗓子里，男孩一把蒙住女孩的眼睛，拉着她消失在了人流中。他们当然不知道，这起车祸与他们有关。

选自2015年5月27日《酒泉日报》

旗　袍

刘黎莹

米兰有件旗袍，是当年嫁给老贺时从娘家带过来的。平时，米兰舍不得穿。那年，老贺的同事结婚，老贺带米兰去随份子喝喜酒时穿过一次。回来没多久，米兰发现旗袍莫名其妙不见了。

老贺跟米兰说：“你回娘家时，咱家被盗过。当时，我下班回家，发现什么都没少，只是衣橱门开着，挂旗袍的衣架扔在地下……”

米兰问：“你为何当时没告诉我？”

“你当时刚坐完月子，怕你着急没敢说。”

米兰好生奇怪："这小偷咋会相中我的旗袍？"

老贺说："等我发工资再给你做一件。"

一晃，二十多年过去了。老贺一直也没给米兰做旗袍。平时，米兰心情不好时，就会拿旗袍说事。每次一提旗袍，老贺就一脸愧疚。他几次都要带米兰去服装店量尺寸，但都被米兰拒绝。

米兰说："不做！那是从娘家带来的念想。你就是做一百件也代替不了。"

老贺看出来了，妻子这是要用旗袍的事拿捏他一辈子了。

也罢。处处让着老婆吧。怕老婆就是爱老婆。

后来，他们的女儿小雪长大嫁人后，一直怀不上孩子。再后来好容易怀上了，又小产了。米兰去伺候女儿，老贺在家闲着没事，就想好好给女儿收拾出一间房子，过两天让女儿回家住些日子。他在往楼下储藏室放杂物时，意外发现了那件丢失了二十多年的旗袍！二十多年都搬过好几次家了，这件旗袍怎么会在这里出现？

老贺打年轻心脏就不好，他怔怔地双手捧着旗袍，一头栽倒在地！

老贺被人发现后送到医院，没有抢救过来，诊断结果，死于心肌梗死！

处理完老贺的后事，米兰悄悄把旗袍重新藏了起来。她本想让旗袍的秘密永远藏在她的心里，可还是没能藏得住。

有些秘密越想藏就越藏不住。

那天，米兰接到一个陌生姑娘的电话，说要和她谈谈旗袍的事。

米兰在公园见到了这个陌生的姑娘。当米兰第一眼看到这个美丽的姑娘时，她的头"轰"一下就大了！

姑娘长得太像老贺了！

米兰明白了一件事情！这个姑娘一定是老贺和紫慧的孩子！

当年，紫慧在离开这座城市时，很神秘地把旗袍归还给了米兰。当时，紫慧告诉米兰，在我的婚礼上，当我看到你穿着旗袍出现时，我就想要你这件旗袍。我在结婚前就悄悄和老贺好上了。我俩一个办公室，他一直像大哥哥，帮我做这做那。后来我发现怀上了他的孩子。老贺本来是要娶我的，可他的父母嫌我是乡下人，硬是不同意，这才把你介绍给了老贺。老贺是个出了名的大孝子，这你比我清楚。没办法，老贺就操心给我介绍对象。结婚后，老贺让我把孩子打掉，但我说只要你把那件旗袍送给我，我就去医院打孩子。老贺问我，为什么非要那件旗袍？我说我恨你老婆穿旗袍的样子。她在我的婚礼上把所有人的目光都聚集在她身上，而我因有了孕，只能穿着肥大的衣服站在婚礼主席台上……

米兰曾想和老贺离婚，但女儿小雪快一岁了，她不想让小雪没有父亲，于是她就把那件旗袍藏了起来……

紫慧的女儿问米兰："你知道你女儿小雪为何小产吗？是因为我妈病重去世时，告诉了我这一切，我就跑到这座城市，接近你的女婿，然后好上了。你女婿吵着要和小雪离婚，小雪是吵架时不小心流了产！"

米兰问："姑娘，你为何告诉我这些？"

姑娘说："为了报仇！我妈说她从心里爱老贺。她没打掉肚子里的孩子。生下我不久，我爸发现我不是他的孩子，就和我妈离了。这些年，我妈为我再没结过婚。可你的女儿小雪有爸有妈，她得到的太多了。"

米兰问："你到底想怎样？"

姑娘说："我就是要拆散你女儿的家！"

姑娘那天的情绪有些激动，根本就听不进米兰的劝告。就在她们离开公园时，从马路对面开来的一辆轿车眼看就要撞到姑娘，米兰一把推开她，米兰被轿车撞出去好几十米远。

姑娘大声问米兰："你为什么救我？为什么？"

米兰断断续续地说："因为你是老贺的女儿！小雪也是老贺的女儿！求你放过小雪吧！仇恨永远不能化解仇恨……"

姑娘号啕大哭。

米兰去世后，紫慧的女儿给米兰的女婿留下了一封信，信的末尾写道："人世间也许只有超越一切的大爱才能化解所有的仇恨……"

后来，紫慧的女儿就从这座城市里消失了……

选自2015年第4期《岁月》

茹 先 生

红 酒

相思古镇只有一个剪头理发的铺子，叫茹先生修面铺。

开修面铺的茹先生却是个女的。茹先生年近四十，少言寡语。瘦高挑个儿，白净脸，长得蛮清爽。在女人眼中，茹先生长得中规中矩，不妖不媚。茹先生本人的发型怎么看都像是三四十年代的明星，镇子上的女人只是在画上见过，眼热得不得了。

修面铺开在镇子东头古槐树旁边，门前是条清澈见底的小河，两边全用青石砌就，留有一级一级的台阶。镇子上人感到奇怪，理发不叫理发叫修面，茹先生不是先生居然还叫茹先生，搞不懂了。越是搞不懂就越想搞懂，相思古镇的人们没少费琢磨。

琢磨归琢磨，可不耽误上门来收拾头发。男人们对修面铺里可以转圈儿的皮椅子最感兴趣，坐上去软和和的，像躺在暄乎乎的棉花垛上。女人们三三两两地下河淘菜洗衣，茹先生修面铺的大门正好对着那台阶，女人们洗衣时也能忙中偷闲朝她那里瞄上几眼。

茹先生不苟言笑，只一句“侬来了”就缄口不语了，铺子里多热闹跟她没关系，她只是专心做活。若把手头的活计做停当了，就拿面镜子放人身后左照右看，客人没不满意的。这时，茹先生嘴角旁才会浮起一丝笑意，抖抖手中的围布，软软地说：下一个。脸上的笑意便收回酒窝里了。

相思镇的爷们儿来剃光头，茹先生手中那把明光锃亮如月牙般的剃刀就有了灵气，上下翻飞极富节奏。茹先生剃头不像其他人那样搬着你的头摁来摆去，让人憋屈。她给人剃头时，或高或低都是调整自己的姿势，有时还半蹲着做活。头剃干净了接着刮脸，全套活做下来，不多不少九九八十一刀，有人专门数过。还说剃头这手艺看似“毫末技艺”，却是“头顶功夫”，茹先生手艺精湛，做活时不急不躁，颇有高手风范呢。

茹先生微微一笑，轻轻摇头，一句“谢谢侬”就再没话了。手下却不停歇，一条热毛巾捂住头，待头皮捂热，再用十指按压轻拍，那舒坦都沁到骨子缝儿里了。

茹先生给人剃头修面不论价钱，你随便给，钱也行，物也中。有一家子来理发，孩子就抱着只鸡过来。

镇上有个叫黑虎的，一脸络腮胡子，常常干些偷鸡摸狗拔蒜苗的勾当，换了钱就去喝酒赌博，谁拿他也没辙。黑虎也是茹先生修面铺的常客，拾掇完了拍拍屁股走人，从不付账。茹先生也不计较，照样认认真真地给他剃头刮脸。有人看不过，出来打抱不平。黑虎就耍横，说怎么着？剃个头算尿啥。茹先生儒雅地摆摆手，说乡里乡亲，和气生财。

好像谁也没问过茹先生为什么一人生活，茹先生也从不讲自己的身世。有好事的主儿就去给茹先生做媒人，茹先生笑笑，摆摆手：不当真，不当真。也有人说茹先生是见过大世面的人，在上海滩十里洋场混过码头。还说她家先生新中国成立前夕跑台湾去了，她就投靠远房亲戚来到了相思镇。理发时有人搬出传闻来求证，茹先生还是淡然一笑，摆摆手：不当真，不当真。

镇子上的古槐开花时，一场运动也闹腾得如火如荼，黑虎领一帮痞子孩儿胳臂上戴个红箍箍就成了风云人物，他们把茹先生的铺子砸了，说修面修的是修正主义的面子。说茹先生是大军阀的小老婆，挂着牌子游街，还给她剃了阴阳头。

白天游街，晚上，茹先生用蓝花布裹住头，照样给人剃头刮脸。

黑虎听说了，晚上也领人开茹先生的批斗会。筋疲力尽的茹先生在回家的路上不慎摔进沟里，双腿骨折，再也没能站起来。

黑虎他爹卧床两年，形容枯槁，发乱须结，三伏天撒手人寰，老人留下话说要把自己收拾干净再走。黑虎整天作怪不干好事，谁愿意上门来伺候个死人？黑虎他娘哭着骂黑虎，一家人手足无措。

门推开了，茹先生被人背着进了黑虎家。

茹先生开始给老人剃头刮脸。腿断了，不方便，她就让人把老人上半身抬起，放自己怀里理发。大热天，停放两天的老人已有了异味，茹先生全然不顾，聚精会神，剃头修面，不多不少还是九九八十一下，同样用热毛巾捂头，十指在头部摁压轻拍，一丝不苟。全套活做完，茹先生浑身上下像水浇了一般。

黑虎扑通跪在茹先生面前，把头磕得砰砰响。

送走了爹，黑虎负荆请罪，到茹先生屋里跪着哭着要学修面。茹先生不放话，黑虎就跪一天。第二天，黑虎接着跪……后来也说不清茹先生到底收了黑虎没，反正黑虎见天在茹先生身边伺候着，背着茹先生走家串巷给人剃头修面。

茹先生去世时，黑虎披麻戴孝，亲自为茹先生净面剪发。

黑虎的剃头铺子开张了，还叫：茹先生修面铺。

选自2015年第6期《北京文学》

老爹嫩娘的罗曼史

田玉莲

她生在农历七夕里，娘图省事，就顺嘴叫来，喊她七七。

村里有钱有势的赵禄，见她生得俊眉细眼的，很可心，就让人说合，并递过十块洋钱让七七到他家做活。这事对七七娘来说，不亚于掏了她的心肝，这不等于把闺女往水缸里溺吗？可这吃了上顿断了下顿、窘迫难挨的日子咋办呢？总不能眼瞅着把闺女饿死呀！便一咬牙，心一横，应下了。

七七要死不活的，怎么也不愿去，扑在娘怀中，撕扯着娘的衣襟哭得很凄惨，眼睛都有些肿胀了。七七是个懂事而又善良的闺女，知道家境的贫困，理解娘的难处，哭罢闹过，最终还是去了。

赵禄的爹病了。据说是与不规矩的儿媳妇行了房事，又吃多了酒，就一病不起了。家人为老不死的跳了大神，拜了菩萨，看了医生，均无效，看样子就等见阎王爷了。

七七过去了，赵禄让她专心伺候老爷子，还给她换了一身新衣裳。她很勤快，从不闲着。对这丫头片子，赵禄很满意，老爷子亦高兴。看样子，他们一家并不拿她当外人。她住得舒适，吃得顺口。人心换人心，她服侍老爷子就更加尽心下力。一日，老爷子问她："七七儿，爷子待你咋样?"

她只是慢悠悠地抿嘴笑笑算作答复。

"好。"他很满意，"愿不愿意一辈子伺候我?"

"那，这……"她有些支吾，但末了还是应下了。老头子一高兴，顺手撂给了她两块大洋。

老爷子实在不行了，身板儿枯瘦如柴了。嘴里整日不止地嘟哝，说见了鬼，遇了仙。裤子总是尿得潮湿。七七每天为他换三换，还是难消那味儿。

老爷子终于咽了气。赵禄先买了很厚很壮的木材，打制了比较考究的棺材，又请当地有名的风水先生，在村的四周勘探了半日，选定了墓地，还请了那手艺上好的泥瓦匠筑好了坟茔，最后，花钱雇了响器班子。待寿材、寿坟、响器齐备了，才把个老爹送上了通往西天的大道。

临葬前的一早，赵禄又给七七换了一身新衣服，还让人给她梳了头，擦了粉，插了花，还做了可口的饭菜让她吃了。

坟砌在离村很远的地方，稍北有一片杂树林，林中有一处低矮的茅草房。房主人是位老人，老家是东京什么汴什么梁来着。他一辈子都在看林。他有一杆土枪，闲下来打些野兔、狐狸之类。待他年事已高，眼神不济了，腿脚不利索了，就开垦了些土地，种瓜种菜及五谷杂粮。他从未娶过女人，年轻时，也有过风流韵事：刚入二十岁，长得壮如犍牛，魁梧标致得很。他给少东家喂马，一来二去，被少东家的大小姐看上了。两人情投意合。那大小姐打心眼里喜爱他，背着少东家，经常给他送吃送喝。两人如痴如醉。后来，诡诈的少东家，从女儿的肚子"看破了红尘"，便殴打、怒骂女儿，致使女儿胎堕了，人也染了疾病，命归黄泉路。而他也被悬在房梁上，吃尽了苦头。那马鞭子抡在他身上啪啪猛响。马鞭过后，留下一道道血印子，把裤褂都染得潮红。是一个好心的丫鬟发了善心，瞅一个雨雾潇潇的深夜，砍断了绳索，放了他一条生路，才来到这山东沂州地界，以看林为生。

这几天，每到夜深人静之时，老人都能隐约听到像有人的哭啼声。洗耳恭听时，又啥也没有，不在意时，哭声又会传来。他很惊疑，决心弄个明白。到第四天的夜半，才拉出那杆有些锈痕的土枪，擦拭一新，填满药，随带一把铁钎，觅着那声音四处寻找。

那草丛中的虫子，唧唧啾啾既弹又唱。夜已经很深了，他猫着腰，走走停停，努力拿耳朵来捕捉、探听着一切可疑的声响。经过一段时间的奔忙，他终于找到了那声音的发源地，确定就是来自一座新坟中。他蹑手蹑足来到坟前，那声音自然已经逐渐变大，能分辨出是女人的哭声合着敲打坟壁的响声。他便发了话："里边是什么人？"这样一连嚷叫了数声，好久才传出孱弱而嘶哑的话语："我叫七七，陪……陪葬的。好心的人，救我一命吧，我一辈子要像菩萨一样供着你……"姑娘大海中捞到了一根救命的稻草。

老人知道了事情的经过，一边诅咒着这丧尽天良、拿大活人陪葬的畜生们，一边咬紧牙齿运足了力气，将铁钎嵌入了石隙……

老人把不成样子的七七背回草屋里，放在那盘土炕上，熬了小米汤，给她饮了。没容她身体恢复过来，当天夜里，这片林子中便只剩下那个空壳似的茅草屋了。

接着是艰难的行程。也弄不清楚走了多久，也不知跋涉了多少路程，他们便滞留在了一个叫凤台的村子。就是这个村子成了他俩的目的地。隐居下来之后，老人把仅有的一点积蓄花了，盖了两间房子，置了二亩地，便在那片土地上勤劳耕耘。

七七已是大姑娘了，人样儿长得更倩，直撩人眼。村里那些后生，没一个不馋的，帮着七七运肥，帮着老人种田，还直夸老人生了个天仙般的女儿……小伙子们都争着赛着想把她娶到手，成为自己的老婆。

七七和哪个小伙子都不亲亦不近，更没有想嫁给哪个的意思，村人皆纳闷：她早已选定了心上人？

这年，秋收秋种进入尾声，七七要嫁人做娘子了！小伙子们都热切盼望见到她的如意郎君。待他们知道后，皆觉不可思议。

七七和老人成了夫妻！

确有此事吗？回答是肯定的，而且我就能做证。因为这是我母亲亲自告诉我的。我为何方人士？答曰本文女主人公的女儿。

把一曲老掉牙的歌儿，唱给我可亲可敬的老爹嫩娘。

选自2015年9月12日《日照日报》

老胡的心病

亚　艳

老胡做梦也不会想到，自己会遇车祸。灾难来得太快了，他的一块心病还没有去掉，咋就死了呢！

今天儿子带女朋友回来了，老胡看女孩的那一眼，就怔住了，那张面庞太熟悉了，难道……为了证实一下自己的猜测，老胡装着随意的样子问了一下女孩母亲的名字，女孩说出母亲的名字，并说母亲已经去世几年了。老胡听完，心仿佛被狠狠插了一刀，世上竟有这么巧的事情，真是作孽呀！老胡咬着牙，攥紧拳头，真恨不得把自己砸烂。

二十几年前，身为部门经理的老胡，把一个女孩子的肚子弄大了，为了自己的家庭、前程不受到影响，老胡偷偷给女孩子一大笔钱送走后，两人再无联系，没想到……

看着两个年轻人亲热无间的样子，老胡心如刀剜。老胡知道，无论如何，也不能让两人在一起，可是，怎么去阻止？那种事儿，实在是无法开口啊！说出来，老婆儿子能原谅自己吗？这个家还不乱套，散了？

老胡心烦意乱，正犯愁之际，领导来电话，说单位有急事儿，让他赶紧去一趟。老胡就急匆匆往单位赶，没想到刚下车，就被一辆货车撞飞起来……

老胡难过极了，有这么一大块心病，自己死了再无人知晓此事，也就是无人会阻止俩孩子在一起，那可就糟了！这块心病让老胡阴魂不散，他飘飘忽忽来到阴间，看见阎王爷的时候，匍匐跪地，磕头如捣蒜。他说，阎王老爷，虽说生死有命，小人该死，可是小人有一事还没有了断，心有不甘啊！如果这件事情不处理好，小人无颜面去见列祖列宗，愧对子孙后代，将成为千古罪人！大人能否再给小人一次机会，等了却这桩心事，粉身碎骨，毫无怨言！阎王爷见老胡声泪俱下，如此恳切，也动了恻隐心肠，想了想说，好吧，就给你一个机会。阎王爷翻看了一下生死簿，摇摇头说，可惜了，你本来不该死的，还有五年阳寿，只是你曾经心怀不轨，坑害了一小女子，减寿五年，你的死期已到，复活是不可能了。

啊……老胡惊恐万分，继续给阎王爷磕头，求阎王爷无论如何也要想办法帮帮他。阎王爷看老胡额头磕得都是大紫包，就说，这样吧，就放你的魂魄回去一晚，把你的夙愿托梦给你老婆，待你的老婆替你把事情做个了断，天亮之前，必须返回。

老胡连忙点头答应，再次对阎王爷磕头拜谢。

晚上，老胡的魂魄又飘飘忽忽地回到了家中。钻进屋子的时候，老婆正靠在沙发上，双目紧闭，眼角还挂着泪痕，苍白憔悴的面色，疲惫的样子，足以证明她这两天，为了老胡的死，是怎样的操劳。老胡开始难受，他觉得对不住老婆，结婚这么多年，他都没有好好地和老婆坐在一起说点知心话，没有好好待她，他悔啊，现在他想做什么都晚了！他哀叹着，老婆，今生欠你的，只等来生做牛做马，偿还你了。等会入了你的梦乡，再对你忏悔吧！

老胡正在这寻思呢，突然听见“梆梆”敲门声，老婆听见声音，赶紧起身去开门，老胡一看，进来的是楼上刚搬来不久的人事局长老王。老胡和他不是很熟悉，这么晚了，他来做什么？

老胡正疑惑，只见老王关好门，换了鞋，脱掉外衣，一把抱住老胡的老婆，嘴里叨念，亲爱的，想死我了，这回好了，不用偷偷摸摸的了，我们可以经常在一起了！老胡的老婆用拳头捶着老王的胸脯，嗔怪道，坏蛋，瞧你急那样儿，老胡才走两天就……还没等老胡老婆说完，老王的嘴就砸在老胡老婆的嘴上了……

老胡一见，仿佛跌进冰窖里，心都凉透了。呸！没想到这败家老娘们还有这一手，对她的愧疚之情一扫而光，老胡只觉一阵眩晕，魂魄险些散去，他倚着墙，勉强支撑，如果不是有这块心病要解决，他早就顺着门缝逃走了，实在不忍目睹二人干那苟且之事。

这时，老胡就听老王说，亲爱的，听说咱儿子有女朋友了？咋样？哪天让我看看。老胡的老婆“啪”地亲了老王一口，说，挺漂亮的，你看了一定满意。

听到这儿，老胡再也支撑不住了，就觉有一股强烈的冷风，“呼”地一下，将他从门缝吹了出去，老胡的魂魄一路跌跌撞撞回到阴间，落在阎王爷的脚下。阎王爷一愣，不是让你天亮之前返回吗？咋这么快就回来了？难道心病已去？

老胡悲叹，阎王爷，小人心已死，再无心病可言了！

选自2015年第3期《小小说大世界》

手 擀 面

段久颖

老汪的手擀面在北京城是一绝。那些吃惯了山珍海味的达官显贵偶尔来到老汪的面食馆吃上一碗老汪亲手擀制的手擀面，那可就舒服了。

越是显贵们来，老汪的面食馆的生意就越红火。挡都挡不住了。

老汪的手擀面有一奇特的地方。也就是老汪的绝活。号称三根面。

一根面可以就是一碗面的量。两根面也可以是一碗面的量。三根面亦可是一碗面的量。说俗点，就是老汪擀制的手擀面一根下来有数十米长。当然堆在碗里就该是满碗的了。那么两根、三根就要靠老汪在面的粗细上下功夫了。

按理说面再好，也擀制不了那么长。就是擀制了那么长，放在锅里一煮也该是碎了。但是老汪不但能擀制出几十米的面，而且放置在锅里煮烂了也不会断。这就成奇迹了。至于怎么擀制的，用了什么法子，那可是秘密。

一次北京城里一个王爷府的少爷来老汪的面食馆吃面。按理说吃面归吃面，可这位少爷偏不地，他不但要吃面还想要见识一下那面是怎么擀制的。这下倒难为了老汪。

老汪心想，我这福清馆自打开张从来没犯过这样的嚼扯呢。但是人家是少爷，是你的顾客，来了，你不好打人家的脸。拒绝人家。

老汪反复想过了得失后，就答应下来。将那位少爷请进了后厨。

老汪挽了袖口，操起那把一米长的擀面杖开始擀面，横着，竖着，翻过来，翻过去，叠过来，叠过去，一通折腾。一筒子面卷就成了。然后那位少爷看见老汪捡起一把刀，飞快地切在面筒上，再用手一提拉，一根几十米的面就成了。

少爷纳闷地问道，师傅，你的面贴只面板大小，何以能切出这几十米的面条来?

老汪哈哈一笑道，这就是祖传的手艺了。不外传。说着将一根面下到锅里。

少顷，一碗面便端到了少爷的跟前。望着上面浇着的热气腾腾的肉冒，少爷甩开嘴巴子就吃将起来。筋道，留香满口，少爷的脸颊吃得绯红。少爷吃饱了，打着饱嗝拍着肚皮走了。

再后来那位少爷便每隔一段时间必来福清面食馆吃上一碗面。

两根面的。

哦，好嘞。

三根面的。

哦，您稍等。

久了，少爷舍不得这口，提出要跟老汪学做面。理由是担心面食馆哪天黄了，他没处吃面了。

那天老汪听到这话，哈哈一笑说，您以后尽管来，就是哪天我这身子骨干不动了，我儿子还在，您放心好了。

少爷将信将疑地叹口气走了。

老汪的面食馆依旧生意红火。吃客们人流川息不绝。

但是老汪留了个心眼，对那位少爷泛起了禁忌。于是在一次少爷吃完了面走后，派人在后面跟着，想弄清少爷的身世。

派出的人回来汇报说，那哪是少爷啊，就是平民百姓。家在草帽胡同一家四合院的偏厦子里。回了家，那位少爷就将一身锦缎脱了，宝贝一样地还给了人家。娘的，敢情那衣服是租来的。

老汪听后，立刻明白了假少爷的真身份。看来他是来偷学我这独门绝技的。

好在自己那天当着假少爷擀制面的时候留了手，在折面的时候，藏了一些手法。

哎，好险呢。老汪在心里琢磨着以后该怎样对付这个吃客。

假少爷照旧每隔一段时间便来一趟老汪的面食馆吃面。老汪在假少爷吃面的时候，偷偷地观察他，这家伙一边吃面还一边琢磨着。

这样老汪更有数了。他再给假少爷擀制面的时候，就做了手脚。

假少爷一次吃面时有些不满地问道，我说汪老板，你这面做得咋跟以往不一样了，吃着也不舒服了？

老汪故作吃惊地过来，然后尝了一口假少爷碗里的剩面，啧啧道，哦，娘的，怕是大栅栏那家卖调料的偷了工了。

假少爷倒是没说啥，站起来走了。

以后照旧来。

老汪见赶不走假少爷，但是也不能明显地得罪人家。只好照旧做面给他吃。

一年后，在老汪家福清面食馆的对面又开了一家面食馆，名字叫福顺。店老板的主人不是别人，正是那个常来的假少爷。

一切如老汪预料的那样。假少爷还真是个真厨子。

福顺面食馆开张后，生意虽没福清面食馆好。但是也人流不断。

自然有些抢了老汪的生意。

老汪本想去尝尝假少爷的面，但是碍于面子没去。

这样两家面食馆开始在一条街上竞争起来。

又过了一年，来老汪家吃面的人开始渐渐少了。到后来老汪的店便开不下去了，这年的秋末福清面食馆只好打烊。

心里不服气的老汪顶着脸面去了福顺面食馆。

假少爷远远地招呼着，哟，汪老板来了。您是想吃面，还是问罪来了？

老汪板着脸，别把话说得那样小气。来，给爷来碗面。

假少爷冲后厨摆手。

老汪阻止说，我要吃你亲手擀制的面。

假少爷愣了一下说，好吧。

于是亲自到后厨给老汪擀制出了一碗面。

望着那碗几乎跟自己做的一样的面，老汪不禁感触万千。他低头慢慢咀嚼着面和面汤。怎么，这面做得比自个的还要好。面筋道不说，这面汤里似乎有一种让人欲罢不能的味道。

老汪吃完面站起来，正欲告辞。

假少爷走过来对老汪一拱手道，汪老板。这是您在我这福顺馆子吃的第一次面，也是最后一次面。

老汪愣了一下，最终他还是明白了假少爷话中的滋味。

选自2015年第5期《天池小小说》

手 艺 人

王维新

北京城里有一家老字号餐馆，名叫德福楼。它是京津冀一带食客们频频回头的地方，也是湘川广商客宴请嘉宾的理想选择。它在皇城根之所以名气大，客源饱满，是因为这里有一位近乎传奇式的大厨高登榜。

这个人中等个头，喜欢留板寸平头，平时穿着干净利落，看上去十分精神年轻，比他实际年龄要小许多。只是他的面颊上棱角分明，标示着他坚忍不拔的倔强性格，他手艺高明，厨艺精湛，可是脾气很大，有一种不达目的不罢休的劲头，他的口头禅是："我就不信……"

高登榜老家在通州运河边上的一个手艺人聚居的村子，他祖上是在渡口摆渡的船家。高登榜十五岁跟随他的一个姨夫到前门大街全聚德烤鸭店当学徒，后来在王府井、三里屯、白沙沟等地的酒店、餐馆辗转学艺，白案、红案他都干过，凭着一股钻劲和顽强精神，学会了湘菜、川菜、闽菜、淮扬菜系的精髓，对于老北京的四喜丸子、炸酱面、驴打滚等名吃名点更是精通透彻，有人叫他大厨，有人甚至叫他神厨。他曾经被请到北京饭店，当过国宴厨师，如此一来，名声大振，德福楼顾客盈门，日进斗金。

高登榜在京城有一帮子朋友，都是手艺人，有做糖葫芦的，捏糖人的，拉洋片的，绱鞋的，修眼镜的，补锅的，箍瓮的，做鞍辔的，平时大伙在一块拉家常，都感觉自己的手艺后人不愿意学，想让他们学，他们没有兴趣。高登榜一想自己也是啊，他想让儿子高岩学习厨艺，他不屑一顾，说什么："那是老娘们干的事情，北京纯爷们一辈子围着锅台转，有什么意思！"

高登榜眼睛瞪得像铜铃："老辈的人说了，家有万贯，不如薄技在身，到什么时候人总得吃饭吧？你不围着锅台转，你围着麻将桌转！"

高岩说："我有远大的理想，我要围着地球转，围着星球转！"

他虽然志存高远，其实，只是买了一辆二手的箱式货车，刷上广告，停在街口收购废旧电器，没有货源的时候，就在车厢里与人打扑克而已。

高登榜心想，本来他的厨艺学到这个地步是多么不容易，他原先打算按照惯例，传儿不传女，传内不传外，可是，儿子不按自己的意图规划他的人生，他感到气愤和郁闷。

德福楼来了一名烹饪技校毕业的姑娘，名叫贾秀红，年轻漂亮，艳若桃李，白似雪梨。她机灵聪明，眼疾手快。被派来给高师傅打下手。

贾秀红一心学艺，但是，平时只是让她择菜、洗菜、切菜，配菜和汤汁、掌勺都不让她干，师傅炒菜时，就把她支开了。

贾秀红的心思高登榜是看得出来的，他很矛盾，是传给她真经，还是不传，他自己一时拿不定主意。回家看望病中的妻子时，他说出了自己的心思，妻子说："有人愿意学，说明你还有一点利用价值，你不传，难道想带到棺材里去不成?!"

妻子的话给他吃了定心丸，他返回德福楼之后，做菜不避贾秀红，一招一式教她。贾秀红心有灵犀一点通，进步很快，不久就考上了二级厨师证，还在全国烹饪大赛中夺得了第二名，她很快成了德福楼的主力之一。

有一天，高登榜看着贾秀红在炒菜，他突然闪现出一个念头，如果，她做了我的儿媳妇，我的手艺不是也算传下去了吗？他为自己的开窍十分兴奋，把后厨的张嫂叫到外面，委托她当红娘。

贾秀红和高岩在禅茶阁见面，高岩一看到自己眼前是个大美女，心花怒放，恨不能马上和她结婚，只是贾秀红没有表态。张嫂给高登榜回话，让他再探探贾秀红的口气。

高登榜觉得自己作为师傅问徒弟这个话说不出口，几次话到口边也没有说出来。回到家里，儿子猴急地问他什么时候和贾秀红订婚，老子说："还不知道人家愿意不愿意。"

后来，高登榜让张嫂问一下贾秀红的意见，贾秀红说："高岩是个不切边际的人，我心中另有人选，让他另找吧。"

一月后，高登榜的妻子病逝，贾秀红来到高家帮忙料理完丧事，给高登榜洗了床单、被罩，安慰他节哀顺变，保重身体。她深情地望着师傅，目光里充满了爱怜。这些细节，高登榜没有在意。

上班后，贾秀红每天给师傅泡好茉莉花茶，放在他的旁边，空闲的时候，陪着他聊天。

有一天，高登榜问她："你不要因为和我儿子的亲事没有成不好意思。你的终身大事你做主。但是，你要告诉师傅你心中的人是谁，让师傅帮你把把关。"

贾秀红满脸通红，羞怯地说："这个……这个不好说。"

"这孩子，这有什么不好说的。"

贾秀红秀发一摆："就是您，我想照顾您的后半生。"

"什么？"高登榜大吃一惊，"你要到我家当保姆？"

"不是！"贾秀红口气坚定地说，"我要当您的妻子！"

"开国际玩笑！那我不成了李隆基了？"

贾秀红咯咯地笑了："现在都什么年代了，你还顾及那么多，两个人只要在一起幸福，年龄、辈分都不是障碍！"

也许是为了实现自己的夙愿，贾秀红把自己的心思给张嫂说了，很快这成了酒店热门新闻，到处议论纷纷。

有人阴阳怪气地说："从北京到南京，谁见过师傅找学生！"

还有人说："老公像老爹，妻子像女儿，儿子像丈夫，这日子怎么过啊？"

有一天，张嫂去上街，碰见了高岩，把他拉到一旁，神秘兮兮地说：

“告诉你一个好消息，你爹给你娶了一个后妈……”

“啊？谁呀？”

“就是你对象贾秀红！”张嫂说，“你不要难过，你可以和你爹竞争，你再找一个比她好的，把她比下去。”

高岩哈哈大笑：“我要找一个美丽的空姐，空姐……”他转过身去，双手捂着脸，笑声未尽，泪水却从指缝中溢出……

高登榜与贾秀红的婚礼在一家教堂举行……

若干年后，高登榜退休居家赋闲。贾秀红辞去德福楼厨师职务，承包了北平楼，当老板娘去了。

据说，高岩后来到澳洲打工去了，多年没有回来。

选自2015年第5期《北京精短文学》

惊 魂

徐水法

城市化的扩张就是一张硕大无比的巨嘴，对一个个村落所向披靡的挖掘机、铲车，就是那一个个锋利坚硬的牙齿，所到之处，一片废墟，不论千年百年，村落的历史、人文霎时石化为记忆。

这是一个距离城市有些路程且已被拆毁的村落，和许多村落一样，满目狼藉之下，只有高高低低的几堵断墙在风中诉说，正如几个无牙的老人在瘪着嘴哆嗦和唠叨。废墟上只有拾荒者和捡漏的，仿佛一群苍蝇闻到血腥味，从四面八方向着这个村落废墟集聚。侯飞就是众多捡漏者中的一员，他们和拾荒者截然不同，后者只要能换钱的都要，捡漏者大多是抱着碰运气的心态，看看有没有主人因为不懂价值而废弃的旧货老物。一旦运气好了，说不定一下子“暴发”了。

侯飞从事这行已经有些年头，用他自己的话说，运气不好，也就一直没有捡到真正的“漏”，自然发达不了。早些年，侯飞满世界跑，哪里有大范围拆建就奔向哪里。这些年每个城市都和建筑工地一样，侯飞就守在这个东西南北处处有拆建的城市不走了，从“行商”变成了“坐商”。按理，肯定是城市周边的老东西多一些，这个离城较远的村子，侯飞没有兴趣。侯飞是冲着一个人去的，这个人就是宋代大书法家、文学家黄庭坚。据说这个村是黄的祖籍地，还有同行在这里收到过黄用过的砚台，侯飞决定来这里碰碰运气。

夜幕渐降，墨色愈浓，到处断墙残垣的村落废墟，猫头鹰长一声短一声的凄惨叫声，更是平添几分诡异和凄凉，让侯飞脚下走得十分小心，心里真是担心会不会从某处黑暗地方闯出一个鬼魂。侯飞同时也有几分窃喜，大概因为离城远了，同行倒是没有碰上，这对自己很有利。

真是怕什么来什么，侯飞的耳朵里还真的听到了一缕尖细而凄厉的声音，难道还有……不管怎样，总得面对的，谁也逃不掉，侯飞决定迎上前去看个究竟，到底是什么东西发出的声音。侯飞闻声找到一处兀立的半堵墙边，确定声音是从墙角一处裂缝里传出来。声音比原来听到的更加尖厉也更加凄惨，明明是在脚下，分明好像从远处传来的声音。

捡漏的人都随身带点袖珍型的榔头、铁锨之类，只是为了平时发现一些怀疑的东西，可以敲打、挖掘一下。但对一些范围大或难度大的，这些工具有些难度。“莫非有人被关在地下？”事到如今，侯飞决定探个究竟，他掏出工具，开始敲打墙角那个裂缝。侯飞敲打了一会，意外发现，敲松表层后，下面居然是一个圆圆的盖子形状的东西，居然还有把手。侯飞一阵心喜，就放好工具，双手抓住把手，用力一提，不料很轻松地掀起了盖子，原来是一块木板，用力过猛的侯飞，顿时一屁股坐倒在地。眼前赫然是一只坛子的上半截，奇怪的是，盖子上有许多小孔，更让人害怕的是，那尖厉之声正是从坛子里发出来的。

侯飞心里惊恐万分，可事到如今已经没有后路可退，他一手捏亮手电筒，一手轻轻敲掉盖子，坛口灯影下居然露出一张苍白得没有一点血色的脸，严格地说，是一张人脸的浓缩版。“天啊！”吓得坐在地上的侯飞双脚蹬地，拼命向后退缩。怎么可能有这么小的脸啊？再说这么小的坛子里，怎么可能钻得进一个人呢？莫非这就是传说中的妖孽鬼魅？侯飞不敢往下想了，现在他恨不得立马生出双翅，飞离这个恐怖的地方。

"你别害怕，我不是害你的。"倒是那张小人脸说话了，"我自己作孽遭到报应了，不会再害人了。"

"你是谁?"侯飞壮着胆子轻轻问道。

"我是谁不重要。我原本有一个好家庭，家资颇丰，可我对父母一直不孝，舍不得给他们一粒米，最终活活饿死了二老。有天我走在路上，晴天一个霹雳，我居然变成现在这个样子，唯一的不同是我的身下是白米。空中有个声音对我说，你父母生前你舍不得给他们一粒米，现在你就住在米甏里赎罪吧！每天只能吃一粒米，把身下的米吃完了就可以重生了。"

"那你今天怎么说话了?"侯飞心里仍是不解这个坛中人脸的出现。

"以前上面密封的，前几天突然出现一条裂缝，雨水全灌到坛子里了，所以我只好大声求救，刚好遇上你，请你行行好，帮我重新封住吧!"那人脸一副乞求的神态。

侯飞不知如何是好，是告诉他这里马上要开发建设了，还是不管他以后的结果，先把他重新埋到土下面?看了一会，侯飞忽然想到，自己已经有好几年没有回家看望年迈的父母亲了，自己会不会遭报应啊?

他下意识地一激灵，还好，自己好好地躺在床上呢！原来刚才做了一个噩梦。透过窗外映射进来的微弱灯光，侯飞看到床对面墙角那个白天从废村捡来的坛子，正泛着幽幽的光泽，心里一阵不安，他决定明天一定要回家去一趟。

选自2015年第3期《小说月刊》

转变工作作风

赵　谦

为了贯彻上级精神，槐树乡决定实行工作餐定点制度。说白了，就是确定一家饭店，作为接待上级领导和乡政府官员自用的饭店。为确保公平，实行招标，全乡的饭店自愿参加。这可是难得的机会，大家趋之若鹜。经过紧张的参观和试餐，最终确定三家硬件设施齐全的饭店进入最后的竞争。

比赛在乡政府大院举行，评委由王乡长，三个副乡长和五个所的所长组成。现场打分，得分最低者淘汰。三家饭店高度重视，纷纷亮出自己的绝活，有的还不惜重金从市里请来厨师。

第一项内容是招牌菜现场展示。只见三家饭店的厨师各显其能。一时间，热油四溅，葱花翻滚，香气腾腾，让所有在场的人都感觉到饥肠辘辘。

不大会儿，三道大菜摆在了评委们的面前。一号饭店的“飞龙戏雄鹰”得分最高，二号的一道“蛙跳龙山”因厨师紧张，烧得有点过而得分最低，痛失晋级机会。只剩下一号和三号了。这可是关键局，胜败在此一举。接下来进行的是创意展示。

一号饭店的女老板一声“开始”，十个穿红色旗袍的漂亮女服务员款款而入，个个面带微笑，宛若天仙，先是一阵美妙绝伦的舞蹈，激情澎湃，让人眼花缭乱，观众的掌声此起彼伏，接着就端起桌上的水果盘子，像风一样，飘然落在评委的面前：一个笑容，勾人心魄；一个动作，令人骨头酥软……评委们个个心花怒放，屏住呼吸，目不转睛……看来这一招是抓住了他们的心啊。女老板很是得意，偷偷瞄了一眼三号饭店的李老板，但是李老板却稳如泰山，没有半点慌乱。

女服务员一退场，该三号饭店了。李老板站起来先做陈述：“我们的优势在于既可以固定置办酒席，也可以流动作业，也就是领导走到哪儿，我们就跟到哪儿。”

这可是很新鲜，评委们一下来了精神。王乡长问：“怎么个流动法？”

李老板说：“我们有餐车，备好各种材料和炊具，配有三名厨师。保质保量。”

只见王乡长摇了摇头，说：“这恐怕不大好吧，我们可是经常下农村的。”

李老板不慌不忙地说：“这个我们早想好了，你们现在不是骑自行车下乡吗，因此我们用的是这个——”说着他吹了声口哨，只见一辆牛车晃晃悠悠地驶了过来。全场一阵骚动。李老板介绍说：“用这种车跟随领导下乡，既解决了领导的吃饭问题，又不会破坏领导在百姓心目中的形象。

各位可以来观摩一下，我们这是特制的餐车，能储备多达三天的饭菜，能够摆三桌酒席，还备有帐篷，可以体验野餐的味道。如果我们把帆布一蒙，就是一辆普通小货车。”在场的人禁不住啧啧称赞。连一号饭店的老板也被震住了，不等宣布结果就收拾东西黯然离去。

王乡长他们围着餐车转了几圈，只见蔬菜、瓜果、酒水、煤气灶具等一应俱全。但是唯独不见有肉。李老板看出了他的心思，介绍说：“为了保证领导们能吃上新鲜的肉，我们是现杀现做。”

王乡长更加迷惑了，问道：“杀什么?”

“就杀它。”李老板指了指车前面的牛。

王乡长大吃一惊，正要说什么，李老板继续介绍：“是这样，我们会根据领导不同的口味选择不同的宰杀对象，比如王乡长你爱吃牛肉，我们就用牛做运输工具，张副乡长爱吃驴肉，下次我们就用驴来拉车。”

“好，好。”评委们报以热烈的掌声。大家热血沸腾，看来今天的招标已没有任何悬念。

正在这时，一辆小车开进院里。从车上下来董副县长：“我路过这儿，你们在搞什么名堂？这么热闹。”

王乡长先是一惊，见工作人员已经将现场清理得差不多了，就笑着说：“我们正准备骑自行车下乡呢。”

“噢，是吗?”董副县长又看见了牛车，“这是什么东西啊?”

王乡长说：“为了不给下面增加负担，我们自带饭菜。”

李老板眼疾手快，已经很利索地收拾好。

董副县长很感兴趣，掀开帆布，看见几捆青菜，又看了看老牛，说：“好啊，这个创意很好，就是要发扬这种作风，既不脱离群众也不能扰民，但是你们自己也别搞垮身子，不能只吃青菜啊。那好，今天这个出发仪式就由我来主持。”

说着的时候，工作人员已经推来十几辆自行车，评委们尽管没有任何思想准备，也不得不把戏演下去。

董副县长一声令下：出发！在牛屁股上狠劲拍了一巴掌。队伍就浩浩荡荡地出发了。看着他们的背影，董副县长对秘书说：“这样的典型应该好好宣传啊！”

王乡长在后面慢悠悠地骑着车，看着被董副县长拍了一下屁股的老牛，寻思道："这么多人，一头牛怎么能够呢？"

选自2015年第1期《百家故事》

去拉萨

周国华

浸泡在刺骨的湖水中，饥寒和高原反应让他的腿肚子不听使唤地打晃，他的心随着雪山背后的夕阳慢慢往下沉。

突然，两道冰川般的精芒从他眼中射出，他扑上前去从水中抓起一条鱼，奋力抛向岸上。碎石堆上，鱼儿徒劳地蹦起，又无奈地落地。

终于能尝到肉味了！他长出一口气，在周围捡来几块干牛粪，扔到石块圈起的土灶中，提了根一头削尖的树枝，走向那条奄奄一息的鱼。

"嗷嗷——"不知何时一位藏族老人出现在他眼前，指指地上的鱼儿，对着他发出藏獒般的咆哮声。

他惊恐地瞪大双眼，攥紧树枝，乱发无力地垂在肩上。

"喔，你是汉人吧？"良久，老人嘴里蹦出了生硬的普通话。

"哇呀哇呀——"他指着自己的肚子胡乱比画着。

"是哑巴？这样吧，用我的粮食来换你的鱼，行吗？"老人拿出糌粑打着手势，语气平和了许多。

原来老人也想吃鱼！他"嗯嗯"点头，一把接过糌粑往嘴里塞。

"别噎着，用酥油茶蘸着吃，好入肚。"老人微笑着递给他一壶酥油茶，随后轻轻捧起鱼儿，嘴里念念有词，一步一步走到湖边蹲下身子，将鱼儿放到水中。看着鱼儿欢快地游弋，老人脸上浮起欣慰的笑纹，对着湖面磕了一个长头。

他茫然注视着老人。

“可怜的孩子，多吃点。”老人又取出几个糌粑放在他面前，自己也拿了一个边吃边说，“你不知道吧，我们有水葬的习俗，这圣湖的鱼儿，谁要是吃了它们，那可是对先民的大不敬哪。”

他恍然大悟。

老人絮絮叨叨说着自己的事，也不管他是不是听懂。老人是磕长头去拉萨的，估计还要好几个月才能到达。末了，老人爱怜地望着衣衫褴褛的他说道：“孩子，我看你好像也没地方去，帮我拉车吧，至少饿不着你。”

帐篷里，老人的打呼声一浪高过一浪，可他一夜没睡着。

第二天，他穿上了老人给的一件旧藏袍，戴着油腻的口罩，拉着那辆带篷的旧人力车，一路紧随着老人一个身位接着一个身位地往前挪动。

第三天起，当夜幕降临时，他总能赶在前面支好帐篷，烧好开水，默默地搀起磕完长头的老人，替他把这一天的终点用碎石块垒起记号。闲暇时，他老是盯着前方发呆。

他的到来，为老人省去了一半的路程，却过早地耗尽了车上的干粮。第四个月的一个傍晚，老人领着他到路边的藏民家里乞讨，藏民热情地布施给他们食物。从那以后，每回当老人快到达目的地的时候，他都已准备好食物托着下巴坐在山石上，目光越过老人的身子茫然投向远方。

拉萨越来越近了。这一天的白天似乎结束得特别早，近在头顶的乌云盘旋在光秃秃的山头周围。他在山坳的背风处刚支起帐篷，雨倾泻下来。他一路小跑焦急地寻找老人，老人迎面拼命跑来。

“卧倒——”老人抢步上前扑倒他的一刹那，山上被雨水冲塌的乱石轰然滚落……

“老爷爷——”他积郁了许久的哭喊声直击厚厚的云层。

帐篷里，他为老人敷上藏药，老人慢慢苏醒过来。

“老爷爷，您这是何苦啊，为了我这个没用的罪人！”他泪流满面。

“别傻了，孩子，救人是积德的事，我真要是在磕长头的路上被佛祖接去，那也是福分哪。”老人微微抬起身子，额头的皱纹和硬币大小的厚茧凹凸有致，却盈满笑意。

“可我真的有罪啊！两年前为了哥们义气，在老家捅伤了人……我没命地跑，往最远处，向最高处……”

“打一开始，我就琢磨着你肯定有说不出的难处。”老人沉声说，“唉，也是有缘呐，我年轻时去过很多地方，也做了不少错事，现在想来，真是罪孽啊！这一路，我是为来世祈福。可你，还年轻哪——”

“老爷爷，我懂了，等陪你到了拉萨，我就去自首。”他开心地笑了，两年来，这是他头一次笑。

“糊涂啊!”老人意味深长地说，“你们汉人不是说‘回头是岸’吗?你醒了，难道还要待在苦海里吗?”

“可是——”他犹豫着说，“这一路谁来照顾您?”

“傻孩子，你不回去才是我最大的负担哪，”老人撑起身子下床，不容置疑地说，“明天就回去!”

这一夜，他的呼噜声第一次比老人先响起，只是他不知道，老人的打呼声其实是假装的。

一场雨下来，原本灰蒙蒙的群山披上了雪装，在清晨暖阳的抚摸下，粗犷的汉子一夜间变成了静美的姑娘。

他最后一次拉车到前面停下，支好帐篷，回到老人面前。

“扎西德勒!”一老一少紧紧拥抱在一起。

他走在山路上，身后响起了老人激越苍凉的歌声，听不懂歌词，他却哭了，哭得酣畅淋漓。他回过头来，山口只有经幡向他挥动五色的手指。

山的那一边，老人正默念六字真言，跪地，伏身，向远方神色庄重地磕下长头。

选自2015年3月1日《昆山日报》

十七岁那年

王延昌

当我们蓦然回望自己的学生时代，几乎每个人都会谈起或者想起他的同桌。我不是一个与众不同的人，我的关于同桌的故事当然也不会与众不同。

她叫于慧，是一个静得像猫一样的女孩。在我的印象里，她不太爱说笑，也没有与任何同学吵过架。夏天穿一件白色的连衣裙，给人一种一尘不染的感觉。与于慧同桌，我感到很满意。因为她不像别的女生那样在脸上抹一些什么东西。我讨厌那种气味，闻到它我就会坐立不安。而且在我趴在课桌上打瞌睡、窗外有校长巡视的时候，她都会不动声色地用钢笔把我戳醒，使我免受罚站之苦。

于慧有一个蓝皮笔记本，那上面抄满了现代诗。于慧说她喜欢诗，特别是北岛、舒婷、顾城的诗。那时，我还不知道他们是何许人。无所事事的自习课上，我常常借来漫不经心地翻看。虽然看不太懂，但总比数理化耐看得多。

关于我的同桌，大致就是这样。我和她只是同桌而已，这是再平常不过的事情了，其实以后的事情也很平常。

那是一个平常的下午，她突然问我："放学后，你能送我回家吗?"我不解："怎么？你变成小孩了，找不到家吗?"她有些难为情，但还是说出了原因。原来有几个野小子总是在她放学的时候等在胡同口纠缠她。我当时并没太在意，还有些开玩笑地说："这事你该告诉你爸爸。"她突然不再说话了，过了一会儿，我发现她无声地哭了，眼泪一滴滴落在书上。我有些后悔了，真不该和她在这时开玩笑。

放学后，我推着自行车默默地跟着她走。她的家离学校很远，一路上我们谁也没有说话。果然，在一条胡同口有三个小子拦住了我们，我站在他们和于慧之间，第一次有了男子汉的责任感。我只记得其中有个小子指着我说："嘿，你是她对象吗？你知道你未来的老丈人是个杀人犯吗？他在牢里等你叫爸呢。"在那一瞬间我明白了于慧为什么在我提到她爸时哭了，也明白了她为什么像猫一样安静。我猛地抽出钢丝锁向他们抡去……

那三个小子被我用钢丝锁疯狂地狠抽了一顿，我的身上也挨了几砖头，多处红肿。我向于慧做出无所谓的微笑，于慧又一次哭了，不停地说对不起。看着她，我的心里酸酸的。我向她许下了生平第一句诺言：以后我每天都要送你回家。在于慧的目光里，我觉得我已经是一个男子汉了。

后来，我每天都送于慧回家，风雨不误。但从来都是推着自行车步行把她送到家，然后在她家门口上车骑走。现在回想起她，映现在我记忆里的总是那么一幅画面，每一次在我骑上自行车要走时，她都会朝我那么忧郁地微笑，轻轻地挥手。

我发现于慧其实很爱说话，也很爱笑，但是我们谁也没有谈起她爸爸。

再后来，又是一个平常的下午。于慧对我说，她要随妈妈离开这座城市了。这一路上，没有了往日的有说有笑。我们默默地走着，彼此的心中都充满了惆怅。那条往日走起来觉得很短的路，那天却是那么漫长……

在她家门口，我们停下了，目光躲着目光，有许多话想说，却又都不知该说什么。这样的沉默很尴尬，我说："回家吧。"于慧看着我，眼睛亮晶晶的。在那之后的多少年来，我一直都想知道，那一刻，她的眼里是不是闪着泪光。沉默良久，最后，她说了声"谢谢你"。我微笑着说了声"没关系"。于是她在门前向我作最后的挥别，仍是那么忧郁地微笑，轻轻地挥手。

第二天，我在我的书包里发现了她的那个蓝皮笔记本。我一页页地翻过，没有找到纸条。在以后的许多平淡的日子里，在无所事事的自习课上，我常常翻着她给我留下的那本诗抄。我发现，我读懂了那上面所有的诗，原来诗是如此美丽。

于慧走了以后，那个桌位一直空着，直到我毕业。

那年，我十七岁。

在和于慧分别后的这么多年里，不知为什么，我常常会在某个不经意的时刻突然地想起她，眼前总是浮现出分别时刻她那忧郁的微笑、亮晶晶的眼睛、轻轻的挥手……我曾一次次设想过许多种在某时某地与于慧邂逅的情形，但我知道，设想毕竟是设想。

若干年后，也是在一个平常的下午，我独自在家里翻着刚买的一本文学刊物。看到一篇小说，《十七岁那年》，作者以第一人称向读者讲述了我刚才讲过的故事，几乎没有经过任何艺术加工。我很平静地把小说读完，便看到了作者简介：于慧，女，三十岁。发表诗歌二百余首，《十七岁那年》系作者小说处女作。

选自2015年7月30日作家网

快递情书

李忠元

姚小腰总是兴高采烈的，因为这段时间快递员每天都来敲响她的房门，给她送来一个快递，快递里不是别的，是一封封让姚小腰心花怒放的情书。

姚小腰的爱情之花开得异常灿烂，这一点从姚小腰收到的源源不断的快递情书就可以看出来。

这天，包片的快递员孙利又来送快递了，姚小腰接过信，签了名，快递员转身刚要走，姚小腰却急忙叫住了他。姚小腰笑着对孙利说："把你的QQ号给我吧，方便我们日后取送快递联系！"快递员在快件的封面上唰唰写上了自己的QQ号码，递给了姚小腰，这才转身离去。

从那以后，快递员总和姚小腰通过QQ联系，一有快递，快递员就在QQ上做出通知，要求姚小腰几点几分在家等他，他好上门送快递。

当然，时间一长，两个人也聊一些取送快件之外的话题。两个都是年轻人，他们天南海北，无话不谈，渐渐地就熟识了，成了好朋友。

快递员叫孙利，他在QQ上总是打趣地说："姚小腰，你的对象真是太爱你了，每天都给你写情书，我都有点被感动了！"

姚小腰首先发了一个笑脸，接着很是卖弄地说："说的是，本姑娘兰心慧智人又美，谁见了还不饿狼似的！"

不但在网上，就是两个人见了面，话语也多了起来，而且说说笑笑，关系越来越近，简直形同莫逆了。

这天，孙利又来给姚小腰送快递了，没想到，姚小腰接过邮件，拆开封口刚看了一眼情书，就禁不住流下泪来，蹲在地上，掩面而泣。姚小腰蹲在那里如泣如诉，缓缓地说她今天特别伤心，因为自己失恋了。孙利一看，可慌了手脚，忙扶起姚小腰，搀着她走进了屋里，像个大哥一样，左一句右一句地劝慰起姚小腰来。姚小腰听了孙利的劝，一扭身就趴在了孙利的肩膀上，哭得跟泪人似的。孙利只好听之任之，一边劝，一边为姚小腰找纸巾。终于，经过好一番劝慰，姚小腰才止住了悲声，不哭了。

为了继续安慰姚小腰，孙利只好对姚小腰说："小腰，我请你吃饭吧！"

姚小腰一听，终于破涕为笑，答应下来。

孙利爱看书，在餐桌上，他为逗姚小腰开心，就讲起了书上的一个个小笑话。这一下还真的起了作用，逗得姚小腰嘴都合不拢了。

姚小腰不哭了，孙利如释重负，还没买单呢，他却一个人转身离开了餐厅。

姚小腰望着孙利的背影，又哭了起来，不过这次可是真哭。因为，孙利这一走，姚小腰的计划彻底落空，她这回是真的伤心了。

原来，快递情书是姚小腰想出来的对策，她在接淘宝快递时，见快递员孙利长得眉清目秀，一表人才，就萌生了爱意。可爱你在心口难开，姚小腰本性羞怯，又怕遭到孙利拒绝，就想"诱敌深入"，然后让孙利主动向自己求爱，事情就好办多了。于是，为了增加和孙利的交往，姚小腰就心生一计，让另一座城市的表姐不间断地给自己发快递，这样孙利就会天天给自己送快递，她也可以天天见到他了。

为了引起孙利的注意，姚小腰声称自己接到的就是一封封男朋友写给自己的快递情书，而今天她突然说自己失恋了，是因为她感到最近孙利渐渐对自己有了那层感觉，话语之间有所流露，自己制造失恋目的就是"诱敌深入"，为和孙利的更深入接触铺路架桥。没想到，孙利果然中计。

可眼瞅着两个人越说越投缘，就要上路了。可说着说着，孙利却不知为什么，丢下了姚小腰一个人，自顾自地离开了餐厅，你说姚小腰这回能不哭吗？

姚小腰正伏在餐桌上嘤嘤哭泣，耳边却突然传来孙利的声音，姚小腰抬头一看，孙利不知什么时间回来了，正单腿跪地，手捧一束灿烂的玫瑰花，一脸的赤诚。

见姚小腰抬起头，孙利开口说话了："小腰，其实，我……我早就爱上了你，可你一直有男朋友，而今天，你名花无主，我就正式向你求爱吧，希望你能答应我……"

"我……我以为……原来你去门口卖花姑娘那儿买玫瑰了？"姚小腰终

于破涕为笑，飞快起身，伸出一只手扶起孙利，另一只手早就接过了那束鲜艳欲滴的玫瑰花……

选自2015年7月12日《中山日报》

爱情外卖

秦兴江

靠近南城时尚之都步行街附近，有一条幽深静雅的小巷，里面新开了一家叫“爱情外卖”的小酒吧。听说这个酒吧除了有各种特色小吃，最神奇之处就是能预测一个人的姻缘，所以林嘉华约了女人想去吃一回。

林嘉华赶到的时候，女人还没有来，他选了6号桌靠窗坐下，服务小姐马上殷勤地送上一杯绿茶。整个大厅这时人并不多，林嘉华开始随意打量起来。隔着两个桌，3号桌上是一对男女在吃饭，而让他不解的是，在2号桌面他而坐的一个瘦高个青年正笑眯眯地瞅着他这边笑。

林嘉华刚进来，并不认识瘦高个，他怎么会瞅着自己笑呢，而且还是那种暧昧的笑。他心里咯噔一下。

可不到两分钟，林嘉华就明白了，那个瘦高个并不是对着他笑，而是对着他前排桌上的那个女人笑。肯定是，因为有两次那个瘦高个的目光只是与林嘉华一扫而过，然后就停留在他前排那个女人的脸上。虽然那个女人正与丈夫吃得热火朝天，但事实肯定就是如此。而且那个女人虽然背对着林嘉华，但正好跟那个瘦高个对面而坐，中间只隔着女人闷头吃饭的丈夫。

林嘉华发现了这个小秘密后，心中很有些不屑。他一边继续装模作样等人，一边用眼角余光扫着这两个人的举动。后来，当女人的丈夫起身去洗手间的时候，那个瘦高个果然趁机丢了一个纸团给女人。

林嘉华搞不懂这两个人唱的是哪一出，但有一点是肯定的，这两个人的关系不正常！他心里突然有些恶心，想喝水。端起茶杯，林嘉华却又啊的一声喊起来。服务员——杯子里有一只苍蝇，他说。

服务员应声而到，先生您再看一下，是不是真的有一只苍蝇呢？

林嘉华低头再看，杯子里浓浓的绿茶清澈见底，什么也没有。

看着林嘉华一脸疑惑，服务员说，我们这里的杯子带一种心灵感应，可能您刚才突然想到了苍蝇，所以杯子里出现了苍蝇的影子。

"真的假的？"林嘉华惊讶得张大了嘴巴。是的，他刚刚确实想到了一只苍蝇，但他不好意思说出来。

女人的丈夫去洗手间还没有回来，林嘉华此时看不到那个女人的表情，只看见瘦高个还在那里坐着，脸上还是那种暧昧的笑，但女人却一动不动。他想，也许是那个瘦高个在追女人，但女人为什么不告诉丈夫呢，竟然让瘦高个这样明目张胆地纠缠，太他妈欺负人了！

可要是那个女的已经跟瘦高个好上了呢？果若如此，那女人的丈夫也太惨了啊。

林嘉华心里不安起来。他约的女人还没有来。一分钟，两分钟，五分钟过去了，女人还是没有来。林嘉华掏出手机刚要拨号码，想了想却发了条短信过去，他告诉女人不要来了，今天他有点不舒服。实际上，林嘉华不是身体不舒服，是刚才看到瘦高个和那个女人的事情从而想到了自己，想到了他跟女人的这次约会。

发完短信，林嘉华静静地看着手机，可他要等的女人却一直没有回短信。

林嘉华不知道女人看到短信会怎么样。也许女人根本就没看到他的短信，也许女人正在来的路上，突然间收到了他的短信，生气了。

这时，3号桌那个丈夫回来了，女人探身给丈夫倒了一杯茶。

2号桌那个瘦高个开始规规矩矩假装看手机，他只要了一份水饺，一个小菜，一瓶啤酒，吃完了也不走。等3号桌女人和丈夫买了单，前脚刚走，瘦高个也跟了出去。

他跟了出去又会怎样呢？林嘉华呆呆地想着那个瘦高个。

林嘉华决定走出酒吧的时候，前台服务小姐礼貌地交给他一个信封，说这是"爱情外卖"酒吧最大的特色，顾客只要来到酒吧，临走的时候都会免费得到一份当日的“缘分”预测表。林嘉华打开，预测表上面显示，林嘉华和女人的缘分还在进行中，分值“85”，但下面一句话却让他当即脸就红了。

回家的路上林嘉华还是不能忘记酒吧里那三个人之间发生的事情。当然，林嘉华想得更多的还是自己和女人的这次约会，想着想着，林嘉华眼前又浮现出茶杯中那只黑黑的苍蝇，他脑门上不知不觉冒出一层细细密密的汗来。

预测表上最后那句话是：爱情不能分享，脚踩两只船是非常危险的游戏。

林嘉华要等的女人，也不是他自己的女人。

选自2015年5月24日《打工文学》

将军与古树

邱宗植

香爷的老家在闽西的一个偏僻山村。香爷家大院后山的那棵香樟树，不知何年何月就有了。儿时的香爷，在香樟树下边的草地，玩“老虎追羊”游戏的时候，大树也就这模样。香樟树要八九个人合抱才能围拢，树干上长满了一块块开裂着的又硬又黑的皮儿。春天，枝上长出了新叶，遮天蔽日，风儿吹来，便发出一阵阵哗哗声，那声音旷远而神奇。

香爷刚出生三日，香爷妈就为香爷算了命。算命先生说香爷的命与父亲的命相克，需拜一位义父，否则香爷与父亲必有一人被克死，或者两败俱伤。义父难觅，香爷妈就让香爷拜香樟树为义父。每年八月十五，香爷妈便领着香爷在古树下边烧香拜树，祈求保佑。香爷妈用竹篾做成许多小巧玲珑的弓箭，虔诚地将它们挂在树上，寓意香爷命中的箭，射向了大慈大悲的古树。

斗转星移，香爷从嗷嗷待哺的娃子，长成了十七八岁的男子。终于有一日，香爷耐不住寂寞，闯出山外加入了红军队伍。香爷妈舍不得香爷，只身跪在古树前许愿："保咱香儿大难不死，平安归来，来日宰猪杀鸡答谢……"

香爷一去杳无音讯，香爷妈无数次来到古树下祈祷。每日夕阳西下，香爷妈总是眺望着通往村外的那条灰蒙蒙的小路，幻想着她的香儿能突然出现。

岁月悠悠，香爷妈老了。她步履艰难，变得驼背而瘪瘦，白发几乎脱光，露出一轮月儿般明亮的脑门。

这年夏天，山村忽然收到了香爷的来信，他在部队当上了将军。香爷在信中说，离别家乡几十年了，无时不在思念着家乡和亲人，在异地他乡的香爷，常常梦见家乡的那棵香樟树。香爷说明年春天，他要回家乡瞧瞧大伙，瞧瞧那棵梦中的古树。

山村一片哗然。真没想到啊，咱们这山沟沟里，竟然出了一名将军！翌日，香爷妈杀猪宰鸡，来到古树前还愿。香爷妈一下子年轻了十岁，逢人便乐滋滋地说："咱一定要活到香儿回来的那一日……"

村人期盼着将军的归来。可日复一日，月复一月，春去夏来，仍不见将军的影子。村人大失所望。有人说，这山沟沟里咋可能出得了将军；有人道，香爷的信或许是假的，要么是谁寄错了信；甚至有人说，香爷早已战死沙场，哪能回得来呢。

就在人们惘然若失的日子里，那棵古树突然被砍伐了。一日，一名外地汉子来到村里，欲出七千元钱买下古树。村人一阵惊愕，都说这千年古树是树之精灵，村之魂魄，万万不可砍伐。可一名下村的公社干部说，砍树是破旧立新，古树不砍新树不长！

当古树轰然倒地的那一刻，飞鸟惊魂失魄，鸡犬四处逃窜，村人潸然泪下。从此，香爷妈日渐萎靡，不久便与世长辞。几年后的一个夏天，山村遇上大旱，大院人们饮用的那股流淌了数百年的泉水，突然干涸。十几户人家喊爹叫娘，咒骂是砍了古树造下的孽。

多年后的一个春天，将军终于回到了山村。村人不敢相信，眼前这位身材魁梧而满头银发的老者，就是当年的香儿。香儿在村里辈分高，香儿不让大伙称他将军，自然大伙就称他为香爷。

下午，香爷来到了生长古树的那块草地。草地早已面目全非，不见了让他魂牵梦绕的古树，只留下一轮截面比碾盘还大的树蔸。昔日生长古树的那块草地，此刻裸露着宽阔的胸膛，似乎在向将军作痛苦的呻吟。香爷跪在地上，虔诚地向树蔸磕了三个响头，珠泪双流。

两日后，香爷走了，回到了北国的一座大城市。临行前，乡亲们送给了香爷大包小包的土特产，都被香爷婉言谢绝。香爷不带走别的，只带走了一把从树蔸上刨下的木屑与一信袋家乡的黑砂土。

选自 2015 年第 2 期《晚晴》

王　老　四

牟喜文

那时，王老四就像祥林嫂一样，镇里人都绕着走。

沙田屿是个三省交界的镇子。镇子不大，二百来户人家，毫不夸张地说，镇南头有人放个屁，全镇人都能闻到臭味。可就是这么个小镇子，却整天人来人往，车流不断。

王老四的父母一顺水生下四个女儿，王老四行四，父母一看又是女孩，就懒得给她起个好听的名，成天老四老四地叫，是想把女娃当男娃养哩。王老四模样长得还算周正，高个，细腰，宽臀。可自打丈夫在窑上被埋，三岁的儿子被人贩子拐走，王老四就像被施了魔法，走到哪，呼啦一声人群就散到哪。

也难怪，这个女人命太硬了！

像配合镇里人似的，王老四在找了儿子两年未果后，回到沙田屿，竟没再掉过一滴眼泪。

寒冬腊月。猎猎的北风卷着雪花，肆无忌惮地敲打着家家户户的窗棂，凶残、冷漠。街上，行人匆匆，就连路过的汽车都喘着沉重的粗气，呼出的白烟转瞬间就被风吞没了。

镇东头，噼噼啪啪一阵鞭炮声响过，王老四的老四菜馆开张营业了。菜馆还算干净，八张卡桌，里里外外就王老四一个人，既当厨师，又当服务员。

王老四真能瞎折腾，败家娘们！有人风言风语。

可不是，把她丈夫那点抚恤金败霍光了，更没人要了！有人幸灾乐祸。

菜馆开业两个月，除了零星几个过路新手司机，还真没谁再踏进王老四的菜馆。如今，司机哪个没有自己的窝子，一来，嗲声嗲气的姑娘陪着，好茶好水好烟伺候着，临走，还给拿东西，那态度，多好。王老四一个新来的，咋能争过那些老油条。镇上收卫生费的李大姐劝她说，老四，不行咱报停，歇业三个月，等来年春暖花开人多了，再开？

王老四惨笑了一下，说，李姐，不碍的。

李姐看王老四吧台里有一台新电脑，拍了拍，说，这家伙，真好！恐怕得好几千块吧？

王老四笑了笑，没吭声。

慢慢地，王老四的生意好了起来，可让人奇怪，路过的司机从别人家饭店出来，都兴高采烈的，从王老四的饭店出来，个个红肿着眼睛，低垂着头，满腹心事的样子，按理，吃得不开心，下次就不会回头了，可司机不但回头，还带来了很多认识的。

王老四的饭店难道有啥猫腻？

那还能有啥。还是李姐站出来辟谣，还不是家常菜，就是比别人家干净点罢了。

但有一样，王老四的菜馆只接待司机，其他人，一律不伺候。

乖乖，真是怪事年年有，今年特别多啊，开饭店的挑客人，还是头一遭听说呢！

两年后的一个春天，阳光明媚，风吹在脸上暖暖的，老四菜馆门前的花池子里，各色鲜花开得正旺，火红的串红，一朵朵、一串串，红得就像天边的晚霞，娇艳、任性。两只蝴蝶围着花坛翩翩起舞，十几只蜜蜂采着蜜，不时发出快乐的嗡嗡声。王老四的泰迪狗盯着蝴蝶看，看着看着，伸出小爪向蝴蝶扑去，蝴蝶灵巧地躲开了，恋恋不舍地飞向半空，一会又折返回来，落在了花丛中……

一辆警车唰地停在了老四菜馆门口，泰迪兴奋地迎上去，围着下来的人，不停地摇着尾巴。

王老四犯事了！爱凑热闹的老头老太太，呼啦一声把王老四的菜馆和警车围得水泄不通。

一个女人和那么多司机，啧啧，咋样，这回出事了吧！

从警车上下来的，除了镇上派出所刘所长，还有两个外地人，抱着一个小女孩，几人分开人群，快步走进老四的菜馆。

扑通一声，两个外地人直接给王老四跪下了，说，恩人哪，谢谢您！

这是唱的哪出呀？

王老四也很激动，眼圈红红的，嘴里说，别这样，快别这样。说着，伸手去搀扶两人，可两人说啥也不起来，还让小女孩也跪下，向王老四行大礼。

刘所长笑呵呵地说，好啊，老四妹子，没想到，真没想到，网上大名鼎鼎的老四救助被拐儿童论坛的群主竟是你！更没想到，你竟然把长途司机都发动起来了！

人们这才寻思过味来，不知是谁带头鼓起掌来，一下，两下，接着连成了一片……

时光如汾河水，默默流淌。老四菜馆扩大了规模，从平房变成了三层小楼，陆续招了二十几个服务员，一时间，热闹非凡，墙上的锦旗像红云，铺天盖地。

这天，一个十三四岁的男孩衣衫褴褛、风尘仆仆地出现在了菜馆门口，从外面买菜回来的王老四和男孩四目相对，只看了一眼，她就怔在了原地。

选自 2015 年第 8 期《小说月刊》

榆木脑袋

奚家坤

榆木脑袋是家乡的方言，意思说一个人为人处事不思考、不活泛，认死理、钻牛角尖。

“榆木脑袋”姓于，为了避免乡亲对号入座，大名就此省略。我们就叫他小于吧。

在小于童年时，家乡发生了大饥荒。大饥荒给小于留下了难以磨灭的印象。据说当时出现了人吃人的现象。正是这次恐怖的童年记忆，影响了他一生的走向。

在小于谈婚论嫁的年龄，家乡又发生了瘟疫。小于父母双双染病而亡。留下刚成年的小于、几间草屋和七八亩岗地。疫病过后，同门的叔叔婶婶们张罗着给小于找对象，却遭到了小于的拒绝。小于说现在不想成亲，连自己都养活不了还能养活别人？等我挣到像于得水于有财那样的家产时再找老婆也不迟。于得水是我们村有名的大地主，全村超过八成的土地都是他家的。于得水一家从不干活，靠收租吃喝。于有财是我们村的小地主，有几十亩地，除农忙雇工外，平时一家人也参加劳动。

小于的言语令乡亲诧异，却也无可奈何。

从此，小于每天埋头干活。在人们的眼中，小于渐渐成了一个沉默寡言、性格古怪的人。十几年很快就过去了，小于已是三十大几的人了。十多年的奋斗，小于虽然没能实现自己的目标，也积累了一些财产。新修了草房，添置了农具和牲口，日子眼看一天天地好了起来。不料又来了一个灾年，就是历史上有名的1942年。有一个逃荒的小媳妇带个闺女流浪到此。乡亲们见那小媳妇颇有几分姿色，便有意给小于撮合，却再次遭到了小于的拒绝。小于说，这是荒年，一下子添两张嘴，承受不了。乡亲知道他是嫌弃女方有孩子，只好作罢。从此无人再过问他的婚事。此事过后，小于“榆木脑袋”的名号逐渐传播开来。

1948年，国共两党逐鹿中原。在我家乡这块地方展开了反复争夺。共产党来了，成立农会，斗地主，分浮财，开展土地革命。国民党来了，杀害农会干部，抓壮丁，把分到各家的浮财掠夺一空。“榆木脑袋”也像土地一样是国共两党争夺的对象。“榆木脑袋”对国共两党有自己的看法。他认为地主于得水没有大错，租地收租子嘛，若是自己有那么多的地，肯定也会像于得水一样。所以，他不支持共产党。他也认为于得水有些事做得过分了些。灾年收成不好，你少收些算了嘛，为什么非逼着人家卖儿卖女呢？吃粮当兵，人家不愿意当兵，你国民党又何必强迫呢？他也不支持国民党。可以想象，国共两党的人也都不喜欢他。

1948年秋，在于得水的指引下，一小队国民党残兵突袭了村农会。当场打死了两个农会干部，一个工作队员受伤逃走。于得水带着国民党残兵顺着血迹追寻，在“榆木脑袋”的牲口房里找到了受伤的工作队员。“榆木脑袋”受此牵连，和那个工作队员一起被处死，都被残忍地割下了脑袋，挂在村口的那棵大榆树上。

于得水还没来得及兴风作浪，适逢一队解放军赶到。一经接触，国民党残兵便狼狈逃窜。这是一支过路的解放军部队，因任务急，略微搜索一下，见无国民党残兵，便把村口大榆树上的两个“烈士”脑袋草草掩埋。据说当时留下了一封信，告知了埋头地点。待到乡亲们从藏身之地出来，却没有找到那封信，也就没有找到工作队员和“榆木脑袋”的人头。工作队员由工作队负责运到县城安葬，“榆木脑袋”不是组织的人，便由族人安葬。族人把村口那棵大榆树伐倒，给“榆木脑袋”做了口白茬棺材，又用树疙瘩刻了个假头，把“榆木脑袋”葬在了他自己的那几亩岗地里。“榆木脑袋”变成了真正的榆木脑袋。

新中国成立后，于得水在武汉被捕，后从武汉押回，县城城东关被处决。

农业学大寨时期，村民们整理岗地，在距离“榆木脑袋”坟墓不远的地方发现了两个骷髅头，大家一致认为那就是当年被解放军埋葬的工作队员和“榆木脑袋”的头颅。因为时间过去太久，无法确认彼此身份，就把两个骷髅都埋在了“榆木脑袋”的坟旁。

选自2015年第4期《西平文学》

柔软的心

王殿君

顺子就因为出生在了那一天，他就成了小学教员李老师的儿子。

李老师成家八年膝下没个一儿半女，两个干大人少了孩子这润滑剂来滋润，日子过得就像缺了水的秧苗，了无生气。说来也巧，在抱养了顺子的第二年，李老师媳妇竟然怀孕生子了。李老师给这孩子取小名“引弟”，等于给顺子记了一功。顺子可能还会引来更多的弟弟与妹妹，可李老师夫妇知足了，做了绝孕手术。

在李老师的家庭熏陶和精心培育下，顺子一路攀爬直上考取了名校，还读了博士，引弟在哥哥的带动下也顺利考上了大学，一家出两个人才，李老师乐得合不拢嘴。

那是顺子参加工作后的第一个清明节，他休假回家，在饭桌上，李老师打开一瓶酒，要顺子跟他喝一杯。顺子看爹有心事，顺子不会喝酒，可他还是接了杯，抿了一小口，竟然辣出泪来。

李老师说，从今天起，在爹的心目中，你就是真正地成人了，不管你多大，多有能耐，你都是我儿子，我都是你爹，永远都是。在有些事上，你得听爹的，你答应爹！

顺子又抿了一小口酒，郑重地说，爹，我听您的。

李老师说，做人无论命运如何转折或改变都不能忘本，你说是吗?

顺子点点头。

李老师说，过去，你听风言风语说不是我们亲生的，我们也从没正面回答过你，是怕你人不成熟思想有波动影响你的学业，现在你大了，爹就把抱养你的来龙去脉原原本本地告诉你。于是，李老师便给顺子营造了一个亲生父母忍痛割爱的伟大形象。顺子听来有所触动。

顺子默不作声，虽然他早听乡亲们嘀咕过他的身世，但内心里还是敲起了小鼓。对李老师的话有疑问，他也不争辩，一屏气，咕咚一杯酒灌了下去。

顺子还是按照李老师的意愿，去见了亲生父母。二老抑制住激动的心情，却板起了面孔。他们没有按照李老师提前来嘱咐的那样去说，而是对一扇门大的顺子道出了实情：顺子在清明节那天呱呱坠地，添丁进口本是件喜事，可一家人却高兴不起来，爹眉头像被马蜂蜇了似的结起个疙瘩，说早不出来，晚不出来，偏偏鬼节日出来，这娃命硬呀！

娘抹着泪直摇头，说邻村有个孩子也生在了清明节，没几年就把哥哥克死了。顺子想：黄泉路上没老小，谁能证明就是那孩子克死的呢？可乡亲们都相信。顺子出生的日子不吉利，他们怕妨碍家人，于是准备将他送人。李老师闻风赶了来……

爹娘本打算再生一个两个，谁知再没怀上过。

爹故作镇定地说，送出去的孩子就是人家的了，咱不能再掺和，以后你最好少来……

看着与自己哪儿哪儿都相像的孤苦伶仃的生父母，顺子顿生恻隐之心，他有些不自然地喊了声，爹……娘……

二老顿时老泪纵横……

顺子看到了养父谎言背后的善良和生父的悔意与真诚，一个是养了他的人，含辛茹苦；一个是生了他的人，一脉相承，他忽然对“生命”有了全新的认识。

在李老师的提示下，一早，顺子来到了他的祖坟上，喜鹊在叽叽喳喳地欢叫着，仿佛在感恩着这个春光明媚的季节给万物带来的温暖与新的希望，在坟茔的四周，惺忪的泥土里已顶出稚嫩的草芽儿，羞怯怯地张望着，他的心仿佛一下子生了根似的，这种感觉极其奇妙。

上完坟后，顺子还要过一个意义非凡的生日哩，在这个生日宴上，除了“慷慨”的养父母外，还会再添一对生了自己然后当“礼物”送人的父母呢！

顺子极力想证实的一点是：他命硬不硬无从知道，可他的心是柔软的呀！

选自2015第5期《小小说大世界》

杀手的仁慈

王承磊

他，是个杀手，一个杀手中的高手，做事干净，利索。

此次，他带着一项重要的任务来到这座陌生的城市，是为了杀一个人。对他来说，杀人最平常不过了，他杀的人不计其数，无论什么样的人物，只要列入他的刺杀名单，从来没有生还的希望。

他停下来，点燃一支烟，顺便从口袋里摸出一张纸，上面有他要去的地址，然后，他抬头望了望前方十字路口的标牌，继续向前走去。

枪在他腰间的摩擦让他时刻保持警惕，但他并没有太多的顾虑，因为没有人会去怀疑一个像是在散步的行人。他从不坐车，那样目标太大，步行是他最好的方式。

此次，他受雇于一个人前来取另一个人的性命，他不知道这个人和他的买家有什么仇恨，他向来不问，这是规矩。他的买家最后撂给他一句话："只许成功，不许失败。"他淡淡地回了句："我用性命担保。"当然，他的报酬相当丰厚。

几个小时后，在一个宽敞的办公室里，屋内绽白的灯光泛着一股清幽的凉意。此时此刻，他正坐在桌子后面宽大的椅子上，吐着烟圈，若无其事地翻看着一份文件，静静地等待目标的出现。他知道，他要等的人今天晚上值班，再过几分钟，目标就会准时到来。

果然，楼梯上响起一阵均匀的脚步声。他没有惊慌，依然坐在椅子上，枪也静静地待在桌子上。

随着门轻轻地推开，灯光瞬时照亮了来人的脸。进来的男人脸上闪过片刻的惊诧后，马上又恢复正常。

男人努力保持镇静地问："你是谁，怎么会在我的办公室里？"

他盯着来人面无表情地说："有人要我来取你的性命。"

男人微微一怔，说：“该来的总会来，我不会反抗，但在你动手之前，我想问一下，你杀我的酬金是多少?”

他看了看男人的脸，男人没有一丝畏惧，这倒让他的心里闪过瞬间的慌乱。

他一字一句慢慢地说：“一百万，美金。”

男人平静的脸上有了笑意：“我能值一百万美金，倒是死了也值得，好了，你动手吧。”

他没有动，看着男人毫不畏惧的神情，他俩对视了一会儿，然后他漫不经心地吐出一句话：“但是，我不想杀你。”

这句话犹如子弹已经射出，倒让男人吃了一惊：“什——么——你!”

“是的，”他的语气十分肯定，“一百万，可见你对有的人很重要，我想救你。”

屋内片刻死一样的寂静，他打破氛围接着说：“或许我是唯一能救你的人。”

男人吃惊地问：“为什么要救我？我和你素不相识。”

他把烟头掐灭，塞进枪口，这样做是他决定放弃的动作，他边做边说：“进这屋之前，杀你是我的任务；现在，救你是我的责任。”

“为什么?”男人似乎对死并不惧怕，偏要刨根问底。

他拿起桌上那份刚才看过的文件稿，晃了晃，说：“就因为这个，我相信你是个好人，也是个好官。实际上，我并不是在救你，而是在救更多的人。”

男人愕然，他无论如何也想不到眼前这个想要他性命的人会说出这番话。男人的泪瞬间滑过。

他取出一盘微型录音带，放在桌子上，对男人说：“这是我和雇主的谈话录音，也是你反抗的有力证据。在这团乌黑阴险的泥潭里，它不会管用的，因为只有你自己是高于污泥的荷花。你只有拿到中纪委才会有效。”

末了，他重重地提醒了一句：“记住！在这个过程不要相信任何人，包括你的顶头上司。”

男人用力点点头还是吃惊地问：“我们素昧平生，你为什么要救我?”

他淡淡一笑，说：“我父母也是老百姓。”说完，他朝着男人深深鞠了一躬，转身向外走去。

男人慌忙追问："那你怎么办？"

他没有回答，留下的只有重重的摔门声。

不一会儿，外面传来一声沉闷的枪声，像是将男人的头颅击穿，男人有气无力地坐在地上。他知道，他面临的不只是生死的较量，而是对一个生命的承诺。

几天后，一群人进驻这个城市。几个月后，很多人被革职，很多人被双规，很多人被处以死刑。

这个城市像是一个虚脱的病人被注入新鲜的血液一样开始活跃起来。一潭黑水终归得以清净，一轮红日正从东方升起。

这天，男人手捧一份文件和一束鲜花，来到一座墓碑前，那是当时他要向上反映的问题，上面的标题是《为了六百五十万百姓的健康》。底下一行小字："我用性命担保……"

选自2015年第6期《小小说大世界》

私　　奔

李慧慧

那个夏天，一个女孩问一个男孩，你喜欢我吗？

男孩说，喜欢啊。

女孩笑着问，敢不敢跟我私奔？

男孩没有一丝犹豫回答说，好的。两个人约定了时间和地点，说好不见不散。

那时候，私奔是个很酷的行为，至少在女孩的心目中是这么认为的。女孩是个很另类的孩子，别的女孩子喜欢洋娃娃之类的玩具，她就是喜欢与男孩一起玩，喜欢下河捉鱼什么的。

非常淑女的母亲总是不解地看着她自问，难道在医院里抱错孩子了？尤其是面对上门来讨说法的家长们，女孩的母亲这种纠结的心情更加深刻。

母亲某次郑重其事地对她说，如果再这样就把她送回父亲那边去。女孩其实也好想问母亲，是不是生错了。每次跟在母亲的身后，人家总爱说，这孩子一点都不像你。女孩知道，她们是在说自己不如母亲好看。

越如此，女孩的内心越想叛逆一次，她认为时机成熟了，终于有个男孩肯与自己去私奔了。好吧，决定好装备。晚上，趁母亲睡着的时候，偷偷地拿了母亲包里的钱，拿起书包走了。出门的时候，还对着熟睡的母亲挥了挥手。

女孩一直认为，私奔是件挺伟大的事情，在等待男孩的时候，心里只有兴奋。约定的时间过去了，男孩还没有到来。女孩有点肚子饿，附近没有卖吃的。女孩想着男孩快来了，还是算了，再等等吧。天黑的看不到手指的时候，女孩依然没有等到男孩，女孩待在车站外睡着了。

睡眼迷糊的时候，听到了有人在呼喊她的名字。

是谁在叫她呢？

模模糊糊从光亮处传来的叫唤，既缥缈又遥远地传入到她的耳中，一声接一声地试图将她唤醒，细微的声音里隐隐带着哭腔，怕是谁已经找急了。

这样想着，眼前的光亮就越发扩大起来，努力睁开沉睡的眼睛，突然从她的头顶上方凑过来一张脸孔。虽然背光无法看清，可是感觉是那样熟悉，原来是父亲。

她瞬间流下了泪，把父亲抱得紧紧的。她坐在脏兮兮的地上，委屈地大哭起来。各种五味掺杂的情绪纠结在里面，想着男孩没有出现，想着父母亲是如何得知她在这里的。

回家后，看到她，母亲大声地哭了出来，她才发现此时的母亲眼睛红肿，头发蓬乱，没有了往常的干练与清爽。母亲没有大声训斥她，只是在她安静下来后，叫父亲多待几天。那个晚上，女孩半夜睡觉的时候，看到母亲一个晚上进出好几次，女孩没有理母亲，又累又饿睡着了。迷迷糊糊地听到父母说话，听到父亲对母亲说，要不我带她回老家算了，你一个人带着太累了。母亲带着哭腔说：我一个人能行。言语间有那么一股坚强。

父亲离开的时候对她说，不遵守约定的男孩是不可信的。她没去细细琢磨父亲的话，只是觉得回到学校同学们该怎么对待自己的这场私奔呢?

回到学校，同学和老师没有任何异常的表现，她去找那个男孩，他一脸紧张地表示，自己有事所以没有去。他以为她是开玩笑的。

等后来她真正明白爱情的时候，笑自己年少时居然有那样的勇气，羡慕自己当年的热血。当然她与那个男孩现在没有一丁点联系了，与母亲的感情却是在那次私奔事件之后变得更加亲密了。因为事后，父亲向她讲述了，一个母亲如何在深夜里寻找一个离开家的女儿，甚至放弃自尊原谅出轨的父亲，希望他能回来一起寻找。班主任向她讲述了，一个母亲如何联系班上的家长们，一家家找上门去寻找她的身影，并要求班主任在事后请呵护一个小女孩的自尊。

那是1992年，那一年她才上初一。

选自2015年第1期《微型小说选刊》

两杯咖啡

杨富安

窗外，阴雨绵绵，淅淅沥沥地下个不停。

张伟在办公室里悠闲地踱着方步，抽着香烟，脑中不时闪现小梅的倩影。

近来，张伟感到心烦意乱，对工作毫无兴趣，那个臭婆娘不知怎的，总是对他发火，在家里吵得不得安宁。

小梅是他大学的同学，四年的生活，两人感情甚笃，师范大学毕业时，由于家庭原因，小梅回到了她所在的农村任教，张伟留在了省会城市，分配在教育局工作。从此，两人天各一方。

小梅这次来到省城开会，是她大学毕业参加工作以来第一次参加这样高规格的会议，她要好好地珍惜这次难得的机遇，把要处理的事情处理完。

会议结束，小梅拨通了张伟的电话，喂，张伟，我是小梅，你还记得我吗？

张伟站在窗前，望着远处高楼上萦绕的雨雾若有所思。他听到办公桌上的手机响起，赶忙拿起接听，哦，是小梅呀，怎不记得？打死我也不会忘记。

听到小梅那熟悉的银铃般的声音，张伟兴奋起来，五年了，都没有小梅的音讯。大学里，那和小梅在一起的往事如电影般一幕幕闪现。

小梅，在哪儿？张伟有点激动。

这几天，我在省城参加一个会，会议一结束，就打电话给你，我现在东方大酒店门口。

东方大酒店距张伟的办公大楼只有两站路的距离，不到五分钟，张伟就开着宝马车来了。

一下车，张伟就远远地看见一个熟悉的身影，高挑身材，穿一件粉红色的连衣裙，一头乌黑的头发瀑布般地泻在脑后，是那样楚楚动人，左手拿一个白色的皮包，右手握着刚打过电话的手机，望着繁华的大街上滚滚的车流及雨雾中匆匆前行的人。

西装革履的张伟见到小梅伸出拥抱的姿势，被小梅拒绝了。她和他相见了。从两人眼睛里可以看出都有些激动，那是感情至深心灵相通的恋人久别重逢后的喜悦，那是云开深处情意浓的真切流露。

张伟端详着眼前的小梅，一时语塞，不知说什么好。还是小梅先开口，找个地方坐坐吧。

张伟将小梅领到六楼音乐茶座。这个茶座相当豪华，客人络绎不绝，舒缓优美的舞曲，在屋内轻轻地飘扬。

张伟问小梅要点什么饮料，小梅点了两杯咖啡。

两人对视而坐，张伟禁不住问小梅，这几年怎么过的？

小梅的思绪被张伟的问话一下子拉回到遥远的记忆。

那年，师大毕业，本来可以分配在县城重点中学任教的，可因为母亲意外伤亡，我申请回到了家乡的普通中学教书，那里距县城一百多公里，交通不便，信息闭塞，很少与外界联系。给你打电话总是打不通，又写过两封信，都没有音讯，后来，被工作和家庭的重担所累，渐渐地也就忘记了过去。

那你这次开什么会，还记得给我个电话？

我们县组织优质课赛讲，经过教育局评选，我的课比较优秀，代表全市参加省上的赛讲，去年，班的一个学生考上北京大学，我也被评为省上的优秀教师。这次，省教育厅组织的优质课竞赛，我又获得第二名，这是刚刚颁奖的证书。会议结束时，我问了市教育局刘局长，他恰巧是你一个单位的，就给了我这个号码。

小梅也想急于知道张伟这几年的情况。

张伟喝了一口桌上的咖啡，慢慢地道来。

毕业那年夏天，我打算回我们县城工作的，可我妈托熟人给我介绍了对象，就是现在的老婆。她是省政协副主席的女儿，她爸答应我要是能成这门亲事，给我分配在省城工作。我思量再三，还是提出与你分手。临别的晚上，你把女人最为宝贵的贞操献给了我，当年都是我的错，是我对不起你。

两人在融洽的气氛中交谈。

小梅，那你个人情况呢？

这几年忙于教学工作，很少考虑个人问题。期间，有男孩追求的，也有好心人牵线搭桥的，都不太中意，就把这事搁下了。你看，像我这样的年龄，在村子里算大龄青年，要是与同村的女孩相比已是两个孩子的妈妈了。

张伟听小梅这样说，知道她还是单身，心中一阵窃喜。

张伟的话匣子被打开，就像窗外的绵绵细雨，不停地向身边这个初恋情人倾诉。

我现在的老婆，倚仗她爸是高干，家里做饭洗衣都是我包，她只管在外面疯玩，还动不动发火骂我，你说这样的日子怎么过？这还不算什么，最为严重的是我俩结婚这么多年，一直没有孩子，经医生检查她患有先天性心脏病，不能生育，这是男人最大的悲哀，也是我的一个心病。

张伟说到这儿开始悲情起来，眼睛里禁不住泪花闪闪。

小梅同情地离开座位，坐到张伟一边，安慰曾经深爱过的面前的这个男人。

张伟说到动情处，泪流满面，猛一下抱住小梅，请求到："小梅，嫁给我吧！"

小梅挣脱掉张伟的搂抱，回到自己的座位上，郑重地告诉张伟，这已经晚了，就像杯中的咖啡已经凉了，你有那么好的工作，那么高的地位，那么好的房子、车子，还不满足吗？我一个农村教师配不上你这个城里人。小梅有些讥讽道。

张伟想再恢复五年前的那种感情已是无望了，用一种近乎哀求的口气对小梅说，你能给我生个孩子，我可以把你的工作调到市里，并且置办一套房子供你居住。

小梅听到这样的话，怒从心中生，气从肝边来，认为张伟变了，完全变了，再不是昔日大学里有理想有抱负的张伟了。

你张伟怎能说出这样的话，把我看成什么人了，简直是一个十恶不赦的混蛋。小梅站起身怒不可遏道。

说着，小梅抓起桌上的皮包，转身就要离开。

张伟拉住小梅的手，祈求小梅不要走，到楼上开个房间。

小梅甩开张伟的手，叫来服务员，掏出一百元钱，重重地放在桌上，这是两杯咖啡钱，不用找。

小梅说着，快步跑下楼梯。等张伟追赶过去，小梅已经冲到雨幕中，消失在茫茫的人流中。

选自 2015 年第 1 期《商洛地税》

遗　言

左世海

得知父亲突然病故的消息，二栓率先骑着摩托从镇里赶回，紧随其后的大栓也开着小车从县城进了家门。

爹是咋死的？大栓问一直和爹住在一起的小栓。

大清早他突然说难受，在送医院的途中就不行了，医生说是心肌梗死。小栓哭丧着脸说。

爹在临走时，没交代什么？二栓又问小栓。

没……没说什么呀！小栓想了想说：爹就安顿了二句，说他死后，留下的三间老屋咱兄弟每人一间，院里的十多只羊也要按人头分开。

除了这些，还说啥了？大栓眨巴着眼睛，插问道。

还有，就是说院里茅房的石头墙快倒了，以免塌了伤着人，让咱们一起推倒重砌一下。

就这些？大栓疑惑地盯着小栓，有些不甘心。

就这些，没啦！小栓说，说完这些他就闭了眼。

不对呀！大栓冷冷地笑道：我可听本家三爷讲过，说爷爷以前是老财，给爹留下过一些银圆，你也知道，咱爹比较抠门，怕人知道，一直不肯吐露半字，这些年你一直在他身边，怕是早给了你吧？

没……没有呀！小栓听后急了，大声辩解道：我也听说过这件事，可能是谣传吧，如果有，这么多年了，爹还不和咱们说？我真的没见过一个银圆的影儿。

见没见，你心里清楚！二栓听后插话道。

你这话啥意思？小栓听后火了。

啥意思，这还要我说吗？二栓故意瞄了一眼大栓道：你说没给你小栓，这个我信。要知道，你是爹抱养来的，和我们没什么血缘关系。倒是有人隔三岔五地拿几条烟、提几瓶劣质酒回来，哄弄老人，不一定，嘿嘿……

大栓听出了二栓话里的意思，涨红着脸也站起身，说：我也不解释什么，爹没给小栓，那就是背着……，嘿嘿，反正钱给了谁，谁负责他的后事，我没拿一个子儿，葬他的事，我不管了。说着起身要走。

你！咋能说出这话？小栓听后站起身，挡住大栓，握紧了拳头。

正在关键时刻，三爷拄着拐杖来了。他听到了屋里的吵闹声后，气愤地用拐杖点着屋里的人，奚落开了：老人后事未办，你们就这样胡闹开了，造孽啊，都怪我，以前和你们开了个说你爹有银圆的玩笑，都怪我这老不死啊，唉！

众人听后面面相觑，这才安静下来。

丧事办完后，大栓对小栓说：我要那间土窑洞没屎用，干脆多分我几只羊，窑洞归你了。

二栓说，我也不再回来了，留着窑洞没用，也多分我几只羊，窑洞归你。

小栓默默点头道：那茅房砌墙的事？

一堵破墙，反正我们也不往那个茅房拉屎，砌不砌那是你的事，我们工作都忙，要早些回去，你自己处理得了。

小栓听后不语。

大栓二栓走后，小栓独自望着空荡荡的羊圈，回到昏暗的屋里，跪在爹的遗像前，忍不住泪流满面。

两天后，正当小栓按照爹的遗愿，准备去重砌茅房的危墙时，不料夜里一场大雨，将墙轰然淋塌，小栓清晨去看，只见乱石中滚出两个灰色的瓦罐，打开后，不由惊呆了，里面满是带着锈斑的银圆。

选自 2015 年第 3 期《金山》

钟 点 房

吴垠康

赵小刚来到宾馆前台，他要开钟点房。

领班接过身份证，将赵小刚来来回回打量了几遍后，给他办了开房手续。然而，就在赵小刚入住 518 房间不久，三个行色匆匆的人也来到宾馆前台，领班热情而礼貌地站起来，年龄大些的就从口袋里掏出证件，自我介绍道：“县公安局的，希望能配合我们的工作。”

领班看过证件，神色有点慌张，赶紧笑着掩饰说：“您就是刘队呀，我们一定全力支持。”

518房间对面是519，刘队他们三人正在里面商量抓捕方案，基本思路是趁犯罪嫌疑人交易之际，喊话进入或破门而入，抓他个正着。侦查员小王负责监视，就在他盯猫儿眼盯得快要撒尿时，对面有了动静，气氛也一下子紧张起来。刘队将左眼贴在猫儿眼上，只见一个衣着时髦的少妇，挎着坤包，正在518门口按门铃，接着518房门开了一条缝，少妇闪进半个身子，又探出头，贼头贼脑地朝过道两头扫过一遍后便关上了门。

刘队轻轻开门出来，隐约听到518里有动静，还有含混不清的窃窃私语，他示意小王他们两个穿好防弹衣，做好抓捕准备。接着，刘队小心地按响了518的门铃，按到第三遍时，里面有了回应。

“谁?”赵小刚有点警觉。

“先生打扰一下，我是宾馆水电工，上层房间下水道堵住了，需要疏通，希望支持我们的工作。”刘队煞有介事地说。

“什么破宾馆呀，不就钟点房吗，退房后再来修吧。”赵小刚没有支持的意思。

“只要三五分钟就能搞定，前台说了，你的钟点房将因此顺延一小时。”刘队进一步试探。

里面没有回话，刘队想，要是一分钟内再不开门就强行进入。然而，没等一分钟，门开了，更没等赵小刚反应过来是怎么回事，他与那个女人都被控制了。但令人费解的是，房间里没搜到毒品，且这个男人与张斌的长相大相径庭。刘队指着赵小刚厉声问道：“你叫什么名字?”

“我……我……我叫张斌。”赵小刚支支吾吾地说完，那个女的像被电触了，直直地盯着赵小刚，脸上写满了愤怒的问号。

小王从包里找到两张身份证，刘队接过身份证，并排举到赵小刚眼前：“这是怎么回事?”

“这……这……这张斌是我朋友，可能是刚才开房拿错了。”

刘队笑了笑：“你是张斌的朋友？那你知道他是干什么的?”

“他呀，没有固定职业，除了杀人越货，什么都干。”赵小刚满不在乎的样子。

“是吗？你怎么知道他不杀人越货？我告诉你，张斌是网上通缉的大毒贩。”

刘队说完，那个女人倒吸了一口凉气，然后目露凶光，狠狠地盯着赵小刚吼道：“这到底是怎么回事?”

“唉!”赵小刚五味杂陈地叹了口气，顿了顿接着说，“我坦白吧，这张身份证是我捡来的。”

赵小刚是自来水厂厂长，这女的是厂里会计，赵小刚喜欢没边没际地开玩笑，女会计则兵来将挡水来土掩，一来二往两人就擦出了火花，加上在报账时配合得相当默契，以致对方的吸引力历久弥香。但近期赵小刚老婆似有觉察，几次扬言要去宾馆找证据，搞得他寝食难宁，他可不想成为网上报道的那只“苍蝇”，被拍了不说，连开房记录都曝光了。双休日早锻炼，赵小刚经过酒吧门口时，捡到了张斌的身份证，虽然长相有差别，但年龄相仿，暗喜当天就用得上。但他怎么也没有想到，这个张斌居然是个毒贩。

此后，宾馆接受了治安处罚，赵小刚与那个女人挨了批，但开钟点房之事并没有这样轻描淡写地过去，在民间论坛推波助澜下，赵小刚不但婚姻走到了尽头，而且还因挪用公款、索要回扣等举报线索被纪检部门盯上了。

选自2015年3月18日《新安晚报》

皇上驾到

刘怀远

周小贵万万没有想到，在他当伙计的刘公馆里，能遇到皇上。

公馆有几间房子挂牌招租，不久，两个说官话的男子就住了进来。小贵看得出来，他们是一主一仆，主子年方三十，儒雅俊逸举止高贵；仆人已过中年，举手投足毕恭毕敬。二人来了几日，并不出门，周小贵从他们房前经过时，能听到青年京腔京韵的读书声。

这天早上，小贵再次从他们房前经过，门半掩，看见仆人正跪在地上三拜九叩地请安。周小贵忙止住了脚步。仆人叩完头，提着尖细的嗓子说，主子，您该读诗了。周小贵见床上铺着他们自己带来的被子，金黄黄的，上面绣着团龙。桌上摆放着他们自己带来的金黄茶碗，上面张牙舞爪着飞腾的龙。

周小贵跑回去，跟老朱说了。老朱也是伙计，跟小贵吃睡在一起。老朱眼睛瞪圆了问，你看清楚了？

这时刚好刘员外踱步出来：你们两个，嘀咕什么？

两个人一五一十地讲了起来，说他们所有用具上都有龙。刘员外说，你马上给他们送去开水，顺便细数一下龙是几个爪的？

老朱说，还是我去吧。就噔噔地走了。

老朱回来说，我数了，所有的龙都是五爪的。

皇上？皇上！只有皇上才能用五爪龙的器物！刘员外说。

别人没有用的？小贵问。

别人？刘员外鼻子很响了一下，僭用圣物，谋篡论处，那可是掉脑袋灭九族的！你们小心伺候着，我去报告知县大人！

陈知县听了刘员外的讲述，很兴奋也很诧异。江夏县离京城太远了，两千多里路，怎能说来就来了？想当年乾隆下江南，那可是旌旗招展锣鼓喧天，提前多少天就通知沿途官府净水洒街黄土铺路地恭迎圣驾，这到了光绪帝下江南，怎么悄无声息？转念一想，也可能是慈禧太后管得紧，光绪帝从瀛台溜出来不敢声张。不过，如果真是皇上，应该是太监陪同。知县跟刘员外说，你马上回去探明仆人的身份。

刘员外让老朱邀那个仆人去澡堂子泡澡，不想仆人竟满口应允，一起去池子里泡到天黑。回来后，平时伶牙俐齿的老朱都结巴了：看……看清……清楚了，他……下边儿……

晚上，老朱吹熄油灯后说，小贵呀，咱们命中注定要大富大贵。

小贵说，怎么呢？

老朱说，这皇上驾到，咱们把他伺候好了，就会有享不尽的荣华富贵。

小贵说，人家不是有太监伺候吗？哪用咱们啊？

老朱说，你真是个孩子呢，咱把他哄高兴了，他会给咱封官晋爵，皇帝开金口，起码是七品，你不想当官？

小贵说，我不想，我都二十了，只想着再挣几年钱，先成了家。

目光何其短浅！老朱文绉绉地说，仿佛已经官服加身。

老朱翻个身接着说，我那闺女，到年也十八了。小贵脸一红，以为老朱又要说将女儿许配给他。之前老朱喝醉时说过几次，只要小贵多给彩礼，就把女儿许配他，不过酒劲儿过了，就不再提。

老朱说，我女儿可不是一般的漂亮，多少人家要下聘礼，我就是不应。女儿小时候算过卦，说是娘娘命，没想到，真的应了。

第二天一早，刘员外坐上轿子去向陈知县禀告此事，心急火燎的老朱把自己的全部积攒拿出来，又借了小贵一些，兑成十两一锭的纹银，悄悄地塞给那仆人，然后由仆人领着，去给青年三拜九叩。青年倒也和颜，跟老朱聊了几句，老朱说，家中一女貌美如仙，尚待字闺中，愿意来此伺候圣上。青年一笑：弄来瞧瞧，朕再定夺。

老朱又找小贵：把钱再借我点儿。

小贵说，还干什么啊？

我回临湘老家，把闺女接来，献给皇上。

小贵说，那你和皇上要路费不就行了？

老朱说，可眼下不好跟皇上开口啊。我当上国丈，自然金银遍地，还让你吃亏？

小贵心里不高兴老朱把许给他的女儿又献给皇上，就说，没钱。

老朱“切”的一声：没有拉倒，有你小子后悔的时候，我外面借，借完钱我马上回家。

小贵说，你不等东家回来告个假？

告个屁，以后还不知道是谁伺候谁呢！

老朱走后，院子里一下热闹起来，一拨一拨的人来叩见，一拨一拨的人送来古玩玉器金银财宝，仆人都一一收纳。小贵想，肯定是老朱出去借钱时传扬出去的消息。

午后，小贵见刘员外领了几个穿官服的人来，其中有陈知县。陈知县叫来几位在京见过光绪的官员，众人从窗外偷看了，都说跟皇上极为相似。陈知县忙去问安。陈知县说，想知道圣驾临幸何为？青年的手有意无意地搭在一方玉玺上，眼皮都没抬地说：见张之洞，方可透露。张之洞是湖广总督啊，这口气之大，可见真是皇上。

接下来的几天，来公馆送礼的人更多了，其中以候补的官员居多。礼品堆满了他们租住的房间后，他们又租下了相邻的两间房子，不过，这次刘员外没有收他们的租金。

几天后，老朱用一顶花轿接来了花枝招展的女儿，却没有见到青年和仆人，他们真的被总督府的兵丁请去了。老朱擅自把女儿安顿在青年的房子里，就迫不及待地去了总督府。

总督府外的旗杆上，两颗人头高悬。

二人真从皇宫里来，中年是守库的太监，偷了宫里的物品；青年叫崇福，是宫里唱戏的伶人。二人一起跑出来，打算捞几笔外快。他们第一站来到江夏，不想就被总督识破，丢了性命。

讨债的人把老朱逼得跳了江。为给女儿做行头，他借了很多债。

小贵拦下要卖人抵债的债主，变卖了老家沙嘴的十几亩水田，替老朱偿还完债务，领着老朱的女儿，回到了汉江边，从此漂泊江上，打鱼为生。

这年，是光绪二十五年。

选自2015年第5期《小说月刊》

爬上楼顶的男孩

蓝　月

我把车子开得飞快。

我时不时拿眼睛横一下副驾驶座这个叫陈小雨的孩子。

小家伙似乎有点不安，一会儿玩玩手指，一会儿又将眼神飘向窗外。

哼，你也有怕的时候？

你说现在的孩子玩什么不好，居然要玩爬楼顶的危险游戏，这不是给我们警察添乱吗？有多少事情等着我们去处理？这个孩子居然一而再再而三地爬楼顶玩。最可恨的是，这孩子居然对我说，明天的新闻上别忘了写上他的名字。

同事小马怒气冲冲地把陈小雨带到我办公室。

也难怪小马会生气，这孩子爬楼顶爬出瘾来了，开始几次还有点害怕，低着头不敢吭声，后来居然用满不在乎的眼神看我们，嘴角还露出一丝叛逆的挑衅。

我下定决心要见见这小家伙的父母，再也不能被他忽悠了。前几次问他，他说父母都不在家，奶奶是个聋子，听不到任何人说话，说就算我们去了也是白搭。

半小时不到，到了陈小雨的家。屋子很旧，堆了不少硬纸板可乐瓶之类的生活垃圾。屋里传出炒菜的声音。我问陈小雨。里面是你奶奶在做饭吗？陈小雨点了点头。

我走进去，果然里面一位白发苍苍的老奶奶在乌漆墨黑的锅灶上忙碌。

老奶奶，你好。我敲了敲门板和老奶奶打招呼，我一只手始终拉着陈小雨，我担心这个小家伙趁我不备溜之大吉。

没用的，我和你说了，我奶奶啥也听不见。陈小雨在轻声嘀咕。

陈小雨没有说谎，我没有打扰老奶奶。看来，解铃还须系铃人，还是必须从陈小雨身上打开缺口。

我拉着陈小雨走到外面。我用很温和的口吻对陈小雨说，小雨，你告诉阿姨，你为什么要去爬楼顶呢？你那样做很危险的，如果你有什么闪失，你奶奶该会多担心呀！

陈小雨低下头不说话。

我一看有戏，继续开导。

小雨，你爸爸妈妈一定是在外面打工吧？他们肯定也不希望你有事。你好好上学，爸爸妈妈在外面才能放心。

陈小雨还是不吭声，但是我看他的眼神已经不再抗拒。我决定从根本上解决问题，这孩子家里没有爸爸妈妈，只有一个啥也听不见的奶奶，这孩子蛮可怜的。

我拍了拍陈小雨的肩膀说，你有什么难事，尽管和阿姨说，阿姨一定帮你。好不好？我的眼睛看着他，眼睛里装满了十二分的真诚。

小雨终于抬起头看了看我，但是又立马低下去了。我不禁在心里叹了口气，看来我还是无法走进孩子的心。

我再次拍了拍小雨的肩膀，站起身准备离开。

阿姨，你说我妈妈会看到我爬楼顶的新闻吗？

我看向小雨，发现他正忽闪着眼睛看着我，眼神深邃，如一口望不见底的深潭。这样的眼神不该出现在一个九岁孩子的眼睛里。

我的心猛然疼了，这孩子一定是想他的妈妈了。他是希望妈妈看到新闻后，回来看他。

小雨，阿姨负责帮你找妈妈，阿姨保证，一个星期之内，帮你找到。但是，你要保证一定要好好学习，好吗？我抿着嘴认真地看着小雨，等待小雨。终于，小雨重重地点了点头。我没有辜负小雨的期望，我为小雨带来了他妈妈的亲笔信。小雨的妈妈在信中说，让小雨好好学习，她在外边为小雨挣学费，以后每月都会给小雨写信，小雨在生活上需要什么，尽管写信告诉她，她会寄过来。

小雨看到信，并没有我想象的高兴，相反眼神很复杂。

我拍了拍小雨的肩膀，说，你要体谅你的妈妈，妈妈一切都是为了你。如果你不嫌弃，让阿姨来做你的好朋友，好不好？

小雨不相信地看了看我，我微笑着点了点头。小雨腼腆地笑了。

我松了口气，这孩子的心结开始松动了。

从此我的生活中多了一份牵挂，那就是小雨。从小雨的眼神中，我也看到了他对我越来越信赖和依恋。他变得越来越开朗，每次都会和我分享他学习的进步。

我问小雨，小雨，你长大了想干什么？

我要和你一样当警察。小雨毫不犹豫地说。我开心地说，好，那你更加要努力学习呀。

我伴着小雨一路成长，帮着照顾他的奶奶。而小雨的妈妈雷打不动每月都会给小雨写信，寄生活费。十年后，小雨真的顺利地考上了警察学校。

看着已经长成帅小伙的小雨，我想是时候告诉他一切了。

阿姨，我想告诉你一件事。

好啊，小雨，你说吧。没想到这孩子也有事要告诉我。

身穿制服英姿飒爽的小雨，向我立正敬了一个标准的军礼，说，谢谢阿姨像妈妈一样陪伴呵护我，没有阿姨就没有今天的小雨。我知道，所有的信都是阿姨写给我的。我的妈妈在那年就去世了，但是我一直不愿意接受这个事实，而且很愤恨命运对我的不公，我爬上楼顶，就是为了和我天堂的妈妈更近一些。当我看到那些人都兴奋地看着楼顶上的我的时候，我心里面的愤恨就更深了，于是就想戏弄他们一下，看到这么多人为我忙碌，还有记者扛着摄像机赶过来，我找到了恶作剧的满足，看到警察被我气个半死的样子，我就想笑。阿姨，是你治好了我的心病，让我感受到了妈妈的温暖。我立志当警察就是为了像你一样去帮助更多需要帮助的人。

小雨，阿姨为你高兴。看着满脸阳光的小雨，我由衷地笑了，我知道，我什么也不用说了。

选自2015年第10期《啄木鸟》

老　宅

刘金祥

世上最是父母亲，断了骨头还连着筋。

——题　记

这一年的初春，冷得出奇，似乎久久不能从严冬中苏醒，漫天的雪花呼啸着席卷着大地。一个不惑之龄的男子跪在墓园里，久久不起。或许他的心里，比这漫天大雪更加的冷，更加的疼。

人到中年的辉，就像他的名字一样，事业有成，辉煌无比，每天大鱼大肉，花天酒地，土豪的气质被他展现得淋漓尽致。可眼看着接近年关，最近的他却遇到了一件烦心事，作为房地产商，最烦人的就是钉子户。那是一栋老宅，很老的两层平房，户主是一对年过七旬的老人。本想老人无儿无女，十万块就打发了，辉又可以大赚一笔，可老人死活不肯，说是房子留给他们失散的儿子，最少一百万。本来一百万也出得起，但辉可不想出这个钱。辉坐在办公桌前，正在苦思冥想着有什么办法。

突然一阵急促的手机铃声响起："爸爸，我迷路了，现在和一个老奶奶在一起，快来接我啊……呜……呜……呜……"听到儿子的抽泣。辉一个箭步冲了出去，对于中年得子的他来说，四岁的儿子和现在的事业就是他的全部。顶着寒风，一个小时的焦急寻找后，辉在公园找到了儿子，小家伙正和一个老太太玩着游戏，脸上还有泪水的痕迹，儿子身上披着老人的大衣，老人却在寒风中瑟瑟发抖。看到辉，儿子高兴地扑进了他的怀抱。抱起儿子，转过头望向老人，就在老人和辉四目相对时，两人几乎同时愣了一下……辉本想重谢一下老人，但老人婉言拒绝了，老人说四十年前，她两岁的儿子就是这么走散的，她只是不愿再看到这样的事发生，辉又愣了一下。

抱着儿子回到家，当辉无意间翻开那个钉子户的资料时……原来是她，那个老人。辉脸上突然露出了笑，可那笑容却显得那样的阴森。

腊月二十九，大年夜前的最后一天，天上飘着鹅毛大雪，整个小城披上了银装，辉提着一大堆东西，敲开了老人家的门……许久，两个老人跟着辉出了门……

大年三十的早上，雪下得更大了，一天一夜的雪，覆盖了整个小城，当老人们回到家看到眼前的情景时，一声惊呼，晕了过去……眼前是一片废墟，断壁残垣，残砖破瓦，简陋的家具被铲得七零八落，寒风呼啸，大学飘扬下的小城，一片死寂……

时间回到腊月二十九，那是老头子近一个月第一次出门，他一直在家防着强拆的人，可是辉为了感谢老太太，一定要请二老去吃一顿饭，不知为何倔强的老头在见到辉后就妥协了，只是他不知道辉就是那家地产的老板，那顿饭吃了很久。期间辉接了个电话，而后脸上又露出了那个阴险的笑，辉不记得那天晚上老人讲了什么，好像是关于他们失散的儿子吧……

大年初一，雪已经散去了，太阳穿破重重阻挠，又回到了天空中，只是老人们再也看不到阳光了，他们死在了医院，是心脏病突发。人是辉葬下的，医生告诉辉老人的遗言“把那十万给我失散多年的儿子”。

新的房子开工了，辉去了工地，突然他在地上看到了一张皱巴巴的照片……辉疯一般地冲向废墟，跪在地上，撕心裂肺的痛苦着，照片上是两岁的辉，那张照片，辉的桌上也有一张。辉是两岁时去孤儿院的。“我早该想到的，早该想到的……”辉的额头已磕出了血。

天上还飘着大雪，辉不顾一切地冲到墓地，双腿直直跪在老人的墓前，久久不起，任风雪把他塑成一座雪雕，辉只是不停地呢喃着：“爸，妈，我对不起你们，安息吧！”

半年后，这里没有按原计划建成公寓，而是盖了一个孤儿院，辉是院长。他还是会经常去墓地，久久地跪着。

世界上最痛苦的事，莫过于“子欲养，而亲不待”。

——后记

选自 2015 年第 1 期《三峡文学》

午夜的鱼香茄子煲

葛取兵

一入秋，天气就清爽起来。

秋夜，少了夏的聒噪和闷热，来店吃饭的人也就渐渐少了起来。这是湘兰餐馆老板的一个明显感受。湘兰餐馆是一个开张才三个月的小酒馆，店面不大，却装修得很精致，老板的名字就是餐馆的店名，一个如兰似玉的女人，纤巧，馨香。

才十一点，店子里就安静下来，客人早一个个打着饱嗝儿融进了大街，消失在了街头的人群中。

灶房里的厨师和服务员收拾好残局，也去安歇了。店里安静。只有湘兰正算着今天的生意，这是湘兰的一个习惯，每天打烊前一定要盘好底，造好明天的计划。

“丁零零”，电话声在夜晚的寂静中显得格外响亮。

湘兰提起听筒，一串焦急的话语就扑面而来。

“喂，老板，麻烦订个餐哟。”

这个时候订什么餐，明天的？湘兰心想，但还是很有礼貌地回应：“你好，需要帮什么忙？”

“我想订一个煲仔饭，鱼香茄子煲！”电话的另一个端，一个男生清脆的语音急匆匆地直扑湘兰的耳鼓。

“打烊了，对不起，先生。”并非只是一个煲仔饭，确实师傅都休息了，火也关了，要重起炉灶实在不方便。

“老板，帮个忙，好啵？”对方始终以一种商量的语气，又好像没有放弃的余地。

湘兰分明感受到了对方的焦急。作为女性，有一种直觉让她没有粗率地挂掉电话，而是静静地听着对方的言语。

“姐，我是一个在外地求学的大学生，我想给我母亲订一份煲仔饭，已经联系了几家餐馆都被拒绝了。”电话里的称呼已改成了“姐”。

“可我们的厨师也下班了呀。”湘兰不紧不慢地对电话里的男生说。

“姐，帮个忙，今天是我母亲的生日，她现在一个人，下了岗，在外打零工哩，这个时候还在上班。”男生的声音有点哽咽了。

看来，这是一个懂事乖巧的小男生，情商还蛮高。湘兰一边想一边平静地听他说话。

“嘀，母亲的生日？你也太小气了点吧，就一个煲仔饭？”湘兰不想让小男生掉泪，想调侃他几句。

“姐，你不要笑话我，我可是一个学生呀，将来赚钱了，肯定会请母亲吃大餐的。”一句话让男生的言语中又充满了阳光，“求你了，就是个鱼香煲仔饭，这是我母亲的最爱。”

“好吧，难得你有这一份孝心。”

“钱我寒假时还你，”男生诚恳地说，“一定还你！”

“好哩，放假了就来我这里做假期工哟。”

“谢谢了，真的很谢谢了！”对方挂掉了电话。一个鱼香茄子煲。不难做，看来只能自己动手了。湘兰心里想。

半个小时，OK！湘兰还特意加了两个荷包蛋。出门时，又从店里花篮中折了一朵盛开的百合花，晶莹雅致。

关好店门，骑上摩托车，湘兰穿行在午夜的大街上。闪烁的街灯让城市的夜晚多了一份温馨。

按照小男生告知的地址，湘兰很快找到他母亲打工的阿波罗歌舞厅，此时正是灯火迷离。

推开旋转门，在大厅的右侧，湘兰第一眼就看到了一个穿着工作服，年龄在四五十岁上下的阿姨，正在不停地擦着地板。大理石的地板洁净得如一面镜子，光彩照人。

凭直觉，湘兰认定了，她就是大学生的母亲。果然，没错。

湘兰笑着说：“今天是您生日，您儿子给您订了一份晚餐，鱼香茄子煲，喃，还有一朵鲜花哩。”

“哎……”这位母亲显然有点惊慌失措，一双粗糙的手在衣服上擦了又擦，终于接过了煲仔饭，湘兰发现她的双手在抖。

“真的是我儿子订的？”母亲似乎不相信，“他在哪儿？”

“是的，是你儿子委托订的，他在学校，很好！”湘兰望着这位一脸疲倦的母亲说。

“谢谢你了！”女人满是感激。

湘兰走出大厅，回望了这位母亲。她正坐在大厅的一个角落里，一脸的满足，正幸福地闻着煲仔饭的香味。

初秋的午夜，是如此温馨，如此凉爽！

选自2015年1月26日《贵州都市报》

幺姑的绣花鞋垫

杜春成

嘉陵江流经悦来境内，沿江绝壁耸立，山清水秀，绿树芳草，山花怒放，风景绝佳。

抗战时期，重庆所需的大量城市生活物资，大多从嘉陵江上游水运而来。因其便利的交通，悦来码头成为嘉陵江滨的一个重要口岸，热闹非凡。

在悦来码头，有一坨磨得非常光滑的大石头。从抗战胜利的那一年农历六月十五日开始，每年的那一天，总有一位女人站在石头上，把一双崭新的绣花鞋垫抛进嘉陵江里，那鞋垫顺江水流向了远方。

那位女人是我爸爸的妹妹，我叫她幺姑。

幺姑每年都要做两双绣花鞋垫，一双抛进嘉陵江，一双装在一个红木箱子里。

幺姑做的绣花鞋垫针线均匀，绣工扎实。每双鞋垫上面都绣有“抗战”二字，那字特别醒目。

可是，幺姑不识字，连自己的名字也只是认得，写不起的。她是怎么绣上去的呢？

我问幺姑，您不识字，“抗战”二字为啥绣得刚劲有力？

幺姑告诉我，当年，国民党社会部社会服务处住在她家隔壁，她向服务处的一位官员讨要的两个字，幺姑花了两个晚上的时间，才把那两个字绣到鞋垫上。

幺姑的鞋垫是送给一位叫大江的人，那人是幺姑的心上人。

当年，幺姑十八岁，长得秀气，水灵灵的，悦来场的人说她是一枝花。大江比幺姑大两岁，长得敦笃，是嘉陵江上的撑船能手，两人已经定了亲。

这时候，重庆成了抗战首都，悦来场迁移来了很多政府部门，他们教人们唱抗战歌谣，动员青壮年出川抗日。大江就是听了歌谣，才下决心报名参加抗日远征军的。

大江参军出发的前一天晚上，在悦来码头边的大石头上面，幺姑把两双鞋垫送给了大江，含情脉脉地对她的大江哥说，“大江哥，我每年都给你做两双鞋垫。给你寄到队伍上去。”

“队伍是去打仗的，驻地是流动的，你寄了，我也收不到啊！”大江说。

“那我绣好放在家里，等你回来穿。”幺姑拉着大江的手说，“大江哥，你一定要回来。”

抗战胜利那一天，幺姑带着幸福的希望去码头接她的大江哥，大江哥没有回来。她还不知道，大江哥永远留在了抗日的战场上。

从那以后，幺姑都要在大江哥参军远行的那个日子里，把一双绣好的鞋垫，抛到嘉陵江里，让嘉陵江带给她的大江哥。

大江哥没有回来，幺姑还在等。她相信，他一定会回来的。这一等就是七十年，幺姑终身未嫁。

今年，幺姑的老房子因为开发拆迁了，她分到了一套新房子。幺姑搬走的唯一一件家具，是装满七十双绣花鞋垫的两只红木箱子。她把它们放在客厅最显眼的地方。

有人听说了幺姑绣花鞋垫的故事，开着车到了幺姑住的小区，他们对幺姑说，愿意出高价买她的绣花鞋垫。幺姑说，要鞋垫可以，必须等她的大江哥回来，大江哥同意就卖给他们。

电视台听说了幺姑的故事，他们来采访她，幺姑对着摄影机镜头，摇了摇头说，她要和大江哥在一起，才能接受采访。

幺姑临终前一天，她把我叫到她床边，指着那两箱子绣花鞋垫对我说，她要把那七十双绣花鞋垫带走，亲自交给她的大江哥。

我点了点头说，一定按幺姑说的去做，在她走的那天，把绣花鞋垫放到她的身边，由她带给她的大江哥。

幺姑的遗体火化那一天，我把六十八双绣花鞋垫和幺姑的遗体一同送进了火化炉。

请幺姑原谅我的不孝，我悄悄留下了两双绣花鞋垫，一双留给我的后人做个纪念，一双捐给抗战纪念馆，让后人永远记住抗战的峥嵘岁月。

选自 2015 年 8 月《天津早报》

最后一次机会

李 蓬

大发公司忽然陷入了困境，不是资金上的，而是人才上的——有五名骨干员工几乎同时提出了辞职。大发公司就只有五十来人的规模，经营到这种程度，再也没有进一步发展，难怪这些员工想辞职走人。可是一下子要走五人，占了公司员工的十分之一，这对像他们这样规模的公司来说无疑是致命伤。

副总胡新愤愤地向老总鲁大发建议："既然他们不仁，就别怪我们不义，咱们得想个办法让他们得不偿失！"

鲁大发却提出了不同的思路："不，我们立即组织他们召开最后一次会，不能让他们有人走茶凉的感觉！"

胡新没有办法，只得执行。此时整个公司里都知道了五人辞职的事情，甚至还有人也在做辞职的打算，单等找到合适的单位再说。五人见老总要组织他们开会，心头便有些不踏实。

会上，鲁大发首先祝贺他们找到了更好的单位，对他们的辞职表示理解，还决定除按劳动法规定支付相关费用外，额外给每人一万元的奖励。胡新心想：这哪是挽留他们，明明就是鼓励他们辞职嘛！别的员工会怎么想？他想出言阻止，但他更明白自己仅仅是鲁大发的副手，自己得听人家的，有什么事也只能在私下里商量。

辞职的员工也感到有些意外，甚至有些不相信。鲁大发当着他们的面让财务部门去办理相关手续。等财务人员出去后，他开始让五位辞职的员工说说辞职的理由，或是给公司提意见。

五人辞职，自然有他们的理由，这些理由就是对大发公司不满的地方，或者是对新企业向往的地方。他们先还想说几句恭维话应付，但鲁大发打断了第一个说恭维话的人，要他直接提意见。

第一个发表看法的人便吞吞吐吐地谈了自己的想法，接着就是第二个人。鲁大发认真记下了每个人的想法，还不时地点头认可。到得后来，大家提意见越来越激烈，问题也越提越多，甚至越来越尖锐。有的本来已经提过了意见，但看到其他人在说某件事，便又忍不住插嘴补充两句。

胡新的脸色越来越难看，他偷偷打量鲁大发，发觉鲁大发的脸色凝重。当五位辞职的员工收到钱款到卡的手机短信提示时，他们已经差不多提完了意见。

五人要走，鲁大发要留他们吃最后一顿工作饭，说是即使今后不能在一起共事，但接触了几年总还是有感情，也算是缘分。

等一切结束后，胡新便抱怨鲁大发太过仁慈。鲁大发不置可否地笑笑。

这事也曾引起公司里的员工好一阵议论，但最终也没见有人再提出辞职。他们觉得鲁大发这人很有人情味，值得相处。那五位辞职的员工仍然是在干老本行，不过是在同行业的其他企业里。他们感激鲁大发的知遇之恩，与大发公司的业务往来也是轻车熟路，用不着艰难的谈判。大发公司的生意开始摆脱困扰，越做越大。

短短几年，大发公司迅速发展，招录的员工更多。

选自2015年第8期《上海故事》

孤　儿

刘斌立

秦浩又查看了一下打包的行李，确定无误后才去厨房。

他妻子四点就起来煮了红薯粥，他看了看那半锅粥，舀了一碗，又倒进锅里一小半。妻子并没有注意到，但仍旧习惯性地提醒他“早饭要吃饱”。

秦浩进屋子只看了一眼孩子，没敢亲她。小家伙睡得浅，弄醒了，知道爸爸要走，必然哭天喊地。一个大背包上了肩，手里还有一个尼龙面子灰突突的大行李包，秦浩看着妻子，没有再说话，只是下巴抬了抬。妻子知道其中的含义："我走了，家里靠你了！"

这只是秦浩每年里都要经历的分离，可能大家都已经习惯了。走下楼，秦浩就看见路灯底下已经有两个同伴在那儿抽烟等他了。他们手里都有一个尼龙面子的大行李包，在路灯下，包上的"锡山矿务局"印字特别显眼。

那两个字也印入了秦浩的眼睛，他知道他手里也有一个。"锡山矿务局"几个字让他心里狠狠地被戳了一下。他还记得当年这个包是怎么来的。

曾经锡山矿务局是这个城市最好的单位，不管是工资、福利，还是秦浩背后的那片家属楼，都曾经是这个城市最让人羡慕的。换句话说，这个城市就是因为有了锡山矿务局，才建设起来。他们手里这个大行李包，就是某年单位组织外出考察学习时，给每个员工发的福利品。而如今，秦浩还得用这个包装起自己的衣衫琐碎，颇为讽刺的是，现在他们都是离开矿务局家属区出去打工的。

三个人相互看了看，点了点头，一起朝矿区大门而去。黑漆漆的矿区内，似乎空无一人。路灯没几盏好的。三个人抽着烟，倒是烟头一亮一亮，显得多了几分活力。大门口的铁门虚关着，他们发现还站着一个人。

"广路，你怎么又来了？"秦浩先发问的。

卫广路把烟头掐了，狠狠用脚踩着，边碾脚边说："我把娃娃交给我妹妹了，这儿不可能找得到工作，我必须出去打工。"

"你走了，你娃儿不是成孤儿了？要不得哦！"另一个声音说。

秦浩赶紧用手止住，示意别说这样的话，但是昏暗的灯光中，已看见广路眼神瞬间黯然了。

"算了算了，走，挣到钱再打算。"一只胳膊拉起广路。

秦浩看了一眼大伙，边走边说："也好，又是我们四个一起，互相有个照应。"

卫广路和秦浩他们一起在外面打工两年了，可是在家的妻子一直到肝部疼痛到无法忍受才去医院，确诊为肝癌晚期，广路赶回家不到三天，妻子就去世了。这个矿区里，很多职工都死于这种疾病。大家其实都知道，有些工种因为当年缺少劳动保护，职工的身体受到了很大的侵害。本来有一年大家还准备上访争取基本权利，但是就在那年，矿区停产了，接着被宣布为资源枯竭。

秦浩他们坐上了早班长途车，接下来的两天都会在路上。长途车走四个小时，把他们带到省城，他们要换火车北上十七个小时，到达北方的一个省会城市。

秦浩是第一批走出去的锡山矿务局的工人之一。他当年是矿区锅炉班的班长，锅炉班负责整个矿区的热水供应，三班倒 24 小时从不停歇。当年矿场停业，秦浩整整一年都无法在这个城市找到工作，因为矿场倒了，几万员工和十几万的家属顿时都没有了生计。而这个大山里的小城市，哪里能够承载得了这个负担呢？

秦浩北上之路，经历了三个城市，最终找到了现在的工作，在一个小区的供暖站负责烧整个冬季的锅炉。他站稳脚跟后，陆续把自己锅炉班的一帮弟兄都介绍了过来。工作从每年深秋屯煤开始，到次年春天三月停止。每个冬天，秦浩都能挣到一份相当辛苦，但至少能让家人温饱一年的收入。而家乡那个城市对他来说，就是那个永远十分想念，但却没有希望的地方。

长途车上，司机开了收音机，中央人民广播电台的早间新闻已经开始播音了。

让秦浩他们打开话匣子的是，播音员说为了响应中央关于节能的号召，今年北方城市普遍延后了开始供暖的时间，同时供暖的温度会下降。节能意味着烧炉工工作量减少，虽然只是延后三天，但是秦浩他们似乎已经感觉到今年拿到手的收入一定会减少了。

大家开始七嘴八舌，但意思都是一样的，就是明年春天烧锅炉的工作一结束，必须得留在当地再找找工作，争取多挣点钱再回家。

秦浩没有参与讨论，因为他又听到另外一则新闻。播音员正在念着一串城市的名字，那是国家公布的第二批“资源枯竭性城市”名单。秦浩听到了熟悉的那个名字。

长途车已经盘山走了一段，秦浩回过身去，从车窗回望着已经在大山深处的城市。清晨，那些星罗棋布的灯火，是那个城市里尚未断息的活力；只是离世界原来越远，就像一个孤儿，即将被永远地遗忘在大山里了。

选自2015年4月3日《文艺报》

阿　乌

陈谊军

天边的残阳，血抹在云朵上。远远望去，红得像一场火海，灼得眼睛发热。红的云朵映照在勺子山上，映照在山峦中闪出的盘羊江上，盘羊江在这个黄昏，如同一根细长的白而透红的丝绸摊晾在那里。

火烧云、勺子山、盘羊江，它们看见了几天前一场惨烈的战斗在格子村发生。那时候，共产党员赵叔和几十个游击队员、格子村的民兵在村外发现了全副武装的十多个日本鬼子。这些鬼子从山背摸过来，村路间行进急促。

方小柱跑得最快，他要回村子告诉村民们，得赶紧转移，战斗马上就要开始了。刚跑远，这边就交火了。

赵叔下令，必须将鬼子引进设计好的“口袋”。韦进初带着他那头凶猛的捕猎犬“阿乌”和几个民兵，边打边退，将鬼子往“口袋”引。可是，日本士兵并不恋战，而是边还击边往另一条村道退去，那是盘羊江方向。他们好像在执行什么重要任务一样，想的是尽快从这里脱身出去，而不是进村烧掠。那边，盘羊江畔的乱石停泊着一只大船，显然，日本鬼子要离开这里。

见状，韦进初大叫一声：“阿乌！”眨眼，那矫健的身影就奔到了他的脚下。用火油染了厚厚的棉布，再用力地裹在一根头粗脚细的木棍上，将紧实的油绳绑上，燃起了火，塞到阿乌的嘴里，阿乌紧紧地咬着这根火棍。

“去!”韦进初给了口令。阿乌像箭一样飞驰，朝着盘羊江畔停泊的那只大船而去。

有日本士兵发现了情况，拼命地朝阿乌开火。然而，隐没在石头与草岭间的阿乌巧妙地避开了火力，靠近了那只大船。在石头的最高处，它纵身一跃，带着火种落在船上，将那燃得正旺的火把投进船舱。瞬间，那只大船上烈焰冲天而起……阿乌又纵身一跃，跳入激流中……

日本士兵见船只被毁，一个军官挥舞军刀，气急败坏地指挥士兵向格子村发起进攻。这正合了赵叔的意。日本鬼子自然落入了“口袋”……

火力的交织中，日军垂死挣扎。他们发现了枪法最准的韦进初，一个狙击手匍匐向前寻找到最佳的位置，托起步枪，向韦进初射出了子弹。鲜血染红了韦进初的头巾，他倒了下去。

一身湿透的阿乌回到韦进初的身边，仰头长嗥，好像在召唤他的主人。见主人不再回答，阿乌跃出垒好的石头战壕，朝那个狙击手奔去，与他厮打在一起。伏击的抗日队员们像听到指挥号一样，向鬼子冲锋，十多个鬼子顿时乱作一团，抱头乱窜……

清点战场时，赵叔说，少了一个。

掩埋韦进初时，阿乌急步围转在韦进初身边，一次次地扯着韦进初的衣服，好像不相信主人已离开。阿乌发出低沉而悲凄的声音，黑而明亮的眼睛滴下泪水。

“那是舍不得韦大哥!”赵叔说，“真是一条有情有义的义犬!”

三天后，十五岁的韦子坐在勺子山的峰巅上。翻过这座山，到了山脚，便是通向县城的通道。

韦子的手里，握着一杆火枪，那是与阿爸守山的家伙，能把两百多斤的野猪也撂下。身边，是阿乌。韦子朝勺子山的几条山路望去，像在等什么。

山路那边，有个人点往这边挪动，渐渐地清晰。走近了，是个壮实的挑山夫，样子像是外村的。他的话，韦子听不懂，但能感觉是外村的话。

此时，阿乌突然变得狂躁起来，冲着那人吼叫，一个飞身将他扑倒。

那人的手伸向腰间，说时迟那时快，韦子的火枪抵在他的身上。“砰！”枪响了。

挑山夫挣扎着摸出一把军刺，刺向阿乌。

阿乌尖利的牙齿，撕咬着那个人的脖子。阿乌的腿部连着被刺了几刀，鲜血直流，可是，牙齿始终没有放下咬得血肉模糊的脖子。那人扑腾几下，血水淌了一地，不再动弹……

在那个挑山夫模样的人身上，韦子掏出了一卷记录得密密麻麻的羊皮卷，上面全是日语……

听到枪声，赵叔等人赶到，看到受了伤的阿乌，看到躺在地上的人，看到那羊皮卷。赵叔说：“鬼子的情报没送出去，韦哥的仇也报了！”

“嗷嗷嗷……”阿乌仰头长嗥。

“爸，你的仇报了！”韦子握着火枪，向天鸣枪！

天边的残阳，血抹在云朵上。火烧云、勺子山、盘羊江好像看见了什么，又好像在山的静谧里听懂了阿乌回响久远的嗥叫。

选自2015年7月31日《中国民族报》

绿　手　镯

赵明宇

秋后，从元城过来一帮小鬼子，在沙圪塔村北拉起封锁线，还在于旺庄村西修了炮楼。小鬼子不让老百姓出门，八路军的情报就送不出去了！响器班班主老旺心里着急。他的闺女叫禾秀，甩着大辫子，拿着他的唢呐在院子里吹着玩。老旺黑了脸说，一个闺女家，吹唢呐，别人知道了笑话你，咋找婆家？

禾秀脸一红，冲着父亲撇嘴。老旺倒是笑了，这闺女自小调皮，像个男孩子，吹唢呐无师自通，吹得有板有眼，别人听见了，还以为是老旺吹的呢。

这天晚上，交通员送来一个小伙子，说是元城县抗日大队的侦察员小郭。小郭住在老旺家，昼伏夜出。有时候小郭不在屋里睡觉，挥动着大扫帚扫院子。小郭爱说爱笑，给禾秀讲故事，禾秀笑得前仰后合。

有一次，禾秀在屋里吹唢呐，看见窗户上趴着一个人，竟是小郭。禾秀吓一跳，慌忙把唢呐藏起来，大喝一声：你怎么偷听？小郭挠着后脑勺笑了，说，你教给我学吹唢呐吧。禾秀哼一声，俺才不教你呢。小郭说，那你吹给我听，我可稀罕听了。禾秀脸红了，说去去去，一边凉快去。

禾秀要给小郭洗衣服，小郭扭扭捏捏地脱上衣，口袋里滑出一个绿色的手镯。禾秀说，你怎么有女人的东西？是不是偷的？小郭的目光蜻蜓点水一样在禾秀的脸蛋上点了一下，把手镯放进上衣口袋里说，这是我娘临终时留给我的，让我成了家，给媳妇。

禾秀咯咯笑，把小郭的衣服放进盆里，端着盆，扭着杨柳细腰，转身走了。

衣服洗好了，晾干了，禾秀把衣服送给小郭。小郭讷笑着说，禾秀，你教给我吹唢呐吧，我求求你了。禾秀眨巴着眼睛说，那你给俺唱支歌，俺听着高兴了就教给你吹唢呐。

真的？小郭站在院子里，摆了个立正的姿势唱起来。唱完了，禾秀撇着嘴说，你唱得一点儿也不好听。说完，咯咯笑着跑远了。

小郭被骗了，挠着后脑勺，冲着禾秀的背影说，小妮子年龄不大，鬼点子倒是不少。

沙圪塔战斗前夕，小鬼子的大队人马向沙圪塔一带集结。吃午饭时，老旺把旱烟锅在鞋底子上磕了磕说，小郭啊，今晚你不要外出了，小鬼子查得可严了。话刚说完，响起敲门声，两个端着枪的小鬼子来搜查。进地窖已经来不及了，老旺让小郭藏到牲口棚的草垛里，又盖上一层玉秫秸，然后去开门。

小鬼子里里外外搜了一遍，正要撤出去，迎面碰到在外面抱柴火回来的禾秀。一个小鬼子眼前一亮，丢下枪，嬉笑着扑向禾秀。禾秀惊叫一声，躲闪着，退到牲口棚的柱子上。小鬼子抱住禾秀，做梦也想不到小郭从柴草堆里跳出来，掐住小鬼子的脖子猛地一拧，小鬼子身子一软就倒在地上。另一个小鬼子搂动扳机，小郭身子一挺，倒下了。

这一幕，只在一瞬间。老旺抡起铁锨，打枪的小鬼子脑袋开了瓢。老旺说，枪声会把小鬼子吸引过来的，快逃！禾秀仿佛没听见，扑在小郭身上，摇晃着小郭说，小郭，你别死，我教给你吹唢呐！

小郭嘴角渗出一缕鲜血，紧紧闭着眼睛。快走！老旺拉了禾秀一下。禾秀从小郭口袋里掏出一个绿手镯，慢慢站起来，猛然转过身，跟着老旺跑出家门。

夜里，村西响起密集的枪炮声。老旺和禾秀带着乡亲们蒸馒头、烙大饼，挑着担子送上前线。天亮时，枪声稀了，抬回来一个个伤员。首长说，这次战斗，我们歼灭了八百多个日伪军！

新中国成立后，沙圪塔村西矗立着一座巍峨高耸的纪念碑，紧挨着纪念碑的是一座陵园。

陵园附近住着一位白发老人。老人就是禾秀。

几十年了，禾秀每天义务打扫陵园。她用毛巾擦拭着一个个墓碑说，都是年轻汉子，我陪着他们，他们就不孤单了。

禾秀跟我说这些的时候，下意识地抬起手臂梳理着被风吹得有些凌乱的头发，布满褶皱的手腕上，闪动着墨绿色的光亮。

那是一只手镯。

选自2015年第3期《四川文学》

二斤沙子

胡庆军

一日，与人下乡到某个镇，那个镇子很大，又逢集日，街市上人山人海，叫买叫卖，非常热闹。我在农贸市场上挤挤碰碰地转悠时，忽见一个老汉蹲在那里卖米，那米雪白，而且颗颗晶莹剔透，玲珑如玉。弯下腰细看细挑，没有一粒沙子。

戴上眼镜再看再挑，还是没有沙子。

请上几个人帮着看帮着挑，仍然没有沙子。

我很激动，忙问这米多少钱一斤，老汉郑重地报了价钱。价钱虽然偏高了一些，却不是高得离谱，能够让人承受，我还是满心欢喜。

于是决定买，我说，豁出去，要你一百斤。

老汉说：我这儿光明正大，不欺不诈，不遮不瞒，你付一百斤米的钱，我只能给你九十八斤！

我说：大爷，这是为啥？

老汉顺手提过旁边的一条口袋说：分量保证给够你，另外二斤就是这里边装着的沙子。

我说：沙子？

老汉说：沙子！

我把沙子一看，那沙子也是米粒般大小，颜色雪白，闪着蓝光，颗粒晶莹剔透，玲珑如玉。如果把这样的沙子和他的米混在一起，没有超凡脱俗的功夫，像我这样的肉眼凡胎，断然看不出来。

我说：大爷，我只要米不要沙子！

老汉很憨厚地笑了：同志，对不起，那我这米不卖！

我说：不卖？那你咋不把沙子和米混到一起？

老汉说：那不是坑人么？

我说：这也是坑人呀！

老汉说：这坑和那坑不一样，这坑是明着坑，是姜太公钓鱼，愿者上钩，我问心无愧，可以吃得安然，睡得踏实；那坑是暗里坑，我怕有人骂我坏了良心，偷掘了我家的祖坟！

想想是这么个理，人家唱明了，你完全可以不买嘛。往深刻之处一想，就觉得这老汉很真诚，很老实，很厚道，很可爱，真的就是真的，假的就是假的，不搞惟妙惟肖的伪装，不做浑水摸鱼的手脚，坦坦荡荡把问题做出来，真是难能可贵。我把老汉瞅了又瞅，一张皱纹纵横的脸，一双结满老茧的手，灿烂的太阳光里飘洒的都是他的汗腥气，嘴唇上的胡须丛里还有一粒黄色的饭渣，一星鲜鲜的辣椒，分明是个种地的主儿！

他的鞋也破了，露出半个脚趾头。

我说：大爷，这米我买啦！随即给了他一百斤大米的钱，要了他九十八斤米。

老汉拉住我的手：同志，你先别走，你还要我那二斤沙子哩！

我说：我不要你的沙子！

老汉把钱退给我：你不要沙子，你把大米还给我，我不占这份便宜！

我愣了。心想，这老汉真是个倔老头，给了你钱不要你的沙子还不依！

老汉见我发愣，说我的沙子也是钱，那是经过好几次加工的；你拿回城里种花种草，喂鸟喂鸡，比大米用处还大哩！

看着他固执认真的样子，我就要了他二斤沙子。

老汉这才放我走，并且嘱咐我慢走，走好。

当我把米寄放在一位朋友家里，告诉他方便时给捎到城里的话后，我就又转到集市上。这时我看见有几个人把买米的老汉抓住了，正推推搡搡地押着他在街上走。秋风萧瑟，黄叶飘零，那老汉的脚步坎坎坷坷，留下一路汗腥。

押着他的人愤怒地斥责：你好胆大包天！光天化日之下，你竟敢明目张胆地坑害顾客！我们是干什么吃的！你还能逃出我们的火眼金睛？

老汉说：我不知道你们是干什么的，我知道你们尽吃好的！我没坑害顾客……

有人就在他脸上打了一巴掌：老家伙，你还嘴硬？

老汉的鼻子流血了。老汉擦了一把鼻血说：我就是嘴硬！我说的是实话！

选自2015年3月20日作家网

鸡蛋花开

韦延丽

对于1943年的那一串耳光，叶香没有道歉，被抽的抗日小战士王铁蛋也从来不喊冤叫屈。

当时，战事很紧，日寇侵略缅甸的铁蹄，跨进了与缅甸一江之隔的叶香家乡——西双版纳边陲重镇打洛。

那个闷热难耐的夏夜，一袭黄裙的叶香从家里偷跑出来，决心到打洛河将自己绽放成优雅的鸡蛋花。

夜很配合，月色如孔雀优雅妩媚的尾巴，在河面上漾开柔软的裙裾似的一抹亮光。叶香迈开腿，拉起裙脚走向河里。

筒裙越拉越高，到河中心，拉上去的筒裙在叶香头上变成了盛开的花朵，犹如河边树上的鸡蛋花。

这朵由筒裙编织的花如果一直开放在叶香头上，那么当天晚上什么事也不会发生。然而，打洛河勾去了叶香的魂，那晚偏偏觉得头上的筒裙过于沉重，趁着月神躲进云层的空当，叶香将头上的这朵筒裙花扔到了岸上。

夜似乎睡熟了，一切不安都裹进了梦中。曼妙的打洛河此时只属于叶香一个人，她浮躺在河面，任雾和水纹一样的光亮在身上起起伏伏。

直到那串清脆的耳光响起，夜还沉溺在美梦中。

捧着叶香筒裙的王铁蛋愣在鸡蛋花树下，大脑一片空白，所有的话语仿佛全被花树下的夜色偷吃殆尽。叶香从他手里夺回筒裙时，突然醒过来的他，才像逃脱陷阱的兔子，蹦向了黑夜深处，只留下一句“鸡蛋花，对不起”在树下反复燃烧叶香。

一句“对不起”，又怎么能浇灭叶香喷火的五脏六腑呢？对傣族姑娘而言，象征神圣爱情的筒裙，除了心爱的男人，是绝不允许任何男人触碰的。每个傣族姑娘，守护筒裙像守护自己的命一样，容不得半点疏忽。想到这，叶香急忙拔腿向王铁蛋逃跑的方向追去……

夜，被叶香奔跑的脚步搅得烦躁。枪声响起时，躲在云后伸懒腰的月神吓了一跳，同时吓到的还有叶香。因此，当那个黑影从山上滚下来时，吓蒙的叶香来不及避让就被黑影绊倒了。那黑影不是别人，正是她一直追赶的王铁蛋。

快意渗透了叶香的全身，她觉得还不够解恨，还想再上前踢他两脚时，王铁蛋头上的那顶军帽，在迷蒙的月光里跃入了她的眼睑。

村里德高望重的刀六爷说过，戴这种军帽的人，是专门打日本鬼子的，是好人。可好人怎么会去偷窥人家洗澡、去偷摸她的筒裙？

我没欠他什么，我不是医生，我救不了他。叶香边走边找自己不救王铁蛋的理由。

枪声再次响起是叶香离开五分钟后，躲进树洞的叶香，生平第一次目睹了日军的凶残，日军狞笑着，将众乡亲的头当瓜砍，鲜血染红了打洛河水，也染红了河岸旁的鸡蛋花。

背着山一样重的王铁蛋，叶香说不清自己为什么要救他，她每一次艰难的挪动，都会让他的长脚在身后耕出两行血印，被亲人们鲜血染红的打洛河水，在静静的夜色里流淌着一河的哀伤和疼痛。她必须将他送到下游的安全地方。叶香满手是血，她的脚已经摔成骨折，脚下只有十几根竹子却没有捆绑的藤条，怎么办呢？叶香看着满树的鸡蛋花，恨不得将它们变成一根根藤条，突然，叶香心中一亮，两团红晕在她的双颊泛起。

叶香是背对着王铁蛋褪下筒裙的，花瓣一瓣一瓣飘下，最后只剩下光秃秃的花蕊，在风中含羞战栗……

薄雾散尽时，有人在打洛河下游发现了缠满黄色布条的漂流筏，王铁蛋静静地躺在上面，任那些筒裙变成的带血布条随风飞舞。

醒来的王铁蛋隐约记得，他被枪声震醒的那一刻，叶香用尽全身的力量将他推向了水流湍急的下游。当时，叶香头顶的花开得很大，仿佛月夜他看见的筒裙鼓足了劲，爆出一头的血红。

从那以后，黄色的鸡蛋花在王铁蛋的眼里就变成了红色，和初升的太阳一样的红色。

选自2015年8月28日《人民公安报》

陪　床

付卫星

裴玉的母亲患急性阑尾炎住进了医院，做完手术之后就住进了病房静养。

裴玉是单亲家庭，又是独生女，陪床的任务就落在她的肩上。

病房里有三张床位，另外两张床空着，裴玉夜里就睡在病房里，非常方便，可她一到白天就找借口出去。昨天她不在跟前，母亲想小解，不得已喊来一位护士才解决问题。母亲埋怨说，你能不能在屋里坐一会，你出去了，我解手都不方便。她说，我讨厌来苏水味道。

其实她在说谎。这几天外地一位网友正好来本市出差，她实际上是去跟网友约会。

过了两天，裴玉见从重症监护室又转来一位病人，是一位年迈的父亲，头上还插满了各种管子。他的儿子儿媳孙女一下挤了进来，还带进来很多吃的东西。裴玉赶忙躺在靠近母亲的一张空床上，守住地盘。

那位病患的儿子是位中年汉子，样子也憔悴。他等医生护士把父亲安顿下来，这才回头安放自己带进来的东西。可他发现，裴玉已稳稳当当地躺在中间的空床上，除了床头的小柜橱，再没别的地了。他摇摇头，把所有的东西塞在父亲的病床下。然后站起身，轻轻碰了碰裴玉的肩头，说，请您让让。说着在床沿边坐下。

裴玉尽管心里不乐意，可她也说不出来啥，只能拿白眼珠子瞪对方。那位汉子也看到了她的白眼，却装作没看见。

这时母亲对裴玉说，这几天我大便干燥，你去给我买点香蕉吃吧。

裴玉躺着不动，说，今天太晚了，明天再说吧。

母亲说，这才几点呀？真是的，平时总见不到你人影，今天怎么不爱动了呢？

那位汉子看看笑了，知道裴玉是怕他占了空床位。他从床下拿出几根香蕉递了过来，和颜悦色地说，大婶，我这儿有香蕉，您先吃着。

母亲摆手拒绝道，我咋好吃你的东西，不用，不用。

汉子硬把香蕉塞到母亲手里说，几根香蕉客气什么，既然住进一个病房就是缘分，不要见外。

裴玉这时突然跳起来，把那几根香蕉从母亲手里夺过来，狠命塞回对方的怀里，气哼哼地说，谁没见过香蕉呀，干吗吃你的？我这就买去！说完摔门而去。

那位汉子有点尴尬，母亲忙说，我这女儿从小娇惯坏了，您别生气呀。

那位汉子说，没事没事。他转身去照顾自己的老父亲去了。

晚上，裴玉早早躺在中间的床上合着眼假寐，那位汉子在屋里转了几个来回，出去买回了几块泡沫垫子，往地上一铺，和衣躺下了。

裴玉在病房里本来就待不住，现在又多了一个病号，心里更烦。恰巧网友来了电话，她草草跟母亲打了个招呼，转身就没影了。

那位汉子见裴玉的母亲不住地摇头叹气，就过来安慰她，陪她聊天唠家常。

母亲这才知道他父亲患的是脑溢血，现在病情还没稳定。想想自己不过就是刀口有点感染，她心里轻松多了。

过了一段时间，母亲又难为情地说，我想大解，刀口疼，闺女又不在，你看……

汉子笑着说，别客气，有我在呢。说着他拿来坐便器，帮她垫在身子下。完事之后，他又主动把坐便器倒掉并清洗干净。恰在这时，裴玉回来了，见到这场面，她脸红了。她赶忙把坐便器从他手里抢过来，加上母亲一顿数落，她更感觉对不住这位大哥了。

到了晚上，裴玉对那位汉子说，大哥您睡床上吧。

不啦，还是你睡床上，我身子骨壮，睡地铺就行。

裴玉想起自己当初跟这位大哥争床的事，心中十分歉疚，接下来发生的事则彻底改变了她。

这天一大早，裴玉早早去车站送网友，接近中午才回来。当她推开病房门时一下愣住了，病房里一个人没有，母亲也不见了。她急忙找来护士问，这才知道，她走后不久，那位父亲就突发大面积脑梗去世了，而她的母亲也因刀口感染疼痛难忍送进了手术室。

当她急急忙忙来到手术室门口，意外发现那位大哥还独自守在门口。见她过来，那位大哥对她说，你回来就好了，大夫说啦，大婶没啥大碍，刀口处理一下就行，你也不用着急。都这时候了，大哥还在惦记着安慰别人。她赶忙说，大爷的事我听说了，您快回去善后吧！大哥眼含着热泪点点头，随后说，我一直等你回来就是想告诉你一句话，子欲孝而亲不待是一件最令人痛苦的事！

从那天起，裴玉就一直守在母亲身旁，直到母亲出院。

选自2015年第1期《天池小小说》

暗 号

韦健华

在九坝镇有一个药店叫“济世药房”，老板是一个四十来岁的中年人，姓蓝，名方。

蓝方待人热情，童叟无欺，药的价格公道，还不时赊些药给一下子拿不出钱来的病人。因此，济世药房生意好得不得了，药房人来人往的，十分热闹。突然有一天，蓝方被日本鬼子抓了去。原来，有人告密说蓝方是地下党的县委书记。

到了鬼子的宪兵队，蓝方不承认，说别人诬陷他。鬼子叫叛徒来指证他，他说那叛徒以前是个无赖，骗他的药钱被他打了一顿，现在在报复他。鬼子用了刑，蓝方不仅不承认，还装得十分委屈，弄得鬼子也将信将疑的，还有就是鬼子在药店与他身上也没搜出什么可疑的东西来。不知是为了“放长线钓大鱼”，还是想树“大东亚共荣”那婊子的牌坊，鬼子没有继续拷打蓝方，但也不放他回去。

鬼子很狡猾，他想如果蓝方是地下党，他一定会想办法把自己被抓的消息传送出去，更重要的是鬼子听叛徒说，可能过一阵子有一个新四军的大首长要通过当地地下党护送去延安；他们关着蓝方，如果蓝方是地下党负责人，他就一定要想办法把接头暗号送出去，让其他人代替他将那大首长送去延安。那样，鬼子就能查获接头暗号，冒充接头人将新四军大首长抓住。

果然，才过了两天，蓝方就要求见他老婆。这正中鬼子的下怀。他们就立即同意蓝方的老婆来见他。

蓝方的老婆蔡凤二十三四岁的样子，一脸的土气，怎么看都是一个没见过世面的乡下女人。蓝方与她老婆见面时，狡猾的鬼子派了一个听得懂中国话的士兵装成看守在说近不近说远不远的地方看守着。

见到蔡凤，蓝方就告诉她说他以前得罪了一个小人，那人报复他，到太君那里诬赖他是地下党，他让蔡凤放心，他说太君会调查清楚、还他一个清白的。不过，他还得在这里待上几天。还说了一些夫妻间的琐碎事和家里的一些事。他老婆临走时，他嘱咐老婆："没事不要乱走。如果有事要出去一定要用家里最好的那牛头锁把大门锁好。另外，把人参箱的那几支山参拿一半来，我要献给太君。另一半过几天你舅舅来你就给他。"

鬼子可能不会想到这个土里土气的蔡凤却是一个有着五六年地下工作经验的地下交通员。她知道蓝方要见她，一定是有重要的事情要交代她。她也听出了蓝方说话与平时不一样，一口一个"太君"的，知道他说话不方便。她听蓝方说她舅舅过几天来，她就听出来了过几天上级一定有人来，因为她根本就没有舅舅。她知道上级有人来必须要有接头暗号，双方才能确定对方是不是自己人。她琢磨秘密就在那人参箱里。

鬼子也想到这点，他们也认为秘密一定在那人参箱里。于是，鬼子就派人跟蔡凤一起回药店"取"人参。可是，他们砸开那个装人参的箱子翻遍也只见几根用红布包着的老山参。鬼子不死心，把红布用显影药水泡了好几次都没见显出什么字来。他们把那个箱子砸得个稀巴烂，也没见这箱子有夹层暗格什么的，甚至连箱子的木板上也没有嵌入的东西。

鬼子没发现什么，蔡凤也感到纳闷。鬼子走后，蔡凤看到人参箱被砸得稀巴烂，箱子上的那牛头锁丢在地上。她突然想起那天蓝方让她用那牛头锁锁好大门的话，她知道家里就一把牛头锁，就是这把小锁，虽然这锁的质量非常好，但太小，锁大门就不合适了。她顿时恍然大悟：这牛头锁是一把密码锁，开所的密码 597385。

这正是那接头暗号。

选自 2015 年第 1 期《大南方小小说》

最动听的音乐

刘玉行

地下220米深处的巷道里，刚才还是抱怨声哭叫声一片，自掘进班班长刘大牙怒骂一句：“孬种，不就是一个死吗？怎么跟娘们一般哭哭啼啼的？”此时，巷道里死一般寂静，寂静得令人窒息。

“吱吱——吱吱——”巷道的一角突然传来两声老鼠的低叫。

“老鼠，这巷道里有老鼠！”老矿工赵大嘴的情绪立时来了个180度的大转弯儿，他欢快地叫起来，“知道这意味着什么吗？”

“不就是一只令人作呕的老鼠么，能意味什么？”到这个矿上打工还不到两周的李小耳的情绪还被沮丧包围着。

“既然老鼠能钻进来，说明这儿有空隙与外面相连，说明咱们不会憋死在这里，那么，我们大伙儿就有活路了。”刘大牙胸有成竹地说。

黑暗中几个人情绪高涨，欢呼雀跃，劫后余生一般：“我们不会死去了，我们有救了！”

就在几个小时前，突如其来的一次“冒顶”，把刘大牙他们八名矿工堵在了这个狭窄的不足20米长的巷道里，好在他们有水和能够维持两天的食物，没有的却是见到光明的信心和勇气。

“大伙儿都别吵，让我们仔细听听，刚才那是不是老鼠的叫声。”赵大嘴招呼其他人说。

八个人屏气侧耳，真真切切确确实实又听到了一声“吱吱——吱吱——”的老鼠低叫声。

“是的，真的是老鼠的叫声耶。”有人说。

“我还听到了老鼠的走动声。”刘大牙绘声绘色地说。

“要是在平时，俺听到老鼠的叫声简直能把人恶心死，今儿个听起来咋恁好听呢？简直就像美妙的音乐！”这是赵大嘴的声音。

“对，是音乐，这是我平生听到的最好听的音乐！”对音乐有点偏爱的李小耳说道。

“那就让咱们听着音乐等着外面的人来救咱们吧！”平生最讨厌老鼠的刘大牙躺在巷道的一角，告诫大伙儿说，“你们没有听老矿工们说过吗？在地下，所有的动物都是生灵，千万别伤它们，它们在，人就能活。眼下我们大家要做的是，尽量少活动，少说话，保持体力。”

巷道里又是死一般寂静，墨一样漆黑，只是隔长不短地能够听到一两声“最好听的音乐”。

第一天，他们在漫长的等待中，欣赏着世上“最好听的音乐”，熬过了24小时。

第二天，他们又在漫长的等待中，欣赏着世上“最好听的音乐”，熬过了24小时。

……

第五天，四肢无力，肚皮已贴到脊梁上的李小耳说，班长，你说这老鼠它饿不饿？它吃啥呀？

赵大嘴截过话头说，这老鼠嘛，它们的生存能力远远高于人类，就是十天不吃不喝也能存活下来。

你说它到这昏天黑地的巷道来做什么？李小耳百思不得其解。

赵大嘴咧嘴一乐，来跟你比赛呀，比比谁更有耐力。

……

第六天，八名矿工被救援人员从220米深处的巷道里救了出来，他们已经断粮四天，相当虚脱了。可喜的是，经过检查，他们均无性命之忧。

让救援人员感到奇怪的是，刘大牙躺在医院的病床上，尽管已经昏厥，但嘴里竟时不时地发出“吱吱——吱吱——”的低唤。“他这是怎么啦？”有人问。

躺在邻床的李小耳早已泪流满面，他哽咽着说：“他这是在演奏世上最好听的音乐！”

选自2015年第10期《小说月刊》

路在何处

徐剑农

丁明英是榆鹤市组织部部长，老家住在一个偏远的山区，每次回家，看着家乡那贫穷落后的景象，心里就有一种深深的自责感：当年要不是乡亲们的鼎力相助，自己怕是永远也走不出那山高路远的小山沟了。家乡的人民养育了我，自己也应该为他们尽快改变现状，脱贫致富尽绵薄之力呀。有道是：要致富，先修路。经多方疏通、争取，她终于为家乡申请、筹措到二十万元的扶贫资金，另外自己又拿出两万元，她决定把钱捐给当地最贫困的后山村。并责成村委会充分利用这笔钱，把村级公路修好，年底务必通车，她要亲自回来检查、验收。村委会全力以赴，立下军令状，并承诺年底还要把修路开支账目公布于众。各项协议，均签字画押，一式两份，并发传真给丁部长。

又是一年春节到，天涯游子盼团圆。丁部长坐在车上，心里充满了无比的喜悦和激动，一路观风赏景，没有一丝倦意。

车子终于驶到回家的那条岔路上，村民们不知怎么知道了她要回家的消息，早已成群地等候在那里了。丁部长下车和乡亲们打过招呼后，就去观看她魂牵梦绕的公路，这一看，丁部长简直不相信自己的眼睛：眼前只有一条比板车路稍宽的泥巴路，寒碜地摆在那里。“这就是你们修的公路?!”丁部长强压住火气问。“小车子还是咬蛮开得进去的。”有人宽慰地搭腔道。“如今要办好一件事嘛，也确实难，”素来心直口快的丁二爷闪烁其词地说，“也难为您一片好心了。”仿佛其中另有隐情似的。

昨天刚落了一场小雨，黄泥路还是湿漉漉的，脚踩上去不滑还滑的。车子一到上坡路就轮胎打滑上不去了。大家都七手八脚地帮忙来推。透过车后窗玻璃，丁部长看到人群中一个熟悉的老妇人的身影，心里不由猛地一震，在车子倒退停住的时候，她示意司机暂时不要开动。丁部长下车来到老人前面，亲热地叫道："陈大娘，您也来了？"陈大娘点了点头，用干枯的手擦拭着眼睛说："英子，不，丁部长，真难为您了！""还是叫我英子吧，让您老推车，真是折杀我了！"

这时丁部长看到陈大娘身旁还有一个七八岁的衣服破旧、穿着一双露出脚趾头的跑鞋的小女孩，不禁诧异地问道："这是……""啊，这是杨老三的孙女莲子，她一家人在上半年的那场山体滑坡中都……她现在暂时跟我住着。来，莲子，喊英子姑姑。"陈大娘说着把莲子拉到丁部长面前，莲子泪水在眼里打着转，怯生生地喊了声："英子姑姑！"丁部长哽咽着答应一声，蹲下来用手揩去莲子脸上的泪水，又取下自己的眼镜擦了擦模糊不清的镜片后，未加思索地打开车门，决然地对陈大娘和莲子说："来，你们坐上去。""这……这怎么行！总得有个尊卑高下的。"陈大娘慌得一个劲地往后退，丁部长在司机的帮助下连推带抱硬是把婆孙俩弄上了车，丁部长挽起衣袖两手用力地抵住车后座，豪迈地鼓舞大家道："大家一起用力推啊。"心里感到从未有过的快慰、舒坦。

时间过得真快啊！记得还是自己离家去上大学的那一天，大家都把积攒的一元……十元的票子硬往她兜里塞。陈大娘把一包用手绢包着的什么东西递给她，难为情地说："英子啊，大娘也没有么子像样的东西送给你，这几个熟鸡蛋拿起路上饿了吃吧。"她似乎到现在都还能感觉到留在手上、胸口上的余温……那时在心里她暗自立下誓愿：日后一定要好好地报答他们。"要不是搭帮您，莲子连学都上不成呢。"陈大娘的话语，把丁部长遥远的思绪拉回现实中。"快莫这样讲！这是党和政府的关怀呢。"丁部长动情地说，同时心里想：一个年近七旬的孤寡老人还拖着个年幼的孩子，情况是可想而知了……

第二天在新修的颇具规模的村礼堂召开村民大会。各位村干部、组长都到齐了。奇怪的是村民们竟也陆陆续续地来了百分之七八十。丁部长作为特邀代表也参加了。

说了一番千篇一律的陈词俗套后，不待大家提问，村长丁三就直截了当地说："下面我把那笔扶贫款的开支情况公布一下：整修学校动用一万元，修建排水渠两万元，修建防洪堤三万元；救助陈大娘及莲子一共一千元，山子上大学资助四千元，接待上面检查退耕还林落实情况用餐开支一千元，上面检查防洪措施进展情况开支五百元，垫付村干部工资一万元……”起先大家还是鸦雀无声，念着念着，下面遂引起一阵骚动，有的交头接耳、窃窃私语，还有的竟起起哄来。丁部长脸色铁青，双眼冒火……丁三面带愧色，声音嘶哑，显得无可奈何地说：“动用这笔钱垫付我们的工资，确实不应该，但上面的工资发不下来，我们家里也需要开支，孩子也得上学啊！”丁三清了清嗓子，又接着念，但声音越来越没底气：“修村部办公楼借用五万元，修村部……”“别念了！”突然丁部长近乎嘶喊地叫了一声，站了起来。礼堂内一片静默，丁三的嘴也张着合不拢来。大家看到两行热泪从丁部长眼里流了出来，她迈开脚步，来到礼堂外广场边的栏杆旁，双手扶在横杆上，一动不动，似一尊雕塑。一阵寒风吹来，轻扬起她的风衣和鬓发……

选自2015年第5期《当代青年》

丑　模

朱会鑫

从事人物写生近二十年，却没有画出什么名堂。搞了一辈子艺术研究的父亲告诉我，有时候，剑走偏锋是成功的最佳捷径，他让我由画美改为画丑。没想到在全国性书画大赛中，我的画丑之作《沧桑》竟然一炮打响，一时间，我成了画坛一颗璀璨的新星。我的丑画在书画市场成了抢手货。

意外的成功主要得益于我的丑模。凡读过法国作家雨果的《巴黎圣母院》的人，肯定对作品中那位驼背的敲钟人卡西莫多有着特别深刻的印象，我的丑模长得跟卡西莫多几乎无异，本身就很矮小的身躯因驼背显得更加矮小，那缺少棱角的面部陈列着错位的五官。丑模是我爸爸被下放落户农村时的朋友，我爸让我叫他王伯伯。王伯伯听说我给他画画，每次给他五十元，不禁睁大了眼说，哪有这个理的？照相片还要给人家钱呢，况且我这是张既老又丑的脸，哪里会这么值钱呢？他说什么也不肯拿钱，后来见我说，如果不拿钱的话，那我就找旁人，他才答应了，但每次都嫌我给多了，非要少拿点不可。这愈发让我有点看不懂他。王伯伯家在农村，他在城里以捡破烂为生，据他自己说他老婆得病死了，独生子也被水淹死了。他说这些话的时候，语气好平淡，好像说的完全是跟自己不相干的事。可他的眼神却深邃得像一口不见底的井。也许正是因为那样的眼神，让我捕捉到了灵感，媒体说我画的人物形象丑得实在，丑得浓烈，丑得有韵味儿。说我画的人物的眼神像长了双手似的，能抓住人的眼球，抓住人的心。

一日，我拿了几幅人体写生画随朋友去见一个画商。

敲开门，我不禁一怔，里面的矮胖男人一愣神后迅即叫道："哎呀，是你呀！不认识我啦？"他身后是一个身着入时浑身透着珠光宝气的女人。

我随我爸常去你家的，你妈给过我两块饼干呢，忘啦？我们常常玩"耳朵鼻子眼"的……见我还在打愣他又急急地补充道，显然，他是在跟我套近乎。

哦，怎么会忘呢？你一点都没有变，是名副其实的"胖墩子"，只是没有想到——我想不通这人明明活得好端端的，王伯伯怎么就说他被淹死了呢？一时间，我竟然难以回过神来。

快请进，快请进！今天真是贵客临门啦！胖墩子回头对身后的女人说，快，快，快上茶。

我在宽大的沙发上坐下，随手把带来的几张画靠在茶几腿上。为了掩饰内心的局促不安，我轻轻呷了一口茶，然后礼貌性地探问道，王伯伯现在好吗？

哦，挺好的，身体健朗得很，前天，我们一家三口还回去看他了呢。好了，别提他了，听说老兄在书画界颇有名气，尤以画丑见长，小弟受人之托欲求购几幅，想必都带来了吧？胖墩子赶忙岔开话题，他从不喜欢别人提起他家那位丑得让人做噩梦的死老头子。

哦，不好意思，画的事情看来得以后再说了……我如堕五里雾中，他们这对父子是怎么了？

怎么回事？胖墩子急问。

刚才我慎重地想了一下，带来的这几幅作品都还很不成熟，所以不能出手。

不会吧，老兄是不是多虑了，怕跟我谈钱伤感情是吗？这亲兄弟还明算账呢，这样吧，我在原先的价码上加一层。

不，老弟你误会了，我是真的觉得作品有问题，我总不能因为钱而毁了名声啊。我用眼示意了一下为我牵线搭桥的朋友说，我们走吧，以后再说。

朋友跟着我逃了出来，对于我来说确实是逃，我平生第一次有了做贼的感觉。

朋友望着神色很不自然的我不解地问，怎么回事？不是说好了吗？怎么你突然变卦了？

你知道什么？我画的是他老子！

想到自己还欠王伯伯一笔薪酬，便想拨打电话通知他，谁知电话已经欠费停机了，没有办法只好一路打听找到了王伯伯的家—— 一个小柴棚样的小房，门边一辆锈蚀的人力三轮车……

听说我找王伯伯，热心的邻人告诉我，他已经死了一个多月了。这老头子好可怜，一辈子就一个独生子，还不认亲爹，死后连个送终的人都没有。

邻居还说，王伯伯是去银行存款时被卡车撞死的，那存折上满是血啊，可怜的人，临死把存款都捐给了养老院，他还流着泪托人有机会转告他儿子，下辈子要找个好看的爹……

我的心一下子沉甸甸的，我亵渎了一个死不瞑目的灵魂啊，我把上次没有出手却一直带在身边的那几幅画拿到王伯伯的坟前，一张张地点着了，算是烧给他的纸钱。

选自2015年第8期《长城文艺》

被风吹走的夏天

殷　茹

有些物品被我们珍藏着，成为我们生命的一部分，并不是因为它们多么稀奇贵重，而是其中融入了我们太多的情感。比如一支钢笔，一本书，一枚发卡，等等。这么多年来，最让我割舍不下的是一台旧风扇。

那年高考失利后，我来到了郑州，白天在一家公司上班，晚上回到出租屋里看书学习，为明年的高考做准备。记得那年的夏天特别热，蚊子也似乎特别多，更要命的是，房东家的吊扇坏了。本来就不大的小屋成了一个蒸笼，在这样的环境里学习和休息简直成了一种煎熬。

上班前，我特意找到房东，想让他换一个新的吊扇，或者把这个坏的修一修。房东答应得挺好，却迟迟不见行动。后来我又找他说了几次，到最后连自己都烦了，就从干瘪的小钱包里倒出一些零钱，去相距不远的旧货市场买了一台旧风扇。

风扇有六七成新，虽然有些破旧，但性能还好，可以定时，还可以摇头。自从我把它请到我的小屋里以后，蓄了一屋子的闷热被赶跑了，蚊子也似乎少了许多，晚上看书的时候，再也不用担心遭罪了。更重要的是，见了房东我也不用低声下气地去求他了。

这台风扇还算争气，一直陪伴着我将最闷热的天气过完，但就在夏末的暑气将要消退的时候，它卡壳了，任我怎么拍怎么摇它都固执地不肯再转动一下。眼看天气就要转凉，我也不想再修，索性丢在了门后。

春节前夕，父亲来郑州看我，看到了那台坏掉的风扇。他把风扇掂起来左看右瞧，说，这个我拿回老家吧，修修还可以用。

我没有答应，我说，您大老远的，就掂这么个破物件回去，而且还是坏的，让人见了多丢人哪！

这时，门口有收废品的吆喝声，我就提了风扇和几个饮料瓶子出了门。父亲见我执意要把风扇处理掉，嘴巴动了动，但没有说出什么，他跟在我的身后下了楼。处理完废品，上班时间已经到了，我告别父亲去了公司。

临近中午的时候，父亲打电话给我，说他见到了邻庄的小四，准备搭乘他的车回去。我问，您不是说要在这里住几天再回去吗？父亲说，算了，反正你这里也没啥事，你能好好的我跟你妈也就放心了。

父亲坐小四的车走了，我知道小四是邻村一个跑长途的，父亲认识他，坐他的车可以省下一半的车费。

转眼到了第二年的夏天，我提前一个月回去准备高考，发现家里多了一张崭新的钢丝床。便问母亲，家里那么穷，怎么还买这个？母亲说，钢丝床透气，你爸知道你怕热，专门跑城里给你买的。喏，还有这台电扇也修好了。顺着母亲手指，我的目光落到墙角的一台风扇上，越看越觉得似曾相识。

这就是你那台，母亲说，听你爸讲，你把它卖给了收破烂的，他舍不得，等你走后，加一块钱又追了回来。

我很意外，禁不住埋怨道，我爸也真是的，就知道俭省，都省一辈子了，也没见他省发财。

母亲听了有些生气，说，你可别这么说你爸，他舍不得吃舍不得穿是为了啥呀？再说，这电扇还好好的，新旧都一样用，当废品卖了多可惜！

我不再说话，走过去插上插销，按下开关，风扇开始转动，清凉的风扑面而来，一想到前不久差点把它抛弃，我心里隐隐有些说不出的愧疚。

我问爸去了哪里，母亲说，父亲参加了镇上的建筑队，一周才能回来一次。

一周后，父亲回来了，是被别人抬回来的，由于刚下过雨很滑，他不小心从脚手架上掉下来，摔断了一条腿。父亲看到我和母亲都泪涟涟的，就笑说，嗨，你们的眼泪真不值钱，这能值当哭？没啥大不了的，接上就行了。然后就开始轻松地与那些送他回来的工友谈天说地，并不时地哈哈大笑，至于腿的事，他一次也没有再提及过。

父亲的腿接上后，在家里疗养。我知道父亲也怕热，想把电扇让给他，但父亲坚决不肯，他说他的眼睛不能吹风，一见风就流泪。

那年，我终于如愿考上了大学，报到那天，我把风扇移到父亲床头，调到了最适中的度数。这次父亲没有再反对，他看着即将离家的我，想笑，眼泪却涌了出来。

我问，爸，您怎么哭了呀？

父亲一边忙着擦眼泪，一边说，我的眼睛不能吹风，一吹就流泪，又说，到了学校，别忘来信啊……

到校以后，我马上给家里写信报了平安。一个月后，我收到了父亲的回信，父亲说，那个风扇真管用，这个夏天一点都没觉得热。我心里一酸，眼泪掉了下来。

大学毕业后，我留在了郑州，从此开始了四处求职，投简历，面试，碰壁……这样的日子每天都重复着，直到有一天收到了录用通知，我的心才算踏实下来。参加工作以后，我依然坚持给家里写信，因为刚刚踏入社会，工作和生活都难免有很多的不如意，等父亲的回信已经成了我的精神支柱。在父亲的回信里，有一句话我记得最牢，他说：孩子啊，你不要害怕贫穷，贫穷有时候也是一种财富。没钱的时候，你要做精神上的富翁，要开心，穷日子当成富日子过；当你有钱的时候，一定要懂得节俭，要把富日子当成穷日子过。

那时候我就想，等我有钱了，我一定要把父母都接到城里来，我要让他们好好地享享福，我还要给他们买一台最好的风扇。可是，在我参加工作的第二年，父亲却去世了。

母亲说，村里有家人办喜事请父亲过去喝酒，早已戒酒的父亲那天忽然来了兴致，他喝了很多，最后被人搀扶着送到家里，第二天再也没有醒来……

去年清明，我回老家给父亲上坟，母亲收拾屋子时，指着堆在院子里的一堆破烂说，这些东西都没用，太占地方，扔了算了。

在那一堆破烂里，我发现了那台旧风扇。它太老了，好多地方都生了锈，扇叶也掉了一个。我把风扇拎到阳光里，盛了一盆清水，用温软的毛巾轻轻地擦拭着。明媚的阳光下，这台旧风扇一点点变得干净起来，它像一个受了委屈的孩子，在我的注视下温顺地站立着，享受着我的爱怜和抚摸。

后来，我把风扇修好带回了郑州，再后来我买了新房，用上了空调，但这台旧风扇我依然珍藏着。每年夏天，我会在最炎热的时候打开一阵子，想一想父亲和一些久远的事，静静地流一些泪水。

那个夏天便在风扇送来的丝丝凉爽中渐渐远去了。

选自 2015 年 6 月 18 日作家网

卖不掉的老牛

李 海

买卖牛的交易市场已不存在了，要想买牛，交易员只有带着买牛人去养牛人的家里。

大黑家里养了一头母牛，已有两个月的身孕。人年龄一大，脚手跟不上，不喂了。

交易员带着一个来买牛的人走进大黑家：大黑，大黑，在家呢，听说你家养了一头母牛想卖了。

大黑说：你们听谁说的，你们是哪里的？

交易员说：我姓秦，叫我老秦就行，这是百里池的养牛大户老董，现在家里还养有五十头母牛呢，听你们村上的人说的，你要卖牛。

大黑嗯了一声说：百里池离俺这足有百十里地，咱们先说好，俺村就我这一户喂牛了，我死活不卖给屠宰户，你们记住，如果日后我知道是屠宰户要的，我会跟你们急的，我家的牛已经怀两个月的犊了。

交易员老秦斩钉截铁似的吼道：哈哈，你一百个放心，我一辈子没有做过坏良心的事！

经过一番低低薄薄的唇枪舌剑后，这头母牛一万元整，交易成功，大黑接住钱，买牛人把牛装上车，离开了。

大黑一时痛哭流涕，毕竟喂了十几年的牲口，真有点舍不得。

没过两天的时间，大黑的那头牛又回来了。

那天清晨，大黑起早散步回来，无意中发现院子外拴牛的牛棚子下面卧着一头牛，大黑一眼就认出了，急忙走过去。

老牛立马站起来，大黑抚摸着老牛的头，潸然泪下。

大黑看到了老牛已是满身大汗淋漓，牛鼻环和牛缰绳不见了，牛脖子上有一短绳套。

大黑妻子也走过来说：呀！牛咋又回来了，还不赶快牵牛屋。

大黑手指牛的脖子对妻子说：你看看，牛脖子上的血迹，刀锋的划痕。大黑泪流满面。

妻子咆哮道：这些该死的畜生！说的怪好，不是屠宰户，赶快把牛牵回家，喂上！看看这些东西啥时间来，给他们不能拉倒！

大黑牵着牛脖子上的绳头往院子内走去。妻子又是大吼道：慢点！牛腿瘸了。大黑停住，回头一看，大吃一惊：牛的四只蹄子上都有一小段绳子。大黑心里豁然开朗，这是宰杀未遂。

大黑一家人都很气愤，扬言：买牛人来找也不能给他们，坏良心！

大黑把牛喂了七个多月，一个幼小的生命诞生了，小牛犊肥胖肥胖，全家人围着高兴。大黑眼泪汪汪。

又过了半年，交易员老秦领着那个买牛人又来了，一走进院子，老秦就吼道：大黑，在家干啥呢？

大黑走出门，出了一身冷汗，满身起了鸡皮疙瘩，是惊恐，是恼怒，是害怕，是发飙，还是惬意。

交易员老秦迎笑着说：听说你又喂了一头老牛，还带个牛犊，卖老牛还是卖牛犊？

大黑说：你们去看吧，看上哪个卖哪个。

交易员老秦和买牛人来到牛屋，大黑跟在后面，老秦推开牛屋门，两人走进屋，没有十分钟，吓得惊慌失措，夺门外逃。

老牛已经撑断了缰绳，拧着牛头，红着眼睛向两人撞来。大黑立马扑过去，大吼着把牛拦住。

恶劣险情稳当后，几个人离开，大黑搬来桌椅，倒上开水递给老秦和买牛人，说：老秦呀，做人得诚信，做事得善心，人失去了诚信和善心，人就成了畜生，甚至还不如畜生。

老秦脸色苍白，说：刚才一进牛屋，看到牛的表情，就真相大白了，说实话，宰杀这头牛的时候我在场。老秦说着手指身边买牛的人又说，老董干屠宰已有三十多年了，这是第一次遇见那场景，老董也金盆洗手，罢刀了，现在他专心养牛，把这几十年宰杀赚的钱全部拿出来建了个养牛场，算是赎罪，净心洗身，我这个交易员再也不会给屠宰户说和牲口了，不能再坏良心了。

老董摸着自己的额头，插上话说：你看看，宰牛刀刚抹牛脖子不久，这头牛就吼叫，撑断了捆绑的绳索，一头向我撞来，牛角撞入额头四厘米，住院治疗一个多月，捡回来一条命，当时场景惨不忍睹，全力以赴抢救我，牛也不管了，是天意，有它一命。

大黑来到牛屋，抚摸着老牛说：他们都改邪归正了，人都有犯错的时候，原谅别人就是原谅自己，跟他们回去吧，那里有你的同伴，娱乐的天堂。

选自2015年第7期《小小说大世界》

一辆一辆的车

崔　立

大杨常说，那些开得那么快的车，真该死！

我们看着大杨，没说什么。

我们理解大杨。大杨救过很多的人。

大杨从家到单位，不是太远。大杨每天都是步行来上班的。大杨会穿过几条十字路口，那里，经常会有一些车选择小转弯，可以不看红绿灯，直接就转。那些车转弯的速度，都很快。

一次，大杨在过路口时，看到一个过绿灯的初中生，很顺理成章地过马路。旁侧，一辆小转弯的车，完全没有减速，疯了一样地开过来。初中生看到那急速驶来的车，瞬时就愣住了，呆呆地停在原地。多亏大杨不顾一切地扑了上去，把初中生推开，才算躲过了一场事故。而那车，像是根本没发生什么，还是那个速度，一溜烟就消失得无影无踪。

还有一次，大杨在过路口时，远远看到一个老人在过马路。老人显然年纪很大了，腿脚很不灵便，走起路来极为缓慢。绿灯了，老人缓缓地过马路。不远处，一辆要小转弯的车，以极快的速度开过来。大杨暗念一声不好，赶紧跑快了几步，赶到了老人身旁。在那车快速过来前，大杨一把拉回了老人。那车的司机显然也看到了这一幕，边快速开着车，竟然还边朝着大杨他们骂一句：找死啊！说着话，车以极快的速度再次消失得无影无踪。

尽管大杨救了很多人。但大杨很快发现，这样，根本不行！因为这小转弯造成的交通事故居高临下，靠他大杨一个人，无法改变小转弯的问题。

想啊想，大杨有了个主意。

大杨就在他上班的包里，塞了三块砖头。

那一天，大杨按往常那样去上班，在过一个十字路口时，又是一辆车，以极快的速度小转弯过来。那速度，已经赶上在正常马路上开快车了。绿灯了，大杨原本是要过马路，但这样赶过来的速度，谁又敢过呢？

大杨从包里很快掏出了一块砖头，在车子开到眼前的时候，猛地就把砖头扔了出去。砖头在车子的车头上撞击了一下，随着车速的惯性，又顺势地砸向了前挡风玻璃。只听“砰”的一声，前挡风玻璃碎成了一块块碎玻璃。

车主是个年轻男人，惊魂未定的他把车停在了路边，迅即气急败坏地奔过来，揪住大杨的衣领，喊，你……你疯啦?！大杨很轻蔑的表情，说，我没疯，是你疯了！年轻男人愣了一下，说，你没疯，那你砸我的车干什么?！大杨说，谁让你小转弯时，把车开那么快，你不知道，这样很容易出事吗？年轻男人说，我……大杨说，没事，我已经打电话报警了，等交警来吧。

交警来了，听了事情的原委。交警对年轻男人说，开得快，是你不对。交警又看着大杨。交警是认得大杨的。大杨经常去找交警，交警队上上下下，谁都认识大杨，谁都躲着大杨。

交警说，他开得快是他的不对，可你拿砖头砸人家车子，就是你的不对了。大杨盯着交警看，说，他开得快，仅仅是不对就行了吗？交警苦笑着看了眼大杨，转而对年轻男人说，要不你走保险，自己处理吧。年轻男人蒙了，说，他砸了我，就这么算了？交警怒了，说，他女儿被小转弯的车撞了，人没了，还欠了一屁股的债，你赔吗？年轻男人有些明白了，赶紧说，哦，那……那算了……算了吧。

交警说的是实情，多年前，大杨带着他上小学的女儿，在过一个十字路口时，被一辆小转弯的车带倒，人送医院，治了几个月，欠下一屁股的债，人还是没了。那肇事的车与司机，至今都没找到。大杨的老婆，一个正常的女人，也因此整天变得疯疯癫癫的。

接下来的日子，大杨拎着他那只夹带了三块砖头的包，不仅是走他平常上班的路线，有时还走到其他的地方，每次一看到小转弯车速过快的车子，大杨就会毫不犹豫地扔出一块砖头。

也有较真的车主，揪住大杨的衣服，吵着让他赔。交警来了，也是一脸无奈的表情，说，你们这事，要不自己处理吧？大杨说，我没钱，不行你就把我撞死吧。大杨整个人横在了车子前，任你撞。车主脸上带着苦，他只想着赔偿，哪是想要人命啊！

但有一天，大杨还是被带进了公安局。原因是，大杨用砖头，砸伤了一位小转弯车速过快的车主。被砸得脑袋开花的车主不依不饶，说，他要告大杨。

我们去拘留所看大杨。大杨坐在里面，从里向外看着我们。

一位年轻的同事说，杨哥，你放心，我想那位车主，他如果听到你女儿的故事，一定会取消告你的。

这是一种痛，提一次，就痛一次。我们想拦，可同事话已经说出口了。

似乎，大杨已无我们想象的那样脆弱。大杨淡淡地说了句，我宁愿，我宁愿那个车主哪怕能告到我坐牢，我是多么希望我的女儿还好好活着啊。

说着话，大杨淌了一脸的泪。

选自2015年第8期《广西文学》

投诉

郗真文

周护士在八点半来到十六号病床前，给六十岁的范老师扎好针，液体慢慢地输入老人的身体，正要离开，范老师叫住了她："周护士，你们张院长在家吗?"

"好像没在家。"

"哦，你能不能把他的电话号码告诉给我?"

周护士的心立即"怦"地跳了一下，心想，难道我哪一点没做好，立即警觉起来，问："大叔，你有什么事就给我说，我可以给你解决!"

"你?……"范老师摇了摇头，说，"你不能解决，张院长才行。"

周护士再问，范老师就一句话："我要见你们院长!"

周护士在护理岗位上干了三十五年了，论资历，是医院的头牌护士，不但技术好，服务态度更好!她先后获得省、市、县优秀护士奖，也就是说，没有她办不了的事。有人形容她能把树上的麻雀唤下树，可想她的能耐了。此时，她在范老师面前竟然感觉到没了辙，一听要找院长，"投诉"二字立马闪现了出来，她急了，立马向护士长说了，护士长又向科室王主任说了，大家的神经一下子就绷了起来，大家心里都明白：天不怕地不怕，就是害怕有医闹!一旦有投诉，不但科室、护理部，科主任、护士长，责任医生、责任护士都要受牵连，而且绩效考核要扣分，评选先进没资格……

于是，责任医生、责任护士、科主任分几拨人去了范老师的病床前，想问出范老师投诉的是啥人啥事，好把投诉消灭在萌芽状态，可是都没有进展；院长的电话号码也告诉给了范老师，可范老师又改了主意："我不想浪费我的话费，再说一遍，我要见你们的张院长，我要投诉！"

科主任、护士长就按照医院投诉程序，只好将情况反映给了院投诉办，投诉办又反映给了分管院长。又一拨人去了范老师的病床前，范老师还是那一句话："我要见你们的张院长才说！"

分管院长一听，感到非常吃惊，心想：我处理的投诉方面的事也不下百多件，一般都消灭在萌芽状态，让患者满意，让医院安宁。范老师是一个退休的老教师，教师就是知识分子，知识分子一般城府都很深，何况他曾经还担任过初级中学校长的，嘴皮功夫是经过岁月磨炼出来的，肯定不错。不是大事，他吃饱了撑的？他要找"一把手"，肯定是大事，必须立即向"一把手"反映；不反映，一旦有了事、出了事，责任谁都担当不起的。

于是，张院长接到了李副院长的电话，听毕，张院长的神经也绷了起来，像范老师这种一根筋的患者，最害怕的就是向小报记者透露，向上级部门投诉，如果一点愿望达不到，就会出差错，医院的名誉就会受损，连省级文明单位标兵的牌子也就会因此被摘掉。思来想去，张院长立即召开了院领导班子会议，并邀请内一科的责任医生、护士、科主任、护士长、院投诉办人员参加会议，就范老师要投诉一事，听取了汇报，会议一致认为：此事要高度重视，不得有一丝一毫的差错；要找出根源，找出范老师要投诉的真正原因、真实目的。并安排总务科，要求保安二十四小时不间断轮流对范老师进行监控，一旦有苗头，立即阻止，特别是不能让生面孔的人接触范老师。

可一连几天过去了，范老师还是范老师，仍然很配合医生护士的治疗，没有其他的一举一动，这让内一科的医生护士、保安感到非常纳闷。

张院长只好放下其他的事务，专门会会这位名不见经传的范老师。

范老师文质彬彬地如期来到张院长的办公室，张院长满脸含笑地握住范老师的手，说："欢迎，欢迎你这位老校长、老革命，给我们的工作提意见。"

"张院长，我晓得你很忙，想见你一面真是不容易。"

“患者就是我们的衣食父母，好的我们要听，不好的我们更应该听。”院长显出无比真诚的表情说，“范老师，你要投诉内一科的医生还是护士？是科主任还是护士长？是护工还是保安？”

“张院长，我投诉的对象不是他们。”

“那你要投诉谁？”

“我要投诉的是我邻床的那个姓王的病人。”

“啊……”张院长惊了一跳，认为自己的耳朵听错了，又问了一句，“范老师，你说啥？你要投诉你邻床的那个姓王的病人？”

“是的。”

张院长听毕范老师的话，口中喃喃自语道：只有患者投诉医生、护士、医院的，那有患者投诉患者的？一种从来没有的兴奋感向他袭来，突然，张院长“啊”了一声，用手捂住胸口，一下子瘫坐在了老板椅上，说不出话来，将范老师吓得不知所措，立即拉开门去喊叫院办公室的人，一群人将张院长送到了抢救室。

院保安也将范老师监控了起来，并报了110，说范老师图谋不轨，想害死县医院的张院长。

“我没想害死张院长啊！我是想给张院长说心里话呀，说着说着，哪知道他就晕过去了……”

“你肯定说了过头的、很刺激的话，把我们张院长气晕过去的！你，不要狡辩了，你就是元凶！”保安一席话让范老师久久地沉默着，良久才深深地叹了一口气。

唉！看来也只有等张院长苏醒的那一天了……！

选自2015年4月17日《健康报》